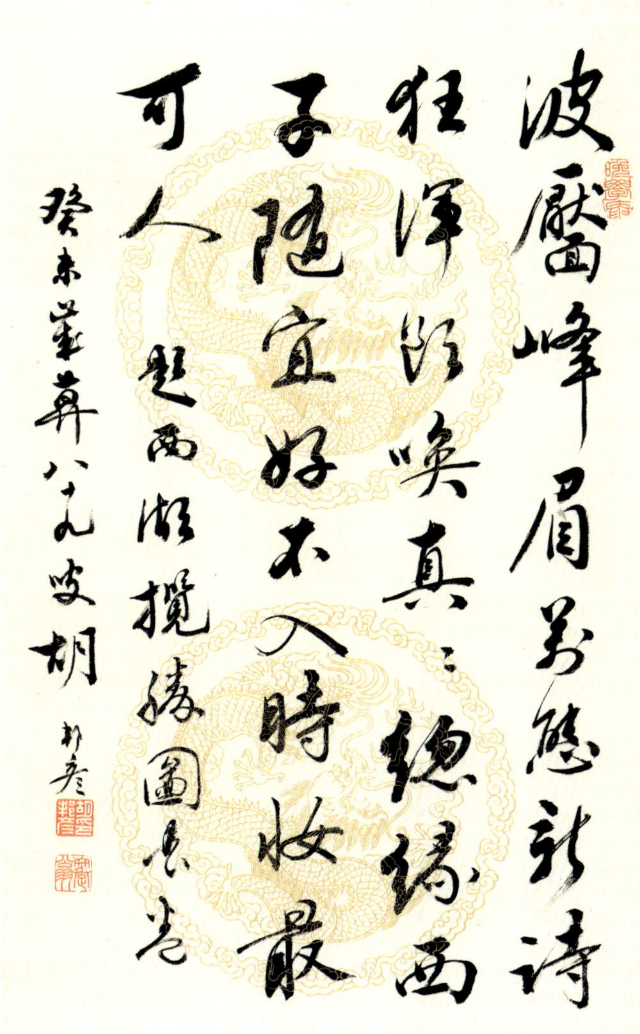

彩图一　胡邦彦行书自作诗

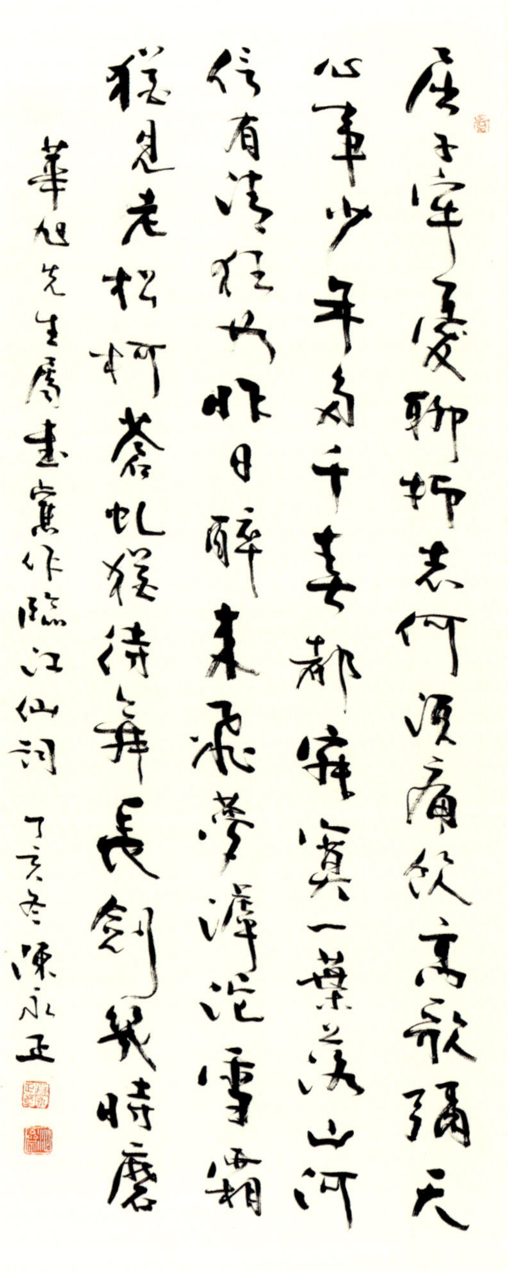

彩图二　陈永正书《临江仙》

丙申春寒煙雨之際
經從化至錫場萬綠湖
感賦
誰借煙嵐舒水袖
春寒山影半含羞
綿綿陰雨暗新綠
淡淡流雲掩舊愁
湖闊漣漪頻泛湧
心平惆悵却輕浮
幾經霧露風行處
忘語天涼好個秋
乙亥元月初一
閑居主人華旭補題

彩图三　山水

靈動熊貓眼纖輕楊柳腰長行逐逝水小駐歇青蒿
情繫胭脂扣魂從草木凋不容霜雪迫此太待春潮
二零一九年十月十六日六闲居主人華旭繪並題舊作

彩图四　蜻蜓

格律诗二十四讲

华旭 著

人民东方出版传媒
東方出版社

图书在版编目（CIP）数据

格律诗二十四讲 / 华旭 著 . — 北京：东方出版社，2021.8
ISBN 978-7-5207-2046-5

Ⅰ. ①格…　Ⅱ. ①华…　Ⅲ. ①格律诗—诗歌创作—创作方法—文学研究—中国
Ⅳ. ① I207.21

中国版本图书馆 CIP 数据核字（2021）第 092337 号

格律诗二十四讲
（GELÜSHI ERSHISIJIANG）

作　　者：华　旭
策　　划：张永俊
责任编辑：张永俊
出　　版：东方出版社
发　　行：人民东方出版传媒有限公司
地　　址：北京市西城区北三环中路 6 号
邮　　编：100120
印　　刷：北京市大兴县新魏印刷厂
版　　次：2021 年 8 月第 1 版
印　　次：2021 年 8 月第 1 次印刷
开　　本：660 毫米 ×960 毫米　1/16
印　　张：25.25
字　　数：300 千字
书　　号：ISBN 978-7-5207-2046-5
定　　价：58.00 元
发行电话：（010）85924663　85924644　85924641

序一

华旭做人实在，厚道。

华旭是我的学生，我和他说话，从来没有客气过。

十年前，华旭准备出版《格律诗三十六讲》，请我作序。我在序言里说:“我年轻的时候被人称作‘愣头青’，华旭这本书也有些‘愣头青’的架势，但是我挺喜欢这种劲头。现在流行一个词叫‘青涩’，我的理解是，这是不成熟苹果的颜色和味道。华旭这本书虽然现在‘青涩’，但毕竟成形了，到红润而甜美，也只是个时间问题。”

经过十年的沉淀与打磨，这次华旭又发来《格律诗二十四讲》的电子稿，再次请我作序。

此书与上一本之间有着明显的承传关系，在原来基础之上有了全面、系统的升级。书中各部分之间的内在逻辑关系更清晰、明确；细节说明更深入、具体。各讲之后，都依据相关知识点设置“练习与思考”。这些改善，会更便于读者学习、掌握格律诗。

但华旭喜欢走极端的毛病依然如故。此书保留了原作中的三个例子，仍将苏轼的《江城子 · 乙卯正月二十日夜记梦》、陆游的《钗头凤》（红酥手）拿来和柳永的《雨霖铃》（寒蝉凄切）作比较，其所持观点与当初类似。对此我在前一篇序言中就指出了其中的不妥。

再者，华旭在书中批评他人，有以一家之言衡量各家之嫌。对此，读者应有所了解。

华旭勤于思考，涉猎广泛。这几年除诗词著作以外，出书多种，且多新意，涉及书法、茶道等领域。难能，也可贵。

华旭还年轻，后面的路还很长。继续努力，相信日后会有更大收获。

多年没有见面，华旭没有懈怠。我很欣慰！

星汉

2020年6月15日

于新疆师范大学寓所

序二

岭南华旭，独立学者，善诗词、书法、绘画、篆刻、收藏与鉴赏，号“六闲居主人”，网间相识，往来甚多，沟通也洽。2013 年 10 月，华旭曾出版《格律诗三十六讲》，反响不错，也曾赠我一本。事过七载，他在原有基础上增删修改为《格律诗二十四讲》，拟以新的面目问世，将电子版发送给我，希望我阅读后提点意见。

说实在的，我平常虽然也写一点诗词，但只是退休生活的一种方式而已，多数情况是随意写来，并不深究其中的律则，很难就这方面的专门著作提出有建设性的意见，鉴于与华旭多年的交谊，那就说点读后感，供作者参考。

我的感觉，就是此书的出发点是让更多喜欢诗词，而又尚未入门的朋友懂得怎么入门，并以自己学习写作的亲身体验叙述，这与《格律诗三十六讲》的宗旨及方式是一致的，但其解析的角度与水平都较前者大有改善与提升，这与作者又经历了七年的写作磨炼有密切关系。随着中国传统文化的传承再次被重视，这几年市面上有关诗词格律的著作其实不少，但结合自身的写作体验，分作“技法”与“心法”两个层面去解析，我认为华旭是第一个。他在吸收王力先生、启功先生等诸多前辈研究成果的基础上，将“押韵”列为格律入门的第一步，作为全书第一讲，个人认为这是很有必要的，因为诗词的首要特点就是押韵，而押韵又牵涉到古今音韵系统的变化。此前的诗词格律入门著作大多将押韵问题与汉语的声调变化放在一起，而且讲得很简略，致使音韵问题成为诗词初学者的一大难题。华旭的这本《格律诗二十四讲》由此开讲，继而四声平仄，继而律句的形式以及相应的特点，完成了格律诗的“技法”解析，余下再结合自身体验讲解“心法”，完整地构成了一个新的格律诗讲解体系。窃以为这是此书最大的成功之处。对于广大诗词爱好者来说，这是一个比较容易接受、容易入门、容易提高的格律诗学习体系。

回到“押韵”问题，究竟是押今韵，即按照普通话发音确定的新韵，还是押古韵，即一直以来使用的“平水韵”？这在当今的诗词界有很大的分歧与争论，有时甚至争得势同水火。其实这是没有必要的，争论得再激烈，也不可能完全形成共识，因为新韵与古韵双方站在不同的角度看待这一问题，各自都坚守自己的立场，所以，尽管相关机构也拟定了新的韵书，提倡使用新韵，但因没有类似古代科举的制度约束，依然没有多少诗词写作者遵循。华旭本人提倡学习传统诗词应从新韵入手，认为诗词用韵应该与社会实际语音相一致，这样有利于促进诗词创作，但也不主张抛弃“平水韵”。他本人的写作实践遵循了自己的理论，常常采取“新平两合”“新韵、平水借词韵”等手法，尽力保持诗词用韵与社会实际语音相一致。这也可以是一种探索。好在他的《格律诗二十四讲》基本限制在格律诗写作的范畴，并没有拓展到词学领域，因为一旦进入词学领域，使用新韵就变得大有困难，原因是很多词牌必须使用入声韵，如《满江红》《贺新郎》《桂枝香》《疏影》《声声慢》等，即使某些平仄换韵的词牌《菩萨蛮》《最高楼》等，仄韵想要使用入声韵时，如果遵循新韵，这类词牌就不能填写，那对传承诗词文化的伤害是巨大的。这也是诗词界有众多声音反对新韵的一个理由。

我自己对使用新韵持开放态度，不倾向于排斥，但实际写作还是使用“平水韵”与“词林正韵”。理由也很简单，我的家乡山西属于“晋语区”，而晋语区保留了大量的入声字，除了粤语、吴语、闽南语和客家话较完整地保留入声之外，晋语是北方保留入声最多、涵盖地域最广的方言，包括山西、内蒙古中西部、陕西北部、河南黄河以北大部、河北西部，地跨 175 个市县，其核心区域为太原话和吕梁话。虽然它的入声与南方地区保留的入声有一些差异，但辨别与使用起来依旧非常方便。许多方言研究者认为，晋语区是唐诗产生的重要地区，《全唐诗》中记录的晋语区诗人作品有 5000 多首，占总量的十分之一，晋语与诗词格律基本吻合。如果用晋语朗读白居易、柳宗元等晋语区诗人的作品，往往有奇妙的感觉。我所以说这一段话，意思是谈到入声好像晋语区不宜忽略。

华旭是一位独立学者，善于独立思考，有比较宽阔的视野，加之人身不在体制之内，学术研究没有竞聘职称的功利目的，这就使他的各项研究都是纯学术的，是传承前人成果又致力于超越的，文风话语也不需要有更多顾忌。但话又说回来，学术研究都是探讨，不是定论，研究者个人眼界再开阔，也还是立于古今中外之一隅，所以话不能说得太肯定，论人也不能太尖刻，需要有更大的包容度，这对任何一个学者来说，都是很重要的。我相信，华旭有这样的气度，某些话语可以修改得更和美。

谨以此祝贺《格律诗二十四讲》面世。

程裕祯

2020 年 6 月初于京华

目录

前言

一

当今中国社会，内心深处依旧存有诗词情结者，不在少数；善于背诵诗词者，同样不在少数；但真正能够介入格律诗创作者，则很少。

一方面，格律诗作为经典文体，有其自身的高度、难度及专业要求。另一方面，目前流行的教学模式、表述方式存在诸多待检讨、完善之处。当初我以自学方式初步掌握诗词格律，对这两方面深有感触。在与部分诗词爱好者交往的过程中，常听到抱怨：诗词格律的书籍没少买，一些书前后阅读数遍，结果还是无法介入格律诗创作。

假如说教学模式就如植物学中的育种技术，那么我们目前流行的格律诗教学模式的“出苗率”令人沮丧。

2013 年，我将多年以来涉及传统诗词的学习、创作体验及思考归纳成集，出版发行，这就是《格律诗三十六讲》。

该书出版前后，收获诸多师友好评。多数评价：通俗易懂，贴近创作实践。部分诗友按图索骥，尝试切入格律诗创作，小有斩获。

出版后市场反应亦不错，进入同类书籍销售排名的前列。更有诗友通过各种方式联系我，交流心得，提供建议。

平心而论，还是星汉老师当初的“青涩”二字评价更为公允。坦白来说，《格律诗三十六讲》有自己独立的、较为系统的见解，但也存在较多待完善之处。今日审视，更觉如此。

假如说《格律诗三十六讲》初步解决了“出苗率”的问题，后续则需进一步提升“出苗率”，并确保后期“灵苗”能够茁壮成长。

此后数年间，一方面是持续实践积累、验证；另一方面是收集、汇总、分析各类意见、主张，收获较为丰厚。这次应东方出版社之约，推出升级版本《格律诗二十四讲》。

《格律诗二十四讲》全书主体分两部分，前十二讲主要针对技法展开，后十一讲主要针对心法展开。最后附一讲，针对“特拗”这一专项问题展开。

技法方面，综合王力、启功两家学说，进一步强化律则的深入解读，使其内在逻辑更趋融通、系统。同时将相关技法拆解、细分，并于每讲之后设置配套的“练习与思考”。相信这些做法将更便于读者理解、掌握格律诗的规则、技巧，便于创作实践。

后十一讲将传统诗词置于当代社会、传统文化这个大背景下，展开反思。尝试提纯诗词思维，实现其与现代社会的链接；尝试理解诗词与传统文化、传统哲学思想之间的关系；尝试解读传统诗词与音乐、书画等之间的关系。从宏观角度及不同侧面深化对传统诗词的理解。

写作过程中，我曾找寻身边没有诗词创作基础的亲友，将部分章节发送给他们，收集反馈意见，加以改善。当他们明确表示能够较充分地掌握相关知识点，有信心循此路径切入创作，这时我才敢敲定相关内容及表述方式。

相对于《格律诗三十六讲》而言，自信本书的提升与改善是显著的。至于最终效果如何，评判权不在我，而在读者。

二

目前有关传统格律诗的研习方式主要有两类。一类以创作为指向，历史上曾被传统文人普遍采用，近于私塾传授的传统模式；另一类传授模式为当前大陆各大专院校普遍采用的模式，其理论体系为王力汉语诗律学体系。

在此先就两类研习方式的基本情况及利弊试作说明。

传统模式经千年历史积淀而成，作为传统文人的主要研习模式，一直延续至民国时期。其主要特点如下：

1. 多从正音入手；

2. 多以具体某家风格为依托，如杜甫、黄庭坚等，深入熟悉其作品，借以夯实学习基础；

3. 在熟悉音韵与具体作品的过程中，逐渐熟悉格律形式；

4. 多从模拟某一家风格开始训练写作；

5. 老师针对学生较多采取个性化教育。

将此模式与传统书法的研习模式对比分析，不难发现，二者之间颇多相通之处。

其长处主要表现在如下两方面。首先，此为以创作为指向的知行合一模式。迄今为止，多数诗词创作水平较高者，皆经历过这一模式训练。其次，在长期的实践中，积累了丰富的技巧。

其不足之处亦明显。首先，理论体系、基础教案不够清晰，教学周期及结果不易明确。这是传统文化模式在诸多领域普遍存在的问题，也是其融入现代教育体系的主要障碍。其次，部分教授方法明显与社会现实脱节。如正音的方式，以“东、董、冻、笃”区别平、上、去、入四声。这一方式可行的前提是采用南音语系，如闽南话、粤语、江浙方言等，就目前我国推广的普通话而言，无论如何都念不出入声音。因为普通话中已无入声音。同一组汉字，其写法（字形）更易规范，确保一致；但其读法（语音），在不同语音体系中差异明显，较难规范。即便以某一具体方言为依托讨论某字之读音，因方言本身的多样性与差异，相关标准远不及字形严谨、规范，留有诸多潜在问题。目前诗词界所奉行之“平水韵”其实只是一历史语音遗存版本，与现实语音环境，即便是保留入声字的南音系统，仍多有出入。

王力先生的汉语诗律学是其在20世纪40年代，遵从近现代大学教育之学术规范，以杜甫作品为原始素材，运用归纳法整理而成。其学术奠基之作为《汉语诗律学》。其广为人知的《诗词格律》，即为依托此研究成果而推出之通俗读本。目前大专院校有关传统诗词格律的教材多采用该理论体系，并由此形成其教学模式。

其长处有二。首先，初步梳理出传统诗词格律中的基本逻辑关系，并以此融入现代大学教育体系。其次，其为目前最容易接触到的诗词格律学习资料。

其不足有三。首先，传统模式为音韵与格律一体传授。王力先生却遵从现代分科治学理念，只讲格律，不涉及音韵（这部分内容被划归音韵学范畴），这极大地增加了学生掌握的难度。后续出版的部分诗词格律类书籍已注意到此弊端，虽依托王力汉语诗律学体系，但多附录诗韵于书后，以便读者学习。如涂宗涛的《诗词曲格律纲要》。其次，单纯依赖归纳法，体系繁缛、支离，深层逻辑尚待打通。归纳法只能说明其然，欲破解其所以然，还需引入新的研究方法。最后，重理论，轻创作，以致多数中文系毕业的学生格律诗创作不过关。少数创作过关者，多于课外借助传统模式强化写作训练。

目前较成体系的诗词格律学说有二，分别为王力说与启功说。王力说的特点及利弊如上所言。

启功说更专注于通过内在逻辑的梳理，解读诗词格律。从声学解读双音一节结构；再借助长竿律、盒子说等推导出入律句式，其内在逻辑更趋清晰，表述简明扼要。其不足之处有二：首先，尚欠有关篇式逻辑的最后说明；其次，精准有余，包容稍嫌不足。如以其对“孤平”、“孤仄”、入律、非入律句式的界定，求证于唐宋大家之作，多有相悖之处。

三

面对上述各类模式、学说，本书首先要解决的问题就是，在前人的研究基础之上，能否就诗词格律提供更为融通的解读。

有关诗词格律的解读，本书以启功说为蓝本，引入数理逻辑（排列组合），完善篇式规则的释读；借助标靶图，改善其包容性与适用性。同时汲取王力等诸位前辈的相关研究成果。

当初《格律诗三十六讲》中的“创作例讲”深受诸多诗友好评，普遍反映真切实用，希望后续增加这部分内容。同时我还注意到部分诗友早已掌握诗词格律，虽然意识到“用心创作”与“用手创作”之间的差异，也在努力尝试改变创作模式，接受“用心创作”，却遭遇诸多不顺。如何提供一个更真切、直观、便捷，又便于学习操作的例讲模式，使未入门者，自一开始便能够建立更趋完善、合理、开阔的创作模式，使已掌握诗词格律的诗友能够更清晰、明确地转变为“用心创作”，这是我这些年来一直在用心探索的，其间已完成《创作例讲》初稿。其中部分例子已引入本书各讲之后的“练习与思考”。相信这一方式将更便于读者切入创作，驾驭创作；便于诗友借此转向“用心创作”。至于如何融通心法与技法，相信同样可通过这一方式得到有效强化。

心法方面增加了中西文化对比，思维模式、表述方式对比等内容。本书的表述方式亦可视为这类心得的具体运用。我期待实现内在逻辑的融通遵从理性思维、逻辑思维；具体表述方式结合现实语境，强化具象、形象表述。

相信本书能够破解困扰诗词爱好者的相当一部分问题。但书籍与教案再好，也只能解决部分问题，无法解决全部问题。最后一部分问题的解决，仍需当面交流。否则国家仅需提供相应教材即可，大可不必开设各类学校，聘请专业的老师。老师的当面传授一方面更便于解决最后的难点，另一方面使学习效率更趋高效、高质。更深一层，诗词创作训练中包含较多个性化教育，这不是这类书籍能够充分有效解决的。对此我们仍在与出版社及相关机构交换意见，尝试推出新的模式。

第一讲

诗词形式之最基本规则：押韵

“有韵为诗，无韵为文。”

诗词区别于其他文体最显著之处即在于：要求押韵。

学习格律诗，首先需要了解并掌握押韵。

古今中外，诗词区别于其他文体最显著之处即在于：诗词要求押韵。从更深层解读，其他文体大多只有文本要求，并不存在明确的语感要求。诗词则不仅存在文本要求，同时存在语感要求，客观上要求作品具有韵律感，朗朗上口。

一、何为押韵

所谓韵，大致等于汉语拼音中的韵母。如吴（wú），“w”为声母，“u”为韵母。当几句尾字韵母相同时，我们即称之为押韵。如《问刘十九》（白居易）：

绿蚁新醅酒，红泥小火炉。
晚来天欲雪，能饮一杯无？

炉（lú）、无（wú）两字皆押相同的韵母u，我们即称这首诗押韵。

具体而言，以下情况仍需注意。

押韵仅限于每句的最后一字，所以又称之为“韵脚”。一首诗中并非每句的尾字都押韵，通常存在入韵句与不入韵句。如上例中二、四句（偶句）入韵，一、三句（单句）不入韵。格律诗基本原则为：偶句入韵，单句不入韵；或第一句入韵，其余单句不入韵。首句入韵的例子如《芙蓉楼送辛渐》（王昌龄）：

寒雨连江夜入吴，平明送客楚山孤。
洛阳亲友如相问，一片冰心在玉壶。

吴（wú）、孤（gū）、壶（hú），此三字皆为相同的韵母 u，即为押韵。此作一、二、四句皆为入韵句，仅第三句为不入韵句。

在汉语拼音中，韵母 a、o、e 的前面还可能有 i、u、ü，如 ia、ua、ie、üe 等。此处 i、u、ü 就叫韵头。韵头不同但韵母相同的字，仍为同韵字，同样可以押韵，如麻（má）、家（jiā）、夸（kuā）。

二、官韵与韵书

由于不同韵母之间，同韵母的汉字分布不均匀，部分数量较多，部分数量偏少。前人为便于创作，将部分发音较近、字数较少的韵合并为同一韵部；亦将部分字数较多的韵细分为几个韵部。由此逐渐形成通用韵则并得到官方认可，这就是我们常说的“官韵”。

为便于读者掌握用韵，本讲我们仅要求读者掌握新韵。新韵的语音基础为我国当前推广的普通话。具体韵则可参照较为通行的《诗韵新编》（上海古籍出版社出版）。

新韵韵部说明：

一麻［a、ia、ua］

二波［o、uo］

三歌［e］

四皆［ie、üe］

五支［~i］（声母仅限于 zh、ch、sh、z、c、s、r）

六儿［er］

七齐［i］（声母为 zh、ch、sh、z、c、s、r 之外其他辅音）

八微［ei、ui（uei）］

九开［ai、uai］

十姑［u］

十一鱼［ü］

十二侯［ou、iu（iou）］

十三豪［ao、iao］

十四寒［an、ian、uan、üan］

十五痕［en、in（ien）、un（uen）、ün（üen）］

十六唐［ang、iang、uang］

十七庚［eng、ing（ieng）］

十八东［ong、iong］

此处总计十八韵部，再考虑到平声、仄声之分[①]，实际为三十六韵部。也有从宽押韵，将上述韵部中的二波、三歌两韵部合并为同一韵部使用（亦称通押）；五支、六儿、七齐通押；十姑、十一鱼通押；十七庚、十八东通押。如此则简省为十三韵部，计以平仄则为二十六韵部。

传统诗中通常只押平声韵，或只押仄声韵，少有一首诗中押韵既有平声韵又有仄声韵者（有关诗中换韵的情况及词的情况容后细说）。押平声韵者如前两例。押仄声韵者如《望岳》（杜甫）：

① 在新韵中，一声（阴平）、二声（阳平）为平声；三声（上声）、四声（去声）为仄声。

岱宗夫如何，齐鲁青未了。（liǎo）
造化钟神秀，阴阳割昏晓。（xiǎo）
荡胸生曾云，决眦入归鸟。（niǎo）
会当凌绝顶，一览众山小。（xiǎo）

换韵：部分长诗存在一组（通常为四句或八句）一换韵的方式，即在一组之内所押为同一韵，但不同组之间所押之韵不同。不同组之间韵部的平仄亦可能存在变化，即这一组所押为平声韵，下一组所押或为仄声韵。

韵书：如前文所提及的《诗韵新编》。为规范用韵，前人制定工具书，明确相关规则，并将其具体化、系统化。科举时代，因涉及试帖诗等，为明确用韵标准，朝廷专门颁布韵书，即为“官韵”。因其涉及科举，更具权威性，更有影响力，多被普遍遵从。“平水韵”即属于官韵，为宋元时期制定，并由朝廷认可的韵则。此中情形较为复杂，详情容后续章节细说。

三、诗韵与实际语音系统

在唐代，官韵与当时的官话（每个朝代皆有以首都周边方言为基础所形成的通行语音系统，正如今日之普通话。隋唐时期的官话以当时长安或洛阳的实际语音系统为基础而形成）较为一致。延续至宋朝，官话变化较明显，已与原有官韵产生较明显差异。再延续至元朝及明清，官话改以北京方言为基础，并吸收大量北方少数民族读音，逐渐“入派三声”（何为“入派三声”，下一讲详细说明），这与原有官韵产生巨大分歧。而官韵因依托科举制的支持，并未随之改变。由此导致诗词用韵与社会实际语音之间严重脱节，这一脱节明显有碍诗词创作。正是基于这类认识，我们才提倡学习传统诗词应从新韵入手，不必亦无须直接从平水韵入手。只有确保诗词用韵与实际语音系统一致，才便于促进诗词创作。

本节重点

（一）“有韵为诗，无韵为文。”学习诗词首先应了解押韵。

（二）一首诗中有入韵句与不入韵句。格律诗基本原则为：偶句入韵，单句不入韵；或第一句入韵，其余单句不入韵。

（三）暂时无须考虑平水韵及其他韵则，以本节所讲《诗韵新编》十八韵部为蓝本，具体熟悉并掌握各韵部。

练习与思考

（一）以普通话为基础，以《新华字典》为依据，选取自己喜爱的唐宋诗十至二十首，逐一标注各句尾字的读音，分析它们的用韵情况。了解哪些句子为入韵句，哪些为不入韵句；入韵句所押为何韵，属于本讲新韵中哪一韵部。如以具体作品作如上验证，容易发现其中多有不符之处。其中缘由容下一讲细说。

（二）针对本讲所列新韵各韵部，逐一选取不同韵字反复朗读，寻找体验其中的语感。真切把握其中的谐音效果及不同韵部之间的语感差异。

假如说押韵为古今中外诗词之通则，那么平仄则是中国传统诗词基于汉语语音特征逐步形成的独特要求。

第二讲 汉语的特征：从四声至平仄

对比汉语与英语，我们不难发现，汉语拥有更丰富的声调。何为声调？简而言之，就是字音的高低升降。具体而言，就是我们普通话中的四声。如“妈”“麻”“马”“骂”四字，声母和韵母完全相同，都是 ma，但听起来，各字字音并不相同，语义并不一样。这就是因为它们拥有不同的声调。因此也可以说此四字声调之高低升降是不同的。相反，以英语为代表之西语并不拥有如此丰富的声调，所以西方人在学习汉语时经常遭遇不知某字该读几声之尴尬，往往习惯于读作阴平（即普通话中的一声）。这是因为英语中只有重读音、次重读音，并不存在如汉语般丰富的音调变化。

因为汉语声调丰富，因此外国人听我们说汉语，总觉得我们像在唱歌一样。声调丰富，这是我们汉语言的独特之处，多数外语并不具备类似的特征。

一、诗律与四声、平仄

如前一讲所述，诗词不仅存在文本要求，同时存在语感要求，客观上要求作品具有韵律感，朗朗上口。正是因为汉语拥有更为丰富的声调，因此才可能逐步形成更完备的格律细则，借以规范诗句中的声调，使之更具韵律感、乐感。事实上，部分英语诗同样存在类似的格律要求，不过这类英语诗的格律是建立在英语语言特征基础之上的。

民国之初，曾有新派文人批评旧体诗为“戴着镣铐跳舞”。无论其本意如何，此话确实成为不少人抨击格律诗，并借以推崇新诗的理由。仔细推敲，此话在逻辑上是存在问题的。假如说原有之格律细则如明清女子之裹脚布，既违背人性又不符合审美，我们大可将其视为镣铐而抛弃；假如说原有之格律细则如文明社会之衣服，而你偏偏视其为镣铐，意欲除之而后快，自以为裤裆前挡一块兽皮乃人生最大之自由，我只能哑然。记得清晚期不少八股老爷曾以类似眼光看待西方文明——认为修铁路、架设电话线大坏风水。不知此类新派文人眼中，人类现代文明是否同为镣铐？在我看来，无论是上述新派文人还是八股老爷，皆在以自己的习惯性思维解读自身并不熟悉之事物。自以为是，事实多非。

如上文所言，汉诗之格律细则多基于汉语言特征，经长期历史演变，逐渐形成并完善。此中有其必然性，亦有其合理性。

具体而言，普通话中存在阴平、阳平、上声、去声四声，汉语拼音方案中多标注为一声（ˉ）、二声（ˊ）、三声（ˇ）、四声（ˋ）。又如“妈”“麻”“马”“骂”四字。“妈”为阴平音，即一声，声调为高平调，语调趋于舒缓，升降不明显；“麻”为阳平音，即二声，声调为高升调，语调微扬；“马”为上声，即三声，声调为低升调，语调先微降再转升；“骂”为去声，即四声，声调为全降调，语调陡降。

此四声中，阴平、阳平语调趋于平缓，我们将其统称为平声；上声、去声语调升降明显，变化较大，我们将其统称为仄声。如此四声又被归纳为平声、仄声两类，平仄两类声调差异明显。

诗词格律中涉及各句各字平仄之要求，本质上是对诗词作品语音效果的要求，要求其具有韵律感、乐感。

唐宋时期的官话同样存在四声，具体声调及区分方式与今日之普通话不同，分为平、上、去、入四声。其中的平声归属于平仄中的平声；上、去、入三部分则统归为仄声。

其中的平声逐渐演化为今日普通话中的阴平与阳平。上声、去声与今日之上声、去声类似，分别演化为今日普通话中的上声、去声。入声为类似今日普通话中爆破音的读音，短促铿锵，在此演化过程中逐渐消亡，即所谓“入派三声”，分别演化为今日普通话中的阴平、阳平、上声、去声。举例如下：

“押”在平水韵中为入声，属仄音；在新韵（普通话）中读作yā，为阴平，属平声。

“罚”在平水韵中为入声，属仄音；在新韵（普通话）中读作fá，为阳平，属平声。

“法”在平水韵中为入声，属仄音；在新韵（普通话）中读作fǎ，为上声，属仄声。

“萨”在平水韵中为入声，属仄音；在新韵（普通话）中读作sà，为去声，属仄声。

二、古今语音变化

之所以古今音之间存在如此巨大的差异，是因为语音系统原本就是发展变化的，一成不变的语音系统事实上是不存在的。唐宋时期的官话以当时长安、洛阳地区的方言为基础，参照其他语音系统融合而成。正如我们今日之普通话，同样是以北京地区方言为基础，参照其他语音系统融合而成。绝不可以将北京方言等同于普通话。唐、宋两朝官话大格局未变，小变化不断。历史上，北方语音系统最大的变化发生在元朝。一方面，大量北方少数民族涌入华北、中原一带，由于他们的母语中多不包含入声读音，因此他们在汉化过程中，很难准确读出入声音，多将原本的入声读作平声、上声或去声。长此以往，在华北、中原一带逐渐形成一种不包含入声音的新汉话，这就是今日普通话之前身。另一方面，原本居住在中原、华北一带的汉人大量聚族南迁，迁徙到长江以南江浙、两湖、江西、闽粤等地区。他们又将祖居地之语言带至迁入地区。当然这类语言的迁徙不可能完整保留原有语音系统，它势必会受到途经地区，以及迁入地区原有语言的影响。这类大规模汉人南迁，主要始于宋，持续于元，再盛于明清，绵延不绝。因此今日南方各省之方言多受北方汉人南迁影响，与唐宋时期本地语音系统差别较大；相反却与唐宋时期，尤其是宋朝中原语音系统血缘较近，不同程度地保留了入声音。

至此亦可解释，为何在上一讲的“练习与思考”中，一方面要求读者选取自己喜爱的唐宋诗，逐一标注各句尾字的读音，分析它们的用韵情况。了解入韵句所押为何韵，属于新韵中哪一韵部。另一方面又断言：如以具体作品作如上验证，容易发现其中多有不符之处。正是因为此中存在古今语音系统差异，读音变化。具体如《山行》（杜牧）：

> 远上寒山石径斜（xié），白云生处有人家（jiā）。
> 停车坐爱枫林晚，霜叶红于二月花（huā）。

此作原本一、二、四句皆为入韵句。“斜”“家”“花”皆为韵脚，押“麻韵”。只是“斜”字，今日读作 xié，依照新韵已不属于“麻韵”，而应归入“皆韵”。但在作者杜牧所处的唐代，“斜”字的读音更接近于今日的 xiá，如此则应归入“麻韵”，而非“皆韵”。

三、格律律则与语音系统

格律律则须与具体语音系统配套。若创作时采用一套语音系统，如有入声的唐宋官话，或者说是“平水韵系统”，而吟诵时又采用另一套语音系统，如普通话，在这类语音系统转换使用过程中，格律律则原本为作品所预设之韵律感及谐音效果通常会部分丧失。

今日我们以普通话吟诵唐宋诗词，许多作品之韵律感、谐音效果不及以唐宋官话吟诵之效果。这是由于语音系统演变所造成的历史事实。相反，如以南方诸省方言，尤其是浙、闽、粤方言吟诵，其韵律感、谐音效果多优于普通话。这是因为这些方言较普通话更接近唐宋官话。但仅仅是更为接近，并非一致，因此同样存在不谐音的现象，只是比例较小而已。

这亦是我们主张格律诗创作从新韵入手，而不赞成直接从平水韵入手的另一原因所在。

亦有人提出应特事特办。如杜牧《山行》中的“斜”字应读回唐宋音 xiá。如此处理，试问如何维护现代汉语的规范性与严肃性？

稍加搜索，不难发现类似的例子在唐诗宋词中比比皆是。“斜”字如此处理，其他字是否也应该遵循此例处理？唐诗宋词如此处理，《诗经》是否同样应遵循此例处理？在音韵学中，“今音学”所研究的是中古时期（主要指隋唐时期）的音韵系统，“古音学”所研究的是上古时期（主要指先秦两汉时期）的音韵系统。因此唐诗宋词与《诗经》分别属于今音学与古音学两类不同语音系统。若真如此处理，将使原本应规范的语音系统（普通话）越来越背离实际语音环境，越来越趋于混杂，而非规范。

读者若有心，在分析标注唐宋诗之际，还应注意到：同一首作品中，往往入韵句与非入韵句尾字的平仄是相对的。格律诗以押平声韵为正格。

如上例《山行》：入韵句为第一、二、四句，韵脚分别为“斜”“家”“花”，皆为平声；不入韵句为第三句，尾字为“晚”（wǎn），仄声。

又如上一讲两例。

《问刘十九》：入韵句为第二、四句，韵脚分别为“炉”“无”，皆为平声；不入韵句为第一、三句，尾字分别为“酒”（jiǔ）、“雪”（xuě），仄声。

《芙蓉楼送辛渐》：入韵句为第一、二、四句，韵脚分别为“吴”“孤”“壶”，皆为平声；不入韵句为第三句，尾字为“问”（wèn），仄声。

亦有特例，如杜甫的《望岳》：入韵句为第二、四、六、八句，韵脚分别为“了”“晓”“鸟”“小”，皆为仄声；不入韵句为第一、三、五、七句，尾字分别为“何”（hé）平声、“秀”（xiù）仄声、“云”（yún）平声、“顶”（dǐng）仄声。杜甫此作属于古风体，并非格律诗。在《杜工部集》中归入“古诗”类，而非“近体诗”。我们本书所讲之格律诗又称为近体诗。相对而言，古风体或曰古诗律则较宽，明显不及格律诗严苛。

本节重点

（一）传统诗词注重平仄。新韵中的阴平、阳平为平声；上声、去声为仄声。

（二）格律诗又名近体诗，格律诗中入韵句与非入韵句尾字的平仄是相对的。韵以押平声为正格。

（三）暂不考虑其他韵则，仍以《诗韵新编》为蓝本。但应了解古今音韵系统是有差异的，普通话的四声为：阴平、阳平、上声、去声；平水韵的四声为：平声、上声、去声、入声。

练习与思考

（一）如上一讲，继续选取自己喜爱的唐宋诗十至二十首，逐一标注各句尾字的读音，分析它们的用韵情况。了解哪些句子为入韵句，哪些为不入韵句；入韵句所押为何韵，属于本讲新韵中哪一韵部。留意入韵句与非入韵句尾字的平仄是否相对。

（二）留意同一事物不同表述文字之间的平仄差异，如同为表示道路，“道”“路”“径”“途”等字的平仄差异。

（三）从本书后所附《词韵备要简表》中选取若干入声字，例如，雪、旭、一、屋、扑、北、觉、药、薄、质、白、吃、职、足、弗、罚、八、叶、答、恰。读者若为南方人，不妨以本地方言朗读这类入声字；如读者为北方人，不熟悉南方方言，则请寻求身边的南方朋友帮助，尤其是讲浙江话、粤语、客家话、闽南话的朋友帮助，对比这类方言读音与普通话读音之间的差异，尝试体验、找寻这类读音之间的某些共性。

第三讲 传统诗词的演进及分类

传统诗词的发展经历了一个由简至繁，律则由宽至严，逐渐形成经典形式，再由经典形式分枝散叶的过程。学习格律诗不妨遵从此过程。

为便于大家了解中国传统诗词的发展脉络，在此试作一简单的纵向梳理。

一、早期诗词发展脉络

《弹歌》：“断竹，续竹；飞土，逐宍（宍，古肉字）。”

此为较早的、较为确切的原始歌谣，出自《吴越春秋》。二字一节，已经具备韵律感。

《小雅 · 采薇》（节选）：

昔我往矣，杨柳依依。今我来思，雨雪霏霏。行道迟迟，载渴载饥。我心伤悲，莫知我哀。

此作出自《诗经》。四字一句，八句一节。形式周正庄重。《诗经》中以此类形式为主要形式，另有部分间以三言、五言句，或在两组三言之间夹以虚词，如“兮”字。

《国殇》（屈原）（节选）：

出不入兮往不反，平原忽兮路超远。带长剑兮挟秦弓，首身离兮心不惩。诚既勇兮又以武，终刚强兮不可凌。身既死兮神以灵，子魂魄兮为鬼雄。

此作出自屈原《九歌》。每句七字，中间一字为虚词“兮”（即在两组三言之间夹以虚词），借以转换语气。整首十八句。

较之《诗经》，屈原的作品形式变化更丰富，更擅长利用虚词。

《渡易水歌》（荆轲）：

风萧萧兮易水寒。壮士一去兮不复还。

整首两句。第一句七字，间以虚词“兮”；第二句八字，同样间以虚词“兮”。已明显出现长短句变化。

《大风歌》（刘邦）：

大风起兮云飞扬。威加海内兮归故乡。安得猛士兮守四方。

整首三句。第一句七字，间以虚词“兮”；第二、三句八字，同样间以虚词“兮”。较上一首形式变化更丰富，句数为三，奇数。

《短歌行》（曹操）：

对酒当歌，人生几何。譬如朝露，去日苦多。慨当以慷，忧思难忘。何以解忧，唯有杜康。青青子衿，悠悠我心。但为君故，沉吟至今。呦呦鹿鸣，食野之苹。我有嘉宾，鼓瑟吹笙。明明如月，何时可掇。忧从中来，不可断绝。越陌度阡，枉用相存。契阔谈谯，心念旧恩。月明星稀，乌鹊南飞。绕树三匝，何枝可依。山不厌高，海不厌深。周公吐哺，天下归心。

回归四字一句，总句数为三十二句，偶数。整体形式周正敦厚。

《饮马长城窟行》（无名氏）：

青青河畔草，绵绵思远道。远道不可思，宿昔梦见之。梦见在我傍，忽觉在他乡。他乡各异县，展转不相见。枯桑知天风，海水知天寒。入门各自媚，谁肯相为言。客从远方来，遗我双鲤鱼。呼儿烹鲤鱼，中有尺素书。长跪读素书，书中竟何如。上言加餐饭，下言长相忆。

这类作品形式上虽为规整之五言，但用韵较复杂，多平仄变换，且存在一联两句皆入韵的现象。

《鸡鸣歌》（无名氏）：

东方欲明星烂烂，汝南晨鸡登坛唤。
曲终漏尽严具陈，月没星稀天下旦。
千门万户递鱼钥，宫中城上飞乌鹊。

与上一首类似，此作形式上虽为规整之七言，但用韵复杂，且明显偏重仄声韵。

这一时期的诗词作品大致可分为两类。一类以四字或六字（剔除中间借以转换语气的虚词）一句为主，句式多为偶数，整体形式方正、简洁。另一类句数长短不齐，整体形式更趋丰富。在进入东汉以后，五言诗渐渐增多，完整的七言诗也开始产生。

在较长一段时期，诗词多为配乐吟唱。处于文明早期，无论是文字形式还是音乐形式，多趋于简单、质朴。这一时期的诗词与该时期的文字、音乐发展状态是一致的、吻合的，同样趋于简单、质朴。

二、格律诗的形成

自汉末至南北朝时期，反切注音方法的产生及四声的提出对诗词后续发展影响深远。关于反切产生的年代，历来有不同的说法，以颜之推所谓“汉末说”最为可信：“孙叔言创《尔雅音义》，是汉末人独知反语。”（《颜氏家训·音辞》）这正是佛教传入中国以后的事。在翻译佛经的过程中，梵语的拼音法启发人们去分析汉语的声音结构，分析出汉语的声母和韵母，于是产生了反切。而反切欲求准确，就自然会发展到对汉字声调的注意。四声的发现，据文献记载，始自南朝宋代的周颙。但北齐李季节在《音韵决疑序》中已经说道：“平上去入，出行间里，沈约取以和声之，律吕相和。”则似乎在此前民间已有四声之辨了。陈寅恪《四声三问》认为四声的发现与佛经的转读有关，虽然有学者质疑，其细节是否确切尚待进一步考证，但从大的文化背景看来，这两件事情还是有一定联系的。[①]

四声的明确提出为后世进一步完善诗词形式，深化并规范律则，提供了重要的技术支持。

齐梁陈三代是新体诗形成和发展的时期。所谓新体诗，是与古体诗相对而言，其主要特征是讲究声律和对偶。因为这种新体诗最初形成于南朝齐永明（齐武帝萧赜年号，483—493）年间，故又称“永明体”。对偶的诗句，《诗经》中已有，魏晋以来渐渐增多；宋齐之际，诗人更着意追求，形成了“俪采百字之偶”（刘勰《文心

① 参阅袁行霈《中国文学史》第二卷，高等教育出版社2014年版，第15页。

雕龙·明诗》）的风气。新体诗产生的关键是声律论的提出。《南齐书·陆厥传》载："永明末，盛为文章。吴兴沈约、陈郡谢朓、琅邪王融以气类相推毂。汝南周颙，善识声韵。约等文皆用宫商，以平上去入为四声，以此制韵，不可增减，世呼为'永明体'。"

可见，发现四声，并将它运用到诗歌创作之中而成为一种人为规定的声韵，这就是永明体产生的过程。

在齐梁声律论产生之前，诗赋创作并非不讲声韵，但那时讲的是自然的声韵，而且又多与音乐有关。从诗歌自身的发展来看，随着文人五言诗创作的不断繁荣，五言古诗已逐步脱离乐府而独立发展成为不入乐的徒歌，即钟嵘所说"不被管弦"（《诗品序》）的五言诗，那么摆脱对于乐律的依附而创造符合诗之声律的要求，已经成为必然之势。[①]

五律的定型是由宋之问和沈佺期最后完成的。他们的诗歌创作多限于应制酬唱和咏物、赠别，点缀升平，标榜风雅，难免有辞藻文饰、内容贫乏之弊。同时，他们有较为充裕的时间琢磨诗艺，在诗律方面精益求精，回忌声病，约句准篇。具体做法是，除了一联之中轻重悉异之外，还要求上一联的对句与下一联的出句平仄相黏，并把这种黏对规律贯穿全篇，从而使一首诗的联与联之间平仄相关，通篇声律和谐。元稹《唐故工部员外郎杜君墓系铭序》说："唐兴，官学大振，历世之文，能者互出。而又沈（佺期）、宋（之问）之流，研练精切，稳顺声势，谓之为律诗。"这是最早有关"律诗"定名的记载，故沈、宋之称，也就成为律诗定型的标志。

之所以如此，是因为以遵守黏对规则为声律格式的五言律的定型，在唐代近体诗的演变过程中具有关键性的意义。它不仅完成了

① 参阅袁行霈《中国文学史》第二卷，高等教育出版社 2014 年版，第 101—102 页。

由永明体的四声律到唐诗平仄律的过渡，有易于识记和掌握运用之便，而且具有推导和连类而及的作用，是一种可以推而广之的声律法则。如在五言近体的范围内，即可由五言律推导出五言排律和五言绝句的体式。更为重要的是，可以在五言律的基础上，推导出一个近体七言诗的声律格式，如七律、七绝等。所以，在五言律趋于定型后，杜（审言）、李（峤）、沈（佺期）、宋（之问）等人即成功地把这种律诗的黏对法则应用于七言体诗歌，于中宗景龙年间完成了七言律诗体式的定型。

各种律诗体式的定型，为诗歌艺术的发展创造了有利条件。尽管沈、宋等人在任职馆阁期间所写的应制五律和七律鲜有可观者，但磨炼出了一套律诗的声律技巧。[①]

至此，声律之美亦已完成由自然声律到人为总结、规定并施之于诗歌创作的发展演变主要过程。但各种律诗体式的定型仅仅为诗的创作提供了优选后的形式。而诗作的优劣并非仅仅取决于外在的形式，更大程度上取决于作品的内涵，取决于作者的人生体验、感悟、反思等更深层、更本质的因素。换言之，律诗体式所形成的优势仅仅限于外在的“形”，并未触及诗的“魂”。此“形”与“魂（质）”之间的关系正如孔子《论语 · 雍也》中所言：“质胜文则野，文胜质则史，文质彬彬，然后君子。”

律诗创作的高峰首先体现在杜甫的作品之中。其中原因不仅仅在于杜甫对各类律诗体式、技巧的从容驾驭和灵活运用，同时因其高度关注社会现实，人生体验更深刻、丰富。

五律《春夜喜雨》（杜甫）：

---

① 参阅袁行霈《中国文学史》第二卷，高等教育出版社 2014 年版，第 189—190 页。

好雨知时节，当春乃发生。随风潜入夜，润物细无声。
野径云俱黑，江船火独明。晓看红湿处，花重锦官城。

此作首句不入韵。整体单句不入韵，仄声结尾；双句入韵，押平声韵。平仄谨严。中间两联对仗。

五律《萤火》（杜甫）：

幸因腐草出，敢近太阳飞。未足临书卷，时能点客衣。
随风隔幔小，带雨傍林微。十月清霜重，飘零何处归。

此作特点同前一首。

五绝《登鹳雀楼》（王之涣）：

白日依山尽，黄河入海流。欲穷千里目，更上一层楼。

五绝实为五律之缩减版，体量减半。此作如五律之中间两联。单句不入韵，仄声结尾；双句入韵，押平声韵。对仗工稳严谨。

排律《寄李十二白二十韵》（杜甫）：

昔年有狂客，号尔谪仙人。笔落惊风雨，诗成泣鬼神。
声名从此大，汩没一朝伸。文彩承殊渥，流传必绝伦。
龙舟移棹晚，兽锦夺袍新。白日来深殿，青云满后尘。
乞归优诏许，遇我宿心亲。未负幽栖志，兼全宠辱身。
剧谈怜野逸，嗜酒见天真。醉舞梁园夜，行歌泗水春。
才高心不展，道屈善无邻。处士祢衡俊，诸生原宪贫。
稻粱求未足，薏苡谤何频。五岭炎蒸地，三危放逐臣。

几年遭鹏鸟，独泣向麒麟。苏武先还汉，黄公岂事秦。
楚筵辞醴日，梁狱上书辰。已用当时法，谁将此义陈。
老吟秋月下，病起暮江滨。莫怪恩波隔，乘槎与问津。

排律可视为标准律句的加长版。基本原则为依据黏对律则复制中间两联，使之形成类似手风琴或折扇的形式结构。

此作单句不入韵，仄声结尾；双句入韵，押平声韵。通篇一韵到底，未换韵。因排律形式所限，不必亦无须要求每联皆为工对，不妨部分取工对，其余取宽对。

七律《曲江》（二首选一）（杜甫）：

一片花飞减却春，风飘万点正愁人。
且看欲尽花经眼，莫厌伤多酒入唇。
江上小堂巢翡翠，花边高冢卧麒麟。
细推物理须行乐，何用浮名绊此身。

七律基本句式较五律多一节（两字）。此作首句入韵，其余单句不入韵，仄声结尾；双句及第一句入韵，押平声韵。中间两联对仗工稳。

七绝《赠李白》（杜甫）：

秋来相顾尚飘蓬，未就丹砂愧葛洪。
痛饮狂歌空度日，飞扬跋扈为谁雄。

七绝同为七律之缩减版。体量减半。

此作第一、二、四句入韵，押平声韵。第三句不入韵，仄声结尾。

通过以上介绍，我们将格律诗基本特征概括如下。

1．律诗为五言、七言一句，通篇多为四句、八句。排律虽长，句数仍为偶数，不存在句数为单数的。由此形成每句字数与通篇句数的奇偶关系。

2．律诗以押平声韵为正格。入韵句与不入韵句形成平仄对应，即入韵句为平声结尾，押韵；不入韵句皆为仄声结尾。

3．每句第二字形成“黏对关系”（此项容后细说）。

4．各句之中，每字的平仄关系皆由律则明确（此项同样容后细说）。

三、词牌、散曲的兴起

在唐代，古诗、格律诗发展繁荣的同时，还出现一重要的新形式——词。词于初唐、盛唐之际已在民间及部分文人中开始创作，中唐时词体基本确立，晚唐以至五代，其文人化程度加强，更趋成熟。

词的兴起与唐代五七言诗的繁荣关系密切，但对其起决定作用的主要为音乐。隋唐新起燕（宴）乐，燕乐多受胡乐，即边地及境外音乐的影响。对比于中原传统古乐，胡乐音域宽广，曲调繁复曲折，变化多端。以辞配乐，原有的古诗、律诗体式已经很难配合这类燕乐歌唱，因而催生新的体式——词，借以配合燕乐。因此词是诗与乐在隋唐时代以新的方式再度结合的产物。

《菩萨蛮》（李白）：

平林漠漠烟如织，寒山一带伤心碧。暝色入高楼，有人楼上愁。　　玉阶空伫立，宿鸟归飞急。何处是归程？长亭更短亭。

此作据传为李白所作，分上下两片，各四句。首两句七言，其余六句五言。

上片一、二句押仄声韵；三、四句换韵，押平声韵。下片一、二句换韵，押仄声韵；三、四句再换韵，押平声韵。

《虞美人》（李煜）：

> 春花秋月何时了，往事知多少。小楼昨夜又东风，故国不堪回首月明中。　　雕阑玉砌应犹在，只是朱颜改。问君能有几多愁，恰似一江春水向东流。

此作分上下两片，各四句。上片各句字数分别为七、五、七、九，下片与上片相同。

上片一、二句押仄声韵；三、四句换韵，押平声韵。下片一、二句换韵，押仄声韵；三、四句再换韵，押平声韵。

相比于律诗，词的长短句式变化，押韵、换韵情形明显更趋丰富。

元代诗、词依然处于主流，同时又涌现出一种新样式——散曲。

散曲之所以称“散”，是与元杂剧的整套剧曲相对而言的。剧本中使用的曲，粘连着科白、情节。如果作家纯以曲体抒情，则与科白情节毫无联系，这就是“散”，它是一种可以独立存在的文体。除此之外，散曲的特征，还有两点值得注意。一是它在语言方面，既存在一定的律则，又吸收了口语自由灵活的特点，因此往往会呈现口语化以及曲体某一部分音节散漫化的状态。二是在艺术表现方面，它比近体诗和词更多采用“赋”的方式，加以铺陈、叙述。

散曲押韵比较灵活，可以平仄通押；句中还可以增加衬字。在北曲中，衬字可多可少，但只能用在句头或句中；南曲则有“衬不过三”的说法。

散曲大盛于元，这和语言以及音乐的发展有直接的关系。正如王世贞在《曲藻·序》中所说的：“自金元入主中国，所用胡乐，嘈杂凄紧，缓急之间，词不能按，乃更为新声以媚之。”[①]

另外，词韵大致依照原诗韵，略加变化；曲韵则另立韵部（按：分为十九部）。词有平上去入四声；北曲则取消入声，将其归入平上去三声。但南曲仍保留入声。

〔仙吕·醉中天〕《咏大蝴蝶》（王和卿）：

弹破庄周梦，两翅驾东风。三百座名园一采一个空。谁道风流种？唬杀寻芳的蜜蜂。轻轻的飞动，把卖花人扇过桥东。

〔越调·天净沙〕《秋思》（马致远）：

枯藤老树昏鸦，小桥流水人家，古道西风瘦马。夕阳西下，断肠人在天涯。

至此，中国传统诗词的各类体式齐备。

四、诗词演进脉络分析

通过以上梳理，我们不难发现一大脉络。

---

① 参阅袁行霈《中国文学史》第三卷，高等教育出版社2014年版，第198页。

隋唐以前，诗词发展的轨迹更多呈现出由简至繁、多向探索的态势。

自南北朝时期四声的提出，至唐朝律诗体式的定型，不仅完成了由自然声律向人为优化声律的转化，而且逐步明确了其形式的内在逻辑关系。

律诗定型后，借助律诗定型过程中所积累之经验，诗词形式呈现出开枝散叶的迹象。首先依据新的外来音乐（燕乐）的配乐需要，更新出“词”的形式，并迅速将其格律化；元代再依新乐更新出“散曲”的形式，同时将其格律化。

如将传统诗词的发展态势比喻成一株枝繁叶茂的大树。那么隋唐之前的各类诗词形式及探索就如伸向土壤中的庞大根系；律诗则如大树的主干；词、散曲等又如大树的重要分枝。

因此在学习传统诗词过程中，如能抓住格律诗这一主干，后续无论是据此继续深挖提高，还是在熟悉其形式之后，借以过渡到隋唐之前的各类古风体中深挖，或过渡到词、散曲领域深挖，都将较直接切入古风体、词、散曲等形式方便快捷，且更容易窥破其中之玄妙。

格律诗又如书法中的楷体，仅为一种体式或书体。其本身之所以能够被定型为一种模式，前提是必须建立并完善其形式内在的逻辑关系，使之达到基本的融通；同时，面对社会交流的某类基本需要，能够优选出较稳定的基本形式；最后，在维持形式基本稳定的同时，还需为不同类型作者提供较为广阔的发挥空间和拓展空间。

格律诗、楷体皆为针对交流过程中较为庄重、规范、严谨、典雅的一类需要所推出的文学、艺术形式，符合这类社会交流的基本要求。一方面，我们应理解这类形式与社会需求之间的关系，此中有其必然。很难想象传统的祭祀大典祭文或国与国之间的外交文书不是采用规范格式，使用规范的语言，而是采用行草书信手书写。某类场合，格律诗就代表着规范格式、规范语言，而楷书则代表着规范书体。另一方面，我们又不宜将这类体式或书体人为拔高。格律诗本质上并非一定优于非格律诗，正如楷体本身并不表示一定优于行、草、隶、篆等其他书体。书法水平的高低更大程度上决定于书家的综合水平，而非书体。诗词亦然。广为传诵的许多优秀诗篇并非格律诗，但这并未妨碍它们成为优秀诗篇。目前部分诗词作者陷入了“形式至上”的误区。如前文所言，体式仅仅为一优选的躯体，并未触及灵魂的问题。诗词创作更关键之处在于作者究竟能够为其作品植入一个怎样的灵魂。这才是作品优劣的核心所在。

在此我们再尝试依照创作规则的宽严程度，就传统诗词试作一粗浅分类。

传统诗词大体可分为两类，一类为古诗，另一类为格律诗。

古诗的创作规则从宽，原则上仅存在押韵的要求，不存在对诗中每个字的平仄要求。进一步还可细分为齐言古诗与非齐言古诗。齐言古诗指每句字数相同的古诗，通常每句为四言、五言、七言。非齐言古诗指每句字数不相同的古诗，同一首作品中兼有五言、七言等长短交错的句式。

格律诗的律则详细完备，不仅对押韵有明确具体的要求，更对作品中每一字的平仄有详尽的要求。广义的格律诗包括律诗、词、散曲。狭义的格律诗仅仅指律诗，具体为五律、五绝、七律、七绝、排律。

如此划分未必科学，却便于我们了解传统诗词，学习并掌握格律诗。

学习格律诗，如直接从格律诗切入，将同时面对押韵、黏对、平仄等繁复的整套律则。通常不是无从下手，就是顾此失彼。若先从齐言古诗入手，借以拆解律则，将其分拆为押韵、黏对两步，最后再重点突破律则中的平仄等，则容易许多。

五、相关概念详解

格律诗（广义、狭义）、**近体诗**：古典文学形式中，有一种规矩严格的诗歌，人称其为“律诗”。由于其形式定型于唐代，所以唐人称其为“近体诗”或“今体诗”。后世多沿用此称谓。这些称谓都是对应“古诗”“古体诗”而产生。所谓“律”，是指诗歌形式排偶与声调和谐的法则，即指形式整齐化和音乐化的规格，所以这种律又被称为“格律”。①

广义的格律诗包括律诗、词、散曲。狭义的格律诗仅仅包括律诗。

律诗：律诗的条件，还未见古代有人详细提及。但从历代著名作品核验，约有四项：1. 一句之中及句与句之间的平仄皆存在特定的规则。2. 平声韵脚，除有时首句入韵外，皆为单句仄脚不入韵，双句平脚入韵。3. 以每首八句为基本形式（唐人有六句的律调诗，但极少。八句以上的称为长律或排律。唐代科举考试用五言六韵，计十二句，称为“试律诗”。清代科举考试用五言八韵，计十六句，称为“试帖诗”。一般的长律不限句数）。4. 全诗首尾两联（每两句称为一联）对偶与否可以随意，中间各联必须对偶。② 律诗句数皆为偶数。

有关仄韵律诗及排律容后续章节细说。

古诗、古体诗：所谓古体诗（或称古诗），是相对于律体诗（或

① 参阅启功《诗文声律论稿》，中华书局 2000 年版，第 1 页。
② 参阅启功《诗文声律论稿》，中华书局 2000 年版，第 6 页。

称律诗）而言的。凡不合律体条件的，都可算作古体（有的算作拗体）。在律诗尚未正式形成，律体这一名称尚未出现时，是没有古体这一名称的。现在我们所说的古体，包括了律体形成以前的作品和后世模拟古体的作品。①

在格律诗定型的过程中，原古体诗同样呈现格律化趋势，具体特点为反格律诗其道而行之，如在声调方面，多用孤平、孤仄、三平脚、三仄脚句式；各节连平、连仄句式；各句之间黏对有意失和；各句句脚的平仄存在间隔不匀之处，即首联以下的各联中存在上下联句句脚同为平声，或同为仄声的；篇中有换韵之处等。

本节重点

（一）传统诗词经历了一个由简至繁，形式经优化、提纯、定型，再到更新、扩散的过程。

（二）“质胜文则野，文胜质则史，文质彬彬，然后君子。”诗词创作同理。形式的优化仅仅是诗词创作的一方面，质与魂的提升更为重要。学习格律诗不宜买椟还珠。

（三）学习格律诗，不妨由简至繁，拆解分步进行。

练习与思考

从本讲开始，练习与思考容量明显增大。读者可以根据各自具体情况斟酌落实。不要求一次全部完成，可先完成部分；也可在后续深入学习过程中，持续落实各讲后的练习与思考。这类练习与思考可以持续较长时间，不应仅限于阅读本书的过程中。

在掌握前两讲内容的基础之上，进一步深化练习。

① 参阅启功《诗文声律论稿》，中华书局2000年版，第29页。

（一）自选主题。建议从自己感触、体验深刻的话题入手，尝试创作齐言古诗。具体要求如下：

1. 押平声韵，此处仍采用新韵；

2. 不入韵句皆为仄声结尾；

3. 参考五言古诗：每句五字，整首四句，每句句中平仄不作要求。

例一：《静夜思》（李白）

床前看月光，疑是地上霜。举头望山月，低头思故乡。

此诗目前国内最流行的版本为：床前明月光，疑是地上霜。举头望明月，低头思故乡。据陈尚君考证，此版本为明代李攀龙修改版。日本人所引多为“床前看月光”版，即《李太白文集》版。

第一句亦可不入韵，仄声结尾。

例二：《鸟鸣涧》（王维）

人闲桂花落，夜静春山空。月出惊山鸟，时鸣春涧中。

（二）自选主题，同样从自己感触、体验较深刻的话题入手，尝试创作齐言古诗。具体要求如下：

1. 押平声韵，此处仍采用新韵；

2. 不入韵句皆为仄声结尾；

3. 参考五言古诗：每句五字，整首八句，每句句中平仄不作要求。

例一：《终南别业》（王维）

中岁颇好道，晚家南山陲。兴来每独往，胜事空自知。

行到水穷处，坐看云起时。偶然值林叟，谈笑无还期。

例二：《山居秋暝》（王维）

空山新雨后，天气晚来秋。明月松间照，清泉石上流。
竹喧归浣女，莲动下渔舟。随意春芳歇，王孙自可留。

（三）自选主题，仍从自己感触、体验较深刻的话题入手，尝试创作齐言古诗。具体要求如下：

1. 押平声韵，此处仍采用新韵；

2. 不入韵句皆为仄声结尾；

3. 七言古诗：每句七字，整首四句。首句可入韵，亦可不入韵。每句句中平仄不作要求。

例一：习作《六闲吟》[①]

陋室飘香观音韵，案头把玩寿山石。
常将平生寄翰墨，偶有丹青酬小诗。

例二：习作《南天门春色》

和风催新绿几重？雨润峰隐雾渐浓。
曲水繁花春草碧，数声布谷远山空。

（四）自选主题，同样从自己感触、体验较深刻的话题入手，尝

① 本书中所列“习作”皆为作者本人日常所作。非本人习作皆于标题后标明作者。

试创作齐言古诗。具体要求如下：

1. 押平声韵，此处仍采用新韵；

2. 不入韵句皆为仄声结尾；

3. 七言古诗：每句七字，整首八句。首句可入韵，亦可不入韵。每句句中平仄不作要求。

例一：《黄鹤楼》（崔颢）

昔人已乘黄鹤去，此地空余黄鹤楼。
黄鹤一去不复返，白云千载空悠悠。
晴川历历汉阳树，芳草萋萋鹦鹉洲。
日暮乡关何处是，烟波江上使人愁。

例二：习作《观〈亮剑〉有感，咏骑兵连》（新韵）

明知不敌战犹勇，此战虽败败亦荣。
拼尽残躯搏强暴，抛洒碧血铸剑锋。
气吞对阵东瀛寇，势冠江滨项羽风。
纵使当今太平日，常崇独臂呼进攻。

此作押韵有误。新韵中，荣、攻（东韵）与锋、风（庚韵）不属同一韵部。平水韵中，荣属八庚韵，锋、风、攻属一东韵，两韵部皆不在邻韵通押范围。

除按以上要求深化练习，同时要求将本讲所列作品，包括读者自己的作业以及前面两讲所涉及作品，全部标注每字的平仄、韵脚的拼音，并依照新韵标注韵脚所属韵部。

现实创作中，格律诗的用韵呈现两系三支的状态，两系分别为新韵、平水韵；三支分别为：新韵、平水韵诗韵、平水韵词韵。

诗词创作中不存在只有使用平水韵诗韵才正宗的问题，这其实是一个伪命题。相反，诗词用韵应保持与现实语音系统的一致。

第四讲 深究韵则

我国历史上长期存在官方语言与方言并存的现象。历史上习惯称官方语言为“官话”，官话在语音系统中之地位、作用与今日之“普通话”类似。我国地域辽阔，地方语音系统繁杂。方言的存在有其复杂的历史、地理等原因，亦有其存在的理由，难以彻底改变。同时为确保不同区域之间交流的便利，历朝历代也会针对自身具体情况确定本朝官话。各朝官话多以都城地区方言为蓝本，结合历史沿袭等元素加以规范。由于语音系统为实用系统，在绵延不绝的传承与交流过程中，不断遭遇周边其他语音系统的影响与渗透，因此各语音系统或多或少皆会发生变化，其中的某些变化甚至是巨大的、激烈的，一成不变的语音系统在现实语境中是不存在的。如今日河南洛阳地区的方言即与唐宋时期该地方言差别极大。今日洛阳地区方言是在金元时期北方少数民族融入过程中逐渐形成的。因北方少数民族原有之语言习惯很难读准入声音，因而在华北、中原等广大地区逐渐形成一类舍弃入声音（即所谓的“入派三声”）的新的汉语语音系统，这即为今日中原、华北地区方言之前身。

相反，不少原本居住于中原、华北的族群，历代多以整家族、整村落的方式南迁至江浙、两湖、江西、福建及广东等地。众多族群的持续南迁，聚族而居，不但较好地保留传承了原有的语音系统，而且影响并改变了迁入地区的语音系统，较为典型的即为今日之闽、浙、粤三地方言。较之今日的洛阳方言，这类语系与唐宋时期河南洛阳地区的语音系统更为接近，但并非完全一致。

仅就当今格律诗创作而言，用韵规则主要存在两大系统：平水韵与新韵；其中的平水韵又分为两支：诗韵与词韵。

一、平水韵

平水韵以唐宋时期长安、洛阳地区方言为基础，再参照古音制定而成。目前主要依据为金代王文郁的《平水新刊韵略》。因王文郁为山西平水人，后世习惯将其编著的这部韵书称为“平水韵”。平水韵共分 106 韵部，保留入声。清代康熙年间编撰的《佩文韵府》即以此为蓝本，沿用 106 韵部。

平水韵诗韵[①]具体指金代王文郁的《平水新刊韵略》体系。此音韵系统比较接近唐代格律诗的实际用韵，亦为后世格律诗辨音、押韵之主要标准。

平水韵诗韵 106 韵部说明。

上平声：一东、二冬、三江、四支、五微、六鱼、七虞、八齐、九佳、十灰、十一真、十二文、十三元、十四寒、十五删

下平声：一先、二萧、三肴、四豪、五歌、六麻、七阳、八庚、九青、十蒸、十一尤、十二侵、十三覃、十四盐、十五咸

上声：一董、二肿、三讲、四纸、五尾、六语、七麌、八荠、九蟹、十贿、十一轸、十二吻、十三阮、十四旱、十五潸、十六铣、十七筱、十八巧、十九皓、二十哿、二十一马、二十二养、二十三梗、二十四迥、二十五有、二十六寝、二十七感、二十八俭、二十九豏

---

① 平水韵诗韵不妨参阅（清）汤文璐《诗韵合璧》，上海书店出版社有重印本刊行。

去声：一送、二宋、三绛、四寘、五未、六御、七遇、八霁、九泰、十卦、十一队、十二震、十三问、十四愿、十五翰、十六谏、十七霰、十八啸、十九效、二十号、二十一个、二十二祃、二十三漾、二十四敬、二十五径、二十六宥、二十七沁、二十八勘、二十九艳、三十陷

入声：一屋、二沃、三觉、四质、五物、六月、七曷、八黠、九屑、十药、十一陌、十二锡、十三职、十四缉、十五合、十六叶、十七洽

有些音如今日的［an］音所包含的韵字较多，在此被分置于“十四寒”“十五删”“一先”等数个韵部；有些音如今日的［in/en/un］又被置于“十一真”或“十二文”韵部。总之，由于古今音韵变化极大，如欲遵循平水韵诗韵展开创作，需细细研读相关韵书，最好将各韵部所包含今日各类读音加以标注，以便熟悉掌握。

北宋定都开封，官话改以洛阳、开封等地方言为蓝本。一方面，唐、宋官话虽同属中古时期中原语音系统，同样拥有入声；另一方面，宋官话与以西安地区方言为蓝本之唐官话之间存在差异。宋人擅长填词，所用词韵即为依托北宋官话修订唐朝诗韵而成，这便是平水韵词韵①。平水韵词韵与平水韵诗韵之间，相同之处有二：其一，同样保留入声；其二，基本韵部一致。不同之处在于：依据北宋官话（实际语音系统），重新合并、区分原有平水韵诗韵韵部。如将原诗韵中的“一东”“二冬”韵部合并使用。或许在唐官话中“一东”“二冬”两韵部的读音较容易区分。演变至宋官话，这两韵部的

① 平水韵词韵不妨参阅（清）戈载《词林正韵》，上海古籍出版社有影印本刊行。

读音已很难区分，因此宋代的词韵将“一东”“二冬”两韵部合并使用。又如原本诗韵中的“十三元”韵部，在词韵中被区分为两个部分，分别为［an］韵与［en/un］韵，并入不同韵部使用。［an］韵与“十四寒”“十五删”“一先”通用；［en/un］韵与“十一真”“十二文”通用。

事实上所谓词韵就是依据宋朝实际语音状况，对唐代所形成的用韵规则给予合理的修订，并成为填词的通行韵则。今日也被借用为格律诗韵则。

平水韵词韵韵部说明。

第一部

平声　一东二冬　通用

上声　一董二肿　去声　一送二宋　通用

第二部

平声　三江七阳　通用

上声　三讲二十二养　去声　三绛二十三漾　通用

第三部

平声　四支五微八齐十灰（半）　通用

上声　四纸五尾八荠十贿（半）　去声　四寘五未八霁九泰（半）十一队（半）　通用

第四部

平声　六鱼七虞　通用

上声　六语七麌　去声　六御七遇　通用

第五部

平声　九佳（半）十灰（半）　通用

上声　九蟹十贿（半）　去声　九泰（半）十卦（半）十一队（半）　通用

第六部

平声　十一真十二文十三元（半）　通用

上声　十一轸十二吻十三阮（半）　去声　十二震十三问十四愿（半）　通用

第七部

平声　十三元（半）十四寒十五删一先　通用

上声　十三阮（半）十四旱十五潸十六铣　去声　十四愿（半）十五翰十六谏十七霰　通用

第八部

平声　二萧三肴四豪　通用

上声　十七筱十八巧十九皓　去声　十八啸十九效二十号　通用

第九部

平声　五歌　独用

上声　二十哿　去声　二十一个　通用

第十部

平声　九佳（半）六麻　通用

上声　二十一马　去声　十卦（半）二十二祃　通用

第十一部

平声　八庚九青十蒸　通用

上声　二十三梗二十四迥　去声　二十四敬二十五径　通用

第十二部

平声　十一尤　独用

上声　二十五有　去声　二十六宥　通用

第十三部

平声　十二侵　独用

上声　二十六寝　去声　二十七沁　通用

第十四部

平声　十三覃十四盐十五咸　通用

上声　二十七感二十八俭二十九豏　去声　二十八勘二十九艳三十陷　通用

第十五部

入声　一屋二沃　通用

第十六部

入声　三觉十药　通用

第十七部

入声　四质十一陌十二锡十三职十四缉　通用

第十八部

入声　五物六月七曷八黠九屑十六叶　通用

第十九部

入声　十五合十七洽　通用

从今日普通话及南方方言角度审视，平水韵词韵规则较平水韵诗韵规则更趋合理，亦更适用。在词韵中，原本的阴平、阳平并置为平声；上声、去声并置为仄声。因此原本 106 韵部被合并为 33 韵部（平声 14 韵部，仄声 14 韵部，入声 5 韵部），整体更趋简洁、实用、合理。

由于格律诗以押平声韵为主，在此仅以平声韵部试作详细说明。

如“一东二冬”韵部的合并通用。唐朝时或许较易区分此两韵部之不同，宋时已难以区分，今日依然很难区分此两韵部之不同。如韵则过于繁缛琐细，无疑会为创作人为设置过多障碍。合并通用显然更为合理，亦更利于创作。“三江七阳”韵部的合并通用与此类似。

“十灰”韵部原本包含今日之［ei］［ai］两韵。或许唐朝时此两韵之间读音差异不明显，但延续至宋朝，此两韵之间差异已较为明显。如再置于同一韵部显然有碍谐音，因此被分置于两个韵部。这样处置更为合理。

“十一真十二文”两韵部原本皆为今日之［en/in/un］韵，在原本诗韵中被分置为两个独立韵部。这容易造成创作过程中用韵的混淆。词韵将“十三元”韵部中［en/un］部分与此归置一处合并通押。类似的还有“十四寒十五删一先”与“十三元（［an］部）”通用；“二萧三肴四豪［ao］”通用；“八庚九青十蒸［eng/ing］”通用。

此外，需要注意的是“十三覃十四盐十五咸”通用。首先这一韵部混入了［in］音（覃），在实际创作过程中应力避与［an］音混用，以免导致破坏谐音。其次剔除此部个别韵字，此韵部与“十三元（［an］部）十四寒十五删一先”韵部同为［an］音，在今日之普通话及南方方言语系中仍较难区别，创作使用时尤需特别注意。

二、新韵

元朝历时近百年，仅仅数次开科取士，基本上断送了传统文人的功名仕途。不少北方文人尝试面向民间，改以为民间戏班撰写脚本词曲为生。由此催生并繁荣了散曲（更确切称呼应为“北曲”）这一新的诗歌形式。此时因长期受到北方少数民族融入之影响，中原、华北地区语音系统变化较大，实际语音已经“入派三声”，入声在这类语音系统中已基本消失。面对这类新语境、新的受众群体（散曲受众以基层民众为主），再坚持原有的平水韵进行散曲创作显然已不合时宜，一如以一地之方言抗衡普通话。为便于散曲的传播，元代北方文人多依据当时实际语音（北方官话）状况创作散曲。元末周德清根据元代北方实际语音，并参考大量元曲作品的押韵状况，编著成《中原音韵》一书，把北曲常用韵部归为19部。此即为新韵之前身。由于明清两朝较长时间定都北京，因此官话系统未再发生急剧变化，依旧是以北京周边方言为基础，逐步演进，最终演进至今日之普通话。

有关新韵[①]韵部的说明，详参第一讲。

新韵以今日普通话为基础，遵循“入派三声”原则，将韵部归置为36部（18韵部再分为平、仄两部分，共计36韵部。部分韵书如上海古籍出版社出版的《诗韵新编》将各部入声字单列于后，但实际上新韵韵部中是不包含入声韵部的）。较之平水韵词韵的33韵部，新韵韵部多了3个。但考虑到新韵韵部不包含入声韵部，仅就平声部分而言，平水韵词韵共计14韵部，新韵为18韵部，新韵较之平水韵韵部稍细。

由于新韵以今日之普通话语音系统为研究对象考察制定，因而从今日普通话角度审视，其规则更趋简单、清晰、明确。除“五支”与“七齐”皆为韵母为［i］音（“五支”的声母为［zh/ch/sh/z/c/s/r］，“七齐”的声母为其他辅音）；“十五痕”包含［in/en/un］三组元音；“十七庚”包含［ing/eng］两组元音，其余韵部皆为单一元音，指向清晰明确。这不但便于诗词创作中驾驭音韵，更便于确保诗词作品在普通话背景下的谐音效果。

当然由于新韵遵从“入派三声”，舍弃了入声，因而其在南方方言语系背景下的表现力趋于弱化，并且出现某类新的不谐音现象。

---

① 目前新韵韵书种类繁多，较为通用本仍为上海古籍出版社编《诗韵新编》。

由于“入派三声”，部分平水韵中的入声字在新韵中读作平声，如“一”字。当我们遵从新韵韵则展开创作，若以南方方言朗读该作品，则这些字又会被读作入声，进而破坏原本预设之韵律感。

三、韵则的选用

如上可鉴，无论是平水韵诗韵、平水韵词韵还是新韵，皆拥有较为长久的历史传承，并有相关诗歌形式及大量作品作为支撑。即便是新韵亦非无源之水，其演进历史体现出诗歌用韵不断强化与现实语音系统之关联的一面，这对促进诗歌创作及繁荣大有助益。

某些格律诗作者以遵从平水韵诗韵为嫡系正宗。私以为大可不必，此类主张亦难成立。首先，诗词并非纯文本文体，而是兼顾文本与语音两方面的独特文体。依据平水韵诗韵创作的格律诗，以今日之普通话吟诵未必谐音，原有格律形式所催生之韵律感有意无意间被破坏。尤其是遭遇入声变平声的情况，这种破坏更为明显。丧失普通话语音系统的支持，无疑是失去最大的现实语境支持。回顾传统诗歌发展历史，这类与现实语境的背离是极不利于诗歌发展、繁荣的。其次，即便是以保留入声的南方语系如浙、闽、粤方言吟咏，同样未必谐音。如“十三元”韵部，在唐朝时或许［an］韵与［en/un］韵两部分差异不明显，因此唐人将这两部分同时归为“十三元”韵部；延续至宋，这两部分的读音已经呈现明显差异，因此宋人之词韵将［an］韵与［en/un］韵分别归入不同韵部，不再作为同一韵部使用。因为二者混用不再谐音。又如，在唐朝“一东”“二冬”两韵部读音较容易区别，因此分别归入两个韵部；但至宋朝，“一东”“二冬”两韵部之读音已很难区分，因此宋人在填词过程中，接受这两部分通押使用，即接受一首作品中既有使用“一东”韵的，也有使用“二冬”韵的。今日之南方方言其渊源与宋朝中原语音系统更近，与唐朝中原语音系统稍远。今日如再一味强调格律诗创作中平水韵诗韵的正宗，而无视其他韵则，甚至排斥其他韵则，这无疑是在削足适履。

正因为如此，部分对音韵、谐音较为敏感的作者，即便遵从平水韵诗韵，在具体创作过程中亦尽量避免将“十三元”［ɑn］韵与［en/un］韵两部分混用的状况。

同时，另一部分作者既希望坚守平水韵，又注意到即便借助今日南方方言亦存在与平水韵诗韵不谐音之处，反而与平水韵词韵更为契合，因此在格律诗创作中转而选择遵从平水韵词韵。如此虽无法确保与普通话谐音，但能在较大程度上确保与南方方言的谐音。

新韵则接受“入派三声”，其语音系统与今日之普通话基本一致，落实到具体细节或略有差异。如目前较为流行的上海古籍出版社出版的《诗韵新编》，其语音系统并非完全依照今日之普通话，而是融入不少民国时期的普通话（官话）。其中“垃圾”的语音标注同时保留［lèsè］的读音。最初与台湾朋友接触，误以为此读音源自闽南语，由此方知出自民国时的普通话。遵从新韵，个人浅见，读音不妨以新版《新华字典》为依据，如此适用面更为广阔。

由于新韵直接面对今日最通行之语音系统——普通话，因而其发展空间广阔，更易成为未来诗词发展之趋势；同时由于其所主张之韵则与我们今日之通识教育、基础教育一致，且二者之间存在清晰的逻辑关系、承接关系，因而更容易被接受。借助小学汉语拼音知识解读新韵韵则更为容易。面对现实语境，新韵拥有更为广阔的发展空间。

但即便如此，主张新韵仍不足以成为放弃平水韵之充分理由。此中涉及较多文化传承因素。

试想一下，假如我们彻底放弃平水韵，我们将如何深入解读唐诗宋词等传统经典作品？因为我们已经无法了解其中的具体韵则。同时，中华文明生生不息，此中生命力之强大与其自身系统文化多样性有关，其中就包含各类地方文化——南方地方文化尤为丰富、复杂。若舍弃平水韵，南方各地地方戏曲之发展传承将遭遇巨大障碍。其语音系统中原本即包含入声。舍弃入声，彻底代之以新韵，其戏曲脚本将无法再用方言传唱。这对地方戏曲而言，将是致命冲击。因此彻底舍弃平水韵无疑是在割断历史血脉。

南方方言多拥有更为长久之历史；普通话则为今日法定通用语言。在具体创作过程中，历史与现实两面皆应给予足够关注，以兼顾为佳。我们应熟悉这两类韵则，注意其中的异同。在无法兼顾的情况下，至少应确保符合其中一类韵则。

因此我习惯于在每一首作品标题后标注“新平两合”、“新韵”、“平水韵”、“平水借词韵”或“新韵，平水借词韵”。

“新平两合”指此作既符合平水韵诗韵韵则，又符合新韵韵则，无论是以南方方言吟咏，还是以普通话朗诵，皆可确保谐音。

“新韵”指仅仅符合新韵韵则。此类作品以普通话朗诵可确保谐音；如以南方方言吟咏则未必谐音。

“平水韵”指仅仅符合平水韵诗韵韵则，未必符合新韵韵则。这类作品以南方方言吟咏可确保谐音，如以普通话朗诵则未必谐音。

“平水借词韵”指此作仅仅符合平水韵（自然也符合平水韵词韵韵则），在韵脚部分接受词韵的邻韵通押，因而既不完全符合平水韵诗韵韵则，又不完全符合新韵韵则。这类作品以南方方言吟咏可确保谐音，如以普通话朗诵则未必谐音。

“新韵，平水借词韵”事实上属于另一种形式的“新平两合”。一方面，符合新韵韵则；另一方面，虽不符合平水韵诗韵韵则，但符合平水韵词韵韵则。这类作品无论是以普通话朗诵，还是以南方方言吟诵，皆可确保谐音。

当然，以上仅仅是就相关用韵规则而言，现实语境中未必如此壁垒分明。如在央视等节目朗诵传统诗词之际，多存在某些修饰音。一方面，期待较大程度地保留古典诗词的谐音效果；另一方面，尽力维系普通话在当代语境的适用性、稳定性。其中最典型、最常见的当数古典诗词中“一”的读音。在平水韵中，“一”为入声，读音短促有力，近于爆破音；而普通话中“一”被“入派三声”，变为阴平音，属于平声音。如完全依照标准普通话朗诵，原本作为入声在经典诗句中所形成的起伏、韵律感即被破坏。对此，央视播音员多采用折中修饰方式，既非依据南方方言读作入声，亦非依照标准普通话读作平声；而是在平声的基础上加重读音，尽量强化其中的起伏效果，并维系原有之韵律。这是现实的、稳健的尝试，兼顾到了历史传承与现实语境两方面，值得鼓励。

相反的例子是个别地区一时兴起之“传统吟诵”。完全否定平水韵、否定方言无疑是自掘地方文化之根，从根本上破坏传统文化多样性之根基，进而伤及传统文化系统内部之自我更新能力。但无视普通话之大语境、大趋势，期待以一地之“传统吟诵”取代普通话朗诵之影响、地位，无疑是从另一方向——传统文化的统一性方面破坏中华文明系统的稳定。同样不可取。地方的不一定就是全国的；民族的亦未必就是世界的；历史沿袭下来的未必就是优秀的，亦未必符合现代社会发展趋势。没有理由以所谓的“传统文化”一叶障目，回避对现实的关照，对世界的关注。何况普通话系统因拥有较完备、规范、严谨的“汉语拼音方案”，得以实现语音的规范化、标准化。多数方言并不具备类似的较为准确、完备的注音系统。国际语音学会制定了一套“国际音标”，又叫“万国语音字母”，借以标注各种语音，适用于世界各种语言，包括我国的各类方言。但这套国际音标很复杂，仅仅为少数音韵学家所掌握，许多鼓吹方言吟诵者未必知道其存在，更不必说借以标注方言。乡规民约多有一文字版本，且立碑为据。这类既无学理支持，又无可操作标准之“吟诵”，恍若一个社会既无立法，又无执法机构，试问何以维系？

本节重点

（一）以本书所附词韵备要简表为蓝本，熟悉并掌握平水韵词韵各韵部。

（二）以本书所附词韵备要简表为蓝本，结合本讲正文内容，熟悉并掌握平水韵诗韵各韵部，并清楚二者之间的异同。

（三）结合第一讲内容，具体了解新韵与平水韵之间的异同。具体熟悉各个入声字，清楚各字在新韵中的读音，尤其是在新韵中读作阴平、阳平的各字。

练习与思考

（一）具体落实“本节重点”中的三项要求。

（二）结合平水韵诗韵，复查此前所列作品之韵脚，尤其留意以新韵标注不押韵者。

（三）结合平水韵诗韵，复查第一讲练习中自己所选取之喜爱的唐诗，尤其留意以新韵标注不押韵者。

（四）求助擅长客家话、闽南话、粤语、浙江话等南方语系的朋友，请他们以方言读出各类入声字，包括由入声派入阴平、阳平、上声、去声的各类字，注意其与普通话读音的差异。

（五）找出此前所列作品中的入声字，尤其是“入派三声”后读作阴平、阳平的字。求助擅长南方方言的朋友，体验一下以南方方言及普通话朗诵这类作品时，二者之间的语感、韵律感。

（六）重复上一讲的练习，并增添一项新要求：要求习作符合“黏对”规则。

黏对规则仅仅针对每首作品每句的第二字。上联与下联的第二字形成一平一仄，或一仄一平的对应关系，这称之为“对”；下联与下一联的上联第二字同为平，或同为仄，这称之为“黏”。黏对规则即以这类“黏”“对”关系统领整首作品。

如上一讲习作《南天门春色》：

和风催新绿几重？雨润峰隐雾渐浓。
曲水繁花春草碧，数声布谷远山空。

第一联的上联第二字为“风”（fēng），平声；下联第二字为“润”（rùn），仄声。此联中的第二字“风”与“润”的这种平仄对应关系就叫“对”。第二联的上联第二字为“水”（shuǐ），仄声；下联第二字为“声”（shēng），平声。此联中的第二字“水”与“声”的这种仄平对应关系同样为“对”。

第一联下联第二字“润”与第二联上联第二字“水”同为仄声，这类一致性就叫“黏”。此作通篇第二字平仄顺次为“平仄仄平”。这就构成此作的“黏对规则”。

又如上一讲例《黄鹤楼》（崔颢）：

昔人已乘黄鹤去，此地空余黄鹤楼。
黄鹤一去不复返，白云千载空悠悠。
晴川历历汉阳树，芳草萋萋鹦鹉洲。
日暮乡关何处是，烟波江上使人愁。

第一联的上联第二字为“人”（rén），平声；下联第二字为“地”（dì），仄声。此联中的第二字“人”与“地”的这种平仄对应关系就叫“对”。以下三联中各句的第二字，分别构成如下的黏对关系：“鹤”（hè），仄声，与“云”（yún），平声；“川”（chuān），平声，与“草”（cǎo），仄声；“暮”（mù），仄声，与“波”（bō），平声，同为“对”。而“地”与“鹤”的同为仄声、“云”与“川”的同为平声、“草”与“暮”的同为仄声，这类一致性就叫“黏”。此作通篇第二字平仄顺次为“平仄仄平平仄仄平”。这就构成此作的“黏对规则”。

按照以上两例所示方法，分析此四讲中各作品第二字是否符合黏对关系。先尝试理解黏对关系与黏对规则。不要求短时间内能够熟练掌握此规则，避免贪多嚼不烂。

第五讲 五言律句基本句式及变化

律诗体式的定型有其学理依据及内在逻辑。只是后世多倾向于经验式传承，较少有人深究其学理依据及内在逻辑。我们今日之学术体系要求相关学科必须明确其学理依据，打通其内在的逻辑关系，本质上不接受原有的经验式表述。否则难以真正融入现代学术体系，更勿论与现代社会实现深入链接。

王力曾借助归纳法与统计学，尝试阐明律诗体式的学理依据；启功先生则尝试从更深层梳理清楚其内在逻辑关系。

在此我们尝试从最基础的“长竿律”推演出五言律句基本形式。

一、启功“长竿律”的提出

启功在其《诗文声律论稿》的附录中有一段表述：“有一回我坐火车，那时还是蒸汽机车头，坐在那里反复听着‘突突’、‘突突’的声音，一前一后，一轻一重。当时我有一位邻居乔东君先生，是位作曲家。我向他请教这个问题，他说，火车的响声，本无所谓轻重，也不是两两一组，一高一低，这些都是人的耳朵听出来的感觉，是人心理的印象。人的喘息不可能一高一低，而是两高两低才能缓得过气来。这一下子使我找到了平仄长竿的规律：汉字的音节在长竿中平平仄仄重叠，人才喘得过气来。讲这个故事说明什么呢？说明在口语中，一个字的词或句子并不多，两个字的词或句子自古即是很多的，因为那样容易合乎某些生理规律。单双字词相间，形成汉语诗歌的格律，如果是多音节，恐怕就不会是这样了。”[1]

首先，此处从生理上解释了两组一节的合理；其次，汉字单音节的特点更容易借助传统格律形式体现此类生理规律。相反，英语

① 参阅启功《诗文声律论稿》，中华书局2000年版，第102页。

等的多音节特点则无法形成类似的格律形式。

同时我们借用数理逻辑，以排列组合原理推演，可得出类似结论。如以一字为一节，所能够形成之句式变化太过局限；如以三字为一节，所能够形成之句式变化则太过复杂多样，更难呈现相应的韵律感。

句式上采用两节半或三节半的结构，更容易生发相应变化，促进韵律感的形成，避免了整节结构容易形成机械性波动之弊端。

长竿律原始句式：

○ ○ ● ● ○ ○ ● ● ○ ○ ● ● ○ ○ ● ●……[①]

1 2 3 4 5 6 7 8 9 10 11 12 13 14 15 16……

如此“平平仄仄”无限循环重复；对应数字从第一个字“平”开始依次为“1、2、3、4、……”，无限延续。

从此原始句式中，我们依次截取五字，即可得到如下句式。

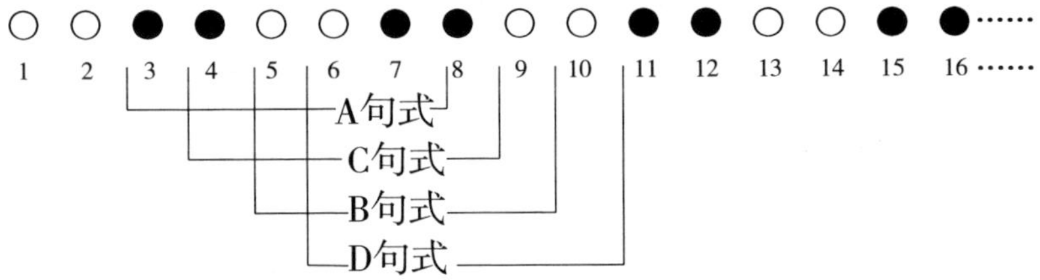

A句式：●●○○●（3—7）　　C句式：●○○●●（4—8）

B句式：○○●●○（5—9）　　D句式：○●●○○（6—10）

注：图中○表示平声，●表示仄声。

五言句式截取图

① 在此我们以○表示平声；以●表示仄声。本书后续皆遵循此例。

○○●●○（B 句式），截取 1—5，或 5—9 而成。例句：当春乃发生。

○●●○○（D 句式），截取 2—6，或 6—10 而成。例句：花重锦官城。

●●○○●（A 句式），截取 3—7，或 7—11 而成。例句：野径云俱黑。

●○○●●（C 句式），截取 4—8，或 8—12 而成。例句：晓看红湿处。

说明：杜甫《春夜喜雨》用韵与平水韵基本一致。“发”在此读 fā，新韵为平声，平水韵为入声。“重”在此读 zhòng，新韵为去声，平水韵为上声（肿韵）、去声（宋韵）。“黑”新韵为平声，平水韵为入声。“看”在此读 kàn，新韵为仄声，平水韵为平声（寒韵）、去声（翰韵）两声，在此取平声。“湿”新韵为平声，平水韵为入声。后续类似唐宋诗词例句，希望读者自己能够借助书后所附词韵备要简表，逐字查验其平仄，尤其需要注意入声字，以及如上例“看”这类在新韵与平水韵中差异明显、具有特殊性的读音。

如再继续截取（即 9—13），将回到 B 句式并重复上述四种句式。换言之，此四种句式构成五言律句之最基本句式。此中同样蕴含数理逻辑，学习过高等数学排列组合课程的，不难发现此四种基本句式为原始句式依次截取五字所能够得到的所有选项，不可能存在第五种选项。

二、“盒子说”

为进一步解释律句句式内部的变化，启功提出“盒底盒盖”的解读方式。在此我们将其概括为“盒子说”，具体而言，律句双字一节结构的重点在第二字，此为盒底，是不可变的。第一字则类似于盒盖，在具体情况下是可以适当变化的，可以变平为仄，或变仄为平。

此仅为一个基本原则，不可简单具化为“一三五不论，二四六分明”。在落实过程中，还需结合孤平、三仄脚、三平脚等相关原则综合考虑。究竟何为孤平、三仄脚、三平脚，我们将在下一讲详细说明。

因为句子的发端处限制较宽，所以如遵从“盒子说”，尝试变换各句式的第一字（即第一节之盒盖），我们可以推演出如下变化：

●●○○●（A 句式）可演化出新旧两种句式。

即●●○○● A-1 句式和○●○○● A-2 句式。

○○●●○（B 句式）仍为原句式。因第一字若变平为仄，后续平仄不动则犯孤平。

●○○●●（C 句式）同样可推演出新旧两种句式。

即●○○●● C-1 句式和○○○●● C-2 句式。

○●●○○（D 句式）亦可推演出新旧两种句式。

即○●●○○ D-1 句式和●●●○○ D-2 句式。

如此我们就得到了七种变化后的五言句式。分列如下。

●●○○● A-1 句式　○●○○● A-2 句式

○○●●○ B 句式

●○○●● C-1 句式　○○○●● C-2 句式

○●●○○ D-1 句式　●●●○○ D-2 句式

三、五律形式的推演

基本原则：“黏对”原则（详见第四讲“练习与思考”中有关“黏对”的解释）；不入韵句仄脚，入韵句平脚。

基本句式：七种变化后的五言句式。

如首句不入韵，遵从“不入韵句仄脚，入韵句平脚”原则，首句只能是 A 句式或 C 句式。（首句入韵的情况，容第七讲细说）

如首句为 A 句式，依照上述基本原则，第二句则必须为平脚（入韵），第二字为平声（对）。符合此要求的只有 B 句式。

第三句则必须为仄脚，第二字为平声（黏）。符合此要求的只有 C 句式。第四句则必须为平脚（入韵），第二字为仄声（对）。符合此要求的只有 D 句式。第五句必须为仄脚，第二字为仄声（黏）。符合此要求的只有 A 句式。第六句必须为平脚（入韵），第二字为平声（对）。符合此要求的仅有 B 句式。第七句必须为仄脚，第二字为平声（黏）。符合此要求的仅有 C 句式。第八句必须为平脚（入韵），第二字为仄声（对）。符合此要求的仅有 D 句式。

将上述推演句式完整列出，即为我们常说的“仄起平受式”。

●●○○● A-1 句式　○○●●○ B 句式

○○○●● C-2 句式　●●●○○ D-2 句式

●●○○● A-1 句式　○○●●○ B 句式

○○○●● C-2 句式　●●●○○ D-2 句式

例作：《春夜喜雨》（杜甫）

好雨知时节，当春乃发生。

●●○○●，○○●●○。

随风潜入夜，润物细无声。

○○○●●，●●●○○。

野径云俱黑，江船火独明。

●●○○●，○○●●○。

晓看红湿处，花重锦官城。

●○○●●，○●●○○。

如首句为 C 句式，遵从以上方式推演，则得出我们常说的“平起仄受式”。

○○○●● C-2 句式　●●●○○ D-2 句式

●●○○● A-1 句式　○○●●○ B 句式

○○○●● C-2 句式　●●●○○ D-2 句式

●●○○● A-1 句式　○○●●○ B 句式

例作：《夜宴左氏庄》（杜甫）

林风纤月落，衣露净琴张。

○○○●●，○●●○○。

暗水流花径，春星带草堂。

●●○○●，○○●●○。

检书烧烛短，看剑引杯长。

●○○●●，●●●○○。

诗罢闻吴咏，扁舟意不忘。

○●○○●，○○●●○。

所谓仄起平受，或平起仄受，指第一、二句的第二字分别为“仄、平”或“平、仄”。第一句第二字为仄，第二句第二字为平的，就叫仄起平受；第一句第二字为平，第二句第二字为仄的，就叫平起仄受。也有部分书籍称之为仄起平收式、平起仄收式。叫法不同，意思相同。事实上不必在意究竟为仄起平受还是平起仄受，其形式的实质皆为：ABCD 四种基本句型为一单元，再重复一遍。

以上标注，仅为遵从以往格律诗书籍表述习惯而已。

事实上如将以上格式中的●●○○● A-1 句式，换成○●○○● A-2 句式，是不存在任何问题的。同样，第七句 C-2 句式也可换为 C-1 句式，第八句 D-2 句式也可换为 D-1 句式，如此我们可将上述仄起平受式调整为以下形式，在此且称其为“仄起平受修正式”。

●●○○● A-1 句式　○○●●○ B 句式

○○○●● C-2 句式　●●●○○ D-2 句式

○●○○● A-2 句式　○○●●○ B 句式

●○○●● C-1 句式　○●●○○ D-1 句式

这是将五言变化后七种句式组合形式优化，得出的最简洁版本，仅仅 B 句式重复一次，其余各句式刚好出现一次，不多不少。

本节重点

（一）从声学解读双音为一节之合理；“两高两低才能缓得过气来”与“平平仄仄平平仄仄……”长竿律原始句式是一致的。

（二）从长竿律原始句式至五言基本句式的推演。

（三）五言基本句式结合“盒子说”，即可推演出七种五言变化句式。

（四）七种五言变化句式结合黏对原则和“不入韵句仄脚，入韵句平脚”原则，即可由任何一句入律的句子向前、向后推演出完整的首句不入韵的律诗基本形式。

练习与思考

（一）抛开声学原理，如仅从排列组合数理逻辑分析，取一字一节，即“平仄平仄平仄……”，然后拟作长竿律原始句式截取方式截取，试看情况如何。

截取方式一：三字一句截取，如此仅能得到如下两种句式：

平仄平；仄平仄。

第三次截取又将回归“平仄平”句式。如此很难生发句式变化，形成合适的组合。

截取方式二：五字一句截取，如此同样仅能获得两种句式：

平仄平仄平；仄平仄平仄。

第三次截取同样回归“平仄平仄平”句式。情形如上。

（二）如我们取三字一节，即“平平平仄仄仄平平平仄仄仄……”，然后拟作长竿律原始句式截取方式截取，又将如何。

截取方式：五字一句截取，如此将获得如下六种基本句式：

平平平仄仄；平平仄仄仄；平仄仄仄平；

仄仄仄平平；仄仄平平平；仄平平平仄。

第七次截取又将回归“平平平仄仄”句式。此三字一节基本句式较二字一节者多两种，如再考虑变化句式，其数量将更大，不便于整体组织形式的简化与优化。

（三）本讲我们不厌其烦地推演五言律诗的基本句式、变化句式，而非直接告知读者这类基本句式、变化句式如何。这是希望读者能够理解其由来，从而更好地熟悉，然后自然熟记各种入律句式，而非死记硬背。此中差异对后续创作影响甚大。能够理解，再经过熟悉、熟记，最终应达到的效果是：当我们处于较好的体验与感知状态时，我们脑海中会自然生发出某些诗句。当某句闪现于脑海之际，我们应本能地迅速判断出此句是否入律；若不入律，拗在何处，应如何调整。

（四）五律形式的推演类似。当我们理解其中的组织关系与组织原则之后，我们无须死记硬背所谓平起仄受式或仄起平受式。随意抽取一句入律的句式，我们皆可以很自然地依据基本原则推导出其下一句、上一句的句式，以至通篇句式。这一点同样很重要。因为真正的创作并非都是从第一句依次往下展开；更多为借助体验与感悟之际的灵感，收获某一句，然后顺势下延、上伸，构筑通篇；或先从中间联句入手，打造核心，再拓展首尾。理解此中的组织关系与原则，就如获得登山的路径图，在真实的创作过程中，不但不会视格律为障碍，反而会感受其便利。相反，如未理解，仅仅依靠强记，其后续运用只恐很难做到从容自然。

第六讲

孤平、三平脚、三仄脚与拗救

有正格就有变格，有常规就有变通。

何以为凭？何以为界？何以为鉴？

前人多存语焉未详之处。在此尝试对比启功、王力两家学说，梳理其内在逻辑。

以今日论述标准审视，前人在论及律体、拗体（也称拗律）、古风体时，表述多不规范，且繁杂矛盾，以致后人很难确定三者之间的界限及标准。尤其是拗体部分，依照此前习惯性解读，拗体本应为律体之变格，为常规之变通。但所述特拗部分一方面已彻底打破律体之最基本要求，如长竿律、黏对规则等；另一方面其形式已与古风体无异。这导致后人难以精准把握格律形式，常就某句某体是否违律纠结不已，更使得律体的特殊规则与拗救成为学习格律诗的另一大难点。

一、对比分析王力说与启功说

王力有关格律律则的研究主要以唐人作品为依据，较多依赖归纳法、统计学，较少涉及其他研究方式。其一方面完成了大量的基础工作，且构建出符合现代学术要求的基本学术框架；另一方面，表述陷于琐碎繁缛，多仅道及其然，未涉及其所以然。

启功更多依托深层梳理、纵向梳理，已构建完成从二节论、长竿律、盒子说至黏对的全套体系。整体框架及内在逻辑更为清晰。其对标准律体所述详尽，但对拗体、变格的说明同样较为支离破碎。整体感觉：靶心明确，靶环模糊不清。

当然，律体的特殊规则及拗救本身亦有其复杂的一面。主要原因如下。

其一，创作状态的原因。如同一位作者早年与晚年对格律形式的理解与驾驭不同，其创作功力不同。无视这类不同，纯以统计学归纳，显然不尽合理。书法中的个案研究，如颜真卿，尚且区分早年风格、中期风格、晚年风格。诗词焉能不加区分，统而言之？再者，交际应酬时的命题创作与常态下的自由创作不同。前者多少带有炫技的色彩或借技巧弥补情感、体验之不足；后者更看重情感、体验之真切表达，于格律技巧相应从宽。自身创作经历较丰富者，是不难发现这两类创作状态之间的差异及其对作品的影响的。

其二，版本、流传的原因。创作过程常存在几种版本，如当场奉命创作的原稿，事后的修订稿，中间或许还存有草稿。作者自身是否属于做事条理清晰的一类人，能够确保诗稿的翔实准确？还是如不少诗人的自述：所作散落各处，多为旁人收集整理。再经后世翻刻、传抄，究竟某作某句某字以何为准，多存争议。以上这些原因，都使得简单依赖统计归纳的方式较难触及深处及本质，更难窥测其内在逻辑。

其三，发展变化的原因。后人对于王力学说的修订多限于参考宋代的做法及宋人的作品，少有涉及宋以后，尤其是近现代格律诗创作及作品。事实上，宋以后律诗格律的变化虽不及前朝明显，但仍有脉可循，尤其是将唐、宋及近现代作整体纵向梳理，其发展变化脉络更趋明显。

在研究书法史的过程中，我们“尝试以金字塔形式取代传统的近于线形模式的解读，金字塔形式更近于立体模式；又尝试以动态演进模式取代近于静态的切片式研究模式。如此研究模型将呈现为立体的动态模式”。① 这一研究方式的改变，更便于我们破解历史上的及当代创作过程中的诸多问题。在此不妨借用这一方式。

二、正格—变格—出格三格论的提出

首先须确定三个基本概念。由于前人论述中律体、拗体、古风体颇为混淆，此处借用正格、变格、出格，试予以精确表述。

五言正格：此处指由上一讲中七种五言变化句式依据黏对原则和“不入韵句仄脚，入韵句平脚”原则，组成的律诗基本形式。这是律诗的“靶心”，或曰“基准点”。

五言变格：此处指接受某些特殊规则及拗救的方式，但仍未违背长竿律、黏对、忌孤平、忌三平脚等基本规则所形成的律诗变通格式。这是律诗的“靶环”。五言正格与五言变格共同构成五言律体。

出格：凡是已经破坏五言律句的基本原则如长竿律及黏对规则，或犯孤平、三平脚等，在此视为出格，即已超出律体的范畴。我们不妨将这类出格的作品归入古风体。如此界定更容易区别。

其中的具体标准及界限尤其是涉及五言变格与出格之间的标准、界限，容下一讲细说。

在此首先需要明确的是几项基本原则。

其一，内在逻辑必须融通。任何说辞，若仅仅依据前人的某些习惯，而与基本准则、原理无法确保一致，本书不予接受。具体如某些句式为平节接平节，或仄节接仄节，这已明显违背长竿律。本书将这类句式归入出格，无论下一句如何拗救。

其二，留存一定数量的作品为依据。理论必须接受实践检验；

① 参阅华旭、谢佳华《反思中国书法》，厦门大学出版社 2016 年版，第 64 页。

同时正确的理论应能够为实践提供强有力的支持，没有理由不能催生相应数量的优秀作品。

其三，客观看待格律标准的宽与严。格律标准的宽与严不是一成不变的，是随着发展而变化的；是根据创作状态的需要而调整的。希望能够以正格为靶心，从严至宽构建同心圆式的多重标准体系，依次为正格、变格。凡属出格者，在此不作律体看待。

其四，以发展的眼光看待格律的演进过程，将唐、宋及近现代作整体贯通的研究、解读。

三、特殊规则的说明

关于孤平，启功的解释为：单独一个平声前后为仄声所夹，即为孤平。如此界定，简单、明了、清晰，但于实际操作有相当困难。于是启功先生又在《诗文声律论稿》中给予进一步说明，一方面将句式中后三字为“仄平仄”的视为非律调，又于“拗句与拗体”一节说明，此类多有对句相救的。同时在“律句中各节的宽严”中强调，“以部位论，是下段比上段严格，以声调论，是平声比仄声严格”。五言句式中，所谓孤平只可能出现在第四、三、二字，此类皆视为非律调。同时启功论及“孤仄”，即单独一个仄声前后为平声所夹，即为孤仄。五言句式中，孤仄同样只可能出现在第四、三、二字。但由于仄声要求较平声宽，因此孤仄出现在第四字、第三字时，启功视其为非律调，如出现在第二字时，则接受其为律调。

启功所论孤平、孤仄涉及所有句式，不仅有 B 式句、D 式句（平脚句式），还涵盖 A 句式、C 句式（仄脚句式）。

涂宗涛先生在《诗词曲格律纲要》一书中有关孤平的解释更为直接。此书承传王力学说并有修订完善。“所谓‘孤平’，即凡是平收句型[1]的律句（●●●○○除外，因诗律规定本应如此），除韵脚之外，全句只剩下一个平声字，这是诗律的大病。唐人的近体诗是尽量避免‘孤平’的。若这种句型（指○○●●○句型）的第一字作仄，则第三字必须作平，这是‘拗救’的办法。”[2]此处仅指平收句式中的“○○●●○”一种句式（事实上七言中亦仅指“●●○○●●○”一种句式），不涵盖其他句式，尤其是仄收句式。但其本句拗救的方式，无疑将句尾三字调整为“平仄平”，又犯了启功所说的“孤仄”，依启功论断，仍为非律调。

本书以王力主张为本，只忌孤平，不忌孤仄。启功观点仅供参考。

三平脚、三仄脚：五言、七言律句的末三字，原则上不能作“平平平”或“仄仄仄”，因为“三平脚”或“三仄脚”变成了“拗句”。有关三平脚、三仄脚的定义，两家并无明显差异，但在是否合律及细节方面仍有出入。

综合各家主张，同时参考大量历史作品，本书主张格律诗创作应忌三平脚，但不忌三仄脚。

四、五言句式的具体分析

如上一讲所言，五言基本句式为四种。

其中平收句式二种：

○○●●○（B 句式） ○●●○○（D 句式）

---

① 此处的“平收句型”与后文的“平收句式”“仄收句式”特指入律句式中以平声作句尾，或以仄声作句尾的句型。注意不要与上一讲中的“平起仄受式”“仄起平受式”混淆。

② 参阅涂宗涛《诗词曲格律纲要》，人民出版社 2010 年版，第 21—22 页。本书以●表示原为仄声，亦可置换为平声；○表示原为平声，亦可置换为仄声。后续章节相同，不再另作说明。

仄收句式二种：

●●○○●（A 句式）　●○○●●（C 句式）

五言变化句式为七种（含四种基本句式）。

其中平收句式：

○○●●○ B 句式

○●●○○ D-1 句式　●●●○○ D-2 句式

仄收句式：

●●○○● A-1 句式　○●○○● A-2 句式

●○○●● C-1 句式　○○○●● C-2 句式

这七种变化句式可视为五言正格句式，为律句句式的靶心。

下边再就四种基本句式详细说明各类变格句式。

1. 五言仄收句式之●●○○●（A 句式）

第二、四、五字是不能变动的，可变之处仅在第一、三字。

第一字可平可仄，无任何限制。

第三字如变平为仄，依照启功观点，此处句尾犯孤平，为非律调。王力认为第三字若作仄，即为拗句，则对句的第三字须作平声（○○○●○）以相救。故“●●○○●”句型的第三字由平换仄，是有条件的，只是到了宋代，才不强调对句相救。

宋人之所以不强调对句相救，不知是否因意识到对句○○●●○（B 句式）句尾将变为非常态的“平仄平”。这容易使律则远离靶心，而非趋近靶心。

本句式律则总结：

靶心：仅第一字可平可仄，无任何限制，其余各字不宜变动。

第一环：第三字可变平为仄，对句○○●●○（B 句式）第三字须同时变仄为平，拗救。

第二环：第三字同样可平可仄，无须对句拗救。

2. 五言仄收句式之●○○●●（C 句式）

同样第二、四、五字不能变动，可变之处仅在第一、三字。

第一字可平可仄，无任何限制。

关键在第三字。依启功说，若第三字为仄，则三仄脚，为非律调；如第一字仍为仄声，同时第二字孤平。故第三字只能为平，不能变为仄。

据王力主编《古代汉语》下册第二分册（中华书局 1964 年版）第 1443 页“附注”称：“这个句型第三字如用仄，则第一字必须用平。”涂宗涛则修订王力观点，认为第三字同样可平可仄，无任何限制。若第三字为仄，第一字仍保持为仄，则句式为“●○●●●”。涂宗涛在《诗词曲格律纲要》（人民出版社 2010 年版）第 21 页列举杜甫五律中的此类句式 19 例，排律中的此类句式 3 例。

本句式律则总结：

靶心：仅第一字可平可仄，无任何限制，其余各字不宜变动。

第一环：第三字可变平为仄，第一字须同时变仄为平，本句拗救。

第二环：第三字同样可平可仄，无须拗救。

3. 五言平收句式之○○●●○（B 句式）

第二、四、五字是不能变动的，可变之处仅在第一、三字。

依启功说，此句式第一、三字皆不可变更。如第一字变平为仄，则犯孤平。即便第三字拗救变仄为平，句尾三字则变为“平仄平”，犯孤仄，依旧为非律调。

如依王力说，此句式只需确保第一、三字两字当中至少有一个字为平声即可。如此即避免了孤平。

本句式律则总结：

靶心：各字皆不可变更平仄。

第一环：第一、三字至少有一个为平声，以免犯孤平。

4. 五言平收句式之○●●○○（D 句式）

第二、四、五字是不能变动的。

第一字可变平为仄。第三字仄不能变为平，否则即犯三平脚，为律则之大忌。

本句式律则总结：

靶心：仅第一字可平仄不拘，其余各字皆不可变动。

句式	●●○○●（A 句式）	○○●●○（B 句式）
靶心	仅第一字可平可仄，无任何限制，其余各字不宜变动	各字皆不可变更平仄
第一环	第三字可变平为仄，对句○○●●○（B 句式）第三字须同时变仄为平，拗救	第一、三字至少有一个平声，以免犯孤平
第二环	第三字同样可平可仄，无须对句拗救	
句式	●○○●●（C 句式）	○●●○○（D 句式）
靶心	仅第一字可平可仄，无任何限制，其余各字不宜变动	仅第一字可平仄不拘，其余各字皆不可变动
第一环	第三字可变平为仄，第一字须同时变仄为平，本句拗救	
第二环	第三字同样可平可仄，无须拗救	

五言句式标靶图

通过对以上四种五言基本句式变化的分析，在此我们可以明确：仅从声调句式而论，符合靶心条件的为正格；符合一、二环条件的为变格。正格与变格共同构成今日之律体。超出以上诸项规定的皆为出格，不宜作律体看待，视其为古风体更合适。

本节重点

（一）理解几项特殊律则及概念：孤平、三平脚、三仄脚。

孤平以王力之说为蓝本，参考启功之说。如易混淆，不如遵从目前最直观的解读：所谓孤平，即指在五言“平平仄仄平”句式中，除句尾一字，整句仅存一个平声字；七言“仄仄平平仄仄平”句式中，除首尾各一字，整句仅存一个平声字。为避免犯孤平，要求此五言第一、三字至少有一字为平声；此七言第三、五字至少有一字为平声。

无论五言、七言，句尾三字皆为平声即为三平脚；三字皆为仄声即为三仄脚。

律则不接受孤平与三平脚。此二项为格律之大忌。对三仄脚的要求，明显不及孤平、三平脚那般严苛。

（二）律则不是一成不变的死规定，不同作品、不同作者、不同时期之间存在宽严差异。熟记本讲的五言句式标靶图。创作更近于实战射击，并非要求每次都击中靶心，凡在靶环之内，即可视为有效射击。

标靶设定基本原则：五言中第二、四、五字是不能变更平仄的。可变化之处仅在第一、三两处。至于第一、三字能否变更平仄，主要基于是否犯孤平、三平脚考虑，若从严亦须考虑忌三仄脚。

练习与思考

（一）不妨寻现代、当代诗人中杰出者，试寻其诗集，抽取若干作品，标注平仄，依照本讲所授内容，验证其律则从宽或从严。

推荐：鲁迅、陈寅恪、聂绀弩、钱锺书。

鲁迅、陈寅恪旧学根基深厚，视野开阔。善旧体诗而不限于此。所作多自然流露，极见本心与深意。

如《自题小像》（鲁迅）：

灵台无计逃神矢，风雨如磐暗故园。（十三元韵）
○○○●○○●，○●○○●●○。
寄意寒星荃不察，我以我血荐轩辕。（十三元韵）
●●○○○●●，●●●●●○○。[①]

结句第二字出律，“以”字处应为平声。此作其余各处恪守律则极严格，唯独此处出律，但绝不妨碍此诗作成为佳作。若强改“以”字为其他字，很难有此掷地有声之效果。

鲁迅其余作品多守格律从严。

如《题〈彷徨〉》（鲁迅）：

寂寞新文苑，平安旧战场。（七阳韵）
●●○○●，○○●●○。
两间余一卒，荷戟独彷徨。（七阳韵）
●○○●●，○●●○○。

此作依平水韵，押韵从平水韵诗韵。严守格律。其中“寂”“寞”“一”“卒”“戟”“独”皆为入声字，注意其与新韵（普通话读音）之差异。

《中苏盟约》（陈寅恪）：

乙酉八月二十七日阅报作

① 因这些作者多习惯于使用平水韵，此处所标注平仄皆依照平水韵。后续遵循此例，不再另作说明。如有必要会特别注明某字在新韵中的不同读音。

目闭万方愁，蛙声总未休。（十一尤韵）

●●●○○，○○●●○。

乍传降岛国，连报失边州。（十一尤韵）

●○○●●，○●●○○。

大乱机先伏，吾生命不犹。（十一尤韵）

●●○○●，○○●●○。

可怜卅载后，仍苦说刀头。（十一尤韵）

●○●●●，○●●○○。

此作首句入韵，“愁”同属十一尤韵。“目”“国”“失”“伏”“不”“卅”“说”皆为入声字。此作守律严格，却未刻意求工。“卅载后”为三仄脚。可见忌三仄脚不及三平脚严苛。第三联近流水对。这类题材最忌貌似光鲜，实则假大空。陈寅恪主治史学，兼擅文学。此作以史学家之见解，入文学之表述，不同于一般诗人之作。

聂绀弩备受当今诗词界推崇，其旧体诗创新堪称典范。

如聂绀弩《周婆来探后回京》第二联：

请看天上九头鸟，化作田间三脚猫。

●○○●●○●，●●○○○●○。

聂绀弩此处上联句脚为“仄平仄”，下联句脚为“平仄平”。随手翻阅其诗集，此类句式较少，但得此佳对，何妨稍稍从宽。

《李大姐干杯》（聂绀弩）：

幺女归才美，闲官罢更清。（八庚韵）

○●○○●，○○●●○。

中年多隐痛，垂老淡虚名。（八庚韵）

○○○●●，○●●○○。

无预北京市，宁非李健生。（八庚韵）

○●●○●，●○●●○。

酒杯当响碰，天马要空行。（八庚韵）

●○○●●，○●●○○。

此作用平水韵诗韵。其中“北”为入声字。四联全为对偶句。第三联上联句脚为“仄平仄”，对句未拗救。此处遵从宋人律则。

钱锺书学贯中西，善诗词，备受学界推崇。

《小诗五首》（选二）（钱锺书）：

其二

庭竹骄阳下，清风偶过之。（四支韵）

○●○○●，○○●●○。

此时合眼听，瑟瑟足秋思。（四支韵）

●○●●●，●●●○○。

其三

日落街遥岫，天垂裹小村。（十三元韵）

●●○○●，○○●●○。

只资行坐卧，又了昼晨昏。（十三元韵）

●○○●●，●●●○○。

“听”字平仄两声，在此用仄声。“竹”“合”“瑟”“足”“日”“落”为入声字。此为两首五绝，守律较严格。

《斯世》(钱锺书):

斯世非吾世，何乡作故乡?(七阳韵)
○●○○●，○○●●○。
气犹埋剑出，身自善刀藏。(七阳韵)
●○○●●，○●●○○。
朴学差成札，芳年欲绾杨。(七阳韵)
●●○○●，○○●●○。
分才敢论斗，愁固解难量。(七阳韵)
○○●●●，○●●○○。

“作”“出”“朴”“学”“札”“欲”“斛”为入声字。此作前三联皆为对偶句。守律颇为严谨。

无论是作业、创作还是自己喜欢的前人作品，建议如以上方式加以标注：用韵、平仄、入声字。个人经验，正文平仄标注以平水韵为本。入声字，尤其是在新韵中读作平声的入声字另外备注，以便清楚平仄是否同时合于新韵。韵脚韵部的标注便于清楚是否属于同一韵部，此作为合于平水韵诗韵；或为邻韵通押，合于平水韵词韵；或为仅仅合于新韵。

此后所标注之平仄，除非特殊说明者，皆为遵从平水韵。

保持这一习惯，对提升自己的创作水平颇多助益。

(二)唐代律则较为严格，但唐代诗歌诸体皆兴盛。一方面是格律诗的定型与繁荣，另一方面催生大量优秀的古风体作品。唐代诗人在创作格律诗之际，又多有出律现象，即便是今日颇为忌讳的三平脚，在律诗中亦不乏其例。

宋代律则稍宽。今日格律诗、非格律诗界限则更为明确，宽严有度，操习有道。律诗不接受孤平、三平脚已成为普遍共识。至于具体标准宽严之把握，多数诗人亦已形成一套熟悉、适用的标准，何时从宽，何时从严，心中有数。同时经历唐宋时期的发展，如何学习格律诗，如何运用格律诗真切、深刻、便捷地表达作者的情感、体验以及某些理念，这一模式渐趋成型。格律诗一如传统书法，已成为传统文人不可或缺的日常交流工具。传统文人于诗词之操练，一如今日我们中小学生对作文的操练。正是由于此操习模式早已成型，有意无意之间又被打上较多的传统痕迹：内在逻辑不够清晰，教学体系、教学目标不尽明确，各阶段教学效果难以考核，整体教学效率偏低。经过王力、启功等前辈的不懈努力，传统操练模式渐趋尝试与现代教学体系接轨。我们在此所做的，不过是这一大进程中的一小步。

（三）尝试将自己日常的体验、感悟落实为诗句，尤其是经历人生重要阶段，遭遇有意义的事件，或游历山水之后。暂时可不考虑整首作品，先以一两句为核心，尝试表达。

此后，首先应有一自我衡量与评估：是否能将自己的体验、感悟真切表达出来。这往往是诗词创作过程中最大的难点，常需要持续一生的不懈努力与磨合。其次训练自己形成快速判断能力，判断这些句式是否为合律句式。如非合律句式，拗在何处，如何才能在最大程度地保留本意的情况下，将其调整为合律的句式；各字的平仄差异、语义细微差异如何？在与整句搭配使用时，语感如何？最后，如作整首作品构思，类似句式置于何处合适？依据黏对及入韵句、不入韵句规则，此句前后应为何种句式？

下面以本人习作《庚子春节，说鼠》为例，具体说明：

逢子鼠年，依照惯例作生肖题咏。然鼠确实乏善可陈。三思后，决定据实写照。细想鼠类之特点，得关键词句如下：胆小；阴暗；溜边；偷油；过街老鼠，人人喊打。

先据“胆小、阴暗、溜边”得一联：安家常处暗，落脚惯溜边。

再就“偷油；过街老鼠，人人喊打”得一联：得意揩油后，过街喊打前。如此刚好构成中间两联，核心已构建完毕，只需略作前后延展。

思及《诗经·硕鼠》篇及今日多将贪官比喻为硕鼠，得第一联：有幸食官粟，无缘窥九天。以此抨击身居高位，一味贪敛，却无远见之辈。此联与后续两联气息融贯，得纲举目张之效。

思及结句之时，想到“狗拿耗子多管闲事”一语。我们的传统文化扬善有余、惩恶不足，常以和稀泥为能事。此为大弊，应以纠正。得句：何须责备犬，世上久藏奸。此犬为真正忠心之犬，非混吃混喝之流。至此敲定草稿。

再对各句逐一梳理。

“安家常处暗”一句，“安”与“暗”语音皆为［an］，不和谐。安家是外相，折射出的是一种处世心态，不如将“安家”改为“居心”，更深刻。

“过街喊打前”一句犯孤平。改“过街”为“穿街”。“过”与“穿”语义相同，但就鼠的角度而言，“穿”较“过”更恰当。

如此暂定稿如下：

《庚子春节，说鼠》（平水借词韵）（2020-1-24 除夕）

有幸食官粟，无缘窥九天。（一先韵）

●●●○●，○○○●○。

居心常处暗，落脚惯溜边。（一先韵）

○○○●●，●●●○○。

得意揩油后，穿街喊打前。（一先韵）

●●○○●，○○●●○。

何须责备犬，世上久藏奸。（十五删）

○○●●●，●●●○○。

其中入声字：食（平 / 入）、落（仄 / 入）、脚（仄 / 入）、得（平 / 入）、责（平 / 入）。此处括号中第一字表示新韵中的平仄，第二字表示此字在平水韵中为入声字。后续皆循此例。

第七讲

五言格律形式的确定

通过前面各讲，一方面我们从二节律、长竿律、排列组合原理、盒子说、句式的特殊规则，经层层推演，得出四种五言基本句式、七种变化句式及各种句式变格。另一方面我们从押韵及入韵句、非入韵句特点，黏对规则等逐渐清楚五言格律诗的篇式组织规则。这就好比有了原材料，且已完成原材料的各项加工，又已掌握产品的组装图，至此可以完成五言格律诗基本形式的装配。

所谓格律或律则，主要包括两部分：其一为以声调为基础的句式规则，其二为篇式规则。

在前面诸讲，我们已完成对五言句式各类正格、变格的具体分析。这些句式是构成五言格律诗的形式素材。

篇式规则主要包括三个原则：一是仄脚句式不入韵，平脚句式入韵。二是黏对规则。三是中间两联对偶规则。

其中的第一、二两项已于前面章节详细说明，第三项对偶规则将于第十讲详细说明。

一、五言格律正格的确定

五言格律形式以首句不入韵为正格，通篇八句。

首句不入韵，则只可能是●●○○●（A句式）、●○○●●（C句式）两类仄收句式中的一种，包括两句式的各类变化句式及变格句式。无论是两类仄收句式中的哪一种，最后的篇式皆为四种基本句式（含各类变化句式及变格句式）重复一遍。现就两类结构分述如下。

ABCDABCD 结构：

●●○○●（A句式），○○●●○（B句式）。

●○○●●（C 句式），○●●○○（D 句式）。
●●○○●（A 句式），○○●●○（B 句式）。
●○○●●（C 句式），○●●○○（D 句式）。

例：《春夜喜雨》（杜甫）

好雨知时节，当春乃发生。
●●○○●，○○●●○。
随风潜入夜，润物细无声。
○○○●●，●●●○○。
野径云俱黑，江船火独明。
●●○○●，○○●●○。
晓看红湿处，花重锦官城。
●○○●●，○●●○○。

CDABCDAB 结构：

●○○●●（C 句式），○●●○○（D 句式）。
●●○○●（A 句式），○○●●○（B 句式）。
●○○●●（C 句式），○●●○○（D 句式）。
●●○○●（A 句式），○○●●○（B 句式）。

例：《夜宴左氏庄》（杜甫）

林风纤月落，衣露净琴张。
○○○●●，○●●○○。

暗水流花径，春星带草堂。

●●○○●，○○●●○。

检书烧烛短，看剑引杯长。

●○○●●，●●●○○。

诗罢闻吴咏，扁舟意不忘。

○●○○●，○○●●○。

二、五言格律：首句入韵体

五言格律形式另有首句入韵一体，同样通篇八句，只是将以上两体的首句置换为第四句。分述如下。

DBCDABCD 结构：

○●●○○（D 句式），○○●●○（B 句式）。

●○○●●（C 句式），○●●○○（D 句式）。

●●○○●（A 句式），○○●●○（B 句式）。

●○○●●（C 句式），○●●○○（D 句式）。

例：《朝》（杜甫）

清旭楚宫南，霜空万岭含。

○●●○○，○○●●○。

野人时独往，云木晓相参。

●○○●●，○●●○○。

俊鹘无声过，饥乌下食贪。

●●○○●，○○●●○。

病身终不动，摇落任江潭。

●○○●●，○●●○○。

BDABCDAB 结构：

○○●●○（B句式），○●●○○（D句式）。

●●○○●（A句式），○○●●○（B句式）。

●○○●●（C句式），○●●○○（D句式）。

●●○○●（A句式），○○●●○（B句式）。

例：《重题郑氏东亭》（杜甫）

华亭入翠微，秋日乱清晖。

○○●●○，○●●○○。

崩石欹山树，清涟曳水衣。

○●○○●，○○●●○。

紫鳞冲岸跃，苍隼护巢归。

●○○●●，○●●○○。

向晚寻征路，残云傍马飞。

●●○○●，○○●●○。

事实上，无论是上述何种结构，或者其他格律诗书籍中常说的平起仄受式、仄起平受式，在创作过程中，都可忽略。其关键在于清楚各句式是否合律，即是否为正格、变格句式，并清楚各句之间的黏对规则即可。依据黏对规则，就可以从整体结构中的任何一句，通过上下推演，推导出完整的篇式。

在实际创作中存在首句可入韵亦可不入韵的情形，因此对入韵的首句押韵要求从宽。如首句所用为平水韵词韵中可以通押的邻韵，通常依旧认为其符合平水韵诗韵。具体而言，平水韵词韵中“一东”“二冬”通用。如某作品首句入韵，所用韵为“一东”韵，第二、四、六、八句押“二冬”韵，我们通常认定此作品符合平水韵诗韵的用韵规则。当然这类情况也仅仅出现于平水韵诗韵中，如所用为平水韵词韵或新韵，则不存在这一现象。

格律诗正格八句，首尾两联可以对偶，亦可不对偶，中间四句必须是两两相对的对偶句。这种结构又形成对偶与非对偶之间的辩证关系，同时符合中正平和的传统审美理念。设想一下，如全部要求对偶，则整体结构过于板正，有欠灵动，不利于创作才情的充分发挥；如完全放弃对对偶的要求，其结构亦有损周正，有悖传统的中正平和审美理念。

本节重点

（一）句式规则及其变化。

（二）篇式三原则：仄脚句式不入韵，平脚句式入韵；黏对规则；中间两联对偶规则。

（三）五言格律基本形式的确定：以首句不入韵者为正格；首句入韵者其实就是以正格中的第四句取代正格中的第一句。

练习与思考

（一）将前数讲作业中自己想到的合适的入律五言句式，依照篇式规则，作出上下推演。清楚此句在整首中的位置，熟悉通篇上下各句式及相互关系。

（二）真实的创作多从偶然得来之佳句展开。因此熟悉各个句式及其组织规则（篇式），尤其是其中的黏对关系，对提升创作水平更为有效。在实际创作过程中，少有考虑究竟是平起仄受式，还是仄起平受式。实战的路数近乎本能的见招拆招，至于所应对之招数名称究竟该算作“白鹤亮翅”，还是“野马分鬃”，这通常属于文学评论者的工作。

练习四例，分别代表本讲中五言格律的四种格式，注意其中之一为首句用邻韵者。

例一：CDABCDAB 结构

习作：《题野猪》（新平两合）（2018-8-14）
躬耕林莽处，偶尔和稀泥。
○○○●●，●●●○○。
酒醉曾羞月，情深常恋妻。
●●○○●，○○○●○。
獠牙拒虎恶，白眼看天低。
○○●●●，●●●○○。
无意遂人愿，时时为饭啼。
○●●○●，○○●●○。

泥、妻、低、啼：八齐韵。和（huò）为去声。恶（仄/入），白（平/入）。遂：平水韵中有平、去两声，在此读去声。“无意遂人愿”一句，遵宋人法，不作对句拗救。

例二：ABCDABCD 结构

习作：《戊戌春日，咏鸢尾》（新平两合）（2018-4-12）
如醉三分媚，轻摇恍若飞。

○●○○●，○○●●○。
奇花幻异彩，浮影弄春晖。
○○●●●，○●●○○。
垂弱承朝露，横陈倚贵妃。
○●○○●，○○●●○。
知交十数载，岁岁鉴人非。
○○●●●，●●●○○。

飞、晖、妃、非：五微韵。若（仄/入），弱（仄/入），十（平/入）。

例三：BDABCDAB 结构

习作：《家中小叶树玉花新放，忆及湘西故地，感赋》（新平两合）（2016-1-28）

漫行花海间，疏响透林泉。
●○○●○，○●●○○。
春早浮山影，云深寒雨烟。
○●○○●，○○○●○。
常怀新绿远，重现故人前。
○○○●●，○●●○○。
素色颜如雪，悠悠一世缘。
●●○○●，○○●●○。

【注】小叶树：湘西土名。学名为白花檵木。

间：十五删韵；泉、烟、前、缘：一先韵。词韵中十五删与一先韵部邻韵通押。故此韵合于平水韵诗韵。其中入声字：绿（仄/入）、色（仄/入）、雪（仄/入）、一（平/入）。首句本句拗救。此作即合于新韵，又合于平水韵诗韵。

例四:DBCDABCD 结构

习作:《咏禾雀花》(新韵，平水借词韵)(2013-3-21)

何处觅芳菲？山中瑞雪堆。

○●●○○，○○●●○。

一藤春色秀，几串素兰垂。

●○○●●，●●●○○。

淡淡浮光远，翩翩玉鸟飞。

●●○○●，○○●●○。

悄然携入梦，夜夜共依偎。

●○○●●，●●●○○。

菲、飞：五微韵；堆、偎：十灰韵；垂：四支韵。平水韵词韵中五微、十灰、四支三韵属邻韵通押。故此作仅合于平水韵词韵，不合诗韵。其中入声字：觅（仄/入)、雪（仄/入)、一（平/入)、色（仄/入)、玉（仄/入)、入（仄/入)。此作合于新韵及平水韵词韵。

第八讲

五言格律形式之变体

有正体就有变体。如上一讲所讲为五言格律诗之正体，那么此节所讲便是五言格律诗之变体——缩减版：五绝；加长版：五言排律；反转版：五言仄韵律诗。

上一讲总结了五言格律诗的正体。在此基础上，我们至少可以推演出三类变体：五绝（缩减版）、五言排律（加长版）以及五言仄韵律诗（反转版）。

一、五绝（缩减版）

概括而言，五绝就是在五律形式的基础上，遵从原有的句式规则、黏对规则，体量减半，由五律的八句减为四句。

其句式规则与五律的句式规则完全相同。

篇式的组织规则由五律的各句式两轮结构变为各句式一轮结构。如首句不入韵的，无论是原本五律中的 ABCDABCD 结构，还是 CDABCDAB 结构，依据黏对规则截取，只可能出现如下两种组合：ABCD 结构与 CDAB 结构。

ABCD 结构：

●●○○●（A 句式），○○●●○（B 句式）。

●○○●●（C 句式），○●●○○（D 句式）。

例如:《登鹳雀楼》(王之涣)

白日依山尽，黄河入海流。

●●○○●，○○●●○。

欲穷千里目，更上一层楼。

●○○●●，●●●○○。

又如:《相思》(王维)

红豆生南国，春来发几枝?

○●○○●，○○●●○。

愿君多采撷，此物最相思。

●○○●●，●●●○○。

再如:《独坐敬亭山》(李白)

众鸟高飞尽，孤云独去闲。

●●○○●，○○●●○。

相看两不厌，只有敬亭山。

○○●●●，●●●○○。

CDAB 结构:

●○○●●(C 句式)，○●●○○(D 句式)。

●●○○●(A 句式)，○○●●○(B 句式)。

例如：《哭孟浩然》（王维）

故人不可见，汉水日东流。
●○●●●，●●●○○。
借问襄阳老，江山空蔡州。
●●○○●，○○○●○。

注意，此处第一句、第四句律则从宽。
又如：《山中寄诸弟妹》（王维）

山中多法侣，禅诵自为群。
○○○●●，○●●○○。
城郭遥相望，唯应见白云。
○●○○●，○○●●○。

此前的格律诗书籍对此多表述为：对“仄起平受式”和“平起仄受式”的五言律诗，各有四种截法，分别为“首尾截式”、“前半截式”、“后半截式”及“当中截式”，共计八种形式。并据此要求“当中截式”需两联皆对偶。其实这类说法极不科学。其一，就排列组合而言，首句不入韵者，只存在这两种结构，不存在八种结构。其二，如同为五绝 ABCD 结构，既可以是五律 ABCDABCD 结构（仄起平受式）中的首尾截式，亦可为前半截式，还可以是五律 CDABCDAB 结构（平起仄受式）中的当中截式。如将其算作当中截式自然可以要求其两联对偶；但亦可将其算作首尾截式，这就不宜要求一定要对偶。因此五绝中的任何形式是否要求对偶，不宜从形式上强作规定，只可依据创作本身的需要具体决定。

如果为首句入韵的，同样只存在两种形式，即将上述结构中的第一句置换为第四句。分别为：

DBCD 结构：

○●●○○（D 句式），○○●●○（B 句式）。
●○○●●（C 句式），○●●○○（D 句式）。

例如:《和张仆射塞下曲》（卢纶）

林暗草惊风，将军夜引弓。
○●●○○，○○●●○。
平明寻白羽，没在石棱中。
○○○●●，●●●○○。

风、弓、中：一东韵。

又如:《哥舒歌》（西鄙人）

北斗七星高，哥舒夜带刀。
●●●○○，○○●●○。
至今窥牧马，不敢过临洮。
●○○●●，●●●○○。

高、刀、洮：四豪韵。

BDAB 结构：

○○●●○（B 句式），○●●○○（D 句式）。

●●○○●（A句式），○○●●○（B句式）。

例如:《听鼓》(李商隐)

城头叠鼓声，城下暮江清。
○○●●○，○●●○○。
欲问渔阳掺，时无祢正平。
●●○○●，○○●●○。

声、清、平：八庚韵。掺，在此读作càn，一种击鼓的调子。祢衡，字正平。

其余要求与上两式相同。

二、五言排律（加长版）

如在五言律句的基础上，依据黏对规则、对偶要求，顺势将其体量延长，则得到五言排律的结构形式。

如在ABCDABCD结构的基础上，依据黏对规则顺延两联，则成为ABCDABCDABCD结构，具体如下。

●●○○●（A句式），○○●●○（B句式）。
●○○●●（C句式），○●●○○（D句式）。
●●○○●（A句式），○○●●○（B句式）。
●○○●●（C句式），○●●○○（D句式）。
●●○○●（A句式），○○●●○（B句式）。
●○○●●（C句式），○●●○○（D句式）。

此形式就如手风琴结构，又如折扇结构，依据黏对规则可长可短。原则上八句以上皆可称为排律或长律。短不少于五联，长可任意延长。杜甫所作，既有十韵（十联），亦有二十韵（二十联）、三十韵（三十联）、四十韵（四十联），还有一百韵（一百联）。

例如：《重经昭陵》（杜甫）

草昧英雄起，讴歌历数归。（五微韵）

●●○○●，○○●●○。

风尘三尺剑，社稷一戎衣。（五微韵）

○○○●●，●●●○○。

翼亮贞文德，丕承戢武威。（五微韵）

●●○○●，○○●●○。

圣图天广大，宗祀日光辉。（五微韵）

●○○●●，○●●○○。

陵寝盘空曲，熊罴守翠微。（五微韵）

○●○○●，○○●●○。

再窥松柏路，还见五云飞。（五微韵）

●○○●●，○●●○○。

此例首尾两联不对偶，中间各联皆对偶。一韵到底，押五微韵。各句皆为入律句式，黏对规律清晰。

CDABCDAB 结构及首句入韵结构演化为排律的方式与上类似。

有关对偶的要求，五言排律与五律类似，除首尾两联不作硬性要求外，中间各联要求对偶。同时由于排律的体量增大，习惯上对偶以宽对为主，兼顾工对。

排律的形式便于大容量题材的诗意表达，尤其是格律化诗意表达。排律与绝句、律句一起组成长短不同的形式，以供不同容量题材选用。

三、五言仄韵律诗（反转版）

当我们把押韵句调整为仄脚句式，非押韵句调整为平脚句式，其余规则不变，我们即可得到如下五言仄韵律诗的格式。

BADCBADC 结构：

○○●●○（B 句式），●●○○●（A 句式）。
○●●○○（D 句式），●○○●●（C 句式）。
○○●●○（B 句式），●●○○●（A 句式）。
○●●○○（D 句式），●○○●●（C 句式）。

DCBADCBA 结构：

○●●○○（D 句式），●○○●●（C 句式）。
○○●●○（B 句式），●●○○●（A 句式）。
○●●○○（D 句式），●○○●●（C 句式）。
○○●●○（B 句式），●●○○●（A 句式）。

首句入韵句式类似，只需将第一句置换为第四句句式即可。

仄韵五绝在以上仄韵律诗结构基础上，同理截取产生。理论上还可推演出五言仄韵排律。

仅就前人作品而言，除仄韵五绝外，其他如仄韵五律、仄韵七

律、仄韵七绝都很少见。但翻检前人诗集，尤其是著名作品中，严格恪守律则的仄韵五绝也属少见，多存出律之处。如刘长卿《送方外上人》：

孤云将野鹤，岂向人间住。
○○○●●，●●○○●。
莫买沃洲山，时人已知处。
●●●○○，○○●○●。

此作“知”字出律，此处应为仄声。鹤：入声，十药韵。住：七遇韵；处：六御韵。七遇与六御两韵属于词韵中的邻韵通押。

相反，在《天安门诗抄》中却发现了更趋规整的仄韵五绝。如《扬眉剑出鞘》：

欲悲闻鬼叫，我哭豺狼笑。
●○○●●，●●○○●。
洒泪祭雄杰，扬眉剑出鞘。
●●●○●，○○●●●。

叫、笑、鞘：十八啸韵。哭（平/入）、杰（平/入）、出（平/入）。

此作句式皆为入律句式，各句之间符合黏对规则。首句入韵，押去声啸韵。第三句原本应取平声结句，此处却选择入声结句。整体语感较常见之平声韵更显激愤、跌宕。

若以所押仄韵为水平基准线，如第三句取平声结句，则此作整体语感更趋沉降；此处取入声结句，则整体语感被拔高一节，更显悲亢，语感与语义更契合。此中道理应与音乐中的调门处理方式类似。

仅就历代作品而言，所谓五言仄韵律诗更多趋向于古风体，而非前文所描述律诗的反转版。在格律诗定型的同期或稍后时期，古风体亦呈现出格律化的倾向，其主要特点有二：

其一，在形式上尽量与格律诗拉开距离。句式多用拗句，甚至有意强化三平脚、三仄脚句式；有意使用平节接平节，仄节接仄节句式；篇式上有意失黏等。

其二，更深一步，在语言风格上追求古意。避免使用唐及唐以后逐渐形成的趋于和谐顺畅的语言风格；更多尝试追求唐以前的更趋生涩质朴的语言风格。

假如说格律诗的风格类型类似于书法中的帖学风格体系，那么古风体的格律化则类似书法中的碑学一路风格体系。

此前不少格律诗书籍仅仅将格律诗范围限定在律诗、绝句、排律，并未包含上述仄韵律诗，且多将这类仄韵律诗划归古风体。这是有理由的，且与具体作品所呈现的状况一致。

本书之所以将其列入格律诗范畴，原因有二。其一，其格律规则与传统格律诗一脉相承，形式与传统格律诗渊源密切；其二，虽然传统审美以中正平和取向为主流，但主流并非全部。发展至今日，我们需要更多样的审美取向、更丰富的审美风格，其中不仅包含传统的中正平和之美、温文尔雅之美，还应包括激烈的、跌宕的、更趋阳刚的、直接的审美风格。对于这些风格的表现，仄韵体较之平韵体，在形式上往往更具优势。

此节所提出的五言仄韵律诗（反转版），只可视为理论推演，尚需结合创作实践相互印证，亦缺乏足够数量的作品支持。

与上一讲同理。本讲所论及各类结构、形式，不必死记硬背。只需明白基本的句式规则、黏对规则、押韵规则等，即可推导出整体形式。

本节重点

（一）五言格律变体的句式及相关正格、变格、出格的标准与五言格律基本形式标准相同。

（二）篇式组织原则：黏对规则、用韵规则、对偶规则；参照系：五言律诗。

（三）缩减版（体量减半）：五绝；加长版（折扇式结构）：五言排律；反转版（押仄韵）：五言仄韵律诗。

（四）重点在句式及篇式的组织规则。不必死记硬背具体格式，这并不利于创作实践。理解其中的基本句式及组织关系，在具体创作过程中更易于依托偶然得来之佳句，上下延展，完成整篇作品。

练习与思考

（一）找寻自己喜欢的唐宋诗，依照本讲要点分析其形式归属。相当部分作品其实属于古风体，而非格律诗。前人作品集多依照体裁归类编排，今日之选本多依照时间先后编排，未作体裁归类。

（二）五律虽为古人眼中最根本之格律形式，且不乏直接从五律切入学习诗词创作者，但这在今人具体操练过程中，未必适合。今人多从五绝、七绝直接切入学习诗词创作，如此更便于驾驭。待较为熟练地掌握绝句后，再强化对偶的训练及体量的延展，如此更趋顺畅。

习作一：《忆旧 · 洪江》（新平两合）（2003-9）

诗画沅江景，风光印我心。（十二侵韵）

○●○○●，○○●●○。

曾居狮岭下，思念到如今。（十二侵韵）

○○○●●，○●●○○。

此作守律较严。兼顾新韵与平水韵两套韵则，既能确保普通话读音背景下的语感和谐，又能遵从传统平水韵用韵。表述方式与李白《静夜思》类似，走平铺直述一路。

习作二：《题自藏歙砚抄手砚》（新平两合）（2005-7）

平生尽染翰，秉性蕴风流。（十一尤韵）

○○●●●，●●●○○。

承载春秋意，冰心鉴九州。（十一尤韵）

○●○○●，○○●●○。

此作类似上一首，守律较严，仅首句为三仄脚。表述方式为借物咏怀。既刻画出砚台的特性，又在借助砚台表明自己的态度立场。

习作三：《清远问泉》（平水借词韵）（2016-10-30）

重岩历练久，秉性渐趋纯。（十一真韵）

○○●●●，●●●○○。

远影逐云脚，清源出石根。（十三元韵）

●●●○●，○○●●○。

甘醇疑玉露，鲜活透心神。（十一真韵）

○○○●●，○●●○○。

亲汲佐佳茗，初烹暖孟臣。（十一真韵）

○●●○●，○○●●○。

浅斟方入口，知味已销魂。（十三元韵）

●○○●●，○●●○○。

泛泛江湖水，鉴真余几人？（十一真韵）

●●○○●，●○○●○。

十三元（半）与十一真，邻韵通押，符合平水韵词韵。逐（平/入）、出（平/入）、石（平/入）、活（平/入）、汲（平/入）、茗（平/上）。

在逐步熟悉后，重点需关注在新韵（普通话）中读作平声的入声字，如此作中的“逐”（平/入）。至于读作仄声的，因在平水韵、新韵中皆为仄声，对创作妨碍不大。因此，后续标注仅仅针对在新韵中读平声，在平水韵中为入声的字，不再标注新韵中读作仄声的入声字。此作中因“石”“活”“汲”三入声字位于盒底，又因为“茗”为韵脚，因此不符合新韵。此作用韵仅符合平水韵中的词韵，而非诗韵，因此标注为“平水借词韵”。

（三）仄韵诗形式规则的格律化早已完成。只是其意义尚未引起诗坛广泛关注，尤其是在当今社会审美取向、理念意识越发趋向多样化的背景下。有心的朋友不妨对比一下仄韵、平韵作品语感上的差异，进一步理解不同的形式更适合何种类型的风格，利弊何在。

习作一：《题秋兰小桃红》（仄韵，新平两合）（2017-9-18）
谁解胭脂泪，年年深染蕊。
○●○○●，○○○●●。
情同屈子心，奔涌若潮水。
○○●●○，○●●○●。

泪：四寘韵。蕊、水：四纸韵。平水韵词韵中，四寘与四纸属邻韵通押。此为首句入韵借词韵邻韵例，依旧符合平水韵诗韵韵则。屈（平/入）、奔（平、去两声）。

习作二:《家中小叶树雨后花新，四题》(仄韵，新韵，平水借词韵)(2017-3-14)

较初雪更素，常与云同路。

●○●●●，○●○○●。

有细雨为盟，逐春宵共度。

●●●○○，●○○●●。

曾经浪漫时，频入空濛处。

○○●●○，○●○○●。

岁岁惹相思，关关何以诉。

●●●○○，○○○●●。

素、路、度、诉：七遇韵；处：六御韵。邻韵通押。漫(平、去两声)。

第九讲

从五言格律至七言格律

七言格律的基础为五言格律。其形式为在五言基本句式的基础之上添加一节；篇式规则，即押韵规则、黏对规则、对偶要求相通。

五言是七言的基础。从五言形式，进一步推导出七言形式更为容易。二者内在逻辑一致，律则相通。

一、七言句式的推演

七言基本句式的获得存在两种方式。其一，依据长竿律从长竿律原始句式中直接截取，原理与五言类似，截取方式由五字一节改为七字一节。其二，在五言基本句式的基础之上，句式前添加相应一节，即构成七言基本句式。具体演变如下所示：

○○＋●●○○●（A 句式）＝○○●●○○●（七言 A 句式）

●●＋○○●●○（B 句式）＝●●○○●●○（七言 B 句式）

●●＋●○○●●（C 句式）＝●●●○○●●（七言 C 句式）

因第三字可平可仄，此句式常被表示为：●●○○○●●。

○○＋○●●○○（D 句式）＝○○○●●○○（七言 D 句式）

因第三字可仄可平，此句式常被表示为：○○●●●○○。

相应各字平仄变化之规则要求如下：

其一，遵从盒子说，盒底不动，盒盖是否可以置换需具体分析。对三平脚、孤平、三仄脚的忌讳与五言类似。

其二，原则上句式后五字出于五言基本句式，是否可以置换与五言基本句式要求相通，即五言中可置换者，七言中原则上同样可置换；五言中不可置换者，七言中同样不可置换。

其三，七言首字原则上可平可仄。

具体分析说明如下：

原五言正格句式仍为正格，原五言中第一字（即现七言中第三字）原则上可平可仄，仍为正格；本句拗救及某些对句拗救为变格；其余为出格。

有关四种七言基本句式的各类变格句式，细说如下。

1. 七言仄收句式之○○●●○○●（A 句式）

第二、四、六、七字是不能变动的，可变之处仅在第一、三、五字。

第一字可平可仄，无任何限制。

第三字遵从原五言基本句式原则，可平可仄，无任何限制。

第五字如变平为仄，依照启功观点，此处句尾犯孤平，为非律调。王力认为第五字若作仄，即为拗句，则对句的第五字须作平声（●●○○○●○）以相救。故“○○●●○○●”句型的第五字平可换仄，是有条件的，只是到了宋代，才不强调对句相救。

本句式律则总结：

靶心：仅第一、三字可平可仄，无任何限制，其余各字不宜变动。

第一环：第五字可变平为仄，对句●●○○●●○（B 句式）第五字须同时变仄为平拗救。

第二环：第五字同样可平可仄，无须对句拗救。

2. 七言仄收句式之●●●○○●●（C 句式）

第二、四、六、七字不能变动，可变之处仅在第一、三、五字。

第一字可平可仄，无任何限制。

第三字遵从原五言基本句式原则，可平可仄，无任何限制。正因此处可平可仄，故此句式被习惯性表示为：●●○○○●●。

关键在第五字。依启功说，若第五字为仄，则三仄脚，为非律调；如第三字仍为仄声，同时第四字孤平。故第五字只能为平，不能变为仄。据涂宗涛观点：第三字和第五字不能同时不论，不能“三、五同仄”，必须保持一个平声字，即第三字为仄，则第五字必平；若第五字为仄，则第三字必平，这种现象，在唐人作品中到处可见。如杜甫诗“花径不曾缘客扫”“怅望千秋一洒泪”即为一例。而●●●○●●●句型，变成了拗句，在唐人近体诗中很少见，以杜甫诗来说，在他的全部七绝、七律、七言排律中，只有“予见乱离不得已，子知出处必须经”（《全唐诗》第 2544 页。下同），“陶冶性灵在底物，新诗改罢自长吟”（第 2518 页），“谷口子真正忆汝，岸高瀼滑限西东”（第 2541 页），“舟楫眇然自此去，江湖远适无前期”（第 2566 页），“江月去人只数尺，风灯照夜欲三更”（第 2493 页）等几处而已，当看作特殊现象。[①]

此处所述与前面五言●○○●●（C 句式）相关表述略有出入。在五言 C 句式中，涂宗涛订正了王力相关表述，指出在杜甫的作品中存在大量的●○●●●句式，因而应该接受此类句式。但在此却不接受由此五言 C 句式演化而出的七言 C 句式。七言没有理由严过五言同类句式（详见前第六讲有关五言 C 句式说明）。此处应参考五言 C 句式相关要求。

本句式律则总结：

靶心：仅第一、三字可平可仄，无任何限制，其余各字不宜变动。

---

① 参阅涂宗涛《诗词曲格律纲要》，人民出版社 2010 年版，第 23—24 页。

第一环：第五字可变平为仄，第三字须同时变仄为平，本句拗救。

第二环：第五字同样可平可仄，无须拗救（慎用）。

3. 七言平收句式之●●○○●●○（B 句式）

第二、四、六、七字是不能变动的，可变之处仅在第一、三、五字。

第一字可平可仄，无任何限制。

依启功说，此句式第三、五字皆不可变更。如第三字变平为仄，则犯孤平。即便第五字拗救变仄为平，句尾三字则变为“平仄平”，犯孤仄，依旧为非律调。

如依王力说，此句式只需保持第三字、第五字两字当中至少有一个字为平声即可。如此即避免了孤平。

本句式律则总结：

靶心：第一字可平可仄，其余各字皆不可变更平仄；

第一环：第三、五字至少有一个为平声，以免犯孤平。

4. 七言平收句式之○○○●●○○（D 句式）

第二、四、六、七字是不能变动的。

第一字可平可仄，无任何限制。

第三字可变平为仄。因此此句式常被习惯性表示为：○○●●●○○。

第五字仄不能变为平，否则即犯三平脚，为律则之大忌。

本句式律则总结：

靶心：仅第一、三字可平仄不拘，其余各字皆不可变动。

句式	○○●●○○●（A 句式）	●●○○●●○（B 句式）
靶心	仅第一、三字可平可仄，无任何限制，其余各字不宜变动	第一字可平可仄，其余各字皆不可变更平仄
第一环	第五字可变平为仄，对句●●○○●●○（B 句式）第五字须同时变仄为平拗救	第三、五字至少有一个平声，以免犯孤平
第二环	第五字同样可平可仄，无须对句拗救	
句式	●●●○○●●（C 句式）	○○○●●○○（D 句式）
靶心	仅第一、三字可平可仄，无任何限制，其余各字不宜变动	仅第一、三字可平仄不拘，其余各字皆不可变动
第一环	第五字可变平为仄，第三字须同时变仄为平，本句拗救	
第二环	第五字同样可平可仄，无须拗救（慎用）	

七言句式标靶图

与五言基本句式同理，经上述基本句式变化分析，我们可以明确：仅从声调句式而论，符合靶心条件的为正格；符合一、二环条件的为变格。正格与变格共同构成今日之律体。超出以上诸项规定的皆为出格，不宜作律体看待，视其为古风体更准确。

二、七言格律形式的确定

七言格律与五言格律之篇式规则相同，主要包括如下几项：一是仄脚句式不入韵，平脚句式入韵。二是黏对规则。三是中间两联对偶规则。

其中第三项对偶规则将于下一讲详细说明。

七言格律形式同样以首句不入韵为正格，通篇八句。

其首句只可能是○○●●○○●（A 句式）或●●○○○●●（C 句式）（实际上就是●●●○○●●）[①] 两类仄收句式中的一种，

① 在此及后续章节皆遵从习惯性表示。D 句式类似。

包括各类变化句式及变格句式。无论是两种仄收句式中的哪一种，最后的篇式皆为四种基本句式（含各类变化句式及变格句式）重复一遍。分别为 ABCDABCD 结构与 CDABCDAB 结构。

ABCDABCD 结构：

○○●●○○●（A 句式），●●○○●●○（B 句式）。
●●○○○●●（C 句式），○○●●●○○（D 句式）。
○○●●○○●（A 句式），●●○○●●○（B 句式）。
●●○○○●●（C 句式），○○●●●○○（D 句式）。

例：《客至》（杜甫）

舍南舍北皆春水，但见群鸥日日来。（十灰韵）
●○●●○○●，●●○○●●○。
花径不曾缘客扫，蓬门今始为君开。（十灰韵）
○●●○○●●，○○○●●○○。
盘飧市远无兼味，樽酒家贫只旧醅。（十灰韵）
○○●●○○●，○●○○●●○。
肯与邻翁相对饮，隔篱呼取尽余杯。（十灰韵）
●●○○○●●，●○○●●○○。

CDABCDAB 结构：

●●○○○●●（C 句式），○○●●●○○（D 句式）。
○○●●○○●（A 句式），●●○○●●○（B 句式）。
●●○○○●●（C 句式），○○●●●○○（D 句式）。

○○●●○○●（A句式），●●○○●●○（B句式）。

例：《闻官军收河南河北》（杜甫）

剑外忽传收蓟北，初闻涕泪满衣裳。（七阳韵）
●●●○○●●，○○●●●○○。
却看妻子愁何在，漫卷诗书喜欲狂。（七阳韵）
●○○●○○●，●●○○●●○。
白日放歌须纵酒，青春作伴好还乡。（七阳韵）
●●●○○●●，○○●●●○○。
即从巴峡穿巫峡，便下襄阳向洛阳。（七阳韵）
●○○●○○●，●●○○●●○。

七言格律形式另有首句入韵一体，同样通篇八句。只是将以上两体的首句置换为第四句。即产生如下两种结构。

DBCDABCD结构：

○○●●●○○（D句式），●●○○●●○（B句式）。
●●○○○●●（C句式），○○●●●○○（D句式）。
○○●●○○●（A句式），●●○○●●○（B句式）。
●●○○○●●（C句式），○○●●●○○（D句式）。

例：《秋兴》（杜甫）

昆明池水汉时功，武帝旌旗在眼中。
○○○●●○○，●●○○●●○。

织女机丝虚夜月，石鲸鳞甲动秋风。
●●○○○●●，●○○●●○○。
波漂菰米沉云黑，露冷莲房坠粉红。
○○○●○○●，●●○○●●○。
关塞极天唯鸟道，江湖满地一渔翁。
○●●○○●●，○○●●●○○。

功、中、风、红、翁：一东韵。
BDABCDAB 结构：

●●○○●●○（B 句式），○○●●●○○（D 句式）。
○○●●○○●（A 句式），●●○○●●○（B 句式）。
●●○○○●●（C 句式），○○●●●○○（D 句式）。
○○●●○○●（A 句式），●●○○●●○（B 句式）。

例：《登高》（杜甫）

风急天高猿啸哀，渚清沙白鸟飞回。
○●○○○●○，●○○●●○○。
无边落木萧萧下，不尽长江滚滚来。
○○●●○○●，●●○○●●○。
万里悲秋常作客，百年多病独登台。
●●○○○●●，●○○●●○○。
艰难苦恨繁霜鬓，潦倒新停浊酒杯。
○○●●○○●，●●○○●●○。

哀、回、来、台、杯：十灰韵。

与此前所讲五律同理，无论是上述何种结构，或者其他格律诗书籍中常说的平起仄受式、仄起平受式，在创作过程中，都可忽略。关键在于清楚各句式是否合律，即是否为正格、变格句式，另外清楚各句之间的黏对规则即可。依据黏对规则，即可从整体结构中的任何一句，通过上下推演，推导出整个篇式。

与五律要求相同，七律中首句入韵的，押韵要求同样从宽，如首句所用为平水韵词韵中可以通押的邻韵，通常依旧认为其符合平水韵诗韵。

三、七言格律形式之变体

七言格律与五言格律一样，存在三类变体：七绝（缩减版）、七言排律（加长版）以及七言仄韵律诗（反转版）。

七绝中首句不入韵的，只可能出现如下两种组合：ABCD 结构与 CDAB 结构。

ABCD 结构：

○○●●○○●（A 句式），●●○○●●○（B 句式）。
●●○○○●●（C 句式），○○●●●○○（D 句式）。

例一：《南园》（李贺）

长卿牢落悲空舍，曼倩诙谐取自容。（二冬韵）
○○○●○○●，●●○○●●○。

见买若耶溪水剑，明朝归去事猿公。（一东韵）

●●●○○●●，○○○●●○○。

注意：此处押韵不合于平水韵诗韵，却合于平水韵词韵。

例二：《山店》（卢纶）

登登山路行时尽，决决溪泉到处闻。（十二文韵）

○○○●○○●，●●○○●●○。

风动叶声山犬吠，一家松火隔秋云。（十二文韵）

○●●○○●●，●○○●●○○。

CDAB 结构：

●●○○○●●（C 句式），○○●●●○○（D 句式）。

○○●●○○●（A 句式），●●○○●●○（B 句式）。

例一：《九月九日忆山东兄弟》（王维）

独在异乡为异客，每逢佳节倍思亲。（十一真韵）

●●●○○●●，●○○●●○○。

遥知兄弟登高处，遍插茱萸少一人。（十一真韵）

○○○●○○●，●●○○●●○。

例二：《秋夜将晓出篱门迎凉有感》（陆游）

三万里河东入海，五千仞岳上摩天。（一先韵）

○●●○○●●，●○●●●○○。

遗民泪尽胡尘里，南望王师又一年。（一先韵）

○○●●○○●，○●○○●●○。

首句入韵的，同样只需以第四句置换上述结构中的第一句，只有两种组合：DBCD 结构与 BDAB 结构。

DBCD 结构：

○○●●●○○（D 句式），●●○○●●○（B 句式）。

●●○○○●●（C 句式），○○●●●○○（D 句式）。

例一：《望天门山》（李白）

天门中断楚江开，碧水东流至此回。

○○○●●○○，●●○○●●○。

两岸青山相对出，孤帆一片日边来。

●●○○○●●，○○●●●○○。

开、回、来：十灰韵。

例二：《逢入京使》（岑参）

故园东望路漫漫，双袖龙钟泪不干。

●○○●●○○，○●○○●●○。

马上相逢无纸笔，凭君传语报平安。

●●○○○●●，○○○●●○○。

漫、干、安：十四寒韵。

BDAB 结构：

●●○○●●○（B 句式），○○●●●○○（D 句式）。

○○●●○○●（A 句式），●●○○●●○（B 句式）。

例一：《望庐山瀑布》（李白）

日照香炉生紫烟，遥看瀑布挂前川。

●●○○○●○，○○●●●○○。

飞流直下三千尺，疑是银河落九天。

○○●●○○●，○●○○●●○。

烟、川、天：一先韵。

例二：《枫桥夜泊》（张继）

月落乌啼霜满天，江枫渔火对愁眠。

●●○○○●○，○○○●●○○。

姑苏城外寒山寺，夜半钟声到客船。

○○○●○○●，●●○○●●○。

天、眠、船：一先韵。

有关七绝的对偶要求与五绝相同。仅可根据内容需要而定，不宜依据形式而强行要求。

翻检前人作品集，七绝以首句入韵者占多数，首句不入韵者明显偏少。

七言排律与五言排律篇式结构、规则相同，仅仅将五言正格、变格句式改为七言正格、变格句式。

例:《和乐天重题别东楼》(元稹)

山容水态使君知，楼上从容万状移。

○○●●●○○，○●○○●●○。

日映文章霞细丽，风驱鳞甲浪参差。

●●○○○●●，○○○●●○○。

鼓催潮户凌晨击，笛赛婆官彻夜吹。

●○○●○○●，●●○○●●○。

唤客潜挥远红袖，卖垆高挂小青旗。

●●○○●○●，●○○●●○○。

剩铺床席春眠处，乍卷帘帷月上时。

●○○●○○●，○●○○●●○。

光景无因将得去，为郎抄在和郎诗。

○●○○○●●，●○○●●○○。

知、移、差、吹、旗、时、诗：四支韵。此作有一处违律，即“唤客潜挥远红袖”之“红”字，此处应用仄声，而非平声。

排律多为五言，七言排律较少见。

七言仄韵律诗与五言仄韵律诗篇式结构、规则相同，即在七言正格基础上，将入韵句调整为仄脚句式，非入韵句调整为平脚句式，其余规则不变，我们即可得到七言仄韵律诗的格式。

七言格律诗各类体裁中，七律、七绝最为常见，七言排律较为少见。如同五言仄韵律诗，仄韵七绝、仄韵七律尚为理论推演，有待创作实践及具体作品检验。

本节重点

（一）七言句式就是在五言句式基础之上对应添加一节。原五言句式可变更平仄之处，在此原则上予以保留。所添加之首节第一字可作平仄任意转换。

（二）七言篇式规则与五言同理。

练习与思考

（一）试从以下长竿律原始句式中截取七言句式，然后与上述五言添加一节得到的句式对比解读。

长竿律原始句式：

○	○	●	●	○	○	●	●	○	○	●	●	○	○	●	●	……
1	2	3	4	5	6	7	8	9	10	11	12	13	14	15	16	……

截取1—7节，获得句式：○○●●○○●（A句式）

截取2—8节，获得句式：○●●○○●●（C句式）

截取3—9节，获得句式：●●○○●●○（B句式）

截取4—10节，获得句式：●○○●●○○（D句式）

截取5—11节，将重复获取1—7节句式。

对比如下添加模式获取之七言句式。

○○+●●○○●（A句式）=○○●●○○●（七言A句式）

●●+○○●●○（B句式）=●●○○●●○（七言B句式）

●● + ●○○●●（C 句式）= ●●●○○●●（七言 C 句式）

○○ + ○●●○○（D 句式）= ○○○●●○○（七言 D 句式）

不难发现，两种模式下获得的 A 句式完全相同，B 句式也完全相同，C 句式、D 句式仅第一字平仄有差异，然而此两句式第一字、第三字皆可自由变换平仄。两种推演法所得句式本质一致（盒底结构相同）。或许还可解释，为何习惯性将两句式表示为：●●○○○●●（C 句式）、○○●●●○○（D 句式）。如此更便于记忆。

（二）从●●○○○●●（C 句式）变化而出的●●●○●●●句型究竟该不该接受为变格？此处出现律则推演与某些实际创作之间的矛盾。

就律则推演而言，此句式与五律中的●○○●●（C 句式）同源。一般而言，五言律则严于七言律则，至少是同等严格。七言律则没有理由严于五言律则。既然在五言中变格句式●○●●●被接受，就没有理由不接受同源的七言变格句式●●●○●●●。

就实际创作而言，涂宗涛在《诗词曲格律纲要》中列举杜甫作品中存在五言●○●●●句式共计五律 19 例，排律 3 例。而七言●●●○●●●句式仅 5 例。显然仅就杜甫作品而言，确实存在七律严于五律的现象。据此究竟应该如何确定规则？本书不作最后结论，仍有待相关学者及诸位诗友进一步深入研究解读、实践验证。

杜甫作品如此，其他唐代诗人作品如何？尚待统计。宋人作品又如何？与唐人规则是否一致？或已发生变化？从语感、谐音效果解读又如何？

（三）常见格律体裁中，七律的容量较大。三节半的句式结构更便于营造跌宕起伏的气势与语境。

习作一:《阳山道中》(平水韵)(2014-12-3)

几峰绝壁倚天处，一壑清风拂面凉。(七阳韵)

●○●●●○●，●●○○●●○。

杂树层林晕染远，远山剪影引伸长。(七阳韵)

●●○○●●●，●○●●●○○。

田园秋后由他去，野径从前即主张。(七阳韵)

○○○●○○●，●●○○●●○。

心入画中画入景，行同光景捉迷藏。(七阳韵)

○●●○●●●，○○○●●○○。

绝(平/入)、一(平/入)、拂(平/入)、杂(平/入)、即(平/入)、捉(平/入)。“捉”字在普通话中为平声，在平水韵中为入声。如依据普通话(新韵)，“捉迷藏”就成为三平脚。因此此作只合于平水韵，不合于新韵。其余所列新韵为平声，平水韵为入声的各字，因非处在节点，对是否合于新韵并无妨碍。

“心入画中画入景”，此句式如此前正文所言，需慎用。仅就此作而言，此句一如白话，却合情合景。其语感之小跌宕与意境之小雀跃甚为吻合。

习作二:《回湘有感》(新韵，平水借词韵)(2013-6-12，端午)

此去云山路渐远，由来旧梦幻还真。(十一真韵)

●●○○●●●，○○●●●○○。

曾经年少逐光影，难免情痴浮眼神。(十一真韵)

○○○●●○●，○●○○○●○。

流水落花嗔我老，浪头潮尾叹谁存。[十三元韵（半）]

○●●○○●●，●○○●●○○。

愿将故事续残梦，何必惊回追梦人。（十一真韵）

●○●●●○●，○●○○○●○。

逐（平/入）。叹（平、去两声）。此处需注意十三元韵。十三元韵部包含［un］［an］两类韵母，在平水韵词韵中，进一步细分两类，其中［un］类与“十一真”“十二文”通用；［an］类与“十四寒”“十五删”“一先”通用。

另外，通常诗词作品忌重字（本句重字不忌）。但类似原则需辩证看待。此作“梦”字三用，分别为旧梦、残梦、追梦，由此构建一条情感演进之暗线，更具深意。意料之外，情理之中。

习作三：《题新得金嘴铁骨素秋兰》（平水韵）（2014-10-10）

曾经名节重文坛，昨日因缘相见欢。

○○○●●○○，●●○○○●○。

纵有豪门炫富贵，何妨陋室赏清兰。

●●○○●●●，○○●●●○○。

时风频借艳充雅，古意仍推素可观。

○○○●●○●，●●○○●●○。

流俗几轮皆过客，与卿无语共凭栏。

○●●○○●●，●○○●●○○。

坛、欢、兰、观、栏：十四寒韵。昨（平/入）、凭（平、去两声）。节（平/入）、俗（平/入），此两字皆位于节点，依照平水韵读音则合律，如依照新韵则违律。因此只合平水韵，不合新韵。

习作四:《无题》(新韵)(2012-8-15)

时光累在此中磨，麻木曾经第几波。

○○○●●○○，○●○○●●○。

大美终究识者寡，深情未了受伤多。

●●○●●●●，○○●●●○○。

茫茫人海谁堪共？落落孤鸿却为何？

○○○●○○●，●●○○●●○。

天命莫非亦弄我？平生独唱大风歌。

○●●○●●●，○○●●●○○。

磨、波、多、何、歌：五歌韵。新韵中分属：波韵、歌韵，通押。究（平/去）、识（平/入）、独（平/入）。

此处标注以平水韵。注意几处特殊字：“究”字在新韵（普通话）中读作平声，在平水韵中为去声。如遵从平水韵，“大美终究识者寡”一句则违律；如遵从新韵，“究”“识”二字皆为平声，则此句不但合律，且为基本句式。因此此作仅合于新韵，不合于平水韵。如“究”字这类读音特殊的字，需特别注意。

“天命莫非亦弄我”此句亦为慎用句型。此处以趋于涩拗之语感、句型表达骨子里的执拗不屈，较契合。

习作五:《大围山山村夜宿》(平水韵)(2014-2-3)

几许清幽几许凉，山乡向晚亦风光。

●●○○●●○，○○●●●○○。

渐来夜色近全墨，隐去重峦余一梁。

●○●●●○●，●●○○○●○。

偶有松涛潜入梦，何时月影已同床。

●●○○○●●，○○●●●○○。

拥衾探看院墙外，酣睡小村蓝似霜。

●○●●●○●，○●●○○●○。

凉、光、梁、床、霜：七阳韵。探（平、去两声）、看（平、去两声）。一（平/入）、拥（平/上）。

因“一”字在新韵中为平声，因此“隐去重峦余一梁”一句于新韵违律。此作只合于平水韵，不合于新韵。

（四）今人尝试创作格律诗多从五绝、七绝入手。五绝、七绝的形式较为简单，且可不必考虑对偶，因此易于切入，便于掌握。其中七绝尤为适用。

习作一：《忆旧·沅江上游风光》（平水韵）（2003-10）

一江碧水催惊浪，两岸青山竞险峰。（二冬韵）

●○●●○○●，●●○○●●○。

为探本源真境界，敢从绝处继行踪。（二冬韵）

●●●○○●●，●○●●●○○。

一（平/入）、绝（平/入）。注意：峰（fēng）、踪（zōng）新韵中不在同一韵部。“探”字，新韵读 tàn，仄声；平水韵中作平声（十三覃部）、去声（二十八勘部）两声。对于这类在平水韵中可平可仄两读的字，本人主张尽量取其接近于新韵，即普通话的读音。若依照其另一读音，容易导致预设之韵律感与实际语感之间差异明显。

习作二:《山行》(新平两合)(2006-9)

青山隐现青山外，独自寻芳独往来。(十灰韵)

○○●●○○●，●●○○●●○。

一入层林心似水，绵延曲径远尘埃。(十灰韵)

●●○○○●●，○○●●●○○。

独(平/入)、一(平/入)、曲(平/入)。

习作三:《咏鞋》(新平两合)(2008-8)

踏遍千山与万水，几番雪雨又如何?(五歌韵)

●●○○●●●，●○●●●○○。

酬君久有凌云志，不畏平生累复磨。(五歌韵)

○○●●○○●，●●○○●●○。

习作四:《过连山，见晨雾，忆及湘西旧居风光》(平水韵)(2015-2-21)

常共青山逐逝水，偶凭旧梦且安家。(六麻韵)

○●○○●●●，●○●●●○○。

难归故地情深处，只合他乡品落花。(六麻韵)

○○●●○○●，●●○○●●○。

逐(平/入)、合(平/入)。凭(平、去两声)。“合”字在新韵中读平声，在平水韵中读仄声，因此此作只合于平水韵，不合新韵。

习作五:《丙申端午，欣逢家中达摩兰先放，口占一绝》(新

平两合）（2016-6-9 端午）

频经风雨向烟霞，端午达摩先放花。

○○○●●○○，○●●○○●○。

缘有慧根开悟早，或酬屈子共芳华。

○●●○○●●，●○●●●○○。

霞、花、华：六麻韵。达（平/入）、屈（平/入）。

诗词创作不但需对正文用心，还需对题目用心。前人多有文不对题之处，其中多有特殊原因。这类情况我们应尽量避免。此题点出端午、达摩兰两关键。正文正是从此切入。

习作六：《甲午再题鸢尾花》（新平两合）（2014-5-4）

迎风玉瓣若轻烟，蝶影翩翩真幻间。

○○●●●○○，●●○○○●○。

一点素芽如在问，才情谁可慰容颜。

●●●○○●●，○○○●●○○。

烟：一先韵。间、颜：十五删韵。此作首句借用邻韵，仍符合平水韵诗韵韵则。蝶（平/入）、一（平/入）。

习作七：《甲午暮秋，溯游西江，感赋》（新韵，平水借词韵）（2014-11-12）

云偃河山山色哀，雾愁雨暗老情怀。

○●○○○●○，●○●●●○○。

一湾水阔江天远，如梦大秦帆影来。

●○●●○○●，○●●○○●○。

哀、来：十灰韵。怀：九佳韵。此处第二句韵脚“怀”与第四句韵脚“来”分属邻韵“九佳”与“十灰”韵部，因此只合于平水韵词韵，不合于平水韵诗韵。一（平 / 入）。

习作八：《题大化石“疏影寒梅三两枝”》（平水韵）（2015-2-21）

疏影寒梅三两枝，着花长待故人时。

○●○○○●○，●○○●●○○。

酬君前世痴如我，应约重逢共入诗。

○○○●○○●，●●○○●●○。

枝、时、诗：四支韵。着（平 / 入）、约（平 / 入）。“约“字在新韵为平声，因此此作只合于平水韵，不合于新韵。

（五）这部分不作创作练习要求，仅供参考。

习作一：《榛子》（仄韵，新韵）（2008-9）

十年辛苦见成果，虽小犹珍裹复锁。

●○○●●○●，○●○○●●●。

纵使含香人未知，不经炒过谁识我？

●●○○○●○，●○●●○●●。

【注】榛子：三年一成熟。2008 年秋东北之行，恰遇此树挂果。炒后，香味更在松子之上。

果、锁、我：二十哿韵。十（平 / 入）、识（平 / 入）。“识”字在新韵为平声，平水韵中为入声。因此此作只合于新韵，不合于平水韵。

习作二:《黄昏游莆田凤凰山，戏作》（仄韵，新韵）（2009-7）
黄昏客去我当家，麻雀道中充老大。（九泰韵）
○○●●●○○，○●●○○●●。
夹径蝉鸣媚语多，招来布谷风凉话。（十卦韵）
●●○○●●○，○○●●○○●。

夹（平 / 入）。此作平仄既合于平水韵，又合于新韵。但韵脚“大”“话”于新韵同属一麻韵；于平水韵诗韵却分属九泰韵与十卦韵，并非同一韵部。即便参照平水韵词韵，前者属于“第五部蟹部”，后者属于“第十部马部”，仍非同一韵部。因此，此作仅仅合于新韵，并不合于平水韵。

这两首仄韵七绝整体效果明显不及上一讲的仄韵五绝与仄韵五律。

对偶充分体现出汉字、汉语的平衡之美。律诗中间两联的对偶，从形式上确保了律诗以中正平和为主流审美取向；从更深层次讲，律诗的对偶则是传统辨证思想在文学中的具体体现。

第十讲 平衡之美：对偶

对偶，又称对仗，指诗文中的出句与对句字数相等，声调相谐，句式结构一致，对应位置词性相同的一类独特的传统文学表现形式。一方面，对偶为律诗的诸要素之一，与平仄、押韵共同确定了律诗的基本形式特征；另一方面，对偶又是一种相对独立的传统文学表现形式。经独立发展，最终形成楹联这一文学体裁。

有关对偶的具体要求，主要体现在字数、声调、句式结构、词性等几方面。

一、字数与声调

（一）五言律诗中的两类对偶句式

CD 句式：●○○●●（C 句式），○●●○○（D 句式）。

检书烧烛短，看剑引杯长。（杜甫《夜宴左氏庄》句）

●○○●●，●●●○○。

欲穷千里目，更上一层楼。（王之涣《登鹳雀楼》句）

●○○●●，●●●○○。

AB句式：●●○○●（A句式），○○●●○（B句式）。

野径云俱黑，江船火独明。（杜甫《春夜喜雨》句）

●●○○●，○○●●○。

众鸟高飞尽，孤云独去闲。（李白《独坐敬亭山》句）

●●○○●，○○●●○。

（二）七言律诗中的两类对偶句式

CD句式：●●○○○●●（C句式），○○●●●○○（D句式）。

织女机丝虚夜月，石鲸鳞甲动秋风。（杜甫《秋兴》句）

●●○○○●●，●○○●●○○。

白日放歌须纵酒，青春作伴好还乡。（杜甫《闻官军收河南河北》句）

●●●○○●●，○○●●●○○。

AB句式：○○●●○○●（A句式），●●○○●●○（B句式）。

穿花蛱蝶深深见，点水蜻蜓款款飞。（杜甫《曲江》句）

○○●●○○●，●●○○●●○。

无边落木萧萧下，不尽长江滚滚来。（杜甫《登高》句）

○○●●○○●，●●○○●●○。

每一组句式的第一句为上联，仄韵脚；第二句为下联，平韵脚。

在格律诗中，对偶句式首先应符合此前各讲所述之诸项律则，因此上下联字数相等实属必然，即便是超出七言之长联，上下联的字数同样必须相等。上下联句式的平仄要求及变化同样应遵从五言、七言句式变化规则。超出七言之长联，平仄要求遵从长竿律及相关基本要求。事实上，长句多可通过短句拼接组成，如九言句式多由七言添加一节而成，或五言加四言组成。

二、句式结构相同

不只是主谓宾句式结构相同，也包括各部分的词组结构相同，同时词性明细归属或为同一细类，或为对应类别。

古汉语中单音节词占绝大多数，双音节词为极少数。每个汉字皆由一个音节组成。单音节词即由一字构成，如“白”即表示今日之“白色”“白色的”，双音节词指不可进一步拆解的，由两个字组成的词语，如“琵琶”“葡萄”“踌躇”。由单音节词进一步组成词组。前人将这类词组归纳为主谓结构、动宾结构、偏正结构和并列结构。主谓结构如：人闲、日出、凤舞；动宾结构如：流水、落日、停车；偏正结构如：白日、斜阳、小桥、桂花；并列结构如：风雨、山河、草木、春秋。所谓各部分的词组结构相同，指上下联各对应词组之间结构属性相同，主谓结构对应主谓结构，动宾结构对应动宾结构，偏正结构对应偏正结构，并列结构对应并列结构。

“词性明细归属或为同一细类”指同属颜色、同为地名、同为数目等。

所谓“对应类别”，通常指语义上具有对应关系的类别，如天对应地、海；山对应水、海；英雄既可对应草莽、鼠辈，亦可对应玉女等。总之这类对应关系不是绝对的、唯一的。过于拘泥于习惯性思维、常态表述，容易导致诗词语汇过于程式化以致僵化。较为理想的效果是“意料之外，情理之中”。具体如：

白日依山尽，黄河入海流。（王之涣《登鹳雀楼》句）

首先，上下联句式结构完全一致。其次，上下联对应词组结构相同，词性明细归属或为同一细类，或为对应类别。“白日”与“黄河”同为偏正结构词组，“白”与“黄”同属颜色细类，“日”与“河”则为对应类别；“依山”与“入海”同为动宾结构词组，“依”与“入”同属动作细类，“山”与“海”则为对应类别。“大漠孤烟直，长河落日圆。”（王维《使至塞上》句）与上例类似。

三、对应位置词性相同

基本原则为实词对应实词，虚词对应虚词。

古汉语单音节词往往一词兼具现代汉语名词、动词双重属性，同一词在不同句式、语境中，以现代汉语解读，其词性不同，或为名词，或为动词。如“羲之擅书”与“其书亦善”，同为“书”字，既可表示名词属性的书法作品，亦可表示动词属性的书写动作或书写过程。因此在诗词这类古典文学体裁中，更习惯于首先采用传统的实词、虚词一类方式解读分析，然后再采用动词、名词等解读分析。

实词包括名词（含方位词等）、动词、形容词（含颜色词等）、数词、量词、代词六类。虚词包括副词、介词、连词、助词、感叹词、象声词六类。

所谓实对实、虚对虚仅仅为基本原则，或曰宽对标准。若为工对则如前所言，更进一步要求词组结构相同，词性明细归属或为同一细类，或为对应类别。

四、宽对与工对

对偶是否越工稳越好？工对是否优于宽对？未必。

为便于人们掌握声韵格律，前人曾编辑一类读物，如《声律启蒙》与《笠翁对韵》等。这类读物主要针对熟悉各类韵部及掌握对偶之需要，利用对偶的形式分韵部归纳整理。如《声律启蒙·卷上·一东》起首即为："云对雨，雪对风。晚照对晴空。来鸿对去燕，宿鸟对鸣虫。三尺剑，六钧弓，岭北对江东。"

如借此熟悉平水韵各韵部，则不失方便之处。通过上例即可记住"风""空""虫""弓""东"皆属于一东韵部。若以此为对偶之典范，视其为不二法门，则已入魔道。任何思想、表述一旦固化、僵化则丧失了最后的生机。一首作品的产生，观察、体验、感悟是基础，由此确定主题与内容，然后才是依据主题与内容之需要，进一步落实到具体文字。诗歌创作本质上应为内容主导，兼顾形式；绝非形式主导，兼顾内容。基本创作思路应为从观察、体验、感悟中提纯内心想法，然后将其转化为合适的文字；绝非裁剪前人、他人的文字，以期拼装自家作品。

对偶从宽或从工，应根据主题、内容需要而定，并非越工稳越好，切不可以辞害意。

对偶的立意多取对比横向展开，这是常态。另有一类以类似流水的方式纵向展开，俗称"流水对"，即出句与对句由一个意思连贯而成。如："一从归白社，不复到青门。"（王维《辋川闲居》句）

五、对偶之忌讳

首先是忌讳"合掌"。凡出句与对句的意思完全相同或基本相同，这都属于“合掌”。关于“合掌”之忌讳，诗词楹联界普遍不存争议，所存争议之处多在如何界定“合掌”。部分联句如纯粹从文字技巧衡量，或为合掌；但从意境营造考虑，则未必。以下举例细说。

神州千古秀，赤县万年春。

这属于典型的合掌，对此少有争议。“神州”与“赤县”意思相同；“千古秀”与“万年春”意思也相同。

花径不曾缘客扫，蓬门今始为君开。（杜甫《客至》句）

有人认为“缘”与“为”属同义词，不妥。王力认为它们是虚词（介词），并非实词，所以不算缺点。再者，同一首诗作中，偶尔用一对同义词无妨，多用则不妥。在此，我认同王力的主张。

蝉噪林逾静，鸟鸣山更幽。（王籍《入若耶溪》句）

蔡宽夫《诗话》指其“非不工矣，终不免此病（指合掌）”。亦有评曰：“造语虽秀拔，然大抵上下句多出一意。”后人多引用此联及此评价用以解释合掌。

私以为蔡宽夫观察未曾入景，更未曾入心。此处仅从文辞解读，未曾参照体验与意境。就我个人体验，上下两联分指不同情景。夏日的山林，当百鸟以及其他鸣虫噤声之际，清脆持续的蝉鸣更能反衬出山林的安静。这是一重景致。春夏之际，雨后，或非炎热之时，多在山谷之中，有一种鸟儿的鸣唱通常先拔出一个高音，然后再拉出一悠长的尾音。此鸟喜欢独唱，吟唱之际，周边少有杂声干扰。

此鸟儿之吟唱，尤其是其拉出的尾音，更易将游历者的体验带入清幽之处。此为另一重景致。且此处炼字极精。以“噪”刻画“静”，以“鸣”刻画“幽”。有类似体验者，一见之下，已然意会。而未曾拥有类似经历体验者，仿佛以“渐悟”之路径，修“顿悟”之心法。

在此我不认为此联存有合掌之弊。

流星透疏木，走月逆行云。（贾岛《宿山寺》句）

有认为上下两句中存在意思重复的字，也算合掌。如此联中的“流”与“走”合掌。个人浅见，此处乃引赋之排比手法入对偶，以期达成叠浪拍岸之效果。上下联一起营造出清寂孤拗之意。若仅取上联或下联，其表现力将大打折扣。此联同样不宜单从文辞解读合掌，更不宜仅见合掌，而无视其他技法、规则，还需结合意境营造，综合考虑。

黄云同入塞，白首独还家。（郑錽《入塞曲》句）

有视此类上下句中部分词语意思相同者为合掌。查慎行即认为此处“入塞”与“还家”合掌。

但我持保留意见。此联至少包含三重意境，不宜仅从文辞解读。有过战场征战经历者，尤其是域外征战经历者不难理解，最初的目的多锁定在杀回国去（入塞），很难顾及其他。此为第一重。只有在进入国境线之后，才可能进一步期待还家，此时亦倍感家之温馨。此为第二重。能自然地想到家的时候，入塞前的高度紧张状态已得以舒缓。此刻亦才有心发现自己已是白首，而当初一同出塞之同乡，亦仅余自己一人。此为第三重。此三重意境演进深化痕迹清晰自然。

此中自有深意与差异，不应浅读、误读。

总之，是否合掌，上下两联中是否存在意思的重复，应结合整联的语义与意境、整首作品的内容与意境综合考虑，不可逐字肢解，孤立考察。肢解派的解读极易陷入买椟还珠的状态，捡了文辞之“椟”错失意境、内容、气韵之“珠”。

此外，上下联中忌讳出现相同的字。这一点比较容易理解，无须细说。

本节重点

（一）对偶，又称对仗，要求诗文中的出句与对句字数相等，声调相谐，句式结构一致，对应位置词性相同。

（二）对偶有宽对与工对之分。实际创作中无须刻意求工，究竟取宽对，还是工对，由内容及主题需要决定。

（三）对偶忌讳合掌及上下联同字。究竟是否为合掌，不应逐字孤立解读，宜结合整体内容、意境综合考虑。

练习与思考

（一）依据此讲对偶规则，检验此前各讲中的联句，尤其是律句中间两联。一方面，借以巩固、强化对对偶规则的理解；另一方面，尝试区分其中的宽对与工对，及在具体创作中如何运用。

（二）结合自己日常的观察体验、思索感悟，试拟对偶联句若干；或取此前作业中的相应联句尝试改造成对偶句。分析这些对偶句分别属于以上所述何种类型。

习作一：题铁面御史江春霖故居联（2017-1-19）

几朝社稷溃于吏，谁鉴？一世修为根在廉，神明！

●○●●●○●，○●。●●○○○●○，○○。

一（平/入）。

习作二：题广州六榕寺联（2017-1-30）
万古风情悟在此，千秋佛法证于心。
●●○○●●●，○○●●●○○。

佛（平/入）。

风动？幡动？六祖慧能解曰：心动。此事发生在广州六榕寺。本联所言即指此事。若以纯技法解读，上下联之第一节“万古”“千秋”皆可删除，因此节明显合掌。

但我的基本思想以辩证为主，兼取实证与心证（心证为我对以禅宗为代表的佛学思想的理解）；以唯物为主，兼顾物相与心相。提出风动或幡动，无疑是在强化物相一面的解读。六祖慧能提出心动，则是提醒当时容易被忽视的一面：心相。这于当时是具有积极意义的。但若将此绝对化，则容易陷入主观唯心意识。岂可因我未感知到风幡的存在而否认其存在的事实？人的认知应依托直观感知与已知，推导对未知领域的认知；而非拘泥于直观感知与已知而否认未知世界的存在。因此以“万古”加于“风情”之前，而以“千秋”加于“佛法”之前是有深意的。我本人是首先承认风情的客观存在，然后才有佛法的认知存在。

习作三：奉题“公正”联（2018-5-30）
执法先居正，齐家勿忘公。
●●○○●，○○●●○。

（三）寻找前人类似体裁的诗作，注意整体理解其意境、主题及内容；进一步理解其语言风格，尝试解读这类语言风格与主题内容、意境之间的关系。优秀的作品应确保语言风格与主题内容、意境营造之需一致。反过来，再寻找自己作品与前人作品之间的差异。

请看天上九头鸟，化作田间三脚猫。（聂绀弩《周婆来探后回京》句）

●○○●●○●，●●○○○●○。

聂绀弩先生为湖北人，创作此诗之际正在北大荒劳动。借此联以自我调侃。字面上“九头鸟”对“三脚猫”再工稳不过。更深处不只道及自己的湖北籍贯，更以“天上”暗指旧日的风光，今至“田间”，农活功夫不济。

（四）强化理解工对、宽对、流水对。寻找自己喜欢的前代佳作，分析解读：其中的对偶句为宽对还是工对，为何取宽对，或工对？能否变更？变更后效果如何？同样寻找前人佳作中的流水对，尝试理解其与一般对偶句之间的效果差异。进一步尝试拟作类似的流水对。

习作一：《夜宿乳源南水水库》（新韵）（2007-5）

几抹山如影，一湖春水平。（八庚韵）

●●○○●，●○○●○。

耳根泉浅唱，林远鹿长鸣。（八庚韵）

●○○●●，○●●○○。

我欲轻舟去，情随明月行。（八庚韵）

●●○○●，○○○●○。

清风邀作伴，共汝品佳茗。（二十四迥韵）

○○○●●，●●●○●。

此处鹿长鸣指所闻黄猄叫声。黄猄属鹿科。茗：《诗韵新编》为上声，《新华字典》为阳平，音同名。此处遵从《新华字典》读音。正因此字，此作只合于新韵，不合平水韵。

第一联、第二联依照常态平面展开。第一句写远景，第二句拉近；第三句描写近处所闻，第四句再转向远处所闻。

“我欲轻舟去，情随明月行”一联为流水对。自此转入纵向深化。“我欲”一句由景及心，“情随”一句由地面拉向天空。“清风”一句强化意境，“共汝”一句尝试打通作者与旁人之心境，同时尝试融通天上与人间。“品佳茗”并非暗指不食人间烟火，而是希望带着人间美好的事物（佳茗）去追逐更高的境界（明月）。此处流水对所起作用关键。

习作二：《记游佛冈》（平水借词韵）（2014-11-17）

天高空远山，清澈一溪寒。

○○○●○，○●●○○。

临水忘兴废，纵情频往还。

○●●○●，●○○●○。

何来风做主，有幸树同欢。

○○○●●，●●●○○。

林下蜈蚣草，采回宜养兰。

○●○○●，●○○●○。

山、还：十五删韵。寒、欢、兰：十四寒韵。邻韵通押。一（平/入）。如依照新韵，“一溪寒”则为三平脚。因此只合于平水韵，不合于新韵。又因通押邻韵，故只能标注为“平水借词韵”。

此作稍见亮眼处在第三联流水对“何来风做主，有幸树同欢”。本来只是行走在山林之间，偶尔山风掠过树梢，引得山林哗哗作响。此处却以流水对的方式写出了意境与深意，并将此作引向高潮。第二联起铺垫作用。第一、第四联稍显平淡。

（五）尝试收集、理解各家有关合掌的界定与说明，分析解读各类观点的合理之处与局限，最终尝试梳理出自己的看法。仅仅依托情感，而不能借助理性思维，不具备独立思考能力、辨析能力，是很难催生真正的优秀作品的，尤其是在当代。

（六）如前述第二项所要求，尝试修改此前作业中的相关联句，使之成为对偶句。如一时无法将中间两联皆调整为对偶句，不妨先确保一联对偶，随着练习的深入、技巧的改善，再逐步落实到两联对偶。不应为追求形式的规整、工稳，而破坏整体意境的营造。应使形式技巧配合意境营造和主题内容。

（七）律诗以中间两联皆对偶为正格。亦有第二联不对偶，仅第三联对偶者，古人称之为蜂腰格。蜂腰格于五律中较常见，七律中很少。

以上所列各项练习可做日常训练持续进行，不作时间限制。这对提升创作水平颇为有益。

原本词从燕乐而出，本为依燕乐填词。宋代以后，与词相配之乐谱逐渐亡佚。多数词转为遵从渐趋固化之词牌，倚声填词。这部分词与音乐逐渐脱离关系，更趋诗律化。其中较多与格律诗律则接轨之处，亦使后人更便于从格律诗切入词的学习与创作。

第十一讲 从格律诗至词牌

形式上，词与格律诗之间存在明显差异；规则上，词与格律诗之间则多有相同之处。如能从格律诗及其律则着手学习填词，将不失为一条较为合理、有效的途径。

一、借助律则解读词则

从此前各讲可知，格律诗律则主要包括如下四项：1. 押韵规则。2. 从两节论至长竿律，再至基本句式的推演，最终得出正格、变格句式。3. 黏对规则。4. 对偶的要求。

借助以上律则具体解读词牌规则较为容易。换言之，有格律诗律则及创作经历作基础，进一步了解并掌握词牌规则，再切入填词创作将更容易。如词牌《虞美人》（双调，五十六字）。

‖ ○̲○●̲●○○●，●̲●○○●。○̲○●̲●●○○。●̲●○̲○●̲●●○○。‖[1]

（共用四个韵，末句为上六下三或上二下七。）

例作：《虞美人》（李煜）

① “‖——‖”表示此中文字重复一遍，一般指上下阕形式相同。○̲表示此处原本为平，亦可作仄；●̲表示此处原本为仄，亦可作平。

春花秋月何时了，往事知多少。（了、少：十七筱韵）

○○○●○○●，●●○○●。

小楼昨夜又东风，故国不堪回首月明中。（风、中：一东韵）

●○●●●○○，●●●○○●●○○。

雕阑玉砌应犹在，只是朱颜改。（在、改：十贿韵）

○○●●○○●，●●○○●。

问君能有几多愁，恰似一江春水向东流。（愁、流：十一尤韵）

●○○●●○○，●●●○○●●○○。

昨（平/入）、国（平/入）、一（平/入）。

对比押韵规则而言：

格律诗押韵单纯许多，正格单句不入韵，双句入韵，一首一韵，仅押平声韵。该词牌则复杂许多，每句皆入韵，两句押一韵，整首八句，共押四韵，其中两韵为平声韵，两韵为仄声韵。

对比基本句式而言：

第一句：<u>○</u>○<u>●</u>●○○●。此为七言句式中的 A 句式，具体要求符合靶心要求：仅第一字、第三字可平可仄，无任何限制，其余各字皆不可变动。

第二句：<u>●</u>●○○●。此为五言句式中的 A 句式，具体要求同样符合靶心要求：仅第一字可平可仄，无任何限制，其余各字皆不可变动。

第三句：<u>○</u>○<u>●</u>●●○○。此为七言句式中的 D 句式，具体要求符合靶心要求：仅第一字、第三字可平可仄，其余各字皆不可变动。

第四句：<u>●</u>●<u>○</u>○<u>●</u>●●○○。此句式其实就是<u>●</u>● +<u>○</u>○<u>●</u>

●●○○，即在七言D句式的基础之上，于本句前遵从长竿律添加一节“仄仄”。所添加之“仄仄”一节遵从盒子说，第一字（盒盖）可变平仄，第二字（盒底）不能变更平仄。本句主体部分（七言D句式）同上一句，符合靶心要求。

对比黏对而言：

此词牌之关键句式在中间两句（第二句、第三句）：●●○○●。○○●●●○○。这两句分别为五言A句式与七言D句式。二句之间关系为对。

第一句为第二句前遵从长竿律添加一节；第四句为第三句前遵从长竿律添加一节。

此词牌不存在对偶要求。

依托相关格律诗律则知识，借以理解、掌握词牌规则，较为容易。

二、词与格律诗不同之处

更进一步还需了解词与格律诗之间的不同。

形式上，格律诗为齐言，词多为长短句。这不仅仅是形式上的不同，更深层折射出的是二者之间审美取向的差异。格律诗齐整的形式更适合展现中正平和之美，更显敦实厚重。而词的长短句交错，更易展现丰富多姿、跌宕起伏的审美取向，更趋灵动、活泼。

审美取向的差异又引发语言风格的差异。格律诗及词需要不同风格的语言，借以承载不同的审美取向，契合不同的形式。格律诗有格律诗的语汇，词有词的语汇。格律诗的句式更趋稳定，两节或三节加半节（一字）的态势明显。部分被概括为二字加三字，或四字加三字形式，且少有半节（一字）居于句首者。词则句式变化丰富，从单字、双字、三字、四字至九字均有。如上所述，九字可解读为七字句式前加一节。但单字、双字、三字、四字等却为格律诗中所没有的句式。这类句式形式的丰富，使得词的表述手段更趋丰富。原本格律诗形式不擅长表现的某些风格，在词中得以突破、展现。

同时格律诗语言较大程度上传承了早期文言文的特性，更趋醇厚质朴。词较多汲取唐宋时期渐趋从早期文言文中分化出来的民间语言，更趋通俗。此仅为概括而言，事实上，格律诗与词之间，文言文与诗词之间同时存在互相借鉴的一面。格律诗中同样存在汲取民间语汇的一面，最典型者如白居易、杨万里等；词作者亦多有借鉴、汲取格律诗等传统雅言语汇。

词牌的形式丰富多样。王力的《汉语诗律学 · 词谱举例》，收206调；龙榆生的《唐宋词格律》，收150余调。同时诗词创作是知行合一的，具有很强的实际操作性。因此不主张对词牌涉猎过杂。动则几十种词牌各填几首。这很容易将诗词创作降格为填字游戏，很难催生较高质量作品。如对格律诗及词牌的格律形式无法做到烂熟于胸，是很难真正关注于体验本身的。即便于观察体验方面有所得，因对格律形式驾驭不够熟练，同样很难实现从观察、体验、感悟向诗词语汇的从容、自然、真切转化，往往催生一锅夹生饭。

一般来说，宜在熟练掌握格律诗各种形式之后，根据自身的喜好与需要，逐渐选择一两个词牌，着手训练。一方面可形成对格律诗形式的补充；另一方面，通过对比，强化相关理解。待这一两个词牌如格律诗般充分熟悉掌握，运用自如之后，再根据需要考虑朝何种方向深化，究竟是回归格律诗深耕，还是借助新的词牌来丰富创作。

深层触及的不仅仅是对词牌形式的熟悉，更是创作模式的建构，与现实创作中体验、感悟的接轨。

本讲所述仅仅为以格律诗为核心及出发点，探寻词的学习路径。如欲深化对词的解读，还需进一步深入其中。对比于格律诗，词毕竟还具有诸多的特殊性，如有关衬字的规则，减字、增字的规则，部分对曲调的要求，等等。

本节重点

（一）借助有关格律诗的基础知识，包括具体律则及相关原理，便于我们了解并熟悉有关词牌的规则。

（二）格律诗与词，有着各自不同的外在形式、审美取向以及语汇特征。注意二者之间的差异，首先应尊重这类客观存在的差异，进一步可尝试借鉴转化。

（三）传统诗词创作实操性明显。相关训练需要一定数量的文体形式的支持，同时忌讳形式过于庞杂。形式单一，妨碍体裁的选择，影响创作发挥；形式过于庞杂，且欠熟练，同样有碍表达的发挥。填词的学习不应贪求词牌的数量，应注意强化对词牌的熟悉。

练习与思考

（一）借助本讲所提供之思路，尝试对比解读格律诗、词、散曲，了解三者之间的异同。是否能够借助格律诗的基础知识了解并熟悉有关散曲的规则？三者之间外在形式、审美取向、语言风格差异如何？如何借鉴？

（二）格律诗与文言文散文之间存在怎样的语言风格差异？建议参考启功的《诗文声律论稿》。此书论述精当扼要。

（三）本人尝试填词从《虞美人》着手，先设法熟悉这一词牌再考虑其他词牌。

习作一:《虞美人·戊戌中秋抒怀》(2018-9-30)

依稀岁月曾明媚，意气轻权贵。

○○●●○○●，●●○○●。

更因情困久徘徊，指点江山多少是还非！

●○○●●○○，●●○○○●●○○。

奈何花落从流水，今夜谁同醉?

●○○●○○●，○●○○●。

痴将心路系孤舟，行远风清隐约又添愁。

○○○●●○○，○●○○●●●○○。

媚：四寘韵，贵：五未韵，同属词韵第三部仄声部。徊：十灰韵，非：五微韵，同属词韵第三部平声部。水：四纸韵，醉：四寘韵，同属词韵第三部仄声部。舟、愁：十一尤韵，属词韵第十二部平声部。约(平/入)。

此作用韵未能拉开距离，该词牌潜在之丰富音韵变化未能充分发挥。审美取向、语言风格诗味较浓，尚未切换到较为纯粹的词的创作模式。

习作二:《虞美人·鸽子》(2018-10-2)

频经漫漫天涯路，掠影云深处。

○○●●○○●，●●○○●。

明眸善辨鉴精微，此去千山难阻御风归。

○○●●●○○，●●○○○●●○○。

衔来翠色酬期待，报故园仍在。

○○●●○○●，●●○○●。

几家交厄举烽烟，何日消融容尔慰平安！

●○○●●○○，○●○○○●●○○。

路：七遇韵，处：六御韵，同属词韵第四部仄声部。微、归：五微韵，属词韵第三部平声部。待、在：十贿韵，属词韵第五部仄声部。烟：一先韵，安：十四寒韵，同属词韵第七部平声部。

此作用韵部分较上一首有所改善。语汇方面，诗语汇痕迹仍较明显。此非朝夕之功，有待后续改善。

第十二讲

格律诗与新诗

现实语境背景下，无论是以格律诗为代表的旧体诗，还是伴随西学东渐而引入之新诗，皆遭遇了不同程度的尴尬。

旧体诗以传统雅言（文言）、传统审美为依托，始终未能实现与现实语境的深度链接。而新诗更多依托源自西方的横向移植，缺乏纵向的历史承传，缺乏对原有审美优势的承载。

格律诗与新诗渊源各异，互相之间呈对立之势。如能对比解读，应对二者的发展都能有所启示。

一、雅言与俗语

本质上，格律诗的语言背景为传统雅言，即我们常说的文言文。它不仅是传统雅言的重要文体代表，更是重要的传统社会审美取向的风向标。

唐宋以来，雅言与日常实用语言分化明显。雅言尚古，较大程度上着力于维系对早期语言形式及古典审美的承传；新起之俗语则更多关注日常实用。一方面，由于后世多崇儒，而儒家尚古心态极重；另一方面，长期以来，士农工商这一传统社会结构固化，文人士大夫阶层始终处于社会上层，需要借助某一形式标榜自身社会地位的特殊。两方面因素皆促使雅言长期处于传统社会的主流正统地位。

居于主流正统地位的雅言长期与现实实用语言脱节，这不是正常现象。对此部分文人有所关注，并开始着眼于日常实用语言，尝试从中汲取新鲜词语，融入创作。较为典型的诗人如白居易、杨万里等。同时唐宋时期开始催生的“白话”小说，其语言更接近民间实用语言，而非雅言。明清时期，这类白话小说越来越受到各阶层人士欢迎，其实际影响力甚至已超越传统诗词。传统诗词中，兴起于元朝的散曲更多汲取民间语言，较少承传雅言。散曲同样兴盛一时。但以上这一切皆未能改变雅言的正统地位。直至民国初年新文化运动兴起，白话文才逐渐取代雅言，首次取得主流地位。

这一重大改变是符合社会发展趋势的。但部分传统文人于此关注甚少，参与甚少。多数人士不但未能顺应这一趋势，尝试转变，反而退守原有模式，并借以排斥新文化的冲击与挑战。

诗词语汇方面不但未能给予白话应有的关注，反而进一步强调雅言的纯正，借以与现实语境拉开距离。审美态势依旧强调传统的中正平和之美，缺乏更丰富的、更多样的审美取向。部分人士依旧沉浸于原有的儒家理念（其实多为宋以后之朱儒，而非孔孟之儒），缺乏对大量涌入之新文化、新思想之关注。

其中少数人士则给予现实社会以高度关注，甚至本身即为新文化运动的倡导者。典型如鲁迅。他的传统诗词功底颇为深厚，同时对新文化、新思想极为关注。

例:《惯于长夜过春时》(鲁迅)

惯于长夜过春时，挈妇将雏鬓有丝。
●○○●●○○，●●○○●●○。
梦里依稀慈母泪，城头变幻大王旗。
●●○○○●●，○○●●●○○。
忍看朋辈成新鬼，怒向刀丛觅小诗。
●○○●○○●，●●○○●●○。
吟罢低眉无写处，月光如水照缁衣。
○●○○○●●，●○○●●○○。

时、丝、旗、诗：四支韵。衣：五微韵。此作借词韵。

此作除了“衣”字借邻韵韵部，其余各项可谓严守格律。立意方面，中间两联极精彩。既有对温情的眷念，又有对社会乱象之冷眼；既有对战友牺牲之隐忍，又有对信仰之执着。确实为一时心态之真切写照。尖锐而不失厚重，温情兼具刚性。

又例：《自嘲》（鲁迅）

运交华盖欲何求？未敢翻身已碰头。
●○○●●○○，●●○○●●○。
破帽遮颜过闹市，漏船载酒泛中流。
●●○○●●●，●○●●●○○。
横眉冷对千夫指，俯首甘为孺子牛。
○○●●○○●，●●○○●●○。
躲进小楼成一统，管他冬夏与春秋。
●●●○○●●，●○○●●○○。

求、头、流、牛、秋：十一尤韵。一（平/入）。

此作守律较上一首稍宽。主要在第三联，“千夫指”对“孺子牛”稍嫌欠工，但此联语义、气势极佳，仍不失为千古佳句。作者之人生理念、态度于此表露无遗。

鲁迅先生以新文化运动主将的身份，以杂文广为当时及后世传颂。其杂文短小精悍，如匕首、似投枪。于文体、立意及表述方式等，重振一时，令人耳目一新。但困于白话文尚在完善过程中，其中的部分具体表述形式不乏待商榷之处。相反，基于传统雅言的深厚积淀，其旧体诗之成就却多被浅读、误读，少有就传统诗词演变进程及一时之大文化背景作深入解读，更不乏借政治之需，片面解读。鲁迅先生的新诗同样不俗，其中的探索与启示，同样多被忽视。

张恨水可谓另一例。其以鸳鸯蝴蝶派文人著名，其旧体诗同样不俗，且极具时代气息、探索精神与启示意义。

例：《没有题目三十首》（选二）（张恨水，1925 年）

这个年头说什么，小民该死阔人多。
●●○○●●○，●○○●●○○。
清官德政从何起，摩托洋房小老婆。
○○●●○○●，○●○○●●○。

么、多、婆：五歌韵。说（平 / 入）、什（平 / 入）、德（平 / 入）、托（平 / 入）。

钻敲吹拍碰溜爬，政客生涯七字夸。
○○○●●○○，●●○○●●○。
四大金刚安顿了，还须两将配哼哈。
●●○○○●●，○○●●●○●。

爬、夸：六麻韵。哈：入声，十五合韵。拍（平 / 入）、七（平 / 入）、哈（平 / 入）。

第一首守律严格，第二首“哈”字出律，如遵循新韵则“拍”字出律。此处可视为特例：仅“哈”字借用新韵（当时之国语读音）。其余各处守律较严。其语言多引入白话，通俗易懂。而其立意多取诙谐讽刺一路，嘻哈之余，多耐品之处。风格与其《八十一梦》相通，更显精练深刻。

又例:《感怀金陵怆然有作》(二首)(张恨水)

江山有泣半模糊，此日前年失大都。
○○●●●○○，●●○○●●○。
城里遗民三十万，可能一哭似予无?
○●○○○●●，●○●●●○○。

糊、都、无：七虞韵。失（平/入)、十（平/入)、一（平/入)、哭（平/入)。

淮碧山青带耻痕，二陵风雨吊朱孙。
○●○○●●○，●○○●●○○。
男儿莫负先人托，万里追回大汉魂。
○○●●○○●，●●○○●●○。

痕、孙、魂：十三元韵。托（平/入)。

此两首作于1939年12月13日南京失陷两周年之际，语言近白话，但守律严格。这类风格作品看似容易，事实上并不好驾驭，对作者之识见、才情性格等要求甚高。

二、反思新诗

新诗在中国的快速兴起，存在内外两方面原因。一是挟西学东渐之趋势，新诗符合当时之世界潮流；二是伴随新文化运动而兴起，新诗符合当时中国之变革趋势。

新文化运动前后，是西方文化盛极之时，亦是中华民族深处全面危机之时。部分知识分子开始放弃“中学为体，西学为用”的原有主张，开始尝试全面引进西学。中国大学近现代学科的全面建立，由此开启崭新局面。在此学科体系中，文学是其不可或缺的一大学科，而诗词则是文学中的必然组成部分。但此中的文学、诗词皆为横向移植于西方的学科，确切而言指西方文学以及源自西方的新诗，与中国传统文学尤其是旧体诗并未发生必然的联系。这导致新诗在现代学科体系中，较之旧体诗首先即获得特殊的地位优势及体系资源。而传统文学在进入现代社会时的遭遇，其中旧体诗极具代表性。

而长期积累而成的民族危机，亦强化了普通知识分子阶层对新诗的接受，对旧文化以及旧体诗的排斥。

但时过百年，是时候反思新诗以及新文化运动了。

首先，新诗更着意于横向移植，缺乏纵向传承。诗词是与语言文字关系最密切之文体。无论是高水平的创作，还是真切深入的解读，都严重依赖于作者的母语。失去母语的依托，无论是创作还是解读都将大打折扣。对比解读唐诗经典作品的英译本与汉语本，不难发现，除了语义被较为准确地保留、传达，意境、语境几乎荡然无存。相信被翻译过来的英文诗或其他欧美诗歌情况与此类似。或许基于理性思维、逻辑性表述，欧美诗歌在转译为汉语时，情况会较唐诗转译情况稍好，但大体不变。因此新诗的创作还需要顾及汉语的语言特性，如四声等。

其次，新文化运动之后较长一时期内，白话文运动进展不尽理想。重点仍在推进语言文字的规范化，目前仍有一些深层问题待解决。至于语言文字的雅化、美化，尚未给予相应关切。这导致新诗的诞生先天即带有某些缺陷。

最后，更为严重的是，新诗始终未能正视纵向传承的问题。少有顾及传统诗词意境、语境部分，亦缺乏对形式的深入对比研究。

所有这些因素都妨碍了优秀新诗作品的产生。

三、借鉴元散曲

现实语境下，或者说近现代中国大变革背景之下，无论是新诗还是旧体诗都遭遇了某些尴尬，存在这一类或那一类的问题。

概括而言，旧体诗缺乏对现实变革的真切体验以及参与，不乏借传统文化之招牌，回避现实挑战之举；新诗则单纯满足于横向移植，缺乏纵向传承，缺乏对传统文化、传统审美态势、传统诗歌形式的正视，置传统诗歌于不顾。面对近现代之大变革，这两类思路皆处于较低层次。但这类较低层次的思路至今仍在影响着我们文化的发展走向。

事实上，元散曲为二者提供了一个颇具价值的参照系。元散曲多以白话入作品，其主流语汇已与传统雅言之间明显拉开距离，与后世之白话文血缘更近。其受众更广泛，更多面对市井草根阶层，与新诗之受众群体较接近。其形式律则较之格律诗、词更宽，其韵已抛弃平水韵，改用《中原音韵》（新韵的前身），确保用韵与现实语言系统的一致。客观上散曲的这类做法已开新诗之先河。对此新诗没有理由视而不见。

对格律诗而言，散曲在以下诸方面极具借鉴意义：普遍引入民间语汇，取法更宽泛；面向更广泛的受众群体；开拓更广泛的主题；采取更为直接的表述方式等。

当然，散曲发展过程中的教训一样值得格律诗、新诗警醒。由于部分散曲作者放弃了诗词原有的较高的审美标准，面对现实需要更多采取单纯的迎合态度，这导致散曲在快速兴起之后又快速消退。

旧体诗与新诗尚待互相学习、借鉴，更待相互融合。它们之间的关系不该是对立的。

本节重点

（一）格律诗不应回避对现实社会的关注，不应回避源自现实社会、不同文明体系的挑战。不能正视并正确应对，势必导致以格律诗为代表的旧体诗的衰落。

（二）以格律诗为代表的旧体诗与新诗之间不应是对立关系，更应互相取法，共同促进。

（三）元散曲为格律诗、新诗提供了极有价值的参考，无论是正面的还是反面的。

练习与思考

（一）具体对比以下元散曲与唐人作品（如杜甫的具体作品）之间的差异，如语言、观念、审美等。

> 例：《阳春曲·题情》（六选二）（白朴）
>
> 从来好事天生俭，自古瓜儿苦后甜。妳娘催逼紧拘钳，甚是严，越间阻越情忺。
>
> 笑将红袖遮银烛，不放才郎夜看书，相偎相抱取欢娱。止不过迭应举，及第待何如。

此作描述男女之间情爱，多见人间烟火气、市井味。较之前人之格律诗、词，更显热辣、直接；较之多数新诗，则更显纠结、浓烈。于一时之情感状态可谓刻画传神，字字入骨。可惜后人对此类作品关注不够。

（二）格律诗并不排斥现代语汇。新词语运用得当同样可以营造出类似传统的意境。

习作一：《乡愁》（平水韵）（2017-12-16）
曾经懵懂向天涯，暂别温馨携晚霞。
○○○●●○○，●●○○○●○。
年少独行行渐远，留存浮影影如纱。
○●●○○●●，○○○●●○○。
清宵往事频惊梦，梦醒痴疑何处家。
○○●●○○●，●●○○○●○。
谁系乡愁于白发，任由风拂乱如麻。
○●○○○●●，●○○●●○○。

涯、霞、纱、家、麻：六麻韵。懵（平、上两声）、别（平/入）、独（平/入）、醒（平、上两声）、白（平/入）、拂（平/入）。

◎**创作背景**：夜半惊梦，一时不知身在何处。旧日的种种画面、情感频涌心头。年少时对未来的憧憬；黄昏时学校边火车飞驰而去；晚霞映衬下的校园；只身南下时的眷念及背影……

◎**创作思路**：力求写出一时之情感。

◎**创作过程**：

得句：谁系乡愁于白发，任由风拂乱如麻。
通宵往事几惊梦，梦醒更疑何处家。
年少独行行渐远，留存浮影影如纱。
曾经年少志天涯，

雏形：曾经懵懂向天涯，惜舍温馨与晚霞。
年少独行行渐远，留存浮影影如纱。

清宵往事频惊梦，梦醒痴疑何处家？

谁系乡愁于白发，任由风拂乱如麻。

◎**细节推敲：**

第一联：改下联为“暂别温馨携晚霞”。带不走的是家的温馨。所谓“携晚霞”不过是留给自己的心理寄慰而已。

后三联不动。不但意思到了，同时气息缠绵贯通。第三联为流水对。用语不工，但语义、意境契合、到位。

此作较真切地道出一时之情怀。语义、意境契合。

习作二：《〈格律诗三十六讲〉出版前夕，感赋》（平水韵）（2013-9-11）

几番辛苦愧心殚，无耻焉知学问难。

●○○●●○○，○●○○●●○。

道德文章已作古，名流贤达竞弹冠。

●●○○●●●，○○○●●○○。

生搬西点入中药，翻炒残羹充大餐。

○○○●●○●，○●○○○●○。

捷报频传皆硕果，徒余后世谓心寒。

●●○○○●●，○○●●●○○。

殚、难、冠、餐、寒：十四寒。德（平 / 入）、达（平 / 入）、捷（平 / 入）。

◎**创作背景：**久经磨难，《格律诗三十六讲》终于要出版了。照说此中最大的辛苦应在研究、写作本身。传统诗词作为数千年重要的文脉传承，用心者众，要想在此领域有所建树，有所突破，一个字：难！在此理论研究方面有所突破，两个字：更难！！！ 我在尝试，亦自信有所突破。而现实中的困难却更多源自出版，而非研究与写作。因有《田黄学概论》的顺利出版及不错的反响，加上王依民老师的推荐及出版社编辑的支持，此事较《田黄学概论》的出版已经便利许多。最后却在专家审稿环节，某位提出几项意见。于是出版社方面提出选项：其一，接受意见修改，照一般程序出版；其二，保留原样，合作出版。我的困扰是：接受所谓的修改意见，我则完全回到王力的格律诗解读体系，要我何用？保留自己的原本面目，则需自己解决部分资金或销售问题。看来所谓的保持独立性不但需要坚持，还需要真金白银。最后我还是选择保持独立性。出版后的反响，也再次证明当初我选择的正确。出版不是最终目的，完整、系统地表达自己的独立见解才是目的。我不想为出书而出书，我所写作的必须确保有内容，或者在研究方法上有所突破，或者在材料上有所新发现，或者有新观点的提出，抑或兼而有之。当我认为无法做到时，我宁可回绝出版社的邀请。

但目前我们的出版业枣梨之灾空前，太多的抄袭、平庸之作充斥书市，不少文字仅为抢课题、评职称而作，越作越水。

◎**创作思路**：大处着眼，宏观布局，切忌写成祥林嫂式诉苦状。

◎**创作过程**：

雏形：几番辛苦为哪般？不知学问难。

道德文章已作古，名流贤达共弹冠。

生搬西点入中药，翻炒残羹充大餐。

侈语复兴兼盛世，徒余后世谓心寒。

◎**细节推敲**：

第一联："为哪般" 太近口语，与通篇气息不合且有重复之嫌，不好。先考虑改为 "近心殚"，但 "近" 字不好，过于直白，不如 "愧" 字表现力强。下联落实为 "无耻焉知学问难"。做学问原本是件很困难的事情，正所谓勇于攀登。最初纠结于如何表达当下“化难为易”之奇怪现象，稍后念及古语：知耻者近于勇，换言之，不知耻或无耻，自然不会觉得做学问很困难。“不知”过于直白，不如“焉知”，含蓄深刻。

第二联：上联承接第一联，下联承接上联，气血顺畅。下联“共”字太过直白，不如“竞”字深刻。曾考虑“互”字，终觉不如“竞”字形象生动。

第三联：笔墨由面转向具体现象，上联反映照搬西方，生吞活剥一类；下联表现不图创新，捡拾前人牙慧以充成绩之辈。

第四联：上联关联不当，归置空泛，不如承接前面表述，作出适度、合理、顺畅的概括，于是改为“捷报频传皆硕果”，如此承上启下更为顺畅合理。下联不动。下联在上联的基础上强化景深，起到点醒通篇的效果。所有的成果都需要经过时间的检验，二三十年前的多少所谓重大成果、成就，今日或成过眼烟云，或成历史笑柄。我们今天所进行的，又有多少不是在重复这类荒诞的历史？

此作能兼顾沉重与顺畅，难得；或略伤于尖刻，却出于真心。

习作三：《一世消磨》（2013-10）

不要只说是什么，
我更想知道为什么；
不要只纠结于字句的推敲与对错，
我更在意，
那一刻的体验与把握；
不要只沉迷于书斋中的吟哦，
她，已融入我的生命，
更是我真切的生活！

我，用一世，
与你消磨！

此作刊于《格律诗三十六讲》封面。创作时间与上一首格律诗仅差一月。心态相近，表述方式、手法各异。对比解读，便于了解二者之间的长短异同。

巧妇难为无米之炊。

技法、技巧如厨艺；通过观照所获之体验、感悟如食材。优质丰富的食材，加上精到的厨艺才可能制作出佳肴美味。首先应学会如何获取新鲜、丰富的食材。

第十三讲 山水为魂：学会观照

相较而言，中国传统文化更注重感知能力、辩证思维。西方文明更倚重逻辑推理能力、实证思维。就今日中国社会整体而言，我们应强化逻辑思维、实证思维；同时我们不应放弃传统的感知优势、辩证思维。

审美体验存在第一性、第二性之分。建立在观照自然这一基础之上，所获得的审美体验是原始的、直接的、第一性的；通过文学艺术作品欣赏所获得的审美体验是间接的、第二性的，是建立在第一性基础之上的。某种程度上，第二性的审美体验不过是通过文学、艺术形式，对读者内心深处类似的第一性审美体验的唤醒。因此脱离第一性的审美体验、审美积淀，以期直接从文学、艺术作品中获取第二性的审美体验，这是不牢固的，甚至是苍白浅薄的。至少在中国传统审美状态中如此。

失去第一性的审美体验，很难真切感觉到何为意境，何为作品的“神”，又谈何营造意境与写神？

因此首先必须夯实第一性的审美体验，并借以打通第二性的审美体验。这样才可能占据审美制高点，才能够更深入、真切地欣赏、体验前人的优秀作品，才可能拥有超越常人的、深厚的创作优势。

一、山水田园题材在传统诗词中的地位及作用

山水田园题材可谓传统诗词题材之大宗，其在传统诗词中的地位一如山水画在国画中的地位。这一现象的形成，至少与以下三方面关系密切。其一，道家崇尚自然，主张返璞归真；古代文士的隐逸传统、情结。前人对此多有论述，此处不再展开。其二，传统的“天人合一”理念。此中更多强调人与自然的和谐相处，强调人对自然的关注与体验。其三，长期处于农业文明阶段，促使作者更强烈地关注自然。唐宋时期既是格律诗、词牌发展、成熟、繁荣的重要时期，又是农业文明的繁荣鼎盛时期。这使同时期的诗词创作难免被打上较深的农业文明烙印。对比于工业文明，农业文明更依赖自然、更关注自然。

正是由于我国长期处于农业文明状态，较长时期我国的农业水平较为发达，人均拥有土地资源较丰富，因此我们的前人拥有亲近自然、感悟自然的天然优势。历史上绝大多数的诗词作者拥有农村生活经历。生长于农村，只要家境稍为殷实，很容易受到周边山水环境的持续熏陶，催生审美体验，实现审美积淀。即便是出仕以后，由于城市规模有限等原因，与自然环境依旧距离较近，且其中多有半官半隐之举。有关自然、田园的观感、审美体验不是单凭文字得以交流传递的，文字始终属于第二性的，山水熏陶及审美体验本身属于更为直接的第一性的。首先必须借助持续的、大量的这类观照与熏陶，获得相关的审美积淀与体验，然后才可能确立内心深处的美感以及审美体系，今后的创作才可能于精神层面获得方向。凭借这类基础，在阅读前人的优秀作品之际，内心的美感、审美体验才可能被唤醒。所谓阅读优秀作品之际的共鸣，正是这种审美体验被唤醒的感觉。首先你心中必须拥有类似的审美体验，才可能被唤醒。

若原本心内无物，或类似的审美体验苍白、单薄，又如何能够被唤醒？只能强从文字解读。这无疑是缘木求鱼。

因此，通过对山水田园的观照、体验，通过山水熏陶获得审美积淀，设法强化自身对美的感知，无论是对诗词欣赏，还是针对诗词创作，皆很重要。

若擅长借助山水田园题材的创作训练，打通诗词创作中的若干节点，这将对改善诗词创作的综合水平，并将此中优势拓展至其他题材极为有益。

二、如何通过观照获得体验

如何观照自然？唐朝的王维提供了很好的参考样板。从其隐居辋川的诗作中，能够感觉到，重点是心要静下来，让自己处于一种放松的状态、清静的状态，在此状态下尝试与山水自然交融。这是一个借助山水环境自我修炼的过程。只有在此状态下，在此过程中才可能从山水环境中获得某类深度体验。这类观照、体验、感知不同于今日之旅游，亦不同于今日之山川探险，它是放松状态下的持续感知。在此过程中，诗词创作呈现出两面性：一方面是类似感知训练的辅助手段，另一方面是某一时期感知训练成效的体现。

我年少时久处湘西，因父母效力于军工厂，物质条件较有保障，因此有心享受山水熏陶（周边居民多被物质条件所局限，或更恶于重山之困），并形成习惯，每于周末天气允许之际，多独处山林，或远眺重峦，体验其壮美；或静处溪畔，品味其清幽；抑或享受山林之寂静，鸟鸣之悠扬。得此熏陶，阅读前人佳作才可能真正体验到其中的意境。最初读到王维的《鸟鸣涧》“人闲桂花落，夜静春山空。月出惊山鸟，时鸣春涧中”，内心仿佛遭遇轻轻的电击，为之一颤。

曾经山水熏陶过程中的类似体验瞬间被唤醒。黄昏时百鸟噪林的喧嚣，瞬间戛然而止，山林复归空寂。戛然而止的那一刻，突然体验到的空寂是如此真切。这动静之间的转换与互衬，无意中强化了有关虚实、对立面的体验。类似的体验在读至最后一字“中”时，近乎本能地被唤醒。没有真切、丰厚的第一性的体验，如何能够瞬间生发这第二性的共鸣？若抛开意境、写神，纯从技术、技巧角度解读，单单重字的问题，恐怕即会遭遇诸多诟病。但王维此处一如娓娓道来，直书胸怀。面对类似的纯粹依照心曲自然流露之作，所有的技巧、技法皆显得做作。

王维的《终南别业》与此类似。“中岁颇好道，晚家南山陲。兴来每独往，胜事空自知。行到水穷处，坐看云起时。偶然值林叟，谈笑无还期。”

读至“行到水穷处，坐看云起时”一联，我脑海中的画面瞬间切回到曾经的类似情景中。此中不存在任何主观的想象，已成为一种本能。同时呈现的不仅仅是曾经的画面，更包括当初的情感。

这就是感知的魅力，观照体验的魔力。

三、通过观察发现特点、概括特点

具体着手，先学会观察，尝试发现特点。山与山不同，一山有一山之特点，一时有一时之景观。正如欧阳修《醉翁亭记》中所云：“若夫日出而林霏开，云归而岩穴暝，晦明变化者，山间之朝暮也。野芳发而幽香，佳木秀而繁阴，风霜高洁，水落而石出者，山间之四时也。朝而往，暮而归，四时之景不同，而乐亦无穷也。”发现这类差异为第一步，是最基础的。

同时，由于观照者心态各异，即便是面对类似的景观，内心的感触未必一致。如同样面对夕阳，李商隐的感触是“夕阳无限好，只是近黄昏”（《乐游原》句）；刘禹锡的感触却是“莫道桑榆晚，为霞尚满天”（《酬乐天咏老见示》句）。这是由客体引发的主体差异。作品更深层的个性特点往往产生于此。

只有发现这类不同，才可能写出特点。否则很容易沦为“万金油”式表述。更换不同标题，说是写甲山可，说是写乙山亦可。

发现特点之后，还需擅长概括特点；进一步通过对比、锤炼，以期实现语汇的诗化。否则容易陷入另一类尴尬：茶壶里的汤圆——有货倒不出。

再深入一层则不能仅仅满足于写出特点，这属于写实；还应尝试写出情感，这更近于写意。山水体验既具有个性的一面，同时更具有共性的一面。

抛开地标性明显的一类，如泰山“五岳独尊”刻石、黄山迎客松等，多数景观我们很难凭借一张照片明确断定拍摄于某山某处，但这并不妨碍我们欣赏、评判其中所呈现的美。能否抓住自然景观某一刻所呈现的强烈美感，这一点往往远胜于具体拍摄地点本身。正如我们对精彩作品本身的痴迷，往往强于对作者的关注。又如诗人的期待在于其作品本身。只要作品本身能够深深植入读者的内心，作者被遗忘，这是允许的。

获取这类具有共性的体验，不是一两次旅游所能解决的，而在于持续较长一个时期与自然山川的亲密接触。长此以往，更容易有所收获。

当然，内心深处能够体验到是一方面；将其转化为诗词语言，自然呈现出来，是诗词创作的另一方面。少数人内心深处并不缺乏类似的体验，而困惑于无以言说。这时需要考虑的则是如何融通心手。

这需要建立一套从观照、体验、感悟至创作，然后再依托观照、体验、感悟反复验证文字、打磨文字，最后定型作品的持续、反复训练过程。此中特别需要注意：文字的锤炼与打磨并非依据文字本身，而是依据体验，合适的文字应足以真切呈现当初的体验。因此多数此类背景下的创作兼有创作与训练双重含义。正是这类训练的持续，令我们体验越来越深刻、积淀越来越丰厚、感知能力越来越敏锐，同时手上的综合技巧越来越娴熟，心手之间的转换越来越顺畅。内心深处每一次细微的波动，都能够及时被敏感地捕捉到；同时娴熟的文字技巧又足以让我们较快地以合适的词汇、语句真切概括这类情感波动。

所以，诗词不应是挤出来的，而是心中有物，不吐不快。不到这一步，说明“新鲜食材”储备不足。然后才是表述的技术性问题。表述的处理思路不应仅仅局限于文字与文字之间的对比，更需在意文字与体验之间的对比。前者为用手写作，后者为用心写作。好诗词应该源于心，而非仅仅出于手。

有关字句锤炼的具体技巧，我们将在第十六讲详述。

本节重点

（一）诗词创作不能仅仅着眼于技术层面、技巧层面，必须从观照、体验、感悟着手，尝试从更广阔的范围、更宏观的视角，更真切、深刻、丰厚的体验和感悟中收集原始素材，展开创作。

（二）强调以山水为魂，学会观照，其本质一方面是借此展开持续的感知能力的训练；另一方面，通过感知，获取更丰富、真切、深刻的人生体验。

（三）持续观照，通常会经历一个由浅入深的过程。首先是外在的形的观察，特性、个性的捕捉；其次尝试更深层的审美体验的获取与沉淀。借此建立与夯实第一性的审美体验。这是所有文学艺术创作的原始基础。从文学艺术作品本身所获得的审美体验是第二性的，依托于第一性的体验。

（四）依托体验、感悟构思作品，这是一个持续的综合创作训练过程，期待从心法、技法、心法技法融合三个方面持续提升自我、完善自我。这不仅仅是诗词创作的训练，更是人生的自我修炼与提升，诗词创作本身为其辅助手段之一，同时亦是其成效的外现。

练习与思考

大自然是最好的老师，它能够给我们提供许多无法从书本中获取的体验与感悟。

习作一：《南岭森林公园九重山远眺》（新韵，平水借词韵）（2013-5-4）

云开青黛千峰远，雾散层林霁色寒。（十四寒韵）

○○○●○○●，●●○○●●○。

泼彩红蓝深浅绿，不同塞外五花山。（十五删韵）

●●○○○●●，●○●●●○○。

泼（平/入）。

◎**创作背景**：九重山是一山口，处在南岭国家森林公园小黄山景区较高处。此处视野开阔，目力可以延伸至很远。我们到那儿时，刚好云开雾散。远观，重峦叠嶂，绵延至天际；俯看，春季的山林，颜色丰富，除了深绿、新绿之外，红色的新叶、鹅黄的新芽、白色的山花、绮丽的蓝松等，五彩斑斓。它既不同于东北五花林的明亮、清透，又不同于西南五花林的浓烈、凝重。它是一种丰富、湿润、饱满之中稍带内敛的感觉。在这内敛之中，我似乎还可以嗅出隐隐的青春萌动的气息。

◎**创作思路**：照实际感觉写。以刻画出当时的真切感受为唯一目的。

◎**创作过程**：

得句：云开叠嶂千峰远，雾散丛林老树寒。

雏形：云开青黛千峰远，雾散层林霁色寒。

春暮红蓝深浅绿，不同塞外五花山。

◎**细节推敲**：

第一句："青黛"明显比"叠嶂"好。第二句：不动了，效果已出来。曾有推敲于"霁色""秀色"之间，最后还是用"霁色"。"秀色"太泛泛，"霁色"更符合当时观景之具体景况。第三句：最初是想点出时间，曾考虑"春晚""春暮"，后嫌画蛇添足。不错，东北及其他多数地方的五花林在秋天，此处却在暮春。其实景观本身才是关键，没必要拘泥于时间，不如从观景的感觉及景观的颜色效果着眼，改为"泼彩"更恰当。第四句不动。诗词容量有限，诸多细节不容细说，不妨点到为止。原本一山有一山之特点，忌以彼山视此山，一山当作一山观。此处反其道而行之。

此作自己比较满意、喜欢。

习作二：《夜游蟾蜍石水库，感赋》（平水韵）（2014-8-26）

向晚山幽深几许？清波碎影亦安详。（七阳韵）

●●○○○●●，○○●●●○○。

风和曲曼任飞远，夜静天空徒感伤。（七阳韵）

○○●●●○●，●●○○○●○。

隐约韶光近旧梦，依稀故地已他乡。（七阳韵）

●●○○●●●，○○●●●○○。

半生碌碌渐迷乱，谁解归途路更长。（七阳韵）

●○●●●○●，○●○○●●○。

约（平/入）。

◎**创作背景**：应约出游，近晚至蟠蛛石水库汲水。夜暗山深，地偏人稀，野径清幽。很久没有享受这种清幽了。其实类似的游玩，几乎是我小时候每周的功课——从山水中体验一份祥和、宁静，净化一下自己的心灵，沉淀一份审美的情怀，并让这一切凝结在我内心深处。成年后渐趋忙碌，当初的诸多感觉逐渐疏远、缥缈。当我回归类似的环境，曾经留存于内心深处的感觉突然被唤醒。

初夜的山风如此舒缓轻柔，车中播放的音乐同样轻柔舒缓，仿佛是为契合这清幽的氛围。汲完水，我们没有急着往回赶，而是在水库大坝上稍作停留。夜色增添了山野的深幽，远山恍若剪影，隐约间还能感觉到些许层次。天空有些云，不很明亮，闪烁着几颗星，依旧是那样深邃。湖面上泛着轻波，在淡淡灯光的映照下，破碎的光影如此安详，或许正是这波光碎影摇曳出那份安详。管他世上纷扰，管他有无欣赏，只需清风的抚弄，我便舞蹈出这份安详，正如流水对高山的吟唱。

已经很久没有体会这份安详，仿佛回到旧梦中的故乡。忙！忙！忙！忙得已经不知为何而忙。曾经拥有梦想，如今，我是离她更近，还是更远？故乡仿佛已渐渐远去，我已不知何处是故乡。一腔心曲将寄往何方？羡慕水库边的那一栋住宅，就如当初湘西老厂的宿舍，一样的宁静、安详。很想住在这儿，以便我能寻回当初的梦想，重新沐浴那份曾经拥有的安详。太多的可以抛弃，最重要的，似乎已经迷茫。

我的路，该伸向何方？或许因为重温旧日的安详，越发觉得回程的路，比来时更长。车内的歌曲依旧悠扬。

◎**创作思路：**体验深刻，情感浓厚。心已到，就看手上的活儿能否做到。

◎**创作过程：**

得句：向晚山幽深几许，风轻曲曼神思远，野旷心舒愁绪长。
轻波碎影亦销魂，轻波碎影弄韶光。逝去青春唯追忆，
别来故地可安详。谁解归途路更长。

雏形：向晚山幽深几许？清波碎影共徜徉。
风轻曲曼情飞远，野旷心舒思绪扬。
昨日韶光渐旧梦，别来故地可安详。
平生碌碌渐迷乱，谁解归途路更长。

◎**细节推敲：**

久不作而手生，情愈浓而胆怯。整体感觉，心到手未到。

第一联：上句不动，意思出来了。下句“共徜徉”落笔在皮毛，未及情感深处，回味当时的感觉，那是一种很安详的感觉。改“徜徉”为“安详”。但清波碎影与安详之间的关系该如何表述？最初有考虑：颇（用此字，很是偷懒）、近（还是偷懒）、弄（不及情深处）、抚（意思不到）、妩（语境有了，语义不对）、拊（轻拍的意思，清波碎影就是安详，安详也是清波碎影，这是一种柔缓的动态的安详。此字意思出来了）。但“拊”字，语义尚可，语境最多只出来一半。稍后反思，此处不宜做得太实，此作重点在后面部分，因此此处宜稍舒缓，三改为“亦”。整体调整为：清波碎影亦安详。

第二联：上句较理想，下句不好。“野旷心舒”既入俗套，又欠真切。“思绪扬”同样不到位。整体修订为：风和曲曼心飞远，夜静天空情感伤。自当先有心，再延伸出情来。而“感伤”隐引出后文。不足在于“情感伤”。感伤即指感情，此处“情”字为赘语，不及前

面的表达舒缓顺畅。最后再次更正为：风和曲曼任飞远，夜静天空徒感伤。干脆做虚。

第三联：整体修订为“隐约韶光近旧梦，依稀故地已他乡”。当初的韶光原本是真实的，因为心路历程的关系，现在回味起来，反而恍若旧梦，而故地原本是亲切的，现在突然产生了距离。真切！将当时真幻之间的感觉刻画出来了。

第四联：改“平生”为“半生”。

心到了十分，手仅到了七八分。

习作三：《阳山观云》（新平两合）（2016-11-13）

妙漫丛林叠树影，轻抛丝带媚明眸。（十一尤韵）

●●○○●●●，○○○●●○○。

疑堆铅粉弥消瘦，揉碎青衣可忘忧？（十一尤韵）

○○○●○○●，○●○○●●○。

炫富腰横十万雪，洁身素裹九千裘。（十一尤韵）

●●○○●●●，●○●●●○○。

才夸卿乃真名士，随意偏将峰剃头。（十一尤韵）

○○○●○○●，○●○○○●○。

漫（平、去两声）、叠（平/入）、揉（平、上、去三声）、忘（平、去两声）、十（平/入）、洁（平/入）。

◎**创作背景**：周末依约游阳山。接近秤架路段刚好细雨初收，天空放晴。这周围山势高耸，层峦叠嶂。雨后的山林更显清新。阳光洒落山林，光影层次更显丰富奇妙。因雨水滋生的云雾、山岚弥漫山间，随着山间气流的变化，或如丝带流水，或如棉花堆积，或厚实，或轻飘，或流动，或变幻万方。层峦一如被调皮小女孩戏弄的憨憨男孩，或被堆厚，如裹棉衣；或被削瘦，如遭打劫；或被腰斩、剃头。

见此情景，不想走了。招呼同伴停车，跑到路边，寻一视野开阔处，细细欣赏。云与山演绎的是无声的舞蹈，雨后山水的清新湿润更衬托出这舞蹈的妙曼。

◎**创作思路：**幼居湘西时，常于春雨绵绵之际，倚窗静赏云山变幻。彼时是彼时的心境、观感，此时是此时的心境观感。尝试写出云山变幻的奇妙，尝试写出此时心中的小雀跃。

◎**创作过程：**

得句：妙漫丛林叠树影，轻抛玉带解风流。

频堆铅粉弥消瘦，揉碎青衣难忘忧。

雏形：妙漫丛林幻树影，轻抛玉带若飞眸。

频堆铅粉弥消瘦，揉碎青衣可忘忧？

炫富腰横十万雪，洁身素裹九千裘。

才夸卿乃真名士，随意却将峰剃头。

◎**细节推敲：**

第一联："叠"比"幻"好，更具层次感、朦胧感；"幻"字稍显直白。改回"叠"字。以"玉带"比喻流云欠准确，"丝带"更恰当。"若飞眸"稍嫌词不达意，改为"媚明眸"更真切、生动。

第二联："疑"字较"频"字灵动许多。"频"字偏实，"疑"字生发许多想象空间。下联不动。

第三联不动。

第四联："却"字稍嫌欠弹性，不如"偏"字恰当。

最后两联意外得来，不仅本身刻画生动形象，同时与上半部气息贯通。

此作意外得来，颇见一时内心之小雀跃。语境与意境较为契合。

情感表达首先要求作者本人具有丰厚的情感，深刻的体验。脱离这种第一性的经历与体验，指望单纯以文字技巧来掩饰情感体验本身的缺失，就如期待以脂粉掩饰灵魂的缺失。

期待唱两次卡拉 OK 就能写出初恋的感觉，这不真实。或许可以蒙骗涉世未深的小女孩于一时，但最终难免沦为笑柄。

第十四讲 回归情感：真切体验

情感题材是诗词创作中的另一大主题，包括亲情、爱情、友情以及家国情怀、乡土情怀等。其中的家国情怀、乡土情怀往往与山水题材相关联，成为作品的一体两面。

一、对比解读作品中的情感积淀

情感类作品质量的关键同样取决于作者体验本身。体验真切、深刻，则易于催生优秀作品；体验单薄、肤浅则难以产生精彩作品。历史上的例子，比比皆是。

如《江城子·乙卯正月二十日夜记梦》（苏轼）：

十年生死两茫茫，不思量，自难忘。千里孤坟，无处话凄凉。纵使相逢应不识，尘满面，鬓如霜。

夜来幽梦忽还乡，小轩窗，正梳妆。相顾无言，惟有泪千行。料得年年肠断处，明月夜，短松冈。

从中我们不难感受到作者内心深处的孤寂。这孤寂，在曾经拥有的甜蜜经历衬托之下更显凄凉哀伤。

如非夫妻情感深厚，如非曾经拥有幸福甜蜜，如非经历变故，如何拥有这般深刻的体验？其真切如此。只有在深刻真切的情感体验基础之上，加之长期积累的技巧，才可能催生这样经典的作品。

又如《钗头凤》（陆游）：

> 红酥手，黄縢酒，满城春色宫墙柳。东风恶，欢情薄，一怀愁绪，几年离索。错，错，错！
>
> 春如旧，人空瘦。泪痕红浥鲛绡透。桃花落，闲池阁。山盟虽在，锦书难托。莫，莫，莫！

从中不难感觉到作者刻骨铭心的痛苦与沉重的心情，同时隐含着与幸福擦肩而过的悔恨和绝望。只有心到，然后才可能做到手到。经历与体验决定内容，内容决定形式，而非相反。

反面的例子如《雨霖铃》（柳永）：

> 寒蝉凄切。对长亭晚，骤雨初歇。都门帐饮无绪，留恋处、兰舟催发。执手相看泪眼，竟无语凝噎。念去去、千里烟波，暮霭沉沉楚天阔。
>
> 多情自古伤离别。更那堪、冷落清秋节。今宵酒醒何处，杨柳岸、晓风残月。此去经年，应是良辰、好景虚设。便纵有、千种风情，更与何人说。

柳永在情感体验方面明显不及苏轼、陆游深刻、真切。此作所呈现的情感体验过于浅薄，文字的堆砌更进一步反衬出体验的苍白。心法的问题还须从内心深处解决，不能指望以技法解决心法问题。

以上三例分别指向亡妻、前妻、情人。或许有人因题咏对象的不同，而质疑以上所论：不宜以对亡妻、前妻的情感标准要求对情人的题咏。私以为，无论对方的身份如何，究竟是妻子、前妻、恋人，还是情人，最根本的还是在于是否为此付出自己的真实感情，是否将自己的真心交给对方。否则即便面对妻子、恋人，亦难改变同床异梦的状态，同样难以催生生动、深刻、精彩的作品。

《赠李白》（杜甫）：

> 秋来相顾尚飘蓬，未就丹砂愧葛洪。
> 痛饮狂歌空度日，飞扬跋扈为谁雄。

杜甫此作是题咏友情的。此中既有对自己与李白相似际遇的感叹，亦有对友人由衷的理解与推崇。后两句对李白的刻画可谓神来之笔。若非知己，焉能如此传神。

《丑奴儿》（辛弃疾）：

> 少年不识愁滋味，爱上层楼。爱上层楼，为赋新词强说愁。
> 而今识尽愁滋味，欲说还休。欲说还休，却道天凉好个秋。

此为辛弃疾感叹人生际遇之作，同样属于情感类题材。辛弃疾年少时豪情万丈，才干过人，曾有惊世之举。回归南宋后却壮志难酬，被迫整日与平庸之辈为伍。此中凝聚之愤懑与憋屈，令人难以正视，不得不转移话题，以免再次触动内心深处的伤痕。

历史上如李煜、李清照，皆曾经历国破家亡等重大人生转折。在此之前，他们的诗词技巧已趋娴熟，但其成就很难列入一流。正是在经历人生重大转折之后，他们的作品才呈现质的飞跃，当之无愧进入一流行列。是什么原因使得他们的作品在较短时间内实现如此巨大的飞跃？显然不是技巧，更直接的是源自其人生重大转折催生的深刻体验。

由此可见，技巧、技术之外，另有影响创作质量的重要因素。在此我们将其概括为“心法”，或曰“创作状态”。李煜、李清照所经历的重大人生转折，并未明显改变他们的创作技巧、技法，但对他们的创作状态，或曰心法已产生重大影响与改变，进而改变了他们作品的综合质量。

二、人生之顺逆与情感体验

趋安避险是人的本能。但我们应辩证看待这个问题。如果人生过于平顺，不曾经历较多的磨砺、苦难，相关的情感体验是很难得以深化的，更难催生优秀作品。所谓“苦难是天才的接生婆”，其内在逻辑或许正在于此。

因此，趋安避险是人生规划的一面，但人生很难确保一帆风顺，难免遭遇这样或那样的磨砺与苦难。既然遭遇，不妨坦然面对。这已不仅仅涉及诗词创作，更涉及人生观的问题，涉及以何种态度规划、经营人生。

以钱锺书与聂绀弩为例。

钱锺书学贯中西，文字技巧可谓登峰造极。然而其一生经历相对而言，较为平顺。抗战初期留学英法，回国后先后受聘清华等大学。20 世纪 50 年代末又受聘担任《毛泽东诗词》英译本定稿小组成员。基本上避免了各个时期最大的社会冲击。当然这仅仅是相对而言，并非绝对的。其早年因性格所遭遇之挫折，“文革”时期下放干校之经历，晚年丧女之痛，同样强化了他的情感体验。但钱锺书的诗作更多依托于学识技巧，得益于人生经历之处较为有限。

聂绀弩虽有不错的文学功底，积学却远不及钱锺书。其人生久经苦难之磨砺，先后经历北大荒拓荒、牢狱之灾等。若非意志坚定者，经此遭遇，恐怕早已颓废。然而聂绀弩生性乐观、诙谐。既不回避所遭遇之苦难，又能以乐观幽默的态度苦中作乐，进而透过作品升华出另一种境界。其诗作更多依托于真切、深刻、丰富的人生体验，同时兼顾文字技巧。

对比钱、聂二位。钱锺书的诗词成就更多源于深厚的学识，部分得益于经历；而聂绀弩的成就则更多源自其丰厚的人生经历，部分源自学识。聂绀弩的诗词成就和习诗经历与李煜、李清照有较多相通之处。若非 1955 年后之经历，其诗词成就很难企及今日之高度。

同时，我们也应看到钱锺书的经历虽不及聂绀弩坎坷，但同样承受了较多的磨砺。而聂绀弩的积学虽不及钱锺书深厚，但依然具有相当深厚的功底，否则纵使拥有深刻的体验，又如何顺畅真切地转化为诗词语汇？

星汉老师曾向我论及诗人的三大成因：诗性、读书与人生阅历。在我看来诗性不过是一个人的才情性格底色；读书为取法前人、他人的路径；人生阅历为个人情感体验的沉淀。以此验证钱、聂二位，不难发现二人的才情性格虽异，但底色极佳。差异较为明显处仅在后两项而已。钱锺书之路径，后人或许较易取法，一步一脚印，每经历一过程，其收获较易把握。这或许正是学院派更倾向于推崇钱先生的原因所在。而聂绀弩之路径多取决于人生际遇，带有较大的随机性，不易把握。二人之间的路径、风格差异颇似历史上杜甫、李白之间的差异。

换言之，某些诗人更似上苍的神来之笔与遣兴之作。上苍给予他们某些特殊经历和独特深刻的体验，借他们之手，成就某些精彩诗作。此为诗人之机缘乎？上苍之杰作乎？无论如何，作为诗人，一生之中能够成就几首杰作，得以流传后世，实为一大幸事。但此中不乏违背人生趋安避险之常理处。大可不必刻意求之。人类社会若更趋公平合理，百姓生活若能更趋富足安康，因而少成就几位诗人，就此时代、社会而言，更是一大幸事。

某些时候，传统诗词更似人生历练之余的副产品。诗词不应成为人生之唯一。若真如此，沦为为诗词而诗词，反而容易误入歧途。如能得一技之长，成就一番事业，于闲暇心静之余，尝试将人生之点滴感触转化为诗词，反而容易催生佳作。

本节重点

（一）情感类作品的质量取决于作者的情感体验。体验真切、深刻则易于催生优秀作品；相反，情感体验单薄、肤浅则难以产生优秀作品。

（二）趋安避险是人的本能。但人生漫长，很难确保一帆风顺。遭遇挫折、磨砺、苦难，不妨坦然面对。扛过去，则人生增添一段丰富经历，对挫折的耐受力也会提高一个层级。这不仅仅涉及诗词创作，更涉及人生态度。

练习与思考

无情莫言诗。期待作品打动读者，首先应心中有情，有超乎常人、常态的情感体验。

习作一：《壬辰岁末，诗寄我家周婆》（新韵，平水借词韵）（2013-1-28）

奈何岁月催人老，几度沉浮为哪般？（十四寒韵）

●○●●○○●，●●○○●●○。

死后留名已自信，生平所欠尚需还。（十五删韵）

●●○○●●●，○○●●●○○。

曾经忧怨十年苦，祈愿无非一字安。（十四寒韵）

○○○●●○●，○●○○●●○。

莫道春天仍太远，大江南北正严寒。（十四寒韵）

●●○○○●●，●○○●●○○。

十（平/入）、一（平/入）。

◎**创作背景**：2010年之后的这两年，因专心于《田黄学概论》的写作及出版等事，无形中使夫人承担了很大压力，心中颇多歉意。出版前后的情况及反应，使我有较多感慨，因为出版社的营销、一般大众的学习、阅读心态等，普通读者层面的反应不及预估，但文化领域、专业领域高端人士的反应，则远超出我的预想。

◎**创作思路**：平日未有诗作寄赠夫人，此次一吐为快。

◎**创作过程**：

得句：只身孤影路八千，疲惫经年为那般。此生所欠尚需还。

曾经结发十年苦，所求无非一字安。

莫道春天仍太远，大江南北正严寒。

雏形：无情岁月催人老，几度蹉跎为哪般？

死后留名已自信，此生所欠尚需还。

曾经结发十年苦，所求无非一字安。

莫道春天仍太远，大江南北正严寒。

◎**细节推敲**：

第一联：下句“几度蹉跎”不好；改为“几度起伏”，稍好，仍欠妥；再改为“几度沉浮”较好。上句“无情岁月”俗套；考虑改为“蹉跎岁月”，感觉偏实；最后改为“奈何岁月催人老”，稍见引而待发之效果，且与下句更融通。

第二联：改“此生”为“此前”，更确切。上句是对自己人生的交代，下句是对夫人的交代。我不希望碌碌一生，最后落下的评语仅仅是：华旭是个好人，或华旭的技术很好。但在挑战人生更高目标的同时，我不能也不该对我作为丈夫所应承担的家庭责任有所懈怠。稍后，出于语感考虑，再改“此前”为“生平”，如此语感更顺。

第三联：“曾经结发十年苦”，细究有语病；改为“曾经忧怨十年苦”较为准确。下句改“所求”为“祈愿”，感觉更好。

第四联：不动。雪莱《西风颂》中有经典诗句：如果冬天来了，春天还会远吗？此处将其格律化。可惜这个严寒确实稍长了一些。

题目：夫人本姓周，拟聂绀弩先生法，戏尊为周婆。

此作为心声，不仅为诗句。

习作二：《过连山，见晨雾，忆及湘西旧居风光》（平水韵）（2015-2-21）

常共青山逐逝水，偶凭旧梦且安家。（六麻韵）

○●○○●●●，●○●●●○○。

难归故地情深处，只合他乡品落花。（六麻韵）

○○●●○○●，●●○○●●○。

逐（平 / 入）、凭（平、去两声）、合（平 / 入）。

◎**创作背景**：假日出游，夜宿连山。清晨，细雨轻雾。连山风景颇似年少时所处之湘西，顿时心生感触，平添几许愁绪。

◎**创作思路**：我是无根一族。我是中国人，内心深处有着传统中国人的家国情怀、山水情结；同时我是现代人，我必须面向世界，实现与外部文化的融通。结果却是，传统的家族、家的观念，已经与我拉开距离，这类固有观念多难以承载现代模式。我既清楚此中的差异及调和的困难，又难免有所期待。失望之际，越发迷茫。失去传统概念的家的依托，我的情感将如何安置？

同时我保留着对山水自然的期待。当我年少之际，我无须考虑如何面对复杂的社会及承担社会责任，我可以无忧无虑地静静地细品一方山水。如今，我已经不是当初的少年，我早已步入社会，亦被复杂的社会裹挟，我还须承担许多绕不开的社会责任。当我再次面对类似的山水，我的心、我的情感还能回归当初年少的纯真吗？我还可能如当初一般无忧无虑吗？

重回故地，重温曾经痴迷的山水风光，地理上的距离已不是问题，但心理上的距离如何克服？山水是否依旧？只恐青山已经成为过去。即便青山依旧，当初我不曾在意的人文民风如何？目前我对当地某些人的印象，不可能不影响我对那方水土的情感。别人有变，我亦有变。难以回归的并非故地的那方水土，而是当初的情境。

◎创作过程：

得句：清晨雾起似重纱，半隐苍山润还斜。
情思渐逐微风远，依稀摇落旧年华。
长共青山逐逝水，只合旧梦好安家。
魂归故地痴情处，人在旅途叹落花。

雏形：愿共青山酬逝水，只合旧梦宜安家。
魂归故地经行处，人在他乡赏落花。

◎细节推敲：

最初是作七律考虑，稍后感觉偏松，不如放弃实写部分，直抒情怀。于是改作七绝。

第一句："愿共"不如改为"常共"，此中曾考虑用"长共"。"酬"不如"逐"。"愿共"表现的是一种意愿；"长共"应是持续不断的行为；"常共"则是指某行为频繁发生。而"长共"与"常共"则是指实际行为，并非仅仅是意愿。如此“常共”更为合适。“酬”字较平，“逐”既符合实际，也更具动感。此句既是经常出游寻访山水的实情写照，亦是感伤时光流逝，心中的青山难觅之心境写照，符合无根的感觉。

第二句：“只合”在此不够贴切，且与上一句关系不明显，不如改为“偶凭”；“宜”字无理，且不合平仄，不如改为“且”。前面是常共，此处为偶凭，如此前后承接关系明确。焉有以梦安家者？此处不但是以梦安家，还是旧梦、偶凭、暂且，如此无根的漂泊、无奈，难以寄托的情感较易体现出来。

第三句：前面两句承接关系明确，此处与下一句就不必太过明显，否则容易产生刻意的感觉。同时此句与上句的关系也需有所承接，因此改“魂”为“难”，较容易承上启下。“经行”曾考虑“曾经”“痴情”“动情”，最后感觉还是“情深”较好。“经行”“曾经”是实，难以回归的并非故地具体某处，而是当初的情感，这是虚。“痴情”“动情”虽然体现出情感的一面，但不够深刻。“情深处”则一语双关，既表示具体某处曾经令自己感触深刻的实景，同时指内心感情最深处。

第四句：“人在”稍显累赘，又偏实，不如改为“只合”；“赏”字偏正面，“品”字较为中性，改“赏”为“品”较好。此处落花与第一句的逝水刚好又形成呼应。

诗词常常存有多重解读，面上是一重，更进一步，往往还暗含另一重甚至几重寓意。上下各句、各词以及局部与整体之间，内容与题目之间都可能产生相互关联。更深处则是当初的体验与诗词本身表达之间的关联。

此作尝试做整体的复合表述，情感体验与文字本身较为契合。

第十五讲

理性的升华：感悟

传统诗词长于抒情，短于说理，尤其是不便作严谨的论述。久经发展与沉淀，传统诗词渐趋形成其独特的说理方式：借助感悟，作启示性表述。

我们不应忽视传统诗词的这种独特说理方式，诗词创作同样需要理性思维。

传统诗词长于抒情，疏于叙事，更短于说理，尤其不便于作严密的逻辑论述。这是由其形式、历史承传所决定的。

一、传统诗词中的抒情与叙事

抒情尤其是借景、借物抒情是中国传统诗词的主要特点及表现方式。长期以来，这种方式经不断传承、光大，逐渐成为传统诗词的主流。汉晋南北朝时期还出现少数叙事诗，如《孔雀东南飞并序》《木兰诗》等；唐朝叙事诗比例渐少，且此类诗作中叙事比重偏低，议论的成分更高，叙事更趋形象化、艺术化描述。仅就汉诗而言，我们缺乏宏大的、翔实的史诗。

唐代格律诗定型后，传统诗词发展的主线为律诗，包括近体诗和词。相对而言，这类诗词形式短小精练，形式规则趋于严苛。这类形式、风格的规划设计更适合抒情，不适合长篇叙事，更不适合展开精准、严密的论述。

同时，我们的传统思维模式更倾向于形象思维、辩证思维。整体而言，抽象思维、逻辑思维偏弱。反映到诗词创作领域，具体呈现两大特点。其一，多采取形象化表述，如用梧桐、橘柚等具体树木，而非笼统表述为老树等；较少抽象、概括式表述。其中较为特殊，较多采用抽象、概括式表述的诗人当数王维，这或许与其深受佛教思想影响有关。其二，理性思维中更多倚重辩证思维，而非形式逻辑。因此一方面某些作品深刻，极具洞察力与哲理；另一方面某些作品流于表象，甚至错乱。

我们应注意传统思维模式对传统诗词构思、表述方式的影响。一味遵循抒情路线，缺乏相应的理性思维支持，感情容易变得苍白、空泛，表述容易沦为肤浅的煽情。

二、理性思维对诗词创作的影响

传统诗词创作虽然更多依托形象思维、感性思维展开，但这并不表示诗人不需要理性思维、逻辑思维，尤其是在当代社会，更是如此。

首先，诗人的认知水平一定程度上决定了其作品可能冲击的高度。如作者对某事物的认知原本即很肤浅，远未超越多数人的认知水平，试想一下，他又如何能够给予读者更深刻的认识或启示？而认知体系更多仰仗理性思维构建。如过于依赖感性思维、形象思维，缺乏足够理性思维的支持，认知体系本身即可能残缺不全，错漏百出。过于倚重辩证思维，忽视最基本的形式逻辑，很难确保论述的严谨。对此我们应有所警醒。就提升自身认知水平而言，我们应积极汲取传统辩证思维之长，同时应善于强化形式逻辑，弥补传统思维之短。如能借此改善自身的认知方式，提升认知水平，将从根本上改进说理类题材的创作水平。

其次，疏于严密、精细的说理表述，并不等同于无法展开说理题材的创作。在长期的历史发展过程中，传统诗词已逐渐形成一类颇具中国特色的说理表述方式：借助顿悟式的感悟，以当头棒喝或类比点醒的方式作启示性表达。这同样要求作者首先具备思维优势、认知优势，否则何以言说。

如《题西林壁》（苏轼）：

横看成岭侧成峰，远近高低各不同。
○○○●●○○，●●○○●●○。
不识庐山真面目，只缘身在此山中。
●●○○○●●，●○○●●○○。

峰：二冬韵。同、中：一东韵。首句入韵，用邻韵。看（平、去两声，此处用平声）、识（平、入）。

在众多描写庐山的诗作中，此作颇为夺目。其重点即在于后两句，未遵循就景写景，或借景抒情之老路，而是借景作哲理性表达：提醒我们容易陷入的一类认知误区。此中更多依托感悟，采取近乎当头棒喝式表述。

又如《观书有感》（朱熹）：

半亩方塘一鉴开，天光云影共徘徊。
●●○○●●○，○○○●●○○。
问渠那得清如许？为有源头活水来。
●○●●○○●，○●○○●●○。

开、徊、来：十灰韵。一（平 / 入）、得（平 / 入）、活（平 / 入）。

此作第二联的一问一答，将农村常见小景引申至治学态度，并借机点出自己的主张。虽然朱熹自己未必能够充分践行这一主张，但不妨碍我们评价这首诗为好诗。

更为典型的，或许应属如下这首六祖慧能的偈语。[1]

菩提本无树，明镜亦非台。（十灰韵）
○○●○●，○●●○○。
本来无一物，何处惹尘埃。（十灰韵）
●○○●●，○●●○○。

形式上，此作应属于古诗，不合格律。其创作是针对神秀的一首偈语而展开。神秀的偈语如下：

身是菩提树，心如明镜台。
○●○○●，○○○●○。
时时勤拂拭，勿使惹尘埃。
○○○●●，●●●○○。

拂（平 / 入）。神秀此偈语符合格律，为五绝。

对比两首偈语，高下立判。用他们的话说，神秀一偈有着相之嫌，即被事物的表象所迷惑，而六祖慧能一偈更见本心，即抛开事物的表象，直指本质。慧能此偈亦可视为禅宗顿悟一派的宣言，对弘扬其主张、光大教派影响深远。

我们不应忽视这类说理题材的存在。其独特的启示性的、当头棒喝式的表述方式值得我们借鉴与传承。

当代诗人本身不应排斥理性思维、逻辑思维训练。如能借助对

① 慧能与神秀的这两首偈语见于《六祖坛经》。但查阅《全唐诗》不但未见记录，甚至未见慧能、神秀之名。有心的读者不妨留意一下此两偈之早期记录。

传统诗词的学习，对诗词律则等的学习，具体理解、掌握传统的形象思维、辩证思维；同时借助现代教育体系，理解、掌握抽象思维、逻辑思维，进一步通过对比解读、深入理解，善用不同的思维方式解读社会，以及各类具体事物，这将对提升我们的认知大为有益。虽然这对提升我们的诗词创作水平不够直接，但就长期而言，对从更深层改善创作极为有利。

本节重点

（一）传统诗词长于抒情，不善于叙事，更不便于理性表述。

（二）传统诗词形成一类独特的说理方式：以启示性的、当头棒喝的方式，一语道破。

（三）不应排斥理性思维、逻辑思维。相反应尝试从传统诗词中提纯形象思维、辩证思维，进而对比、深化理解两种思维模式。如能善用不同思维模式，不但对改善自身的表述极为有利，更便于强化自身发现问题、分析问题、解决问题的能力。

练习与思考

（一）钱锺书在《宋诗选注》序言中对宋诗作出如下评价：宋诗还有个缺陷，爱讲道理，发议论；道理往往粗浅，议论往往陈旧，也煞费笔墨去发挥申说。这种风气，韩愈、白居易以来的唐诗里已有，宋代“理学”或“道学”的兴盛使它普遍流播。……宋代五七言诗讲“性理”或“道学”的多得惹厌，而写爱情的少得可怜。[①]

在此书的序言中，有关事实依据与艺术加工，形象思维与传统诗词，唐宋诗对比，宋及宋以后诗的流变及其长短利弊，等等，钱

① 钱锺书：《宋诗选注》，生活 · 读书 · 新知三联书店 2002 年版，序第 7—8 页。

先生皆有极为深刻透彻的论说。有心的读者不妨深入了解。

（二）这类诗不好写，但很值得尝试。其根本在作者自身的思维、思考，关键在语汇的诗化。

习作一：《闻见赌石，说及卞和之事。有感，戏题》（新平两合）（2010-8-20）

结论多凭身份定，真知慧眼又如何？（五歌韵）

●●○○○●●，○○●●●○○。

而今鉴宝渐趋热，君信玉人或卞和？（五歌韵）

○○●●●○●，○●●○●●○。

尾句犯孤平。结（平/入）。

◎**创作背景**：见电视节目说及翡翠赌石之事，并将卞和推为老祖宗，甚觉可笑。更有众多所谓收藏栏目，已彻底娱乐化。原本严肃的鉴定问题、严谨的学术问题已沦为变相的广告、吆喝，以致催生出一新词语“国宝帮”。很是悲哀！传统文化也罢，古玩收藏也罢，文化的成分、历史的成分尚存几分？几乎已成为诸多“文氓”敛财之遮羞布。求财归求财，求财本身并无错，但请还历史一份尊严，还学术一份清静，还道德一份清白。

◎**创作思路**：对比卞和献宝之事与当下鉴宝活动中之常见现象，引出深思。

◎**创作过程**：

得句：真知慧眼又如何？身份职称是大哥。双脚不抵玉工说，
　　　结论玉工鉴定假。君信玉人或卞和？

雏形：结论多凭身份定，真知慧眼又如何？
　　　而今鉴宝渐趋热，君信玉人或卞和？

◎**细节推敲：**

主要在最后一句犯孤平（“玉”“或”二字，至少应有一字为平声）。孤平属格律诗之大忌，但在此不想因律伤意，未改。稍后就此请教仰翁，仰翁似提及有人名入诗句处，此律可从宽。不知我的记忆、理解是否有误。如有误差，错在我，与仰翁无关。特此说明。

常听说的故事、常见的现象，对比一处，有当头棒喝之功效。

习作二：《狐狸》（新平两合）（2012-2-22）

临危敢用计，避祸众生安。（十四寒韵）

○○●●●，●●●○○。

借问潜逃者，凭啥说我奸！（十四寒韵）

●●○○●，○○●●○。

说（平 / 入）。

◎**创作背景**：此为题画诗。

◎**创作思路**：以借题发挥之法，为“狐假虎威”一事翻案。

◎**创作过程：**

雏形：临危敢用计，避祸岂独全。

未怪尔胆小，凭啥说我奸！

◎**细节推敲：**

第一句：不动，引出话题。第二句：虽道出关键，即并未转嫁危机，但用语不够坚决，直接表达“众生安”，更好。

第三句：虽有承接上句作深挖，但同样弊在不够坚决果断，改为“借问潜逃者”，收当头棒喝之效。第四句：不动。喝破主题！

此作纠千古之偏见，收棒喝之功效。

“啥”字：查《诗韵新编》（上海古籍出版社出版），新韵为阳平，但查《诗韵合璧》（清 · 汤文璐编，上海书店出版社影印出版）未见收录该字。询问某前辈，也不清楚此字在平水韵中究竟该归入何韵部。不知此中是否存有疏漏，抑或其他原因。粗浅分析，此字应为元或元以后胡人汉化过程中催生的读音，唐宋时期西安、洛阳一带语言中应无此读音，因而平水韵中未曾收录。

习作三：《和酎泉老人（程老）》（平水韵）（2012-8-23）
冰雪消磨发染霜，用心岂止在田黄。
○●○○●●○，●○●●●○○。
欲求道德问于玉，耻媚风光饰以祥。
●○●●●○●，●●○○●●○。
今古沧桑待悟透，东西文化戒争长。
○●○○●●●，○○○●●○○。
不医麻木不医昧，谁保中华必永昌？
●○○●●○●，○●○○●●○。

霜、黄、祥、长、昌：七阳韵。德（平 / 入）。

◎**创作背景**：如题。

◎**创作思路**：我主张，以道鉴石，以石释道；中西对比，纵向梳理。以田黄领域作为试验田，借深耕以释读传统文化；同时对田黄石的解读，我亦不能满足于纯传统式的经验性解读，乃至自说自话，我希望打通其内在的逻辑，建立更为严谨、规范的学术体系并实现与其他学科的链接。借此刚好一吐为快。

◎**创作过程**：

雏形：冰雪消磨发染霜，用心岂止在田黄。
欲求道德问于玉，耻媚风光饰以祥。

古今沧桑待悟透，东西文化莫争长。

不医麻木不医愚，谁保中华必永昌？

◎**细节推敲**：第一联、第二联不动，意思清楚明确。

第三联：下句之“莫”字不准确，曾考虑改为“忌”，最后确定为“戒”，如此更准确。我们的思路常常拘泥于东西文化孰长孰短之论争，尊东方为长者，多以千年辉煌领先为标榜，无视近两百年之落后挨打；视西方为尊者，则只强调近两百年之落后挨打，无视此前千年之辉煌。其实东西之学各有所长，亦各有所短，善学善用者当兼取两家之长，弥补两家之短，以第三条路实现文化本体之系统升级。“今”字违律，改“古今”为“今古”。

第四联：改“愚”为“昧”。思想观念的落后是最大的落后，人性的麻木愚昧是最大的悲哀。不正视这两大问题，没有勇气着手解决这两大问题，借用毛泽东先生的一句话：我们是会被开除球籍的！

话或有不好听之处，道理却正是如此。

字句的锤炼是传统诗词重要技巧之一。本质上，字句的锤炼是表述形式与观照、体验之间的印证，并非单纯文字与文字之间的比较。其核心在于观照与体验本身。

第十六讲 由内而外，由表及里，构建综合优势

字句的锤炼存在外向取法与内向取法两种路径，最终决定表述形式的应为内容与主题。

类似的景观，或类似的主题，前人多有表述。曾有人参考这类景观或主题，梳理前人不同表述的长短利弊，乃至推进演变过程，借以明确自己的表述形式。如“春潮带雨晚来急，野渡无人舟自横”（韦应物《滁州西涧》句）一句，曾有人收集归纳类似景观的表述，以时间为主线，梳理出其中的变化、推进关系，进而明确自己对类似景观的表述形式。这种方式为外向取法。

另一种方式为我们在此前第十三讲所提及的，以强化观照、体验为主，改善创作水平。此为内向取法。

一、内向取法

强化观照、体验是从根本上解决创作水平的问题。较之常人，能够从中捕捉到更丰富、准确、真切的信息；感悟到别人未曾关注的情境或察觉别人未曾留意的关系、节点，据此才可能拥有更丰富的原始素材，才能确保更有话语权。如不能确保此类优势，仅仅拘泥于熟悉的内容，把话讲得稍好听一些而已，这类诗作的生命力是很有限的。所以核心是强化观照与体验，连带需要强化的是思维。

此中所包含的因素可以概括为：以敏感度为代表的感知能力，具体包括对原始素材的收集能力；以思维模式为重点的解析能力，此中包含对原始素材的处理能力。只有确保原始素材的收集及分析处理能力两方面皆较为强大，才可确保观照、体验的优势。反过来，诗词创作的训练同时可以成为感知能力和解析能力的良好训练方式。

创作应为内容、主题决定形式，而非相反。因此上述两类取法方式，我们主张以内向取法为主，外向取法为辅。

只有心中的形象真切、深刻，才更清楚意欲表达的是什么，所有字句的锤炼，才有了原始的依据。当我们选择何种字句最佳时，并非简单地作不同字句间的对照分析，更深层是将相关字句与自己心中的感知、体验作对比，分析考较究竟哪一个选择更接近自己心中的感知与体验。所以说此中的感知、体验是原点坐标，是最原始的参照系。此处工作到位，其余工作事半功倍；此处稍有偏差，后续结果将会大相径庭。

二、形象思维与逻辑思维的对比与运用

在此，我们还应注意形象思维表述与逻辑思维表述之间的差异。

“朱门酒肉臭，路有冻死骨”（杜甫《自京至奉先县咏怀五百字》句），这是较为典型的形象思维表述方式。其创作指向“真切”，期待达到之效果为感同身受。

设想一下，若运用逻辑思维作类似表述又当如何?

依照逻辑思维，首先应明确研究范围，确定研究课题：某时间段、某范围之内，贫富分化问题之调研。然后建立研究模型，确定选样标准；收集各样本原始数据；运用统计学原理统计、分析原始数据，最终得出针对该课题的精准判断。这类精准判断往往需要具

体数据作支持。而数据的背后则是研究模型、方式及大量原始数据的采集。其中各个环节之间的因果关系必须确保符合逻辑。

这一方式指向为“精准”“客观”，要求以数据说话，最大限度地避免主观因素的干扰。

今日世界之主流思维为逻辑思维，更深层则是植根于理性思维，主张以理服人。而传统诗词语境之主流为感性思维、形象思维，更在意以情动人。此中之差异我们应当清楚。

以理性思维、逻辑思维为主流，并非否定或排斥感性思维、形象思维。关键在于清楚各自的语境，各归其位。无论是东西方或古今，情感话题一直是一重要话题，其本身即具有极浓烈的感性色彩。没有人相信凭借形式逻辑或数理逻辑能够证明某甲如何爱某乙。相反，感性、形象表述更容易达成效果。因此传统的形象、感性表述方式依旧有其适用的一面，不只是在诗词领域，同时适用于其他抒情文体。

当然，上述两例还仅仅涉及问题的表述，并未涉及问题的解决方案。只是提出贫富分化严重这一问题，并未提供任何解决这一问题的建议。作为更合理的要求，我们不应仅仅提出问题，还应同时提供解决方案或思路。这才是负责任的做法。对传统诗人这个要求或许过高，或许已远远超出有关诗词的讨论，但这至少是现代社会精英阶层、知识分子阶层的基本要求之一。应尝试朝此目标努力，否则作品很容易流于浅薄。

如上一讲中两例。《题西林壁》一方面提出了问题“不识庐山真面目”，接着给出了解答“只缘身在此山中”。《观书有感》一方面提出问题“问渠那得清如许”，另一方面给出答案“为有源头活水来”。两首诗作在提出问题的同时，皆给出作者自己的解答。基于诗词形式的制约，这类问题的提出与解答多取形象表述，其背后隐含的哲理更具普遍意义。

三、辩证思维与复式思维的运用

在构思与锤炼过程中，还应善于运用辩证思维、复式思维。其中至少可以包含如下几个方面。

其一，语言风格中的辩证关系。如欲作轻灵风格表述，整体用语应趋于轻灵，但此中仍需保留小部分较为凝重或稚拙的文字。如此处理往往效果更佳。客观上起到反衬的效果，更容易凸显轻灵。如全部选择轻灵一类，而不考虑反衬，则容易流于轻浮或轻飘。效果通常不佳。如取法凝重、质朴风格，同样需要个别趋于轻灵的词语作反衬、点醒。如此处理更容易凸显凝重、质朴，否则容易陷入沉闷板滞。

其二，字句的锤炼并非仅仅就某一字展开，需要考虑主题、内容、整体语言风格定位，以及各句之间、各字之间的关系。换言之，并非就具体问题说具体问题，而是必须置于局部与整体之间关系、局部与局部之间关系这个大背景下考虑。

某些时候，某一字仅从此句考虑极佳，但结合上下句以及通篇考虑则显得过于唐突、跳跃。这种情况下简单地选择保留此字不动，未必是理想方案。处理方案一：保留此句此字，同时设法改善其他句子的表述，减小相互之间的落差，不使此处显得唐突。处理方案二：在其他句子难作进一步改善的情况下，选择其他字，不使此处过于唐突。毕竟最终效果取决于整首作品，而非仅仅其中一两句。

此中的关系颇似律则中的拗救。牵一发而动全身，一字之变不仅仅取决于此，更取决于其他各处之配合。

其三，不仅需要考虑语义，还应考虑语境与意境。在逻辑思维表述背景下本质上只需要考虑语义，并不存在语境，尤其是意境的要求，甚至排斥因意境可能造成的歧义与主观印象。但诗词中的字句锤炼则不然。如不能将语境、意境纳入考虑范围，是很难催生优秀作品的。有关《清明》[1]作品的解读可视为一例。

清明时节雨纷纷，路上行人欲断魂。
○○○●●○○，●●○○●●○。
借问酒家何处有，牧童遥指杏花村。
●●●○○●●，●○○●●○○。

纷：十二文韵。魂、村：十三元韵。首句入韵，取邻韵。节（平/入）。

此作曾被人依据语法，删减成“清明雨，欲断魂。何处有，杏花村”，有没有道理？没道理。

原作以形象思维展开，兼取语义、语境、意境，将清明之际外界的烟雨春景和内心的无名愁绪刻画得淋漓尽致。这是典型的传统诗词借景抒情式表述。而删改者所秉持的是纯逻辑思维之表述。意欲以说明文方式详尽说明你如何热爱某女士，或以议论文方式论证你如何热爱某女士，这本身就已选错了表述方式。

西方文化决定了西方式的表白更趋直接，一句“I love you!”（我爱你）就已足够；中国传统文化注定中国人的表述方式比较含蓄，“东边日出西边雨，道是无晴却有晴”（刘禹锡《竹枝词》句），借天气试探对方对感情的态度。如说是晴天，则此事有戏；如明明是晴天，却得到回复：天阴，则此事麻烦。

① 查阅《全唐诗》杜牧卷，并无此作。杜牧作品集《樊川集》未收录。有学者研究指出，此作首见于《后村千家诗》，应为后人冒名之作。

四、解读主体与客体之间的关系

在此过程中，还需处理好主体、客体之间关系。

设定作者为主体，受众、读者为客体，作品为表述方式。

在逻辑思维表述背景下，更在意于将主体期待表达的意思说明清楚。其所依托之表述方式主要为翔实的数据和严密的论证过程。只要数据翔实、论证严密，表述清晰，即可认定为一合格文章。至于受众（客体）反映如何，多已不在主体考虑范围之内。因为这类表述存在一潜在前提：主体、客体双方皆具备相当的理性思维、逻辑思维能力，皆依据语义解读。作者在文章中所呈现的语义，默认为可被充分解读。

这仿佛电子通信中，只关注信号输出及传输过程中的保真，至于接收端信号还原是否能够做到较高程度的保真，已不在考虑范围之内。

传统诗词则为另一类交流模式。它同时关注到主体、客体与表述方式三方面。某种程度上它预设客体内心深处拥有与主体类似的情感体验。作品，或表述方式的重点在于借此唤醒客体的类似的情感体验，而非采取如逻辑思维表述背景下的最大限度地保真输出。

换言之，在电子通信的输出端与输入端皆存有大量的类似原始文本，传输的关键在于能够提供简单有效的提示，使得输入端能够快速调出最接近于输出端期待的原始文本。

这是截然不同的两种表述方式，有着各自鲜明的特征及适用性。我们不能简单地据此否定彼，或据彼否定此。必须尝试走入两种表述方式之中、两种截然不同的文化体系之中，首先尝试深入了解它们，然后再尝试作出进一步的分析、研判。东西方文化体系之间的深层差异远远超出我们多数人的想象，双方对彼此的深层了解十分有限。

具体详细解读如："大漠孤烟直，长河落日圆。"（王维《使至塞上》句）

此句意境苍茫、静穆，语境与意境契合。一"直"一"圆"，将塞外最典型景观之最醒目特征，以最简单直接的词语点化出来。直与圆原本为对偶的两种形态，本有对立之意，然而直线与圆又是自然界最简单原始的两类图形。此简单原始中蕴含着苍茫之意，静穆之意更显深刻。此二字可谓此联、此作之眼。然而此二字得此效果还需要适当的铺垫与烘托。以"孤烟"烘托"直"，以"长河"烘托"圆"是第一重；再衬以"大漠""长河"为第二重。而此二重中还含有烘托之处，以"孤"烘托"烟"、以"落"烘托"日"；更以"大"烘托"漠"，以"长"烘托"河"。整句无一字不讲究，层层叠加，恍若垒塔，而置最亮眼处于塔尖。

此句每字皆普通不过，妙在贴切。试换以任何意思相近之字，皆难以获得如此效果。正如真正高明的武功多不在招式如何复杂好看，而在于以最简单的方式达到最理想的效果。

又如《终南别业》（王维）：

中岁颇好道，晚家南山陲。
○●○●●，●○○○○。
兴来每独往，胜事空自知。
●○●●●，●●○●○。
行到水穷处，坐看云起时。
○●●○●，●○○●○。
偶然值林叟，谈笑无还期。
●○●○●，○●○○○。

陲、知、时、期：四支韵。独（平 / 入）、值（平 / 去）。

此作拗处颇多，但黏对无误。前人多将其列为拗律，本人更主张将其列为古风体。第三联为最精彩之处。此联符合相关句式要求，对偶工稳。

第一联起首较平缓。上句好似与故交娓娓道来。下句依旧平缓跟进，奠定舒缓自然之基调。

第二联上句笔锋一转，略现情感小波动，下句回归舒缓，且略带惆怅。“每独往”“空自知”相互之间呼应衬托到位。分别从反向强调独自徜徉山林中的情感体验，最终指向却汇合一处。而“兴来”与“胜事”则构成最初的铺垫。此联整体形成类似上一例的垒塔效果。此联不是简单的舒缓基调的回归，经上句转折之后，某种契合于山水之情怀得以默默强化。

第三联形成此作之高潮。此为典型的借景抒情方式。整联全部落笔于游历及景致，无一字触及心情，而作者此刻之心境却得以真切展现。

我最初读至此处，曾经的春雨之际，溯水寻幽之画面立刻浮现于脑海之中。彼时欣悦之情如触电般被唤回。我甚至很清楚浮现的画面、唤回的情感是哪一次探幽的经历，真切、具体。它将我带入的情感状态，某一刻已使我模糊：究竟是我走入了王维的画面，还是王维走入了我的经历？

事后几次默诵此联，亦能感知到，我最初的阅读体验与王维创作时的情感体验之间，还是有差异的。王维创作此诗之际，已入中年，心境更趋冲淡平和。而我当初游历之时正逢年少，加之初次寻某路径探幽，因此欣悦的成分明显多些。现在我亦步入中年，加之人生阅历，更能体验王维此作所呈现之冲淡平和之气，亦更欣赏这类风格。脑海中每每再次浮现之画面、唤回之情感似乎多了几抹山岚云烟，显得有些朦胧。是我距旧日的画面远了？还是我与王维的心境更近了？

第四联此处难作结句。由于前一联所营造之高潮太过精彩，此处若进一步推高不但更难，其结句亦容易显得唐突，且与起首所营造之舒缓自然基调不符。事实上此联转作景深。上一联已将情感体验带至超凡脱俗的状态，此处上句笔锋再转至“值林叟”，轻染人间烟火气。“偶然”如此，更多的时候如何？读者尽可想象。下句“无还期”，说到底还是留恋一方山水，不想归去。

再者，就我本人阅读体验而言，其文字近雅言中的白话，整体平铺直叙，不难理解，又不失雅致。这类语言风格极具拓展空间。但第四联用一“值”字，意思为“遇到、碰上”。设想一下，如此处改用更容易被人理解的“遇”字如何？正如上文所言，基于辩证思维解读，舒缓自然类风格，需要一两处稍显稚拙、凝重的词语反衬。有此“值”字，私以为反而更容易衬托出整体的舒缓自然。如用“遇”之类字，反入流滑，有伤整体语境。

本节重点

（一）字句锤炼的基准参照系是体验本身。能否真切地反映一时之体验与情感状态是关键。所以字句锤炼的根本在于强化体验本身。只有体验深刻，情感状态真切，字句锤炼才有依托。

（二）字句锤炼不能仅仅着眼于一字一句之优劣得失，而要在作品的主题、内容这一大框架内，从整体至局部、局部与局部诸多方向综合考虑。

（三）形象思维、感性思维、辩证思维皆为传统诗词创作中所常用之思维模式。应善于深入其中解读，并注意其与逻辑思维、理性思维、实证思维之间的差异。进一步尝试善用两类思维。

练习与思考

（一）回顾前面诸讲“练习与思考”中的习作。具体了解字句锤炼之方式；了解如何处理整体与局部、局部与局部之间的关系。于字句细节处进一步体验所否定之各选项与最终选项之间的差异。

（二）诗词创作不应满足于方寸书斋之中的寻章摘句。建议读者尽早从游历山水、观照自然中切入创作。

习作一：《游紫金天子嶂》（新平两合）（2009-10-7）

林幽细品三分静，野旷贪痴一径风。（一东韵）

○○●●○○●，●●○○●●○。

莫道轻车易犯险，欲从云起入空濛。（一东韵）

●●○○●●●，●○○●●○○。

一（平/入）。

◎**创作背景**：国庆假期应约出游紫金天子嶂。同行多非真正乐山乐水之辈。清早至山脚，停车，登山。我仗着脚力，独自远远跑在前面。山名不著，游人稀少，反落得清静。沿山路行至一开阔处，驻足远眺。此时阳光正好，迎面山风拂来，吹在脸上微微有些凉意。这是岭南山区初秋时节，上午的阳光明媚而不强烈，山风的些许凉意既让人感知秋天的临近，又不忘提醒地处岭南的温暖。很享受这山风拂面的感觉。

◎**创作过程**：

得句：林幽细品三分静，野旷贪痴一？风。

◎细节推敲：

第一句“林幽细品三分静”到位，不必再改动。关键在第二句究竟该如何表述当时山风拂面的感觉？最初想到的是“清冽”，以此形容初秋的溪水更真切，用于山风稍显过了。再想到“一丝”，轻了，意犹未到。“些许”？字在表象，有偷懒耍滑之嫌。感觉所熟悉的词语总难表现当时之真切体验。先放下数日，突然想到“一径风”，虽有避实击虚之嫌，但能真切反映当时之体验。或许前人曾有某词语表达类似之体验，但若过于冷僻，同样会破坏整体语境。语义或已到位，语感、意境未必到位。此处以“野旷”作第一重铺垫，“贪痴”作第二重铺垫，再加上第一句对第二句之铺垫，整体效果基本达成。

后两句事实上稍有凑句之嫌。第三句确为实写，第四句半实半虚。当时晴空，天高云淡，“云起”为虚，更近于因此行勾起当初湘西的某些记忆，忆及当初云起之时。“入空濛”一半属实，一半属虚。此刻眺望远山，因秋高气爽，目力所及可至极远之处，所见远山山影近天空色，可谓另一种空濛。而所谓之“入”，既包含对所见远山之憧憬，又包含因此而唤醒之记忆体验，情感状态不自觉地回归湘西，融入旧情景。

习作二：《新购湘兰初放，有感》（新平两合）（2015-1-22）

婷婷花浅露，淡淡满庭芳。（七阳韵）

○○○●●，●●●○○。

破土新芽短，迎风纤叶长。（七阳韵）

●●○○●，○○○●○。

云衣飞水袖，泪眼糯愁肠。（七阳韵）

○○○●●，●●●○○。

同是潇湘客，他乡忆故乡。（七阳韵）

○●○○●，○○●●○。

◎**创作背景**：上周所购湘兰，昨日初放。早上浇花时，淡香扑鼻，起初以为是别家的花香，细看才注意到是一周前所购兰花开花了。第一感觉是此花香气极佳。细品，才注意到此花与之前所见其他品种不一样。首先是花薹很短，仅一至两寸高，远低于兰叶；其次一薹一花，不同于其他一薹三至五朵花；再有就是花朵外有一层花衣，如云似纱。最初就是因为花薹被花衣所包裹，吃不准到底是花薹还是叶芽。另外此兰叶轻薄细长。

当初问卖花的年轻人此花原产何处，他不清楚细节，只说是湖南老乡送来的，应是湖南南面的兰花。今日遇到老板娘（年轻人的母亲），她却说是湖南北边的。此花现在开花，我怀疑是春兰（其实这就是春兰），担心养在家中，来年难以开花。老板娘却表示往年未售完的，她种回自己的苗圃，来年会开花。商人的话不敢全信，但此花出自湖南应无误。

◎**创作思路**：最初的感觉源自兰花的香气，稍后扩展至出自湖南（感情上我视湖南为故乡），再有就是此花不同于其他兰花之处。

◎**创作过程**：

得句：花色微张羞色浅，清风透染满庭芳。初张花色浅，透染满庭芳。

羞涩兰芽短，细柔绿叶长。蝉衣犹半掩，同是岭南客，潇湘是故乡。

雏形：初张花色浅，淡染满庭芳。

羞涩新芽短，轻柔纤叶长。

云衣犹半掩，素蕊更深藏。

静慰异乡客，潇湘是故乡。

◎**细节推敲：**

第一联：初张与花色浅似乎关联不深，至少所见几品兰花如此，不如改为“初张花浅露”，带出语境，且与期待营造之意境更为契合。下句如是七言结构，“清风透染满庭芳”自然无妨。但为五言，首先，“透染”语气偏重，另外“透”与“满”意思稍有重叠，不如凸显兰香的特点：淡雅，如此改为“淡染”。

第二联：原本就是咏兰花，因此“兰芽”之兰字多余。“绿叶”之绿亦显多余。据此深挖，改为雏形中的句子。再改“羞涩”为“娇嫩”。

第三联：因花衣如云似纱，还是用“云衣”感觉比“蝉衣”好，前者感觉更飘逸。“犹”凑字，改为“羞”。下句“素蕊”不准确，花蕊中有朱砂斑，不如“朱蕊”。“更”同样凑字，改为“秀”，有内秀之意。

第四联：最初在“欣慰”“互慰”“静慰”之间推敲，“欣慰”强调的是欢快的感觉；“互慰”突出的是人与花之间的互动；“静慰”显示的是花虽无语，心曲相通。最后用“静慰”。

稍后再推敲。针对第二联，有诗友提出疑问：上句、下句各只有一个名词“芽”“叶”是否合适？前人或有此关注，以便深化内容。仰翁曾指出我的部分诗作有散文化倾向，对此我并不忌讳，甚至有些有意尝试散文化，以便作出“格律体新诗”。就此而言，较多地借用形容词或是一法，未必是缺失。从另一角度想，古人更多借助形象思维，多以实写虚，如秦月、汉关之类，其实月即是月，关就是关，无所谓秦汉。但此类以实写虚的做法让感觉更具体、真切。而形容词多为特性之概括，反而未必如名词来得真切。所以回归形象思维、抽象思维考察，我们的思维模式更容易接受形象思维的表述；再从语境、意境方面考量，“娇嫩”“轻柔”在语义方面没问题，但在语境方面表现不够真切，未能达到意境营造所需要的效果。改为“破土新芽短，迎风纤叶长”，感觉更恰当。

最后一联，同样有诗友提出，只看出花自潇湘来，未看出潇湘是我故乡之意。细细推敲，潇湘同为人与花的故乡之意不是没有，但还不够明显。知道我视潇湘为故乡者容易理解，不了解这一背景者，则容易误解。再者，“静慰”的静字读音较重，静慰在语义上没问题，在语境上不够理想，于是改为“同慰”或许较为合适。稍后再改为“同是异乡客，潇湘即故乡”。如此，基本成型如下：

初张花浅露，淡染满庭芳。破土新芽短，迎风纤叶长。
云衣羞半掩，朱蕊秀深藏。同是异乡客，潇湘即故乡。

在此品兰花的特性捕捉及刻画上，此作较前几首咏兰诗有所进步，在情感表达方面未见进步。

稍后，静下心来细想，感觉整体思路仍有待调整。首先，虽然我期待写出“格律体新诗”，亦不忌讳诗词散文化，但在具体词语的运用上仍有两点要注意：其一，避免意境过虚，因而失去落脚点。古人形容词名词化的用法，在传达意境上有其优势，不该被忽视。如传递自己的感觉，“迎风纤叶长”明显较“轻柔纤叶长”更真切。迎风纤叶更具象，容易使读者生发联想，而“轻柔”则属于概括性表达，不够具象，在促使读者生发联想方面不具备优势与便利。其二，不能只满足语义的表达，还应注意语境的营造。现代汉语更在意于语义是否表达准确，语义表达准确，表述即为合格。但在中国古典诗词中，我们还在意语境营造如何，是否与意境营造取向一致。不少经典作品若仅仅从语义解读，几乎是无病呻吟，只有回归语境与意境理解才更容易发现其精妙。

如此，具体再更改如下：

第一联：上句偏松，“初张”与“花浅露”意思上有重复，过于散文化。改“初张”为“婷婷”。下句“淡染”偏实，改为“淡淡”。如此首联虽更松一些，但重点寓意却更突出。

第二联不动。

第三联：用“云衣”形容花衣较理想，但“羞半掩”表述老套，深层寓意未体现出来。改为“飞水袖”，以京剧中飞水袖的动作表达对花衣的观感，更为具象生动。下句思考较为辛苦，回味当初观花的感觉，再考虑与下一联的关联，首先确定“泪眼”，因花蕊中的红色斑点颇似情人的泪眼。清晨阳光下欣赏此花，感觉犹如面对初恋情人的眼泪，清澈、纯洁，一见之下，没犯错亦如犯错一般，其中包含融化一切的魅力，让人似乎可以忘记一切，抛弃一切，只需在意眼前的感觉、感受。

时光可以因此而倒转/空间不再成为障碍/两颗心的相融/足以融化一世的尘埃/我的眼中有你/你的眼中有爱。

这种感觉让所有的文字都显得乏力，究竟该如何表达？前后思考很多，皆感觉词未达意，最后考虑到“愁肠”，借此表现恋爱时千千结的感觉，稍好。但如何刻画这“泪眼”与“愁肠”之间的关系？最后想到田黄鉴定中有关某种手感的表述“糯”，有软糯、黏手、阻手等几重意思，这种鉴定时的手感与当初初恋的情感颇为相通。如此敲定，仍有不及之处，实乃功力不济，心到手未到。

第四联：改为“同是潇湘客，他乡忆故乡”。此中有一犹豫处。即类似我这种在心理上认湖南为故乡，客居广东者，究竟该称为“潇湘客”，还是“岭南客”？我们汉语在类似意思的表达上似乎不是很严谨。暂且接受“潇湘客”的表述吧。下句顺理推出。如此定稿。自信较前面一稿更好。

习作三：《天井山远眺》（新韵）（2014-12-7）
近挂屏峰透染翠，斜推叠嶂渐侵蓝。（十三覃韵）
●●○○●●●，○○●●●○○。
天边一抹烟青色，足慰平生痴远山。（十五删韵）
○○●●○○●，●●○○○●○。

平水韵词韵中十三覃韵与十五删韵不在邻韵通押范围内。因此此作不合平水韵词韵，只合新韵。叠（平 / 入）、一（平 / 入）、足（平 / 入）。

◎**创作背景**：周日出行，先至阳山，经秤架，渐入南岭地界的天井山。一入山区，山路即变得格外弯曲陡峭，同伴不得不小心驾驶。山中的风景绝佳，偶尔出现的小水电站，清幽、别致。接近山脚的一练飞瀑，不很高，却格外清新、秀雅。停车，汲泉。此处虽不很高，但小山谷视野开阔，光线的角度适宜，一眼望出去，由近及远，山脊起伏，满目葱翠。不敢久留，继续前行。

山路越发陡峭，弯度很大，景色美妙奇幻。一时极目深远，沟壑纵横，近山葱翠，远山青黛，更远处则隐约如剪影；拐个弯，则是山势陡直。虽险峻，但植被很好，少有裸露的山体；偶尔有，也是那种久经风化的峭壁。树龄普遍较老，植被多为品种丰富的杂木林。阳光照耀下，光影使得近山的树冠轮廓、层次极其丰富。反复穿梭、转换在这不同景观中，仿佛游走在一幅幅山水画之间，不只是游走，更似穿越。从一幅画中穿过，猛然间又面对另一巨幅画面；蓦然回首，却发现原本画面的背影依旧是幅精彩画面；或者原本就是立体画。反复类似的穿梭、转换，很容易让人产生一种恍惚感：自己究竟是在画前？还是在画中？更似在这幅画中，欣赏着几幅不同的画面。位置在不停地扭转，时而是这幅画中看另外几幅；突然之间又进入对面的画中，欣赏其余几幅；而各幅画面仿佛亦在不停地转换。或山，或壑，或树，或壁，或林；或近景的雄险、奇肆；或中景的变化、丰富；或远景的幽深、迷离。

接近山顶某处，视角极开阔。天际，淡青色的远山在深秋清透的阳光下，显得格外幽远，既清晰又隐约。欣赏着，由内而外，从内心至身体都会很自然地放松，随着视线的拉远而渐趋悠远。

转过临近的山脊，则是截然不同的另一幅画面。对面的山峰很近、很陡峭，仿佛一座巨大的屏风。两山间的沟壑深幽、葱郁。对面的绿色，色调丰富，质感清透。

这是老国道，路上的车辆很少，多数已改走高速公路。正因如此，山更清幽。在较高处，我们发现不少蓝松。这表示此处海拔应在 1200 米以上。绕过山顶的一段路程，右方的远处，山势绵延巍峨，叠嶂葱翠。未见任何路径，应少有人迹。不由得令人好奇，浮想联翩。

◎**创作思路**：此行亮点颇多，天井山顶远眺印象深刻，有意就此作一首。

◎**创作过程**：

得句：天际如烟几抹蓝。平生偏爱万重山。

忘却山外事，愿作壁上观。

穿林光影渐迷乱，渐迷山路任来往，便逐树影弄光斑。

入山已忘远，一路任往还。不觉人入画，玉树弄光斑。

有路依崖真谓险，从来无树不奇观。

欲从山脚向深处，忙为佳茗先汲泉。

此段游历，感觉极丰富，一如泉涌。妙在多，坏在杂。曾想作古风长句：

一路风光人入画，复从画里向外观。已忘画里或画外，更因曲折忘往还。依崖山路分外险，半路浓荫逐光环。山势渐高光影乱，入眼翠色已生寒。四围山色如通景，谷壑幽深壁上观。一壑翠色映丽日，天际如烟几抹蓝。常爱登高爱望远，平生痴迷万重山。此处入眼皆翠色，坐拥山色醉青峦。天下只余卿共我，我似青山山似我。平生若许能恣意，愿于此处共消磨。

但整体感觉与旧作《游张家界》《游陵川王莽岭》的语汇颇多类似处。虽说观景的感觉原本即多相通处，体验也有深化，但在表达及语汇上，还是应适当拉开距离。落笔如此，总有些心到手未到的感觉。若强作古风长句，情感之酣畅、浓烈易于体现，但语汇之局限、重复亦将暴露无遗。语汇方面还需逐步微调，予以改善。作回七律为宜。

稍放数日，抛开前面的内容，静静回味当初的体验，重新梳理思路。感觉印象最深处还是在远山的一抹蓝、近峰如屏等几处。

得句：直挂屏峰频染翠，平推叠嶂绿接蓝。天边几抹烟青色，足慰平生痴远山。

再整理出雏形：

追揽风光人入画，迷离画外画中穿。
危崖险壑幽林暗，野径浓阴树影寒。
直挂屏峰透染翠，列推叠嶂渐侵蓝。
天边一抹烟青色，足慰平生痴远山。

推敲如下：

“追揽风光人入画，迷离画外画中穿。”此联总感觉心有到手未到。曾考虑将上句改为“欲揽风光先入画”。原句平铺直入，改句略作铺垫。二者各具长处，关键在于下一句如何承接呼应。第二句更显心到手不到，未能将当初的朦胧、恍惚，游走在真幻之间的感觉刻画出来。曾考虑改为“迷离却似幻游般”“迷离如向梦中观”。然后再改为“午后阳光同入画，迷离又作画前观”。既已入画，又作画前观。以此作游离于画中画外的虚写。意思点到了，但意境远未营造出来。

“危崖险壑幽林暗，野径浓阴树影寒。”“险壑”改为“深壑”。“险”只是“危”的重复。“深”“幽”与“危”更容易产生递进的深化关系。“野径”重复前作，改为“陡径”更合适。也容易与后面形成递进式深化关系。但感觉下句刻画不如上句清晰强烈，未能形成句式间的递进效果，内容近乎重叠。此联总体感觉特征不明显。各处大山皆较适用。

“直挂屏峰透染翠，列推叠嶂渐侵蓝。”此联较为满意。正是此次天井山游历体验之重点与独特处；直接实写，既写出实景，亦刻画出内心真切感觉，语境、意境到位；语汇方面见新意。

曾考虑用“才挂”“又推”。如此上下句之间关系有强化，但在整体语境上，却被弱化。不符合以语境营造意境的原则。“直挂”与“屏峰”之间形成递进与深化，后接“透染”，再进一层，既见语境，又见意境。“列推”感觉唐突，不佳。后改为“侧推”，较为合适、顺畅。一直一侧，不但对仗工稳，并且符合当时观景之角度变化；针对山顶远望的角度，“侧推”即由侧面推展开，更符合实际情况。在此，一组词能作出多重意思、角度的表达。好！稍后再考虑改“侧推”为“斜推”。“侧推”凸显与“直挂”的强烈对比与观景气势。

“斜推”在一定程度上柔化了与“直挂”的对比，但与后面“渐侵蓝”形成更好的承接与转换。毕竟“渐侵蓝”是将意境拉向空灵、悠远、绵长的柔和面。再考虑尾句亦属类似意境，因此“斜推”在此更合适。并且我们在望远时，客观上是存在聚焦透视效果的，即同一高度的山梁，由近及远，其视觉效果并非一条水平线，而是一条近高远低的斜线。

尾联不动。效果已显现。

如此敲定如下：游天井山

午后阳光同入画，迷离又做画前观。
危崖深壑幽林暗，曲径浓阴树影寒。
近挂屏峰透染翠，斜推叠嶂渐侵蓝。
天边一抹烟青色，足慰平生痴远山。

稍晚，反思此作。感觉前半部与后半部落差过大，明显后半部质量较高。前面各句之间关系不够清晰；语境营造不到位。不如砍掉前半部，仅保留后半部。如此关系更紧凑。“透染翠”是近景在光线良好条件下绿的效果；“渐侵蓝”是指由近景向远景过渡过程中，由绿渐蓝的效果；“烟青色”是远景呈现淡青色的效果。题目因此作出相应改动。

此作无论从着墨角度、笔墨丰富程度，还是从特性挖掘等方面而言，皆有所突破，效果可观。只是仅就当初体验的丰富程度而言，意犹未尽，此或为另一类的意到手未到。

第十七讲

知行合一，技近于道，心手双畅

中国传统文学艺术具有典型的知行合一特征。历史上少有类似于西方社会脱离具体创作从事纯理论研究的。凡是从事理论研究，其实际创作至少应处于中上水平，否则所论难免隔靴搔痒，不及要点。

诗词创作模式涉及心法、技法以及心法技法融合三方面，最终指向技近于道、心手双畅状态。

当今诗词圈子习惯于将阅历较为丰富，但文字粗糙，流于空泛的一类作品称为“老干体”。

这类作者未必缺乏体验优势，尤其是涉及人生阅历部分，其缺失多在技巧，或处于“茶壶里的汤圆，有货倒不出”的状态，或流俗于官话、套话。这类人士需要重点解决的是技巧，以及技法与心法融合的问题。

历史上曾将自身情感、体验匮乏，专以堆砌典故或翻弄前人诗句为能事之诗词作者称为“鬼诗人”。

这类作者往往不乏学识与技巧，其主要缺失之处多在人生体验与情感经历，更深层则多触及人生理念。

今日因为诗词话语权多掌握在文人手中，因而听到批评老干体的声音据多，触及鬼诗人者甚少。毕竟自我反省、自我检讨的精神在今日之文化阶层依旧属于稀缺品格。其实这两种状态皆属于诗词创作之大忌。

一、知行合一，切入创作

现实中更多人士满足于对唐诗宋词的欣赏与吟诵，而无创作意图。就全社会多数人士而言，这很正常，但就中文系等专业人士而言，这不是一种正常状态。

传统诗词创作为典型的“知行合一”模式，与书法有颇多相通之处。历史上我们民族少有类似于近现代西方社会那一类脱离具体文学、艺术创作，纯粹从事理论研究的。传统诗词之理论表达极少，多以具体作品作表白。

我们曾就王维、李白、杜甫、陈寅恪、聂绀弩等作者的作品集尝试统计、分析。王维平均每年创作 8 首以上，李白平均每年在 21—22 首，杜甫每年在 33 首以上，陈寅恪在 1945—1965 年每年所作在 10—27 首，聂绀弩每年约 22 首。由此可见，较高的创作水平是需要足够数量的作品、训练支撑的。即便是张若虚，虽然仅仅留下两首作品，其中的《春江花月夜》所呈现的水平之高，可以确信，绝非出自初学者。其生平所作其余作品应系散失了。

诗词创作与传统书法类似，是一具体的实际操作，必须开展一定数量的、一定频率的持续训练，而创作本身即为良好的综合训练。较为完善的训练不仅仅包含涉及格律形式驾驭、文字技巧这些技法部分，还应包括观照、体验、感悟等心法部分，以及从观照体验感悟中捕捉主题、规划内容，并最终付诸具体真切的文字表述这类心法技法融合转换部分。

类似的综合训练持续到一定程度，再通过师友之间相互交流以及自我反省，及时发现自身较为突出的问题，进而有针对性地予以强化，待对心法、技法及相互融合熟练至一定程度之后，这时的创作就会成为人生的一种享受。自身对周边事物、社会百态、自然景观以至花草动物等更为敏感，从中更容易生发某类感触，更容易较为真切地捕捉这类感触并付诸笔端。点到紧要处，往往数十字之效果更胜洋洋洒洒数千字之文章。这是对自身情感状态极好的记录，亦可视为对此生之交代。

它其实又像我们学习走路，最初的姗姗学步或许是一道坎。当我们长大成人之后，凭借稳健有力的步伐游历于名山大川之间，尽情地凭借青春热情释放活力之际，再看到蹒跚学步的幼童之时，再看到他因摔跤而号啕大哭之际，心中将作何感想？

二、技近于道，心手双畅

诗词创作更似人生的持续修行。

传统诗词训练与我们今日中小学语文的作文训练有颇多类似处，皆为一较长时期的持续过程：从初步尝试驾驭文体，写出及格的文章；至能够较深入、全面地理解相关文体的要求，较熟练地运用文字，给予较为顺畅流利的表达；再至有自己较为成熟、丰富的体验、想法，并善于熟练运用相关文字技巧，将自己的体验、想法予以顺畅、真切、准确的表述。

以上至少可分为三个层次。首先是能不能的问题，然后是顺不顺的问题，最后是能否做到心手合一。

诗词学习与训练类似。首先需要解决能不能的问题，再尝试解决顺不顺的问题。待能够做到较为顺畅真切地表达自己心声之后，通常会面临主题、风格取向的问题。此中涉及较多的个人才情性格、学识修养等因素。我们可以尝试从山水类题材与社会类题材分别说明。

唐宋等传统社会属于农业文明社会，文人距离山水自然更近，因此我们在他们的题材中见到大量的山水田园类作品。如有心对此类题材深挖强化，则需要从深化山水体验本身着手。只有对山水体验更真切、更深刻，只有感觉自己已彻底融入一方山水，后续的创作才能得心应手。

每有感触之时，不妨将这类感触付诸诗词文字。这是一个持续的涉及心法、技法以及心法技法融合的过程。每次创作，事后静心检讨：或逊于体验不够真切、深刻，此为失在心法；或逊于文字表达不够到位，未能将当初深刻的情感真切表达出来，此为技法缺失。只有经历反复的创作训练，能将某次游历所产生的真切、深刻感触，表述得酣畅淋漓，诗句似乎从心中自然流露，以至不需要过多的调整与修改，这才算达到了心手双畅的境界。此时，创作已逐渐从“有法”状态进入近乎“无法”的自由状态。如这一阶段于文史综合素养、人生历练有所得有所悟，对周边自然、社会的理解已达到较为通透的状态，而这类感悟已不知不觉融入自己的诗词创作中，成为自己风格的一部分，此时或许可以称之为“技近于道”。

王维于此较为典型，他将人生阅历、审美体验、禅宗哲理融入诗中，形成自己冲淡平和之风格，体现出一种静穆祥和之美。

李白则属于另一类，其对体验状态之驾驭，对真、幻、梦境体验之真切，各种状态转换之从容自如，可谓空前绝后。其付诸诗句，真切、精准、深刻表达这类体验的能力同样是空前绝后的。后世多存“李杜孰优孰劣之争”，且以学杜甫者居多。因李白的成就中较多天赋因素，后人不是想不想学的问题，而是能不能学得到的问题。其中的体验与文字驾驭能力远较杜甫的技巧难学。李白较多展现出一种跌宕起伏、酣畅淋漓的动态之美。《梦游天姥吟留别》可谓此类风格的典型之作。

另一类则为社会类题材，具体包括讽喻诗、交友唱和之作等，主要针对社会现象、人与人之间关系展开话题。此中涉及较多作者人生理念、态度、学识、思考等因素。

初学者切入这类题材，多为拟古人口气发发牢骚而已。限于诗词体裁，以及自己对题材的驾驭能力，多有言犹未尽之处，很难较完整地展现所思所想。更深层之缺失则多在于所思未曾梳理、提纯，本身即缺乏深度。

稍后心手之间较为融畅，基本上能够借助诗词语汇、形式较为完整、顺畅地表述心中所思。

更进一步则触及作者之理念、学识与思考，如是否对相关社会现象有更深层的认知，不仅仅关注到现象，更能触及其根源所在，解决之道。这一层次在历史上也只有极少数的诗词作者能做到。多数仅仅道及表象，远未触及根源。此中见解如符合历史发展之规律，则此作可入史册。类似的思考与解读付之于诗词表述，较论文表述更难。

杜甫较多这类题材。可惜局限于传统儒家意识，所批多在表象，远未触及核心。历史上这类作品又少有超越杜甫的。其根源不在表达技巧，多困于理念、态度、学识与思维。

鲁迅于此类风格成就颇高。

陈寅恪兼治史学、文学，其诗作多语涉一时之国事。基于独立之精神，丰厚之史学修养，娴熟之诗词表达技巧，陈寅恪的这类作品确实水平极高，远远超越前人。偶有所失，如述及新中国初期对苏政策等，显然与后续历史走向之间出现较大差异，甚至可以说存在明显误判；[①]另外，部分诗作儒家观念之局限过于明显。但这并不妨碍其成为这类题材之诗词大家。其所失是在挑战最高峰背景下之缺失，虽失犹荣。

聂绀弩则更擅长以诙谐的语调表态，以态度说话。可谓剑走偏锋，另辟蹊径。

钱锺书于此类风格把握拿捏精准。

---

① 参阅胡文辉《陈寅恪诗笺释》，广东人民出版社 2008 年版，第 451—454 页。

以上诸位借时代之优势，在社会类主题、风格方面，远胜明清各家。

本节重点

（一）传统诗词创作具有典型的“知行合一”特点。脱离创作讨论传统文学，无异于隔靴搔痒；脱离创作谈弘扬传统文化，是将传统文化人为地划入文物范畴，割断了传统文化与现实社会的联系。

（二）更趋合理的创作训练涉及心法、技法以及心法技法之间的融合三部分。期待达成之创作状态为心手双畅，技近于道。

（三）更深入的诗词创作训练不仅涉及诗词创作本身，更涉及综合文史修养，以及人生态度与理念。它更近于持续的人生修行，同时又是人生修行结果的外现。

练习与思考

从第十二讲开始，习作部分增添创作背景、创作思路、创作过程等细节说明。这一方面是希望提供更具体、翔实的作品分析解读案例，便于读者学习、掌握其中的各类技巧；另一方面，读者应尝试切入这种模式，从自身的游历过程中解决心法问题，综合提升创作技能。

习作一:《新丰道中》(新平两合)(2014-11-26)

槎云欲更远，常念旧桥头。(十一尤韵)

○○●●●，○●●○○。

溯水一溪碧，观山五色秋。(十一尤韵)

●●●○●，○○●●○。

树道根亦雅，兰素叶还柔。(十一尤韵)

●○○●●，○●●○○。
愿共丹枫老，长从野径游。（十一尤韵）
●●○○●，○○●●○。

一（平/入）。

◎**创作背景**：周六，应约作新丰、佛冈游。

近新丰，山势壮观。山上点缀着一些红枫。此处的红枫，不及北方的颜色丰富、明亮，属于偏暗、较深沉、内敛一类。经此找到些许回到湘西的感觉。

入新丰，寻至一处小街深巷。此处为传统的小街市，主要售卖草药、汤料、当地花卉、特产等。仿佛时光倒流，我又回到了初中时洪江、黔城的小巷。我挑了几株兰花。此处兰花为落山兰，形态素雅。

离开小镇，折行向北。午饭后，逐渐进入大山区。先寻至一处小溪，下到溪中赏景、觅石。此时此景为典型的南方秋山，葱翠中点缀着一些暗红、深黄。溪水清澈，下游方向刚好逆光，山脊、树冠的逆光剪影炫幻、迷人。高速公路边上有一座废弃的旧式多孔桥，20世纪六七十年代风格。一见之下，触发淡淡的旧日情怀。

再往深处走，山路明显在蜿蜒上升。此处为广州周边赏红叶的主要景点之一，好在来的人较少，还未破坏。翻过山脊，我们继续在山间穿梭。于某处山坳，我再次叫停："那边有个枫树树头不错！"

停车一看，果然造型飘逸。树下还生有许多蜈蚣草，刚好采回去养兰花用。"这树头确实很不错！"同行的小L扒开树下的草丛，发现根部的造型遒劲古拙。只是树头比较大，不宜挖取，只好忍痛割爱。照相留影，导航坐标定位，然后继续赶路。后续也留意到两个红枫树头，但都不如这一株的造型好。

上车后小L还一直好奇："看景、看树头，你的眼神怎么那么好？”我也奇怪，鼻梁上顶着一副“二饼”，到这个年纪眼睛已经开始有些老花，但凡是看山、看景，眼神就格外好用。对山水风光、花鸟草虫等，我似乎有着一种源自骨子里的痴迷与亲近，每次出行，我都会贪婪地用目光摄取所遇到的一切美景，大到一山一水，小到一草一木。

◎**创作思路**：此次游历，体验丰富，信息量较大。但部分体验稍嫌分散、有失紧凑。初步确定几个段落及切入点。桥头小溪可作一点：碧流清涧、南方的五花山。其余备用信息：兰花、小巷、树头、汲泉等。

◎**创作过程**：

得句：愿共丹枫老，又寻野径幽。天蓝谁染透，湖阔画中游。
溯水一溪碧，看山五色秋。松奇多古意，兰雅足风流。
石乳宜佳茗，槎云更远游。

雏形：愿共丹枫老，又寻野径幽。
树奇根亦雅，兰素叶还柔。
溯水一溪碧，看山五色秋。
槎云欲更远，思念旧桥头。

◎**细节推敲**：

第一联：“又寻”一句，旧作《乙丑春际，花都踏青》起首即为：雨润春山秀，寻访野径幽。此处呼应旧作。稍后，改“又寻”为“重寻”。语境更为吻合。

第二联：“树奇”之“奇”字刻画过于泛泛，不够确切，改为“树遒”。曾就遒、虬二字作推敲。遒：遒劲；虬：虬龙。前者倾向于神态；后者倾向于形态。还是用“遒”为妙。

第三联：“看山”不如“观山”。

第四联：“思念”改为“犹念”，含义更丰富。

稍后细品，中间两联由小处向大处写，费力不讨好；一般多由大处向小处写，由博大转向精深。但各有各的语序。如此调整，细节需作相应变动。

“犹念”改为“常念”更为恰当。

“重寻野径幽”放作尾句，感觉偏弱，不如“长从野径游”。另外虽然很享受清幽的景致，但在形式上，应尽量避免重复与狭隘。

此作注意到了避免模式化。重点景观与零散景观组合较好。第二联颇见精神。

习作二：《阳山江滨记游》（平水韵）（2014-12-3）

踱步江滩上，农闲沃野幽。（十一尤韵）

●●○○●，○○●●○。

平川浮叠影，枯树老金秋。（十一尤韵）

○○○●●，○●●○○。

近水寒林碧，隔空清响柔。（十一尤韵）

●●○○●，●○○●○。

晨曦洇透处，远黛淡明眸。（十一尤韵）

○○○●●，●●●○○。

踱（平/入）、叠（平/入）、隔（平/入）。因“叠”字新韵作平声，违律。因此此作只合平水韵，不合新韵。

◎**创作背景**：周日清晨七点半左右，我们出发，先至阳山，再经天井山，然后过乳源、韶关返回。此番经历紧凑、充实。

一早，先至阳山某段江滨（属连江上游）寻石、赏景。此处江流平缓，江面较开阔。对岸几株枯树犹如诗眼，在远方葱翠树林衬托下，点活了近景。两岸为开阔冲积平原。秋收后的农闲季节，格外祥和、安宁。对岸较近的山峦属于喀斯特地貌，奇特、突兀，兼具骨感与清秀。更远处则是传统山岳，高大、雄伟、绵延。两类不同山形地貌互为映衬，既丰富了视觉效果，又强化了景深。下游的远山在晨曦映照之下，格外空灵、悠远。人一旦置身于此，很容易彻底放松。我很享受这深秋清晨的阳光，以及这江滨的环境。

◎**创作思路：**其一，此前类似景观以虚写为主，此次可否考虑实写为主。落笔实处，意境取虚。尽量避免与此前作品雷同，语汇方面也容易拉开距离。其二，注意丰富语汇，避免表述褊狭。

◎**创作过程：**

得句：晨熙清透处，枯树老金秋。奇峰错落远，远影入平畴。

秋色慰双眸。风光入眼明，平川浮倒影。

雏形：沃野经营久，奇峰错落幽。

平川浮远影，枯树老金秋。

临水寒林碧，隔空清响柔。

晨熙微透处，浅黛慰明眸。

◎**细节推敲：**

第二联：上句中“浮远影”，不如改“远”为“叠”。前者倾向于空灵，后者倾向于层次。此处以丰富层次为妙。

第三联：上句“临水”不如“近水”。“临”太实，“近”稍显宽松。改为“近水”，与下一句承接更为顺畅。下句“清响柔”，用“清”？还是“轻”？此处指远处鸟鸣入耳的感觉。“轻”指声音大小；“清”指音质质感。仅就当时体验而言，显然“清响”更深刻、贴切。

第四联：“微透”，此“微”字，曾反复考虑“清”“晕”“洇”等。最后感觉以洇的水墨效果表现早上光线的清透又略带朦胧更为恰当。

最后一句究竟是用“浅黛慰明眸”，还是“远黛入平畴”？拿捏不准。后句虽佳，但“平畴”属旧词翻用。意境虽好，却乏味。最后整合为“远黛淡明眸”。“远”是距离，“淡”是色彩，“明”是光感。如此效果更紧凑、丰富。

第一联：稍后，感觉“经营”二字唐突，“错落”此前多用，用词重复。再改首联为“沃野农闲后，江滨共畅游”。不够和顺。最后定为“踱步江滩上，农闲沃野幽”。

题目原为：阳山连江江滨漫步。后定为：阳山江滨记游。如此暂定稿。

每次的创作，既是创作，亦是训练。这不仅仅是文字层面的训练，更包括情感体验方面的训练。

此作虽然仍用五律，用韵也是［ou］韵，但在语汇方面稍见突破；写景虽以实为主，但在语境、意境营造上，仍以舒缓、柔和为基调。整体写法以实衬虚。

习作三：《〈田黄学概论〉出版之际，感赋》（平水韵）（2012-5-22）

敢笑古人多妄语，曾羞时议乏深思。（四支韵）

●●●○○●●，○○○●●○○。

谁疑皇帝新衣假？何似顽童心性痴！（四支韵）

○○○●○○●，○●○○○●○。

乏（平/入）。因“乏”字在新韵为平声，导致“三平脚”，违律。因此只合平水韵，不合新韵。

◎**创作背景**：如题，感赋。此中心血颇多、坎坷颇多。

◎**创作思路**：自信此作（《田黄学概论》）足以传世。

◎**创作过程：**

得句：敢笑古人多妄语，曾羞时辈少真言。

　　　皇帝新衣假，小孩心性痴。

雏形：敢笑古人多妄语，曾羞时辈少深思。

　　　谁疑皇帝新衣假？我似顽童心性痴。

◎**细节推敲：**

第一句：不动；第二句：改“时辈”为“时议”，再改“少”为“乏”，如此更准确、顺畅；第三句：不动；第四句：“我”字太实，不如改为“何”。

一语道出实情，得罪不少人。借“皇帝的新衣”这一西方典故入旧体诗，是一次很不错的尝试。

习作四：《离家数日，返。见家中金银花、茉莉、鸢尾灿放，邻家玉兰盛开。感赋》（平水韵）（2012-5-30）

纵无客赏又何妨？花自盛开花自狂。

●○●●●○○，○●●○○●○。

旷野瓦盆非宿命，天边崖脚任流芳。

●●●○○●●，○○○●●○○。

鹅黄新绿相辉映，碎玉繁星半露藏。

○○○●○○●，●●○○●●○。

暗笑良驹期伯乐，此生我在即风光。

●●○○○●●，●○●●●○○。

妨、狂、芳、藏、光：七阳韵。伯（平／入）、即（平／入），此两字依平声皆违律，故此作只合平水韵，不合新韵。

◎**创作背景：**如题。

◎**创作思路**：人生的价值不在于为谁灿放，而在于理应灿放。

◎**创作过程**：

得句：纵无客赏又何妨，我自盛开我自狂。

旷野瓦盆非宿命，和风润雨送清香。

清风明月有花香。繁星碎玉藏新绿，

雏形：纵无客赏又何妨，花自盛开花自狂。

旷野瓦盆非宿命，天边崖脚任流芳。

繁星似玉堪称雅，明月清风送馥香。

……生平何处不风光。

◎**细节推敲**：

第一联、第二联：不动。气势得到了进一步强化。

第三联：过于散乱。仔细回味一下当初的观感，深深浅浅的绿叶，点缀着各式各样的花朵。叶有新出的黄芽、嫩绿、老叶；花有黄的、白的，稍大的、较小的，花型各异，有藏在枝叶丛中的，有绽放在枝叶顶端的。于是改为“鹅黄新绿相辉映，碎玉繁星半露藏”。上联写叶，下联写花。

第四联：心中有一种感觉，即我在自有我在。却难以用合适的诗词语言表达出来。稍放一放，换种思路，敲定为“暗笑良驹期伯乐，此生我在即风光”。人才选拔期待于伯乐个人的出现，究竟是幸运？还是不幸？为什么伯乐是一个人？而不是一个更广泛的群体？或较完善的机制？就个体而言，我们是该期待“伯乐”的青眼有加？还是我在自有我在？封建社会，博取功名，卖于帝王家；周恩来呼喊出“为中华之崛起而读书”。我们今天又当如何？

此作以花言志，别开花间新气象。

“暗笑良驹期伯乐，此生我在即风光”，得此一联足矣！此诚为花写神，写出傲骨。

第十八讲 传统诗词创新

创新的前提是传承。脱离传承的所谓创新近于空中楼阁。舍弃前人的丰厚积累，妄图以一己之力另起炉灶，这是不明智的。

笔墨当随时代转。只有传承而没有创新是一个时代整体麻木、懈怠的表现。一味翻炒前人的冷饭，要尔何用？！

所谓创新，其表象在新，核心在“创”。只有创出前人所未有的，并且初步实现“诗化”之转换，方可称之为原创，称之为创新。表象虽新，并未实现“诗化”之转换，则只是另一类生搬硬套而已。

创新的前提是传承。只有先走入前人的世界，最大限度地掌握他们创作中的精华、核心元素以及框架体系，然后才可能涉足创新。否则我们自以为提供了一种崭新的样式，但很可能类似的样式前人早就拥有，且更为成熟完善。

何为创新？真正的创新应实现对前人、对现有样式、体系的增容，而非置换甚至退化。

具体而言，真正的创新应在传承前人原有优势的基础上，进一步融入新的、前人所未有的优质元素。如能进一步打破原有体系局限，实现在新的体系框架下对原有优势资源及新的优势资源的整合，实现系统升级，这当然更好，但也更困难。至于新的框架体系是否更具优势，除了实践检验之外，另有一通行的学术检验标准：对原有的问题能否给予更深刻融通的解读；对原有体系无法给予合理解释的新问题，是否可以给予合理的解读。如能做到这两点，至少初步的理论检验是过关的。

相反的例子是提出一些新的理念、想法，能够较合理地解读某些新问题，但同时又抛弃了前人的诸多成熟的、优秀的理念、见解，以致无法给历史上的老问题以合理解读。其状态颇似狗熊掰棒子，掰了一个，丢了一个。更可悲的现象则是，捡了别人的两瓣瓜皮，却自以为创新，而前人的优质资源早已遗失殆尽。

如欲创新，从何切入？不妨先给自身清晰定位。

作为当代中国人，我们处在两个维度的交叉点。就纵向的历史维度（时间维度）审视，我们应凸显我们中国特征的一面，这具体体现在对传统文化中优质资源的承传。就横向的世界维度（空间维度）审视，我们应凸显我们当代的一面。作为现代社会的成员我们拥有远比前人更广阔的空间，我们对中国以外世界的了解，对不同文化的了解应远远超越前人。我们不能仅仅站在中国看中国，而应站在世界的角度看中国、看世界。这一维度的改变，应在当代诗人的作品中有所呈现。沿此思路推演，至少我们可以从四个方向寻找到创新切入点：语言新、题材新、角度新、思想新。

一、语言新

社会的发展催生各类新事物。现实语言需同步跟进、随之发展。这又催生各类新词语、新语言。如在甲骨文中没有楼房的“楼”字，表示金属类的字亦仅有一“金”字，没有“铜”“铁”“银”“锡”等字。因为当时没有楼房，对金属的认识仅仅局限于铜（当时的“金”）。随着后世楼房的出现，对金属种类认识的深入，“楼”“铜”“锡”“银”“铁”等新词语随之出现，“金”的定义被改写。

百年前的新文化运动，首次以白话取代传统文言（雅言），使之成为主流文体。这场运动本身即要求文人正视现实语汇，不应再满足于传统雅言的狭隘表述体系。此中诗词语汇的增容，几何级的增容，我们不该熟视无睹。

伴随西方文化的冲击和近现代学科体系在中国的逐步建立与发展，大量外来语进入，同时催生大量的专业术语。更由于交流和通信方式的改变，国内各个地区之间的交流远较前人频繁、广泛、深入，各类方言不断融入普通话，成为另一类新语汇。

基于以上各种原因，现实语境中一直在催生大量的新词。诗人对此应保持足够的敏感，应善于从中汲取新的元素、养分。

从历史经验审视，从现实语境中汲取新元素，借以丰富自身的诗词语汇，存在正反两方面的经验教训。

唐代的白居易、宋代的杨万里皆为汲取民间语言之高手。他们不但借此奠定了自己的诗词风格，更凭借此类风格广播海外，影响至今。元散曲作者同样擅长汲取民间语言，其步伐较宋词作者更大。得益于此，元散曲地位快速蹿升，兴盛一时。然而元散曲的衰退同样快速，其旺盛周期远不及唐诗宋词。有学者将元散曲衰退的原因归咎为大量汲取民间语言。若依此观点，又如何解释白居易、杨万里等人的成功?

个人认为，不存在新词能否入诗词的问题，关键在于如何入诗词。

目前新词入诗词多呈现三种形式：直接借用模式、压缩模式以及精炼提纯的雅化模式。新词的运用必须结合具体作品，结合具体风格考虑，不宜简单套用某一路数，否则容易东施效颦。

如:《失恋同学》(陈寅恪)[①]

文豪新制爱情衡，公式方程大发明。
○○○●●○○，○●○○●●○。
始悟同乡女医士，挺生不救救苍生。
●●○○●○●，●○●●●○○。

① 《留美学生季报》民国八年夏季第二号读竟，戏题一绝。

衡、明、生：八庚韵。发（平/入）。“医”字违律（“医”字在平水韵中有平、去两声。但作为医生之意应为平声，作为装箭的容器读去声）。

此作虽然直接借用新词语，如爱情、公式、方程、发明、医士，但用语与整体语境、风格一致，因此不但不令人感觉唐突，反而更显契合。陈寅恪其余诗作多呈现理性思考深沉的一面，因此用语求雅正，多用典。此作为戏题，整体风格诙谐幽默，多调侃语气，借助这些新词语，这一风格表现尤为明显。

但直接借用法须慎用。处理不当多有语境、意境不合，唐突、生硬之嫌。

无论是古代汉语中的单音节词，还是现代汉语中的双音节词，皆存在较大的自由组合空间。通过不同的组合形式及效果，更可呈现作者的文字驾驭能力。由于诗词句式的限定以及诗词形式本身精简的要求，某些新词语显得过于松散，不适合直接入诗词，如此不少作者采用直接压缩的方式借用新词语。某些词语可以压缩，如日常用语中，我们常将“电子邮件”简称为“电邮”。对此不会产生歧义。但另一些情况则未必适合简单压缩。其中至少需要顾及两方面因素。其一是否容易产生歧义，甚至导致误读；其二是否与语境、整体风格契合。曾见某诗作中将白求恩称为“白氏”，这就属于误用。这是纯以中国人的姓名习惯解读西方人士的姓名。即便是中国复姓，如司马氏、诸葛氏，也不宜压缩简化为司氏、诸氏。

更为适用的方式应为通过对新词的精炼提纯，一方面实现语汇的雅化，另一方面实现语汇的诗化。雅化是审美层面的提升，诗化指原有语汇向诗词语汇的转化。

例：《过东单》（张恨水）

记得“皇军”习战酣，荷枪跃马遍东单。

●● ○○ ●●○，●○●●●○○。

于今千万“皇军”物，尽向东单设地摊。

○○○● ○○ ●，●●○○●●○。

酣：十三覃韵。单、摊：十四寒韵。十三覃与十四寒不属于邻韵通押范围。此处有违律。得（平/入）、习（平/入）。

张恨水的诗词风格趋于口语化，因此更容易吸纳新词、现实语境中的日常词语。此处如“皇军”“地摊”。

又例：《读郭沫若〈李白与杜甫〉》（李汝伦）

小兵思路翰林名，老大蚍蜉撼树声。

●○○●●○○，●●○○●●○。

昨夜遥闻揪斗紧，杜公汗了一身惊。

●●○○○●●，●○●●●○○。

名、声、惊：八庚韵。翰（平、去两声，在此用去声）、昨（平/入）、一（平/入）。

此处之“小兵”“翰林”皆为旧词新意。“揪斗”特指特殊时期的特殊行为。结句为典型的俗语雅化、诗化。

此类俗语雅化貌似简单，事实上却对作者的综合文化素养要求极高，且多与其诗词风格密切相关。操作得法，可化大俗为大雅；操作不当，则俗不可耐。因此聂绀弩、李汝伦等人的诗词风格，非综合文化素养较高之辈，不宜效法。东施效颦者并不乏见。

客观上，任何语言文字都需要规范化与雅化。我们国家有专门机构负责现代汉语的规范化工作，定期修订出版各类字典、词典、辞海等工具书，借以规范新词语。这方面的工作成绩可观。但在现代汉语的雅化方面，我们所欠甚多。尤其是在网络时代，多有媚俗粗鄙语言呈现。这是这个时代所有文字工作者责任的缺失。

一味满足于“红烛照眼”“青灯礼佛”式的表达，不符合绝大多数现代社会语境，这是表述上的懈怠；一味媚俗，迎合社会上各类粗俗鄙陋的喜好、要求，不能坚守更高的审美标准和文字标准，那么元曲的早衰就是前车之鉴。我们应尝试不断汲取现实语境中的新语言、新元素，并尝试将其精炼、提纯进而实现雅化、诗化。

二、题材新与角度新

由于社会的进步，人类交往日益频繁、广泛，我们所能够接触之事与物远较前人繁多，具体如对世界范围内各类动植物的认知，对境外风土人情的认知，对工业文明所创造之各类产品之认知，对科学技术所展现之微观世界、宏观世界之认知，等等。这些题材皆属于新题材，未曾出现于前人作品之中，前人即便偶有涉猎，多为凭借想象之神游。对此诗人应有足够的敏感，善于捕捉这类题材，尝试恰当表述。

对于诗词创作技巧较为娴熟者而言，捕捉这类题材并将其引入创作并非难事。关键在于这类诗词作品究竟是满足于写出新奇、热闹，还是尝试挖掘其背后所蕴含之深意。前者仅落墨于皮相，难脱匠人之气。传统文学艺术有“写神”一说，应以后者为目标，尝试写出其精神实质。

角度新与题材新类似。就物理层面的时空角度解读，我们至少可以找寻到如下几个切入点。

其一，时间维度的反思。近现代中国饱受百年之磨砺，承受千年之巨变，曾经内外交困，系国运于一线。在此背景下反思历史，这本身即为新角度。可惜多数人困于学识，更困于思维，少有得益于此者。

其二，空间维度的改变。得益于现代科技成果，我们可以从空中，甚至太空观察自然。这种角度是前人所不可能拥有的。又由于交通状况的改善，许多前人不易到达之处，今日更易到达。唐以后，边塞诗式微，今日如作西北、西南、东北等地游历，远较前人便捷。

其三，交通工具的改变，导致游历观感改变，产生新角度。前人之交通多局限于徒步、乘舟、骑马，这类多属于慢游方式，催生其独特之观感。今日我们借助飞机、高铁、自驾，日行千里已非虚言。由此带来之景观快速转换，大量信息密集冲击，这本身即为不同于前人之角度。岂是一句“千里江陵一日还”可以概括。

文化层面同样提供了新角度。较为典型者，如以星汉作品为代表之新边塞诗。

《夜雨宿西天山白石峰下》（星汉）

云囊收去满天星，尽把粗豪放胆行。

○○○●●○○，●●○○●●○。

莫与牛羊同入梦，但知天地可通情。

●●○○○●●，●○○●●○○。

三间板屋依崖壁，一夜松涛伴雨声。

○○●●○○●，●●○○●●○。

料得明朝溪涧水，出山又作不平鸣。

●●○○○●●，●○●●●○○。

星：九青韵；行、情、声、鸣：八庚韵。首句入韵，借邻韵。屋（平 / 入）、一（平 / 入）、得（平 / 入）、出（平 / 入）。

《骆驼刺》（星汉）

根穿大漠向天争，每借逆风舒性灵。

○○●●●○○，●●●○○●○。

寂寞千年堪自慰，老来依旧愣头青。

●●○○○●●，●○○●●○○。

争：八庚韵；灵、青：九青韵。首句入韵，借邻韵。

“愣”字平水韵未收录，在此参照新韵读音。新韵为仄声。此作既合新韵，又合平水韵。

对比于唐边塞诗，星汉之新边塞诗不同之处有二。其一，唐代边塞诗人潜意识中多认定自己属于长安这一政治文化中心。他们所见边塞多少带有居高临下之俯视，以中央看待蛮夷之地的味道。因此唐边塞诗一方面呈现了不同于中原之苍茫雄浑的气象，另一方面又难免沾染部分苦涩的气息。星汉则不同，内心深处早已视新疆为故乡，已经在此找到一种真切的归属感。他笔下的新疆是故乡人说故乡事。其二，唐代边塞多战火，这进一步强化了唐边塞诗中的愁苦氛围。而星汉久处新疆和平发展的氛围之中，并且很享受这种和平和谐氛围。因此星汉的边塞诗更趋阳光。

又如他对亲情的描述。

《西江月 · 霍尔果斯口岸为剑歌买礼物》（星汉）

饭后再搜钱袋，书生难作爹爹。知她灯下等归车，昨个叨叨一夜。　　屈指生年属相，买条木削盘蛇。小猫小狗再捎些，不惹王家小姐。

剑歌为星汉之女。星汉本姓王，因此有尾句“王家小姐”一说。

此中所呈现之父女关系明显不同于传统社会之尊卑伦理。古人内心即便存有类似的情感体验，但拘于礼教，亦很难作类似之真切直白表述。该作所呈现之亲情，明显带有当代社会之痕迹。

以上三首所呈现之家国情怀明显不同于前人。此中已不仅仅是切入角度的更新，业已由角度新升华至思想意境的更新。

三、思想新

更深层之创新在思想层面。这类创新最难。

近现代文人，尤其是兼修中学、西学者，如鲁迅、陈寅恪等，较多将理性思维引入诗词创作，渐开一类新的说理评议之风。由于此前文人多用心于借景抒情，较少说理评议之尝试，偶有为之者多为借情感宣泄，烘托造势之表述，较成熟者多为顿悟式启示。因此这类风格可资借鉴之旧作有限，待尝试开拓之处颇多。

近百年之时代巨变，文化碰撞，并不缺乏新思想。其关键在于如何将这类新思想转化为诗词语言，融入创作。诗词不是政治口号，亦非政治宣言，有其自身特定的文学要求和形式规范。优秀的作品不能只有思想正确，而无视这类文学要求和形式规范。

对此鲁迅多借鉴传统形象表述，采取以态度说话。

如此前第十二讲所举《自嘲》（鲁迅）一例。其中的“千夫指”“孺子牛”皆有深意。鲁迅先生作为新文化运动发起人之一，其背叛的是千年传统礼教，因而导致以守传统之道自居者（千夫）所指。传统社会官员多以父母自居，视百姓为子民。此“孺子牛”则以此传统思维模式为背景，道出心中期待的另一类士民关系。“孺子牛”，父在下，子在上，远较“公仆”一语形象真切。

又如：《题三义塔》（鲁迅）[1]

奔霆飞熛歼人子，败井颓垣剩饿鸠。（十一尤韵）
○○○○○○●，●●○○●●○。
偶值大心离火宅，终遗高塔念瀛洲。（十一尤韵）
●●●○○●●，○○○●●○○。
精禽梦觉仍衔石，斗士诚坚共抗流。（十一尤韵）
○○●●○○●，●●○○●●○。
度尽劫波兄弟在，相逢一笑泯恩仇。（十一尤韵）
●●●○○●●，○○●●●○○。

值（平/去）、宅（平/入）、觉（平/入）、石（平/入）、劫（平/入）、一（平/入）。此作“熛”字违律。此处应用仄声。“熛”字为平声。

此作最后一联颇为精彩，广为引用。诗中所述触及当时中日两国关系。一方面，作者并未回避两国之间的冲突；另一方面，呼应两国间和平人士之主张，以更长远的眼光看待两国关系。传统社会视周边国家为蛮夷、藩属，多含居高临下之意。此处以兄弟比喻国与国之间关系，更接近现代社会之国际理念。

聂绀弩同样擅长这类以态度说话之形象表述方式。聂绀弩说田间地头之事，并非站在传统的“士”的角度，而是更贴近民的身份。面对当时时代的错误，既表现出对真理、信仰的坚持，又展现出对

① 题下有小序：三义塔者，中国上海闸北三义里遗鸠埋骨之塔也，在日本，农人共建之。

一时曲折之包容，更真切地体现出真正共产党人的乐观主义精神。

陈寅恪则更擅长借典故说理，表达自己的观感。

例：《中日胜败的反省》（陈寅恪）[①]

梦里匆匆两乙年，竟看东海变桑田。
●●○○●●○，●○○●●○○。
燃萁煮豆萁先尽，纵火焚林火自延。
○○●●○○●，●●○○●●○。
来日更忧新世局，众生谁忏旧因缘。
○●●○○●●，○○○●●○○。
石头城上降幡出，回首春帆一慨然。
●○○●○○●，○●○○●●○。

年、田、延、缘、然：一先韵。看（平、去两声）；局（平/入）、石（平/入）、出（平/入）、一（平/入）。

“两乙年”指《马关条约》签订之乙未年（1895年）与当时之乙酉年（1945年）。“春帆”指《马关条约》的订约之地春帆楼。

此作作于抗战胜利之际。从中可见学者之冷静，未忘提醒国人反省甲午、七七两次败于日本之缘由，更见对未来世界格局之担忧。此中所折射出的并非传统文人之情绪化表达，更多依托于作者长期治史之学识以及理性之思考，更见深意。

涉及思想新之创作，尚存较大之开拓空间，更具挑战，其难度亦可想而知。此中不仅仅涉及诗词本身，更涉及作者之综合修养、学识等。现实中这类作品之缺失多存在于两方面。

① 题下有小序：乙酉九月三日，日本签订降约于江陵，感赋。

其一为作者人格之缺失。只求迎合，不忌肉麻。

其二为思想认知本身之缺失。如陈寅恪毕生主张“独立之精神，自由之思想”。此诚为当代学人修身治学之准则。然而陈先生自身之表述亦难脱离传统儒家之局限。对此，个人认为应提倡包容，善于倾听不同的声音；同时学会欣赏残缺之美。客观上不存在尽善尽美的作品，即便是历史上的优秀作品、经典作品仍然会存在这样或那样的不足，我们应以客观、公允的态度，尝试更全面地审视与评价。

本节重点

（一）社会的发展已经为我们提供了大量的新词语、新题材。当代诗人应有足够的敏感捕捉这类新词语、新题材，而非漠视。语言新的关键在于如何精炼、提纯新语言，使之雅化、诗化，而非简单生搬硬套。题材新的关键在于挖掘出新题材本身所蕴含的深意，写出精神、实质，而非流于表象、新奇。

（二）社会的发展同样为我们提供了新的观察视角，其中包括物理空间的新角度以及文化层面的新视角。我们应善于从这类新视角挖掘新主题。

（三）思想新最难，对作者之综合修养以及学识、思维要求甚高。作者本身不具备新思想则很难在作品中体现新思想。即便作者具备新思想，仍须考虑诗词本身的文学要求等。诗词不是政治口号。优秀的具有新思想的诗词作品既应确保思想本身的正确，又须符合文学自身之要求。

（四）语言新、题材新、角度新、思想新不是孤立的，而是相互影响、相互促进的。新思想往往来自新角度，通过新题材、新语言得以更好的呈现。

练习与思考

本讲有关练习不作硬性要求，仅供参考。待读者实际创作水平累积至一定高度后，再尝试展开。但应及早建立正确的创新意识。

习作一：《乘机，自厦门至上海。见窗外山峦如画。有感》（新韵）（2010-6-5）

如烟似雾苍山远，俯视群峦角度新。

○○●●○○●，●●○○●●○。

莫道天堂无限好，我于云外动凡心。

●●○○○●●，●○○●●○○。

新：十一真韵；心：十二侵韵。平水韵中“十一真”与“十二侵”不在词韵同部，不属于邻韵通押范围。因此此作仅合新韵，不合平水韵。

◎**创作背景**：如题，近来乘机出差频繁。类似景观，从飞机上俯看，因角度差异，感觉完全不同。

◎**创作思路**：力争从新角度来写。

◎**创作过程**：

雏形：如烟似雾苍山远，俯视层峦角度新。

闻道天堂无限好，我于此处动凡心。

◎**细节推敲**：

第一句：可以不动了。第二句：“层峦”一说不对。仍属于平远的观感，不是俯视的角度。改为“群峦”较好。

第三句与第四句：承接关系表达不够真切、清晰。改“闻道”为“莫道”，改“此处”为“云外”，如此上下句之间关系则清晰许多。

前两句未见精彩，后两句生动、鲜活。角度新体现出来了。

习作二：《游青岛八大关有感》（新韵）（2010-10-28）

长以重关锁故地，何曾放眼善拿来。

○●○○●●●，○○●●●○○。

清幽大路飞思绪，掩映红楼触感怀。

○○●●○○●，●●○○●●○。

质朴简约新境界，繁华柔美旧亭台。

●●●●○●●，○○○●●○○。

数番风雨狂飚后，惟愿心胸渐启开。

●○○●○○●，○●○○●●○。

来、台、开：十灰韵；怀：九佳韵。约（平/入）。此作只合新韵，不合平水韵。

◎**创作背景**：八大关为始建于20世纪30年代的一片欧式别墅群，如今已成为青岛一处重要景观。其布局合理，清幽；整体风格质朴简约，各栋建筑又面目各异；欧陆风情浓郁，却与周边大环境十分协调。与传统中国建筑，无论是南派的，还是北派的，皆不相同。由此可见，我们此前的建筑风格仅为一种风格，绝非唯一风格，原来房子还可以如此营建。

八大关的建筑至今仍在使用，可见其牢固。自其建好至今，周边不知有多少建筑物建了拆，拆了又建。假如我们的民居八成达到八大关的质量，当时的营造成本或许稍高，但因质量高、设计合理并极具前瞻性，建筑寿命长，均摊至每一年的成本，应该低许多；且不说此中还未包含消费质量的增值部分。而粗糙的建筑，或许一时省些钱，却寿命短、重建费用高，实际成本更高。我们常被自己的小聪明给算计了。

◎**创作思路**：尝试表述更浑厚、丰满一些。

◎**创作过程**：

得句：曾以重关锁故地，何时放眼善拿来。

清幽林径孕风雅，掩映楼台触感怀。

雏形：长以重关锁故地，何曾放眼善拿来。

清幽林径飞思绪，掩映红楼触感怀。

质朴简约新气象，繁华妩媚旧亭台。

一番暴雨狂风后，愿将心胸渐放开。

◎**细节推敲**：

第一联：意思点出来，不动了。稍后感觉“长”较“曾”更贴切；下句再改“何时”为“何曾”，如此语境得以强化。

第二联：此处景观不同于常见之传统风格，语汇应尝试与风格保持一致。“林径”一词过于传统，描述传统景致不错，用于此处，则有些以T台猫步展现东方含蓄美的味道。改为“大路”较好。“清幽”原本似乎专属“林径”，此处却为“大路”，顺势而出的“飞思绪”亦更添深意。下句不动。“飞思绪”是理性层面的思考，“触感怀”是情感层面的体验。

第三联：思路尚可，词句偏糙。“质朴简约”是对八大关建筑风格的概括，比较到位。但以“繁华妩媚”概括传统建筑风格，尤其是南派风格，稍显偏见，改为“繁华柔美”较贴切。另外“新气象”与“旧亭台”对比太过，情绪色彩偏重，少了几分应有的理性。保留“旧亭台”，考虑改“新气象”为“新面目”，又稍嫌表象；再改为“新意境”，稍显拔高，依旧不佳；最后改为“新境界”，稍好。

第四联：意思已见端倪，但语句不佳。改上句为“数番风雨狂飚后”，借此感叹近现代历史风云之变。改下句为“惟愿心胸渐启开”。青岛的历史教训可谓深刻，可惜我们并未深刻反思，亦欠警醒。地球照常运转，我们当中的不少人，又不自觉地回归到老路上。可曾设想，下一次的危机何时会来？来自何处？我们究竟该如何应对？

最初预设的效果已基本实现。但呐喊只是我的手段，唤醒才是我的目的。我已经做了我该做的、能做的，但我实在无法确定我的目的是否能够达成。较多借用概括性词语，而非形象、具象词语，有犯险之嫌，效果待检验。

习作三：《蛇年有感》（平水借词韵）（2013-2-17）

千秋谁解龙蛇事，各自描摹真假中。（一东韵）

○○○●○○●，●●○○○●○。

皇帝生非尊正统，草民添足却乌龙。（二冬韵）

○●○○○●●，●○○●●○○。

裱糊神话有专利，喝破新衣先小童。（一东韵）

●○○●●○●，●●○○○●○。

谜底三思仍未晓，溯源今古复西东。（一东韵）

●●○○○●●，●○○●●○○。

足（平/入）、谜（平/去）。因“足”字，只合平水韵，不合新韵。一东、二冬邻韵通押，符合平水韵词韵，不合诗韵。

◎**创作背景：**逢蛇年，难免有应景之作，但最怕创作心态原本即为应酬。题目虽属应景，但创作思路必须深挖亮点、特点，否则宁可不作。

◎**创作思路：**就中国古代皇帝以真龙天子自居，及成语“画蛇添足”为切入点。

◎创作过程：

得句：千秋谁解龙蛇事，各自画蛇真假中。

州官多事曰文化，

皇帝生非曰正统，草民添足却乌龙。

裱糊神话尊天子，喝破新衣敬小童。

思来想去有点乱，古今上下复西东。

雏形：千秋谁解龙蛇事，各自描摹真假中。

皇帝生非尊正统，草民添足却乌龙。

裱糊神话有专利，喝破新衣先小童。

思来想去实在乱，古今上下复西东。

◎细节推敲：

第一联：不动。“描摹”比“画蛇”好，后者过实。

第二联：不动。世间本无龙，皇帝生造出“龙”并以真龙天子自居，以致成为天下正统。百姓同样给蛇添了几只脚，不但不是龙，反而引出“画蛇添足”之笑柄。

第三联：不动。就上一联之现象进行反思，神话不是人人都可以编造的，敢于喝破真相的，往往是心无挂碍的孩童。

第四联：改为“谜底三思仍未晓，溯源今古复西东”，如此表达更深刻。其实不是未晓，前文已见分晓，在此只是装糊涂而已。所谓“溯源”，既是解读文化现象的一种方式，也点出类似现象在古今中西普遍存在。

意料之外，情理之中。

习作四：《闻赞南宋临安事，感赋》（二首选一）（新平两合）（2018-9-7）

炫富夸南宋，缘何实力输？（七虞韵）

●●○○●，○○●●○。

临安且住久，故土尽归胡。（七虞韵）

○○●●●，●●●○○。

自诩江淮险，谁遭鱼肉屠？（七虞韵）

●●○○●，○○○●○。

汴杭皆软肋，依旧在之乎！（七虞韵）

●○○●●，○●●○○。

实（平/入）。

富与强是两个不同的概念。但至今仍有不少社会精英满足于一时之 GDP 而忘乎所以，以致吹嘘炫耀两宋。好在国家上层早有所警醒，已将国家发展战略转向更均衡发展，转向高质量发展。传统文人之旧疾不除，观念不变，谈何文化建设，谈何持续发展。

习作五：《无题》（平水韵）（2018-10-4）

谁惊四海风云恶，节日神州处处花。（六麻韵）

○○●●○○●，●●○○●●○。

咸与老爷潮革命，维新阿 Q 睡吴妈。（六麻韵）

○●●○○●●，○○●●●○○。

官人心上偏闻好，鲁迅文中恨欠夸。（六麻韵）

○○○●○○●，●●○○●●○。

武大眼光三寸远，精英感觉有些麻。（六麻韵）

●●●○○●●，○○●●●○○。

节（平/入）、革（平/入）、阿（平/入）、觉（平/入）。因“觉”字，此作只合平水韵，不合新韵。

“Q”依照鲁迅《阿Q正传》中“阿Q，阿桂还是阿贵呢？”一句，知道其读音为“桂”或“贵”，此两字皆为仄声。

此作与上一首类似，针对的是所谓之精英阶层。当下不少“精英人士”不过留肉身于当今，存头脑于明清；着新装，承旧疾而已。

原本结句为“精英感觉有些麻”，后改“有些麻”为“肉麻麻”，再改回现句。“肉麻麻”只可作“肉麻”一意解读；“有些麻”则包含肉麻、麻木两重意思，更准确。

第十九讲

传统诗词与书画音乐

传统诗词与传统音乐、书画之间为同宗血亲，关系密切。如能了解其中之血脉渊源，更易打通相互之间的关节，进而掌握多种文学、艺术形式，形成综合优势。

不同于近现代西方社会的分科治学，中国传统文化更倾向于综合治学，并形成一套综合表述形式。这一形式及其优势不应被轻易放弃。

在我国历史上较长一段时期内，诗与音乐的关系近乎孪生兄弟；诗与书画，甚至书画印之间相互影响，相互渗透，关系密切。历史上兼擅诗与乐，或兼擅诗书画印者大有人在，以至形成我们传统文化中一道亮丽的、独特的风景线。获此成就，原因何在？这种优势是否可以承传、光大？在此试作分析解读。

一、诗与乐

诗与乐之间的关系，可上溯至《诗经》产生的年代。《诗经》中所记录作品，多数皆配有乐曲，是可以歌唱的。只是在后续流传过程中乐曲逐渐散失，仅仅保留下歌词部分，这就是我们现在所见到的《诗经》。

原本唐诗同样配有乐曲，是可以用来歌唱的。中学时代，曾听语文老师播放唐诗歌曲。这是音乐史研究所挖掘整理的唐乐，歌词即为李白的经典作品。借助音乐的感染力，更能体验唐文化的恢宏大气。

词创作之所以被称为填词，因其创作本身即与今日为乐曲填词类似。由于当时源自胡地宴乐的乐曲明显较此前唐诗乐曲旋律复杂多变，为配合填词，催生了一种新的诗歌形式，即词牌。词牌格律规则一方面承传了格律诗的规则，另一方面为配合新旋律填词的需要，又催生某些新规则，如某些词牌限押某韵，某句某字限用某声，等等。这类新规则已非简单出自格律诗原本的语感需要，更多涉及音乐的乐感需要。此后词牌的发展沿着两大趋势展开。以苏轼等为代表的词人，一定程度上在简化词牌律则，使之朝向纯诗化发展。此路径逐渐成为后世之主流。以姜夔等为代表的词人则坚持词乐结合发展之路，坚持在作品中落实涉及乐感的诸多词牌律则。只是由于后世相关词牌乐曲逐渐散失，以致这类坚持失去了依托。

元散曲的情况与词类似。同样经历借助乐曲的力量，快速兴起；在乐曲逐渐散失后，残留之散曲成为那个时代的最后记忆。

乐曲中包含较多流行元素，在较短时间内如十年、二十年，影响扩张更快、更大。此后，随着流行趋势的转变，某类乐曲的退潮，同样明显。诗词中则承载较多的经典元素，或者说，诗词的流传远较乐曲方便。今日我们依然熟悉唐代、宋代、元代等历朝历代的经典诗词作品，但对这些时期的乐曲，却知之甚少。

诗与乐的组合容易产生一加一大于二的综合优势。诗词借助乐曲的流行元素，可以实现快速传播、广泛传播；而乐曲则可以借助诗词，一方面充实自身的内涵，另一方面延长自身的流行周期。

历史上的诸多诗人、词人客观上同时扮演歌曲、词作者的角色，如姜夔等。他们并没有因为诗词的经典、高雅而排斥与流行元素的结合，相反却以更包容的态度面对诗与乐的组合。这对诗词的广泛、长期、持续发展，助益颇大。这种做法值得我们学习、借鉴。

弘一法师（李叔同）曾依据美国某通俗歌曲的曲调，填词创作《送别》[①]。

---

① 参阅谷流、彭飞编著《弘一大师谈艺录》，河南美术出版社 1998 年版，“总论”第 5 页。

长亭外，古道边，芳草碧连天。晚风拂柳笛声残，夕阳山外山。

天之涯，海之角，知交半零落。一壶浊酒尽余欢，今宵别梦寒。

长亭外，古道边，芳草碧连天。晚风拂柳笛声残，夕阳山外山。

此歌曲太过流行，至今仍被翻唱并续写，因而存在不同版本，个别字句亦有出入。

这首歌曲自诞生之日起，除了某些特殊年代，已成为我们最佳的分别时的背景音乐，尤其是在毕业季。自我第一次听到这首歌，它便刻入我的脑海，每当分别之际，牵动着惆怅，轻柔地在我心中回荡。它扎中了我们内心深处最柔软的部分。每次的分别，似乎能带走的，只有这乐曲中的惆怅。它令我牵挂，仿佛这歌曲在，旧日的青春阳光就在，即便我心知，往事已无法回望。留在我身边的，只有这乐曲在轻扬。

至于其歌词，应归入新诗？旧诗？或更近于词牌？还是更近于散曲？似乎已不重要。时间早已证明它的经典与优秀。这类形式我们为何不能传承、发扬？

另一较为成功的范例或许为由黄霑作词作曲的《沧海一声笑》（老版《笑傲江湖》插曲）。

尤其是自填词开始，前人已开启一条诗与乐结合的便捷之路，词牌规则已与填词的音乐规则相结合，使得文人介入歌曲的词创作更为便利。我们不该放弃这一路径。

原本诗与乐的组合发展模式，开启了类似空地联合作战的模式，并且充分展现出这一模式的综合优势。现在我们却自困手脚，人为将其拆分为两个独立战场，分别作战，以致诗词在现实社会中的影响范围大为收缩；同时失去优质文化元素的支持，歌曲渐多平庸甚至粗鄙之作。

为何不能从现有的优秀歌曲中提炼新的词牌？提倡文人填词的二次创作、三次创作？

书法中有师其笔法与师其心法之说，诗词创作何曾不是如此，我们不该满足于在前人已有的形式中亦步亦趋。为何不能师从古人之心法，走上诗词与音乐的当代组合之路？将传统诗词插上音乐的翅膀，从当代优秀音乐作品中提纯新的词牌？

二、诗与书

诗词与书法，是中国传统文人最基本的两门功课。诗词较少以今日之吟诵方式示人，更多以书法抄录之诗稿或书作形式示人。而书家声名之显赫与否，亦非仅仅取决于其书法技巧、水平，而是结合其诗词创作水平综合考评决定。历史上较为典型的例子或许为苏轼、黄庭坚与米芾。纯以书法技巧、水平评论，米芾明显高于苏轼、黄庭坚。米芾书法中技巧更丰富，其对毛笔之驾驭更趋娴熟，其所成就之书法风格更为完善。但苏轼之《寒食帖》被后人普遍评价为史上第三行书，仅次于王羲之的《兰亭序》与颜真卿的《祭侄文稿》，而米芾的《蜀素贴》《苕溪帖》排名明显不及苏轼之《寒食帖》。《兰亭序》《祭侄文稿》皆为文稿，而《寒食帖》《蜀素贴》《苕溪帖》皆为诗稿。排名不及之根本原因即在于米芾之诗词创作水平明显不及苏轼、黄庭坚，绝非因为其书法水平不及。古人更看重诗书之综合考评，而非书法之单项考评。苏轼、黄庭坚、米芾和蔡襄同为书法中之“宋四家”，但在两宋时期及此后较长一时期，苏、黄之影响远胜于米芾。而苏、黄之书法风格较多铤而走险之举，并不易学。米芾近几十年来在书法家中声誉渐隆，已明显超过苏黄，因近几十年来更多书家专注于书法技巧处，而非综合素养。

诗词的传播与流传，主要依托三种方式：口口相传、书法作品与书籍流传。口口相传，短时间内虽快捷，却较难持久，且容易产生误传。更有效、持久的方式仍为文字流传方式。印刷体之书籍对流传后世更为有利。但于一时之传播，书法作品则更显真切、生动。借助书法之鲜活表现，诗词早已走入古人的日常生活。

传世书法作品中，宋人以手卷形式为主，内容则以诗文为主。这类手卷适合案头赏玩，为文人士大夫之间文化交流之重要形式，亦为文人雅集之重要话题。明清渐起中堂形式，尺幅更大，更适合厅堂悬挂。多数中堂组合为，中间（中堂）为一幅大画作或书作，两侧配以书法对联。另外园林布局亦兴起石刻、木刻、竹刻书法对联一类。这类形式更为震撼，亦更便于欣赏。不仅官宦人家较多此类布局，新兴之商人阶层也同尊此好。

时至今日，收藏界仍有一通行估价原则：书作所书内容为自作诗者，三倍计价。

假如说诗词的受众群体类似于“金字塔”结构，那么诗词与音乐的结合更多倾向于夯实塔基部分，而诗词与书法的结合则更多倾向于夯实塔身部分。

如上所云，书法有助于诗词之流传。同时，诗词创作对提升书家的书法创作水平大有助益。对此今人较难理解。

深度介入诗词创作者，更容易理解诗词的意境、风格、节奏感、诗眼等，绝非如今日多仅局限于语义解读。基于这类更丰富的、多角度、多层次的解读，有心的书家更容易确定书写时的风格、节奏以及章法布局等，使之达到更佳效果。如对诗词未作深度解读，多为擅长某类风格即书写某类风格，极少存在根据诗词意境等需要，对书法风格进行微调；而敏感于诗词意境、风格者，会尽量避免书写意境、风格与自身书法风格明显背离之诗词作品。如书法风格趋于雄浑厚重者多避免书写柔美一类花间词内容；书风冲和恬静者避免书写过于激荡之内容。至于风格相距不远者，亦会对自身书风展开微调，使之契合诗词风格。熟悉诗词者，不会仅仅就各个字字体结构考虑章法结构，而是会兼顾诗词本身之节奏，使得书作展开之节奏与诗词本身之节奏契合。

更深一层，诗词创作中存在心法—技法，书法创作中同样存在心法—技法（另多一项：器用）。其中二者心法的重要组成部分皆包含作者之才情底色、学识修养。如能于两方面用心较深，所获较为丰厚，进而融通二者，所能体现之综合效果则更佳。诗词与书法之间风格更为契合，节奏亦由两人之独舞转为双人之和谐共舞。此为多数古人孜孜以求之境界。如欲达成这一境界，不仅仅需要熟练掌握诗词、书法之技法，更需要实现心法的突破，达到用心书写的效果，诗词更多出于心，书法亦更多出于心。无论是诗词还是书法，都能从不同角度体现作者之才情底色、学识修养。

诞生于民国年间的诗人、书家仍较多秉持诗书兼擅的传统。书家多有自作诗、自作词内容的书作传世。

三、诗书画印“四全说”

潘天寿等更提出“未必三绝，还需四全”。其在 1949 年《关于“国画与诗”的讲演》中介绍道：“我国绘画自唐宋以来，每谓‘诗书画三绝’。‘三绝’二字，实起于唐玄宗题郑广文博士之画。史载：

广文馆博士郑虔，字弱齐，郑州荥阳人。工诗，能书画，善山水，时称奇妙。天宝中，尝自写其诗并画，以献明皇。明皇大署其尾曰：'郑虔三绝'。这绝字，与绝代、绝艺之绝同。就是说郑广文之诗书画三者，超绝时流，无与伦比。然我师经子渊先生却主张中（国）画不必拘于'三绝'，而必须'四全'。什么叫作'四全'呢？就是诗书画三项以外，还得加治印一项，叫作'四全'。换句话说，就是从事中（国）画的人，诗、书、画、印四项，必须俱全。因印学自周秦两汉辉煌以后，至清初中兴，与绘画亦发生不能分离之情状，主张'四全'，自是极有理由。然四项之中，尤以诗与画之因缘，最为密切，最为重要。"①

"诗与画的结合有两方面的意思：一是在画上题诗，二是绘画作品本身富有诗意。后者是主要的，前者也不可忽视。在画上题诗的目的，一则是用诗文补充说明画意，二则可以通过题诗增加构图的均衡感。潘天寿在这方面曾有明确的论述：'我认为一张画，有时凑上一句或一首好诗，也像山水得风而鸣，得雨而润。能作诗的画家，他可以集中精力作画。把画所不能及到的，用诗补足；不会作诗的画家，知道自己无法补画之不足，拼命在画上雕琢，反使画不自然。这是不会作诗的画家吃亏的地方。'"②

相对书法而言，国画更趋形象，受众更宽广。正是由于自宋以来文人对绘画的持续介入，国画文人化倾向才越来越明显。

经历民国之文人、书画家多承传这一传统。改革开放后兴起之书画家于此退化明显。

---

① 参阅周积寅、史金城编纂《近现代中国画大师谈艺录》，吉林美术出版社 1998 年版，第 461 页。

② 参阅杨成寅、林文霞编著《潘天寿》，《中国书画名家画语图解》，中国人民大学出版社 2003 年版，第 227 页。

我曾于2005年提交的全国第十八届中华诗词研讨会论文中特别论及应注重中国传统的综合表现模式，不应拘泥于单项发展。此意见受到中华诗词学会重视，在后续的发展规划中，学会学术部有关负责人曾致电要求提供更具体意见。2007年中华诗词学会成立二十周年庆祝活动一改此前单纯征集诗词、评比诗词的做法，改为要求诗人与书画家联手递交作品，先评诗，再评书画。最终作品以书画形式展出。

近几年来，中国书法家协会也开始重视提升会员的诗词创作水平，强调综合文化素养。越来越多的人士开始改变原有的单一模式，尝试回归综合表现模式。这是一个好的开端。

诗与书画既有相通的一面，还有各自独立的一面、专业的一面。对此我们不该忽视。目前无论是诗词界还是书画界普遍存在一种浮躁的心态。善诗词者，练了两天毛笔字，即以为凡毛笔写的就叫书法，事实上尚未掌握最基本之技法，更勿论娴熟、融通。书画家则以为凑够字数、押上韵就叫诗词，却常常语义不通，文辞粗鄙。

文人对绘画的介入，在开启文人画画风的同时，由于忽视绘画专业领域诸多技术要求，以致积久成弊，导致清中晚期国画的整体衰落，其过于僵化的风格屡屡遭受诟病。今人当引以为戒。

既然尝试学习某一项艺术，还是沉下心来为宜。先努力尝试深入其中，熟悉各项技术要求，熟练掌握相关技巧。待水到渠成，瓜熟蒂落之时，自然会从中体验到更丰富的世界；再进一步尝试相关门类之间的融通，这不仅仅是不同艺术门类之间的相互影响、相互渗透，更是开启新思路之良机，某一刻之感悟，仿佛走入一新世界，又如刹那间从另一崭新的视觉角度，转身观照我们熟悉的世界，感觉彻底被颠覆。这条路会很长，不仅需要耐心，同时需要耐力，但沿途的风景绝佳。以平常心，坚定地走下去，一定会有所收获，极大的收获。

今日之知识体系远较传统社会庞大、丰富。每个人不必求多、求全，较为适宜的方式还需根据自身的喜好、习惯与时间精力决定。有条件、有能力的情况下，于诗词之外，如能较好地熟悉音乐或书法中的一项，这是很有意义的。

本节重点

（一）诗与乐之间存在流行元素与经典元素之最佳组合模式。诗可借助乐广泛传播；乐可借助诗充实内容。词牌律则中部分要求与音乐中填词的要求密切相关，借此大可打通二者之间的联系，相互结合、互相促进。

（二）诗词与书法为传统文人最基本之两门功课。二者之间深度融合，便能相得益彰。诗书画印组合早已成为传统书画之最经典模式，具有极强大的综合表现力。这类结合更便于开启作者的新思维、新体验。

（三）古今之间，知识结构、体系差异巨大。不可能要求每位诗人皆为通才。读者可根据自身之性格爱好、时间精力，斟酌决定在较为熟练掌握格律诗之后，究竟以深挖为主，还是以横向拓展为主。根据自身具体条件，如能再掌握音乐、书法、绘画中的一项，皆会对诗词创作有较大之助益。

（四）兼顾音乐、书法、国画等，既要注意各门类之间相通的一面，还需注意专业的一面、技术性的一面。应避免浮躁，以平常心，持之以恒。

练习与思考

（一）潘天寿、黄宾虹皆为诗、书、画兼擅之代表。其作品中可资借鉴处极为丰富，值得细细玩味。

（二）本讲有关练习不对读者作硬性要求，仅供参考。

例一：胡邦彦行书自作诗（见彩图一）

画心尺寸：32 厘米 ×52 厘米　　形制：纸本镜片

创作时间：癸未 · 2003 年

书写内容：波靥峰眉万态新，诗狂浑欲唤真真。总缘西子随宜好，不入时装最可人。　题西湖揽胜图长卷

癸未岁暮八十九叟胡邦彦

用印：胡邦彦印（白文）、蹇翁（朱文）、晚学庵（朱文）

藏印：珍藏（白文）（六闲居藏印，钤于裱绫上）

作者简介：胡邦彦（1915—2004），字文伯，一字彦龢，号蹇翁。江苏镇江人。毕业于无锡国学专科学校，师从唐文治。精国学、工诗词、善书法。1949 年前，曾任中央银行文书主任等职。20 世纪 50 年代任高中语文教员，曾上书教育部叶圣陶，请改教材中谬舛三四百处，叶公盛赞之。1964 年调入上海教育出版社，应邀参加新中国第一部《辞海》《辞源》的编纂工作。曾为华东师范大学、上海师范大学古籍所研究生讲授文字学，为《历代书法论文选》（上海书画出版社）编撰组成员，参与校点。1987 年赴美国普林斯顿大学、纽约市立大学主讲中国古代文化若干专题。

此作以苏体为根基，变东坡居士之左秀右枯为中正平和。书写自然从容，通篇气息融通，笔墨精到。纸为云龙纹纸，印章精到，印泥质量上乘，钤盖得法。整幅作品从大局至细节，无一处不精妙。且诗词风格与书法风格契合。不仅书卷气浓郁，更具大家风范。每每临书赏玩，如对淳厚长者。

起初仅仅喜欢，对胡老不甚了解。书作贴于新浪博客，胡公子果威见书作诧异曰：先父之作如何落入君手？细细交流后知此为胡

邦彦先生真迹无疑，所书写内容为其自作诗。后又寻得《胡邦彦文存》（岳麓书社出版）一册，从中得知，胡先生不但诗书俱佳，且于笔墨纸砚等器用极为讲究。胡老与周退密等前辈过从甚密。

《题西湖揽胜图长卷》（胡邦彦）

波靥峰眉万态新，诗狂浑欲唤真真。

○●○○●●○，○○○●●○○。

总缘西子随宜好，不入时妆最可人。

●○○●○○●，●●○○●●○。

新、真、人：十一真韵。

此作守律极严，且为新平两合之作。诗风近宋人。

例二：陈永正书《临江仙》（见彩图二）

画心尺寸：53 厘米 ×137 厘米　　形制：镜片

创作时间：丁亥冬 · 2007 年冬

书写内容：屈子牢忧聊抑志，何须痛饮高歌。弥天心事少年多。千春都寂寞，一叶落山河。　　信有清狂如昨日，醉来飞梦滹沱。雪霜犹（唯）见老松柯。苍虬犹待舞，长剑几时磨？

款识：华旭先生属书旧作临江仙词丁亥冬陈永正

用印：肖形印（朱文）、陈永正章（朱文）、沚斋（白文）

藏印：珍藏（白文）（六闲居藏印，钤于裱绫上）

注：网上搜索，此作有题记“辛亥作”。辛亥为 1971 年，此应为沚斋年轻时所作。网上版本为“雪霜唯见老松柯”，此处用“唯”较书作中“犹”字更合适。首先是邻句同位重字，不佳；其次唯字更显深意。他日或可于题跋中代为订正。

作者简介：陈永正，1941年12月生，字止水，号沚斋。原籍广东茂名，世居广州。中山大学中国古文献研究所研究员、中文系博士生导师、中山大学—香港中文大学华南文献研究中心主任。长期从事诗词、书法创作，曾任中国书法家协会副主席、广东省书法家协会主席、广东书法院院长等职。书法师从李天马等，诗词师从朱庸斋。著述丰富，主要有《岭南书法史》《岭南诗歌研究》《岭南历代诗选》《王国维诗词全编校注》等，主编《全粤诗》。有《沚斋诗词钞》《疑悔集》《沚斋词》《沚斋丛稿》等刊行。

陈永正先生自幼临习书法，经历系统的传统书法训练。研究生期间从容庚、商承祚二先生研习古文字。其书法同时受益于长期临习篆隶（古文字专业之基本功课），线条质感古雅、浑厚。以篆隶笔法入行草，改常见之横斜竖直为横平竖不直，得古雅清刚之妙。其书首重书写性，讲求气息自然顺畅，然后再求表现力。这更近于传统文人之书写状态，而非今日书法家之书写状态。从技法、表现力角度审视，偶有个别笔触或略有所失，回归书写性解读或许更易理解其中缘由所在。另有部分篆隶书作于器用选择稍显失当，或伤于笔锋过软，或损于纸墨失和。此作起首章肖形印取法商周彝器，颇为可观；姓名章及斋号章稍逊；所用印泥较一般。

其小字胜大字。手中存有陈先生信函一笺，颇耐品玩，私以为远较此作胜。信足以流传后世。其研究古文字多以小字记录书写，或因此于小字更为熟悉，更趋驾轻就熟。

当代诗人中兼擅书法者，陈永正先生堪称代表。

例三：（习作）山水（见彩图三）

画心尺寸：35厘米 ×69厘米　　形制：纸本镜片

创作时间：己亥元月初一（2019年2月5日）

题款：丙申春寒烟雨之际，经从化至锡场万绿湖，感赋

谁借烟岚舒水袖，春寒山影半含羞。绵绵阴雨暗新绿，淡淡流云掩旧愁。湖阔涟漪频泛涌，心平惆怅却轻浮。几经雾霭风行处，忌语天凉好个秋。

己亥元月初一 六闲居主人华旭补题

用印：忘不了（白文）、华旭（朱文）、六闲（白文）、心源（朱文）

藏印：珍藏（白文）（六闲居藏印，钤于绫上）

《丙申春寒烟雨之际，经从化至锡场万绿湖，感赋》（平水韵）（2016-3-15）

谁借烟岚舒水袖，春寒山影半含羞。

○●○○○●●，○○○●●○○。

绵绵阴雨暗新绿，淡淡流云掩旧愁。

○○○●●○●，●●○○●●○。

湖阔涟漪频泛涌，心平惆怅却轻浮。

○●○○○●●，○○○●●○○。

几经雾霭风行处，忌语天凉好个秋。

●○●●○○●，●●○○●●○。

羞、愁、浮、秋：十一尤韵。浮：新韵与另三字不在同一韵部。

此作冲淡平和，略带感伤。形式为旧体诗，语言却近新体，通篇一如娓娓道来。

取半熟宣，借助宿墨湿笔，以洇墨效果描绘春寒烟雨之意。构图求简，布局求空。整体契合诗意。

题款用笔稍欠轻松。此非伤于技法，而是伤于一时书写之心态。

如能以更轻松舒缓之心态书写，款书将与画意、诗意更契合。

好在诗书画印整体布局、配合比较到位。

例四：（习作）蜻蜓（见彩图四）

画心尺寸：34 厘米 ×35 厘米　　形制：纸本镜片

创作时间：2019 年 10 月 16 日

题款：灵动熊猫眼，纤轻杨柳腰。长行逐逝水，小驻歇青蒿。情系胭脂扣，魂从草木凋。不容霜雪迫，此去待春潮。

二〇一九年十月十六日六闲居主人华旭绘并题旧作。

用印：追梦（白文）、六闲居（朱文）、华旭（朱文）、思无邪（朱文）。

藏印：珍藏（白文）（六闲居藏印，钤于绫上）

《蜻蜓》（平水借词韵）（2017-10-27）

灵动熊猫眼，纤轻杨柳腰。（二萧韵）

○●○○●，○○○●○。

长行逐逝水，小驻歇青蒿。（四豪韵）

○○○●●，●●●○○。

情系胭脂扣，魂从草木凋。（二萧韵）

○●○○●，○○●●○。

不容霜雪迫，此去待春潮。（二萧韵）

●○○●●，●●●○○。

逐（平 / 入）、歇（平 / 入）。因“歇”字不合新韵（犯三平脚）。

此作诗意不错。不仅刻画出蜻蜓的特点，更写出了精神。此中不乏作者植入之“意”。

此画为参白石法戏作。用纸取生宣。蜻蜓造型以工笔细写，无论是翅膀纹理之细节，还是眼睛、躯干之渲染，力求刻画入微。配景之荷苞施以大写意。整体兼工带写。此类绘法之矛盾处在于，如取生宣，写意之洇墨效果容易体现，工笔则难以控笔；如取熟宣，则工细处易于控笔，但写意之洇墨效果将大打折扣。此处取生宣，借助长期习练小楷之基础，以及对笔墨纸砚之了解，兼取工笔与写意两端。因我平日书写小楷多取较生之宣纸，磨墨书写，因此易于控制小笔触。所施红色为向冯良才先生定制之朱砂墨。虽不及乾隆旧墨之佳品，但于新墨中可谓上品。无论是洇墨效果、鲜艳程度、沉着质感，俱佳。当然，所用宣纸质量不及前人，这也会伤及朱砂墨之效果。

款字书写轻松、自然，与诗情画意契合。整体布局取简，题诗、画面、用印搭配适宜，呼应得当。

从局部至整体。有心深入解读中国传统文化、传统思想，诗词是一个极佳的切入点。

从整体至局部。如能较为深入、系统、真切地理解传统文化、传统思想，这将对改善诗词创作帮助极大；对进一步切入其他传统领域如书法、国画等，更容易收到事半功倍的效果。

更进一步，通过深入对比中西文化两大系统，我们将更容易深入理解不同文化，深化对历史与现实的解读。如能尝试借此提升认知系统，将对破解诸多现实问题大为有利、有效。

第二十讲 格律形式与传统文化

在已基本熟悉格律以及一般技巧的情况之下，创作水平的进一步提升，除了要更进一步熟练掌握这类律则、技巧，还有赖于至少两大方面。其一为观照、体验方面的强化。这部分内容在前面各讲已有说明。其二为学识以及传统文化综合修养的提升。催生传统诗词的土壤为传统文化，引导传统诗词发展方向的主要因素为传统文化，尤其是其中的传统哲学思想。如能加深对传统文化、传统思想的系统、真切、深入解读，将对深入理解传统诗词的基础理论大有帮助，将更便于熟练地驾驭诗词这一文体形式。

一、从《易经》至辩证思想

论及中国传统文化，始终绕不开一部古籍——《易经》。先秦诸子百家之间相互辩驳、批判，却没有一家对《易经》展开批判；相反，或多或少呈现出与《易经》之间的承传渊源。

易：蜥易，蝘蜓，守宫也。象形。《祕书》说，日月为易，象阴阳也。一曰：从勿。凡易之属皆从易。[①]

“易”字的本义以及《易经》本身，即已呈现出我们文明之初的

① 参阅（东汉）许慎原著，汤可敬撰《说文解字今释》，岳麓书社 1997 年版，第 1309 页。

如下三大特征：动态观照、宏观视角、形象说明。

“易”原本就包含变化的意思，并且明确指向日月之类大的自然变化。直白而言，《易经》就是讨论世间万物变化规律之经典著作。书中具体通过“阴”与“阳”这一对矛盾体如何从简单（阴爻、阳爻）逐渐走向复杂（演变成六十四种卦象）；世间万物由萌生逐步走向兴盛，再走向衰老、灭亡的普遍规律（六十四卦的演变规律）。

其中动态观照的特点不言自明。对比而言，西方文化较早即已形成较为严密的逻辑思维以及形式逻辑规范。本质上逻辑思维以及形式逻辑更接近于静态思维而非动态思维。

动态更接近世间万物之客观发展状态。沿此方向，一方面中国传统思想走向以辩证思想为主导的发展之路；另一方面，动态思维明显较静态思维更复杂，无论是涉及表述，还是涉及理解，都更为困难。中国传统文化具有某些早熟的特性。为化解这类困难，我们的古人更多采取形象表述的方式。形象表述，一方面具有直观、真切的特点；另一方面又具有模糊的特征，这就是外界常诟病我们的文化之处——“大而化之，不精细、不严谨”。回归辩证思维的角度解读，这是我们文化的一体两面。较早较长一时期内，我们曾经从中受益；今日亦存在未能及时更新升级，深受其害的一面。

静态思维并不能更真实、客观地反映世间万物的发展规律，只适合作局部的、切片式的解读。同时严密的逻辑思维、形式逻辑表述使西方逐渐走向以实证思想为主导的发展之路。这一发展模式对知识体系整体存在较高的要求。在未完成基本体系构建，以及基础知识储备的背景下，其发展道路更为漫长、艰辛。一旦完成体系的构建以及基础的积累，其后续的发展将爆发出惊人的能量。这就是西方能够在近现代人类历史上后发先至，不但抢占世界文明之潮头，并建立起庞大的现代文明体系，主导至今的根本原因所在。同时西方借助学术体系建设，以及研究模型的升级，正在破除静态思维的局限。新的研究模型更接近事物发展变化之真实状态。

有关辩证与实证之间的长短利弊，我们应有一基本认识。

宏观视角延续至唐朝，一直得到较好传承。唐人治学首重宏观把握。无论是书法史的著述，还是涉及茶道的著述，皆可佐证。至宋，文人眼光更多转向细节、枝节，渐渐丧失宏观视角。自明清科举兴盛，文人越发在意细节处，更缺乏宏观视野。早已形成的通学优势渐趋丧失，更多演变为经验性的枝节表白，局限性越来越明显。

西方则走向分科治学之路。当人类知识体系扩张积累至一定体量之后，个人的时间精力相对而言变得极为有限。这一背景下，很难再作通学式研究，只能在具备一定基础的通识后，转向专项研究。此时的研究不再是个人行为，而是呈现更明显的社会属性。如何划分研究领域，如何分享研究成果，如何形成基础研究与应用研究的互动，如何实现知识承传与前沿开拓二者之间的平衡，等等，西方近几百年以来，于此用心甚多，收获惊人。

有关通学模式与分科治学模式之间的利弊长短，我们同样应有一基本认识。

《易经》中存在抽象的一面，如将事物之间的基本状态抽象概括为阴阳矛盾的对立与统一。但其以阴爻、阳爻以及六十四卦象方式的表述同时又具有形象的一面。加之我们民族一直以来坚持象形文字这一独特的文字模式，这促使我们更长于形象思维。各民族最初的原始文字皆带有象形的特征。但除汉字以外，绝大多数民族的文字皆由象形文字转向字母文字。

象形文字因保留与所指向事物之间的原始形象关联，因此更易承传形象思维。其组字方式明显较字母文字复杂。汉字作为象形文字的基本单元为“字”。单字由各类偏旁部首组成，其组织形式包含左右结构、左中右结构、上下结构、上中下结构、半包围结构、全包围结构等。单字本身即具有明确的语义，同时由字组成词，词具有更明确、清晰的语义。由字组成词的方式，具有较大的灵活性。汉字的这类特点本身即更接近复式的动态思维，亦更便于作形象式表述。又因其外形的方正，更容易形成方正形式的格律诗一类表现形式。

字母文字因与所代表之事物之间并不存在形象直观的联系，其本身更为抽象，因此更易促进抽象思维的发展。不借助对概念内涵、外延的明确界定，将很难展开相关说明与论述。同时以英语为代表的文字，其基本单元为单词，单词的组合形式远较汉字单纯，只存在二十六个字母的前后排列以及长短差异。这类文字特征更近于抽象思维模式，也更适合作抽象、逻辑式表述。

有关形象思维、形象表述，以及逻辑思维、抽象概括式表述我们同样应有一基本认识。

结合上述动态观照、宏观视角、形象说明理解格律诗。

平仄就是阴阳。从长竿律至基本句式的确定，再至篇式结构的确定，正格、变格之间的变与不变，其基本原理与六十四卦卦象的组成道理相通。套句现代语言表述，即格律诗律则的基本原理是符合辩证思想的。这是其符合动态观照的一面。

从谋篇布局至字句推敲，首先应具备宏观视角，从整体着眼，从大处着手，确保主题、框架、风格，然后据此落实内容，最后收拾细节。有关细节字句的推敲，不应仅仅就具体字句讨论具体字句，而应置于通篇这一大背景下，就主题、结构是否需要，风格是否统一展开讨论。局部首先应服务于整体。唐人在此表现更趋明显。宋诗更多顾及细节，整体气象不及唐人宏大。

形象表述在传统诗词中得以较具体体现。传统诗词以形象表述为主，前人少有抽象、概括式表述。诗词，包括新诗，在尝试作抽象表述、概括性表述时，需小心推进，毕竟形象思维的痕迹在我们的脑海中已根深蒂固，借助形象表述，我们更容易获得直观、真切的印象；而逻辑思维、理性思维的普遍缺失，导致抽象表述、概括性表述较难达成预设效果，在表情类题材方面更是如此。

传统诗词不能仅仅满足于语义这单一层面解读，还需结合意境、语境、律则尝试多层面、多角度综合解读。对于《易经》的解读与此类似，不能仅仅满足于纯粹文辞语义角度的解读，还需尝试运用形象思维、宏观视角综合解读。

二、唯物、唯心

基于严密的逻辑、实证原则所建立的西方近现代学科体系，本质上更近于唯物论。中国传统思想文化中却带有较浓的唯心色彩。不过套用现代哲学用语的这类表述未必严谨。

如上所云，中华文明带有明显的早熟特征。我们的先民在观照自然的过程中是敏感的、睿智的，往往能够透过事物的表象，洞悉事物的本质及内在发展规律。但因人类文明早期基础知识整体匮乏，在进一步分析论证以及表述这类发现、见解时，多遭遇各类障碍，为了便于沟通表达，我们的先民更多选用形象表述、类比说明等方法，而非详尽、严密的逻辑论证方式。

西方倾向于较为严密的逻辑表述，同样苦于人类文明初期基础知识的整体匮乏，在经历上千年之原始积累后，直至近现代，方才完成学科体系的基本构建，进而实现人类认知的重要突破，实现文明的巨大飞跃。

同时中国传统文化明显呈现人文导向特征，即以文史哲为主导之趋势，自然科学领域明显趋于从属地位，长期以来较为薄弱。如较长一时期内，我们先民的数学知识是隐藏在“数术”之中。“数术”虽包含数学的成分，但并不同于我们今日所学习之数学。“数术”更多为源于《易经》等传统哲学思想之量化、具化解读和运算方式。而我们今日所学习之数学为源自西方的、成体系的、专业的基础学科。现代西方文化则以自然科学，尤其是数学为基础，人文科学的发展较多依托自然科学、数学等。

具体如从阴阳二爻至六十四卦之演变，更复杂如中国传统之“河图”“洛书”，其中都包含数学中的排列组合问题。以排列组合数学公式推导、论证、解读二爻至六十四卦之演变，尚较为容易；而“河图”“洛书”中所涉及之排列组合知识则远较六十四卦之演变复杂。但数学中排列组合这一分支，在西方晚至 18 世纪 70 年代才被提出。这是基于西方当时所积累之数学知识，才可能实现的。而《易经》之主要内容完成于春秋以前，“河图”“洛书”提出的时间不晚于汉朝。我们的先民虽然已获得相关的认知，但基于当时的整体知识水平，尤其是数学水平，无法展开类似我们今日数学中的严密论证。甚至在表述方式上亦无法采用今日数学中普遍采用的公式表示，而是采用更为具体形象的阴阳二爻、六十四卦象的方式表示。

这两种文化模式以及发展轨迹的差异，导致两种文明在表述方式上存在明显差异及倾向。

从主体（作者）、客体（研究或观照对象、事物）、受众（读者群）三者关系而言：我们的先民借助于超强的敏感以及经验性积累，往往能够较早获得有关客体的较为深刻的认知。但在很长一个时期内，此类认知很难借助严密的论述加以表达，于是我们的先民更多时候选择一种更适合当时具体情况的、更为便捷的表达方式——形象表达。借助形象、直观的表达，唤醒受众内心深处类似的体验，以期待达到较好的沟通效果。

概括而言，这种表述方式，不仅仅关注于对客体的详尽说明、论证，同时更在意于受众对相关表述的接受效果。该方式既有客观（唯物）的一面，同时又包含主观（主观唯心）的一面。

西方近现代所形成之表述方式更趋严密严谨。主体只需详尽、翔实地依照逻辑规范要求、实证原则将客体说明清楚即可。具体受众的接受效果，可以说不在主体的考虑范围之内。该方式更具客观（唯物）性。

西方的这种严谨表述方式与其分科治学体系，以及以自然科学为引导的知识体系密切相关。在诸多专业领域已经各自形成一整套专业术语，脱离这类专业术语，已经很难实现严密、精准、高效的专业交流。但同时人又是具有主观性的，具有情感的，这类过多关注于客体本身，而相对忽视受众接受效果的表述形式显然不尽适合情感领域的交流。

相反，中国传统的形象表述形式并不适合自然科学研究领域，在近现代学科体系知识背景之下，并不具有广泛的适用性。但在人与人之间展开情感交流方面却具有明显优势。

今日西方人文研究也已开始关注人的主观性，已将其纳入科学研究范围，开始关注受众接受的效果。

一方面，我们应对传统的形象表述方式有一相对客观公允的认识，既肯定其长处、优势，又应正视其不足及劣势。另一方面，有关传统文化，包括传统诗词的解读，不应再满足于传统的经验表述模式，而应积极参照西方的学科构建经验，汲取相关领域的科学知识，通过中西对比，纵向梳理，实现对传统认知的深化，进而尝试系统升级，尝试实现有关传统文化的更为严谨、规范、系统的表述。

三、有关写意与气韵的理解

中国传统文学艺术较早即提出气韵之说，国画亦有写意一说。何为“气”？何为“意”？不少人对此表示疑惑，尤其是接受过西方系统学术训练的人群，普遍对此存有疑问。而传统老学究式的经验性解释，往往很难令人满意。

如前所述，西方治学方式力求客观；中国传统方式兼顾主观。即便力求客观，但仍无法完全排除主观因素，多数情况下，仅仅为如何控制，扬长避短而已。“气”也罢，“意”也罢，换作今日之语言不妨理解为精神状态、性格特质。无论是个人，还是族群，皆存在具体的精神状态、性格特质。如详加论证说明，未必精准，但其客观存在又可通过某些局部或细节予以肯定，于是我们的先民便少有地借助“气”“意”这类抽象词语加以概括。再直观解读，有心者不妨观察一下长途客运站的旅客与大型机场的旅客，注意二者之间所呈现出的不同的精神面貌。由于生活状态等差异，这两个群体之间精神面貌是存在明显差异的，一语道破，则较容易感觉；若未说破，则未必能够感知到。若要作西方严谨的论述说明，则需大量的问卷调查和统计分析，甚至建立研究模型，长时间追踪问卷，不仅工作量大，且论证说明繁缛。许多时候，待这类报告整理完毕，其时效性不少已丧失大半。而某些快速判断，虽有失精准，却更具时效性。

在中国传统辩证思想中，万事万物之间皆存在某种关联；事物内部整体与局部之间，局部与局部之间同样存在关联。我们通常可以透过对局部的精细感知，进而对整体状态、特质予以基本判断。透过具体诗人的作品集，我们可以感知作者的精神状态、性格特质；进而透过一个时代众多作者的作品集我们可以感知某一特定时代的精神状态、性格特质。

但获取这类信息是有前提的，即读者必须拥有类似的体验训练并且达到一定水平。此中道理类似于中医的把脉，品酒师以及茶道中的品鉴。同一杯酒，作为常人或许仅仅能够获得好与不好的简单判定，而经验丰富的品酒师则可断定原料出处，工艺是否到位，大致年份，是否存在某种缺失，等等。我们不能因为自己未经历类似的专业训练，而否定这些专业人士的评判。这类职业不仅中国有，西方在许多领域比我们落实得更严谨，如香水调配师，红酒、啤酒品鉴师，茶叶品鉴师等。

作者的才情底色、性格特质、精神面貌等是会透过作品有所呈现的。包括他期待呈现给读者的，以及未必期待却无意间流露的。假如我们拥有足够的类似的体验，我们就能够较好地捕捉到这类信息，给予作品更丰富、具体、深刻、形象的解读，否则仅仅能够实现字面的语义解读。

之所以在前面各讲中提出心法，提出借助山水熏陶强化观照自然的能力，强化体验，就是希望借助类似前人的方式，掌握他们的方法，进而真正走入传统文化核心区域。

中西文化之间的差异远超出我们的想象。我们应尽量避免站在某一文化体系之外评说该文化，应尝试先走进去，再走出来，从内外两个角度审视、评判。

本节重点

（一）《易经》为中国传统文化、传统思想之根源，具有典型的辩证思维特性。具体而言具有动态观照、宏观视角、形象表述三大特点。这些特点在格律诗中皆有体现。

（二）中国传统表述形式不仅在意于主体与客体，同时兼顾受众，兼具主观性与客观性；有关气韵、写意等精神状态特质的表述为传统表述重要特征之一。

（三）中西方表述方式有着各自明显的特征，这些特征与其文明特征是一致的，相吻合的。我们应客观公允地看待两种表述方式的长处与不足。

练习与思考

本讲所涉内容已不局限于传统诗词，更多涉及如何看待传统文化，传统文化的复兴之路等宏观话题。传统诗词仅为此宏观话题中的一小部分。

习作一：《〈反思中国书法〉一校完稿之际，感赋》（新韵，平水借词韵）（2016-6-25）

痴迷翰墨久，寄语共悲欢。（十四寒韵）

○○●●●，●●●○○。

何以非时弊，岂容轻古贤？（一先韵）

○●○○●，●○○●○。

求精鉴器用，思泛涉民间。（十五删韵）

○○●●●，○●●○○。

对比东西后，寻踪甲骨前。（一先韵）

●●○○●，○○●●○。

笔端问技法，字外溯心源。（十三元韵）

●○●●●，●●●○○。

不必逐浑水，羞于描旧颜。（十五删韵）

●●●○●，○○○●○。

十四寒、一先、十五删、十三元（半）邻韵通押。逐（平 / 入）。

◎**创作背景**：如题。

事实上，诸多传统文化领域皆遭遇类似传统诗词的问题。满足于传统的经验性表述，很难符合当代通行学术规范之要求，很难真正融入现代学术体系，更难以实现真正的对外交流。另有部分学者纯粹借助西方艺术理论体系解读中国传统书法。其论述体系虽符合学术规范，更容易被西方社会所接受，但经此西方艺术理论筛选之后，所剩多为一地鸡毛，又如顶着“地三鲜”之名的西式沙拉。除了名字是中国的，其余皆已改变。我们必须跳脱这两种思维的局限，借助新思维、新材料，尝试通过中西对比，纵向梳理，以期待达成书法理论的系统升级。《反思中国书法》即遵循此思路展开。

习作二：《〈中华茶道探微〉完稿之际，感赋》（平水借词韵）（2017-6-6）

二十八年如逝水，谁将心曲共瑶台。（十灰韵）

●●●○○●●，○○○●●○○。

浓茶细品恒温故，眼界初张难释怀。（九佳韵）

○○●●○○●，●●○○○●○。

去远荣光已昨日，行深园径没蒿莱。（十灰韵）

●●○○●●●，○○○●●○○。

欲求真谛济时困，愿借春风筹未来。（十灰韵）

●○○●●○●，●●○○○●○。

因“十”“昨”在新韵为平声，违律，因此不符合新韵。十灰韵与九佳韵邻韵通押，符合平水韵词韵。十（平 / 入）、八（平 / 入）、昨（平 / 入）。

◎**创作背景**：如题。

自明末开始，我们的茶叶逐渐畅销全世界，风靡欧美。英国人曾是我们茶叶的最佳外销推销员，我们的茶叶产品一度独享全球市场。茶叶既催生了伍秉鉴这样的世界首富，又间接引发了鸦片战争。英国人在经历近百年的战略布局、运作之后，逐步将茶叶的供应地由中国转向他们的殖民地印度。一旦达成此战略目标，反手就是对中国茶叶海外市场的全面封杀。今日我们已非全球第一大茶叶出口国。此荣誉早已让位于印度。对此我们何曾反思？我们依旧蜷缩在狭小的思维空间，反复吟唱昨日的老调。早已忘却今夕是何年。今日国力提升之际，部分脑热之辈又开始信心满满地期待杀回全球市场。试问我们何曾就昨日之失败有所反省？今日我们多数茶人奉行之模式无非是习惯性地延续明清模式，甚至不及。不改变这一运作模式，不改变观念，守在国内，难逃一死；所谓杀出去，依旧是穿新鞋走老路，不过多死一回而已。

最大的落后是观念的落后。

第二十一讲 择师与交流

诗词创作一方面是个人的活动，需有耐心，沉得下去；另一方面又具有明显的社会性，需要交流。与高手交流更容易发现自己的盲点与不足，促使自己不断改进；热衷于与平庸者交流，易使自己同样流于平庸。

良师不仅能使学生平时的学习事半功倍，更能够在关键阶段给予学生精准的指导意见，一方面使学生少走弯路，另一方面使学生在未来的发展过程中，路越走越宽，获得更广阔的发展空间。对此我深有体会。我从星汉老师、仰翁傅义等前辈处，获益良多。

一、从星汉老师学诗

我在自学一段时间诗词，得以初窥门径之后，有心提高，因缘际会，投到星汉老师门下。第一次收到我的作业，星汉老师即提出：你的情况与其他学生不同，我会以更高标准要求你。

这是好事情。

星汉老师对我作业的点评多能走入作品之中解读，在整体框架背景下，从作品主题、内容分析具体各处的得失，而非仅就字句说字句。这对我影响很大，我很快就接受了这一创作模式并受益于此。

在我进一步熟悉诗词创作，并稍有心得之际，我向老师呈示作业《山溪》（新韵，平水借词韵）：“浅唱低吟曲，长歌未肯停。群山身后置，一意向前行。”星汉老师直言：“假如这是出自某位老干部之手，我会说好。但你不该满足于此。此为常态思维、表述；每首作品，你都应该尝试找到新角度、新思路或新亮点，尝试锤炼新语言。

否则何必有你？！”

此后星汉老师更在某次交流中指出：“你的某些作品，如混入唐宋某些诗人作品集中，足以乱真。但我这不是在表扬你。你是当今这个时代的人，你的作品中不应仅仅呈现前人的痕迹，而忽视这个时代的元素。一味复制前人，要我们何用？一方面我们应承传前人的长处，另一方面我们应努力挖掘这个时代的元素，并融入作品。笔墨当随时代转，这不是一句空话。我们应写出我们这个时代的气息。”

类似的指导犹如当头棒喝，又如醍醐灌顶。此后我逐步转变思路，并且很快进入新的创作状态。

良师不仅能够给予准确清晰的意见，同时很善于把握时机。同样的意见，提早了，或许因为我根基不牢，领悟未必透彻；提晚了，我在原有模式下已经做实，再改变反而更困难。时机恰当，或许仅需三言两语。对我而言，既便于领悟，又便于调整。

最初一时期，星汉老师为帮助我调整路径，用心较多。待我步入正途后，无论是星汉老师的指导，还是我的学习，都轻松许多。在学习期结束之际，星汉老师向我谈及两点。其一，在他看来，诗词创作水平的高低主要受制于三方面：诗性、阅历、读书。在他眼中，我的诗性不错，阅历够丰富，他希望我后续多花些时间在读书上，这对持续提升我的创作水平有益。其二，要求我坚持写下去，不要停滞，不应松懈。

星汉老师的叮嘱，我一直牢记在心。事实上，我一直保持着较好的阅读习惯，只是未专注于诗词，而是广泛涉猎。我更不敢懈怠，也不存在懈怠。因为我发自内心地喜爱诗词，享受创作。

当我循此路径前行，十年之后，我更真切感受到的是完全不同的另一种状态。所有的创作更趋自然，更像我心曲的自然流露。我只需用心感受、体验、思考，心中所感、所悟、所思已经可以很自然地转化为诗句。无论是创作质量、数量、速度皆处于较稳定状态。我亦已习惯于借助诗词抒发我的情感、观感。当初遭遇的某些问题，在沿此路径前行的这十余年间，早已迎刃而解。诗词创作知行合一特征明显，当初的所谓问题，不少是因为自己操习不够熟练，未曾进入较为熟练的创作状态；一旦沿此路径，操练到一定程度，熟悉至一定程度，自然清楚其中的原因所在，知道该如何应对。这类问题本身即具有极强的实操性，单凭语言解释，不但收效甚微，甚至会导致学生沦为赵括式用兵。

这期间，我也曾尝试将这类经验介绍给其他诗友。他们中不少人很认同这一方式，但尝试改变却很困难。主要原因就在于他们已经深陷原有模式之中，难以自拔。由此更可印证，良师在关键时刻的三言两语，看似简单，效用甚大。正所谓“上医治未病”。同时一种创作模式效果如何，通常并非短时间内可以明显察觉。良好的模式，路越走越宽阔，越走越得心应手；相反，不良的模式越走到后面困惑越多，路径越窄。

很感谢星汉老师当初给予我的指导，我今日仍受益无穷。

与仰翁傅义认识于2006年晋城诗词研讨会，事后多有通信往来。2007年、2008年又分别重逢于衡阳、南阳两届研讨会。仰翁旧学功底深厚，诗词气息冲淡平和自然。以他为代表的一类诗词前辈，评价诗词首重诗味、气韵。作品有诗味，其余细节好处理；若无诗味，则难改善。曾经有几年时间，每当我有所创作，我会分别发送给星汉老师以及仰翁，听取意见。二位前辈主张、观念略有差异。同一首作品很难同时获得两人首肯，通常一人点赞，另一人评价尚可。每首作品如能获得二人中的一人认可，我心中即较为踏实。如此延续几年之后，对于自己的作品，我基本上已经能够做到心中有数，可以给予每首作品较为客观公允的评价。偶尔的请教，多为验证自己心中的判断而已。

一度很仰慕仰翁冲淡平和的诗词风格。我知道自己的秉性，更清楚即便有心学习亦学不来。曾与仰翁半开玩笑道："希望等我到了仰翁的年龄时，时光能够帮我打磨出类似风格。"仰翁认同。他同样主张诗词风格应依从自身才情性格而定，不赞成强从某人某家。

近十年以来，经历事情更多，心境更趋平和，感觉不少山水诗作的气息离仰翁的风格更近了。可惜仰翁已于 2019 年 2 月 27 日凌晨仙逝，享年九十七岁。一时之间网上诗友多以诗联悼念。

仰翁性情随和、学识渊博。与他交往如沐春风，感觉轻松自然。记得南阳诗词研讨会期间，与我同屋之某代表曾于屋中私下展示新作，询问意见。性格使然，更兼屋内私交，我直言："此处或有不妥，试以某字某字不知如何；此处亦觉不妥，不妨再试以某字。"闻者脸色变绿。

隔日同车出行，仰翁坐于前排。同屋再呈示新作于仰翁。

仰翁笑曰："不错，不错。蛮好，蛮好。"

同屋瞬间回我以斜视。我忍笑不语。

旋即仰翁递来片纸曰："华旭，昨日我亦索得数语，你帮我看看。"

我浏览一遍，笑嘻嘻地回曰："蛮好的。不过不知'老头皮'一语是否稍显唐突？似乎与您整体风格略有冲突。"

仰翁神情依旧平和，答曰："'老头皮'一语为典故，已非俗语。"

我亦坦然曰："此诚不知，看来回去要补课了。"

同屋代表脸色再次变绿。我与仰翁却一路谈笑如故。

曾有数首诗作颇得仰翁好评。其中就有《重游南岭国家森林公园》（新韵，平水借词韵）（2007-5）：

三秋几度梦中还，难罢相思景万般。
十里清流藏险壑，一天翠色起微澜。
玉飞叠瀑烟云乱，潮涌群峰胆气寒。
幸避当年刀斧处，蓝松无树不奇观。

对此我很好奇，曾直言询问仰翁："此作虽较周正，但总觉不及赞誉。不知仰翁嘉许处何在？"

仰翁细评曰："此作中间两联合于旧体某类某格，能合此格者甚少，难得一见。"

然而我至今未曾明白，此格究竟如何。本属遣兴从心之作，并非刻意寻求某体某格。

原作第二联下句为"一溪翠色起微澜"。仰翁建议改"溪"为"天"。

我起初不解，直言询问仰翁。仰翁或许忿于我愚钝，无意详解。偏偏我又爱较真，再次询问仰翁曰："知之为知之，不知为不知。此处确实愚钝不解，何必强充以知之。"

仰翁以为然，细说自家之见解。此中更多意境、语境之考虑，绝非仅就字句论。

至此我方有所悟，再经数日细细品味，更感知此中虽仅一字之差，然于意境处差异颇巨。原本我用"溪"字，仍着眼于溪水的碧绿、倒影山色的翠绿这类实处。仰翁解释后，我再回想游历过程中所见之碧潭清幽处。倒映的天空，由于潭水的清澈碧绿，倒影山色的青翠，在波光摇曳之下，所有的形已被打乱，所有的光与影更显斑驳。此刻已经很难判断蓝的是天？或是山？抑或是水？绿的是水？

抑或是山？又或是天？真与幻之间，已经模糊。所以改为“天”字，不仅是将空间的范围拉大，更是由实入虚，渐入真幻之间。

原本困于一时之秉性、经历，所刻画多为据实写照，虽属周正，但气局偏紧。仰翁所改处，将幻象、意象引入实景，画面因而空灵许多；同时气局更为开张，气息更显从容。

2012 年前后，在与星汉老师、陈永正先生分别私下交流的过程中，二位前辈皆不约而同地建议我，在尝试“语言新”的过程中，不妨留意杨万里的作品，并推荐中华书局所出《杨万里集笺校》。

二、层级的差异

我曾三次参加中华诗词学会全国研讨会。对比会议期间所作交流和事后在地方与诗友交流之体会，差异明显。

与前辈高手品鉴诗词，他们普遍注重诗味。这不是说格律本身不重要，涉及律则层面的问题多数属于基础问题，对于他们而言，这类问题早该解决，并不适合作为重点讨论话题。相反，基层以及地方上，多数诗友依旧将关注重点局限于律则、字句等技术层面。

参会者对有关诗词创新，以及如何写出时代特点普遍关注。在传统诗词创新与写出时代特点方面，较为公认的正面代表为聂绀弩与毛泽东。毛泽东的主要身份为政治家、战略家，并非专注于诗词，因此有关其诗词成就的看法，可以理解为七成纯粹基于其诗词本身的判断，三成为结合其政治身份的判断。较为公认的反面代表则为郭沫若。参会前，我对郭的所谓作品就很有看法；参会后，更确信与我持相似看法的大有人在。但在基层与地方，更多认同仍为身份认同，而非基于作品质量。

这三次参会经历对形成我自己较为系统的认知帮助甚大。假如我仅仅满足于基层或地方层面的交流，很可能同样会局限于技术层面。人是容易被环境所裹挟的。只有多跟高手交流，才可能拥有更广阔的视野，才容易擦出思想的火花。

每个人都存在视觉盲点，同样在思路与想法上也会存在盲点。与高手交流，更容易及时发现这类盲点，并尝试加以弥补。再者，作者期待表达什么是一回事；读者从作品中解读出什么是另一回事。二者未必一致。许多时候，我们的期待仅仅为一厢情愿，读者未必能够透过作品真切感知到。面对这类情形，良师益友可以为我们提供一个参照系，帮助我们修正两者之间的误差。

本节重点

（一）观念的落后是最可怕的落后。良师所能提供的是一个高效模式、持续提升模式，就如企业中的华为模式，重在获得战略发展空间。这类模式使我们的创作之路越走越宽，越走内心越敞亮。当然学生亦需要足够的耐心与毅力，啃得动骨头，扛得住硬仗。一心只想短平快，割韭菜，这类心态是无法实践华为模式的。

（二）诗词教学中包含通识教学（如律则部分）以及个性化教学两部分。通识教学部分较容易解决。对后续发展、提升影响更大的是个性化教学部分。良师更善于因材施教，在关键时刻给予学生中肯的建议。

（三）与高手交流更容易获得广阔的视野，更高标准的挑战。不要满足于一亩三分地之内的互粉点赞，它只会使人沦为平庸；与高手过招，虽败犹荣。

（四）良师益友可以为我们提供一个参照系，帮助我们规避盲点，纠正创作中的偏差。

（五）诗词创作具有典型的知行合一特征。老师水平如何，其作品具有重要的参考价值。不宜跟赵括学打仗。

练习与思考

（一）仰翁傅义作品赏析。

《岁末有寄》（傅义）

寒潮起天末，拥絮益怀思。

○○●○●，●●●○○。

日饮应无恙，宵兴定有诗。

●●○○●，○○●●○。

最怜明月共，每引梦魂驰。

●○○●●，●●●○○。

闻有御风术，云何获致之？

○●●○●，○○●●○。

思、诗、驰、之：四支韵。拥（平 / 上）。

此作“天”字违律。“寒潮”一句为特拗句式，如：何时倚虚幌。（杜甫《月夜》句）详见本书第二十四讲。

杜甫作品中不乏此类格式。如改为“天末起”，格式更工，意境顿时破坏。

此作颇能体现仰翁晚年的诗词风范。百炼钢化绕指柔，无一丝之勉强，一如娓娓道来。此作为仰翁于 2018 年 12 月 11 日微信发送，可视为封笔之作。

《夏夜》（二选一）（傅义）

袅袅荷风拂翠棂，梦中恍惚有花馨。

●●○○●●○，●○●●●○○。

阳台竹榻眠初醒，卧数晨空几颗星。

○○●●○○●，●●○○●●○。

棂、馨、星：九青韵。拂（平 / 入）、惚（平 / 入）、竹（平 / 入）、醒（平、仄两声）、颗（平 / 上）。此作只符合平水韵诗韵，不符合新韵。

此作得空灵之意境，一如山间幽兰。

《黄鹤楼书感》（傅义）

黄鹤飞离不复来，千年频见古楼台。

○●○○●●○，○○○●●○○。

雕栏玉砌回环上，秋水长天迤逦开。

○○●●○○●，○●○○●●○

笔可生花真美梦，文难送鬼枉多才。

●●○○○●●，○○●●●○○。

谁犹高唱前朝曲，但见寒虫泣草莱。

○○○●○○●，●●○○●●○。

来、台、开、才、莱：十灰韵。此作既符合新韵又符合平水韵诗韵。

此类风格在仰翁诗集中并不多见，却颇具参考意义。各句中多有借前人诗句转化而成，却不见夹生。能将不同作者、不同风格诗句融入自家面目，看似简单，实难驾驭。

（二）星汉老师作品赏析。

《过巴音布鲁克草原》（星汉）

百里征途百草香，来倾肺腑放诗狂。

●●○○●●○，○○●●●○○。

雪山远降千寻发，流水平铺九曲肠。

●○●●○○●，○●○○●●○。

敲石马蹄冲寂静，破云鹰翅掠苍凉。

○●●○○●●，●○○●●○○。

清愁都阻穹庐外，一片残阳抹大荒。

○○○●○○●，●●○○●●○。

香、狂、肠、凉、荒：七阳韵。曲（平 / 入）、石（平 / 入）、一（平 / 入）。此作符合平水韵诗韵，不符合新韵。

对比唐边塞，更易了解新边塞之新。

《尉犁老胡杨树》（星汉）

老去金风一梦长，蓝天黄叶染秋凉。

●●○○●●○，○○○●●○○。

熬成遍体胡杨泪，犹向行人说大唐。

○○●●○○●，○●○○●●○。

长、凉、唐：七阳韵。一（平 / 入）、说（平 / 入）。此作既符合新韵也符合平水韵诗韵，应可归入“新平两合”。

见苍茫与厚重，却不失阳刚与坚强。

《游卢沟桥感赋》（星汉）

石狮依旧对苍苍，亲见八年烽火狂。

●○○●●○○，○●●○○●○。

此地夕阳西下后，朝朝带血起扶桑。

●●●○○●●，○○●●●○○。

苍、狂、桑：七阳韵。石（平/入）、八（平/入）、夕（平/入）。此作既符合新韵又符合平水韵诗韵，应为“新平两合”。

此类历史题材应写出沧桑与厚重。后两句警醒后人勿忘历史，极具效果。意境、语境、语义极佳。

《再过荒漠》（星汉）

葡萄新酿酒，一饮便忘形。

○○○●●，●●●○○。

柽柳红欲紫，高天蓝更青。

○●○●●，○○○●○。

心情瞻马首，诗句挂鹰翎。

○○○●●，○●●○○。

岂料狂歌后，秋风亦自停。

●●○○●，○○●●○。

形、青、翎、停：九青韵。一（平/入）、忘（平、去两声）此作既符合新韵又符合平水韵。

第二联出句大拗，对句救。以“蓝”字救“欲”字。如“野火烧不尽，春风吹又生”（白居易《草》）句式。详参第二十四讲。

对比于王翰的《凉州词》：“葡萄美酒夜光杯，欲饮琵琶马上催。醉卧沙场君莫笑，古来征战几人回”，更容易感知其中之异同。

第二十二讲 传统诗词在现实社会中的实用功能

假如不能寻找到传统诗词与现实语境、现实社会的直接链接点，打通二者之间的血脉，则传统诗词的前景堪忧。

传统多具有两面性。一方面是经历长期的历史积淀、反复的时间检验、淘汰、提纯后的优质元素、精华；另一方面是与现实社会之间存在一定的差异与距离。运用得当，方法适宜，传统优势可以转化为现实优势；否则传统则可能成为逃避现实和回避现实挑战的借口。这是会妨碍我们进步的。

传统文明与现代文明从来就不是截然对立的。当我们沿着相关线索尝试剖析、深挖传统文化至某一层面，其基本元素常呈现出类似建筑中砖瓦的属性特征。同为砖瓦，既可依照农业文明理念构建出农家庄园，又可依照工业文明理念构建出近现代工厂。同为砖瓦，其本身并不具备明显的农业文明或工业文明的属性特征，关键在于依据何种理念，如何运用。

具体就传统诗词而言，至少在两方面呈现出类似上述砖瓦的特征：语言文字层面的雅化、美化功能；创作模式、思维对广告文案、面试、当代文艺创作的借鉴作用。在就此展开具体说明之前，我们尚需对文言文、白话文的发展历程略作梳理。

一、文言文与白话文

传统诗词堪称文言文之代表。在我们民族漫长的历史发展过程中，文言文长期居于主流语文地位。自南北朝始，逐渐兴起白话文。此后的历史时期，文言文虽处于主导地位，并未排斥、否定白话文的存在。二者之间反而形成较好的主线、副线搭配。新文化运动之后，白话文成为主线，文言文沦为副线。但副线有副线的作用，副线并不表示注定消亡。历史经验告诉我们，单一主线的发展模式往往并非最佳模式；主线、副线组合的模式更具包容性，拥有更强大的生命力。

至今，白话文还在发展过程中，甚至某些基础工作仍有待完善。客观上白话文存在一横一纵两大参照系。横向通过与以英文等为代表的西语对比解读，更容易理解二者之间的长短利弊，更容易厘清改善的方向与方式。纵向方面，由于文言文长期处于主流地位，其词汇、句式、语法等更趋规范、完善，其中既有不适合现代汉语的部分，也有值得白话文参考借鉴的部分。我们不该忽视这类历史经验。只有通过这一纵一横的双向对比与梳理，我们才可能真正实现白话文的系统升级。

二、语言的雅化与美化

任何语言都会遭遇规范化与雅化的问题，汉语亦不例外。

汉语的规范化问题有国家相关专业委员会负责，通过定期出版、刊行新版《新华字典》，增订《辞源》《辞海》等工具书，或颁布有关涉及汉字汉语的公告得以落实。这部分工作早已进入常态化管理。

但在现实语言的美化与雅化方面，我们存在较多的不作为，以致文风枯燥乏味，假大空成风，套话、官话、鬼话、痞话泛滥。对此，传统文言文、诗词的某些做法、效用值得借鉴。

第一类方式是直接引用文言文、诗句借以改善表述效果，美化现实语言。如“度尽劫波兄弟在，相逢一笑泯恩仇”（鲁迅《题三义塔》）。此句常被用以概括国共两党及海峡两岸关系，寓意美好期待。表述效果之佳，更胜千言万语。又如“横眉冷对千夫指，俯首甘为孺子牛”（鲁迅《自嘲》），借以表达某种人生态度、政治理念，再形象真切不过。“东边日出西边雨，道是无晴却有晴”（刘禹锡《竹枝词》)，这已成为表达情感纠结的经典名句。另有一类如“却道天凉好个秋”(辛弃疾《丑奴儿》)。原本“天凉好个秋”是白话俗语。经辛弃疾《丑奴儿》作品改造引用，赋予新的语境、意境，当后人再引用这句话表达心境时，其所承载的寓意更为确切、具体，其中包含更多辛弃疾作品中所植入的意境，已非单纯天气的描述。

也有一类借助成语形式，或以类似成语形式固化诗词语汇，借以融入现实语境。如从“山重水复疑无路，柳暗花明又一村”(陆游《游山西村》)中提纯出来的成语“山重水复”“柳暗花明”，从“君问归期未有期，巴山夜雨涨秋池”(李商隐《夜雨寄北》)中提纯的“巴山夜雨”，从“行到水穷处，坐看云起时”(王维《终南别业》)中提纯的“坐看云起”。经过诗词作品本身的充实，这类词语在以类似成语形式出现时，皆已承载诗词作品所赋予之特定语义、语境。

第二类方式为借助诗词炼字炼句技巧，消化、处理外来语、新词语，使之雅化、美化。早期在翻译佛经、记述宗教事迹方面多有此举。如“着相”“普度众生”“万劫不复”等词语皆与佛教有关；“当头棒喝”“一指禅”等词皆与佛教故事有关。这类词语的转化、锤炼、成形多少皆借助了传统诗词的炼字技巧。现当代同样承传了这类方式。

如英语中的“humor”一词，当初在翻译成中文时，经反复推敲，最终被确定为“幽默”。语义上最接近“humor”的原有词语是“诙谐”。但“诙谐”一词语义过于庄重，对比“humor”一词原意，总有些貌合神离的味道。而“幽默”一词既有诙谐之意，又更显轻松自然，更接近“humor”原本语境；既兼顾到意译与音译，又兼顾到汉语的规范化与雅化(诗意)，堪称后世之典范。

再如“Coca-Cola”。据说初进中国市场时，关于名字如何翻译，曾大费一番周折。请教有关中文专家后，确定为“可口可乐”。这成为外来品牌进入中国市场，突破不同民族之间文化隔阂的典范。由此可见，涉及语言文字的美化、雅化问题，不只是我们应该重视，外国人同样重视；不只是文字文化工作者应该重视，敏锐的商家更在意。因为相关事项是否处理到位，将直接影响其商业利益的实现。

又如“海龟”，谐音“海归”，借指海外留学归来的留学生。语境生动、诙谐，生活气息浓郁。类似的还有“呆萌”，借以描绘憨憨的，却又不失可爱的形象，可谓刻画入神。

反观我们今日诸多商标、厂名、地名等，一言以蔽之：白丁解字，恶俗成风。此中缘由，我们是否应静下心来，认真检讨一番。无论我们是否勇于面对，现实语言美化、雅化的需要是客观存在的，是无法回避的。作为文字工作者，我们不应该从前人的诗词作品、技巧中吸纳某些元素、经验，尝试美化、雅化当代语言环境吗?

三、提纯诗词思维及创作模式，拓宽适用领域

今日社会是一个知识爆炸、信息泛滥的社会。面对网络、媒体等铺天盖地的各类信息，传统诗词经典雅致的表述方式是否注定遭遇淘汰？我看未必。事实上无论是诗词经典雅致的表述形式，还是其思维模式，在现实社会中依旧具有重要意义。

身处商品社会的现实之中，我们无法回避广告，而广告就是典型的求精求简的表述形式，与诗词的表述形式、思维模式之间，具有异曲同工之妙。

广告的基本要求之一就是：在数秒或数十秒之内抓住观众的注意力，植入印象，同时确保事后仍能经得起玩味。

我们评价一首诗词的好坏大体可以从三方面检讨：意境是否深远、构思是否精巧、语言是否精练。将其与广告创意对比，以为

如何？

当初日本丰田汽车在开拓中国市场之际，曾有过一句经典广告词：车到山前必有路，有路必有丰田车。

其构思是否精巧，语言是否精练，已一目了然。借改经典古诗串联中国传统文化与自家产品，融哲理与现实于一处。此中意境还不深远吗？

我们的东邻早已注意到传统文化与现实语境、现实社会之间的关系；我们自身的作为又如何？反观我们自己的诸多广告，浮夸吹嘘之词泛滥，语言贫乏，构思平淡，意境全无。自以为露脸，其实多在现眼。

至少从前面章节有关传统诗词的构思模式、表述形式中，我们可以提纯相关思路：

其一，主体期待表达什么，受众群体如何；

其二，主体以何种形式、语言表达，是否表述清楚，受众观感如何；

其三，作品的语言风格、表述形式是否与主题、内容一致。

这类构思模式、表述形式完全可以直接运用于广告文案创作。广告从业人员了解一些传统诗词的知识，尝试一些诗词创作，这对提升自己的工作是大有帮助的。

职场面试类似。包括简历的书写。此中都可借鉴传统诗词的创作思路、某些表述方式。

曾有一好友，经验丰富，能力突出。可惜十年困于一家，有心应聘我曾服务过的某家公司，但早已忘记该如何应对面试。我先帮他整理简历。许多人并不清楚用人单位要求何在，因此叙述一堆，却无重点、亮点。此中涉及的恰恰是诗词创作中的心法部分，即了解对方需要的是什么样的人才，明确自己优势何在。这里面首先是认知问题，然后才是表述问题。针对不同类型的要求，必须备好各类曾经经手的实际工作案例。这类真实案例对实战型人才不是问题，恰恰对非实战型人才极具挑战。并且每种类型问题不能仅仅只有一个实际案例，还需有备案。其次，面试要求在短时间内介绍自己，这与诗词创作模式相近。我要求好友放弃习惯性的平铺直述方式，改为限定三句话，给予自己整体、精准概括，然后再尝试展开详细说明。这使对方能够快速获得一个较为清晰的整体印象，而不必等自己说完。针对后续细述，如对方觉得不重要或已掌握，对方可以随时中断此话题，转入下一话题。这样的面试更高效，且顾及了对方的工作状态。一日之内面试数人，通常感觉渐趋疲劳，敏感度渐趋减退。而这类表述更适用这一场景。最后好友顺利过关。

再将此类思路、模式扩展开，借以验证今日之文学作品、影视作品，会发现同样有较多适用之处。

首先文艺工作者自身对情感的体验，对社会的了解、理解应超越社会中的大多数，如此才可能站在较高的认知点位解读社会。可惜今日相当部分文艺工作者并不具备这类条件，其作品的内在逻辑是错乱的，甚至是错误的。

其次期待表达什么，语言风格、表述形式是否与主题、内容吻合？此中同样较多错乱之处。

最终面对怎样的受众群体，期待对方获得怎样的解读？全无概念，或一味媚俗；或一味迎合主流思想，无视艺术技巧，表述枯燥乏味，以致沦为假大空。表述常常被事实本身远远抛在后面。

无视传统精华，不善于汲取传统优质元素。很多时候，我们在自食恶果。

本节重点

（一）文字层面，传统诗词以及相关文字工作者具有雅化、美化现实语境、现实语汇的责任。

（二）思维层面，传统诗词创作的思维模式、表述形式与现代社会的广告、面试等之间，多有相通之处、以资借鉴之处。

（三）传统诗词创作、构思的部分理念值得现代文艺借鉴。健康的社会不能只有娱乐，没有文化；不能只有通俗文化，乃至庸俗文化，而没有高雅文化。

练习与思考

今日之网络流行段子，但段子不应只有俗段子。同为段子亦可作成雅段子，做到雅俗共赏。本人曾以诗词入段子，戏作如下。

例一：《戏题长毛兔》（平水韵）（2007-12-26）

修禅不食肉，谦逊似鸿儒。（七虞韵）
○○●●●，○●●○○。
褪尽皮毛后，犹存六两乎？（七虞韵）
●●○○●，○○●●○。

食（平／入）。此作只合平水韵，不合新韵。

六闲居主人痛恨某些所谓文人论禅只及吃素，说儒不过谦逊；问道不求深思，搬抄犹见刚猛；持旧论作秀，以知道抛头。有感，戏题长毛兔一首。原诗曰：修禅不食肉，谦逊似鸿儒。褪尽皮毛后，犹存二两乎？

诗贴于网上，有诗友问曰：若为兔，去皮毛后，仅余二两乎？

六闲居主人答曰："惭愧。交代不明。现特澄清如下：所言特指兔崽子。”

稍后，为求真实，更改为六两。加注曰：“半斤：旧制为八两，新制为五两。此兔比之旧制，不及八两；较之新制刚过半斤，总在半斤八两之间。”

例二：当今官场仍多好大喜功辈，常将屡战屡败呈报为屡败屡战，捉虫呈报曰屠龙。六闲居主人甚厌。某夜读岳飞之《满江红》，有感，戏题《公鸡》（新韵，平水借词韵）（2007-12）一首，曰：

五色征衣火焰冠，朝朝司号上南山。
●●○○●●○，○○○●●○○。
呼儿扑向草深处，誓取鸣虫作早餐。
○○●●●○●，●●○○●●○。

冠、餐：十四寒。山：十五删。邻韵通押。平水韵借词韵。扑（平 / 入）。

例三：《戏题羽毛球》（新韵）（2007-12）

六闲居主人善羽毛球，公司内鲜逢对手。寂寞时请球场陪练，热闹时充同事教练。习久情深。戏作。

强拟江湖走几遭，球拍斜握作苗刀。
●●○○●●○，○●○●●○○。
双龙比斗三分地，四凤拼杀半两毛。
○○●●○○●，●●○●●●○。
才使劈头盖脸式，又拆取物探囊招。

○●●○●●●，●●●●●○○。
倒霉被汝抢先手，未了唠叨刘与曹。
●○●●●○●，●●○○○●○。

遭、刀、毛、曹：四豪韵。招：二萧韵。拍（平 / 入）、杀（平 / 入）、劈（平 / 入）、拆（平 / 入）、探（平、去两声）。此作只合新韵，不合平水韵。

例四:《骆驼怨》（新韵）（2007-2）

同有双峰尖更挺，偏逼我向苦中行。（八庚韵）
○●○○○●●，○●●●●○○。
明儿且把浓妆换，也去青楼博艺名。（八庚韵）
○○●●○○●，●●○○●●○。

逼（平 / 入）、博（平 / 入）。此作只合新韵，不合平水韵。

读《紫玉箫二集》有感。试拟李汝伦吟长诗风作新韵《骆驼怨》一首。诗成，呈诸位女同事。女同事共出评语曰：恶毒。

例五:《闻星汉师耳疾已愈，戏作》（新韵）（2007-3）

欲避喧嚣充叶公，清修只许五分钟。
●●○○○●○，○○●●●○○。
南国春早愁说好，所幸真龙是假聋。
○●○●○●●，●●○○●●○。

公、聋：一东韵。钟：二冬韵。国（平/入）、说（平/入）。此作仅符合新韵，不符合平水韵。

星汉师久居新疆。2007年春节，突发耳疾。自戏曰："真龙（聋）天（山之）子。"众诗友多有诗词问候。稍后，愈。六闲居亦呈此作至师尊处。语虽略戏，情不掺假。

第二十三讲

新文化运动背景下的反思

今日讨论旧体诗，其社会背景与明清社会相比已发生根本性改变。此改变之节点即为新文化运动。

新文化运动至今已过去百年。我们有必要对此作出相应的反思与检讨，同时就传统诗词在新的时代背景下的定位作一番梳理与确认。

中国当代文学艺术绕不开新文化运动的影响，我们有必要在此背景下作出相应的反思与检讨。

一、反思新文化运动

新文化运动发生于中华民族内外交困之际。随着洋务运动、戊戌变法的相继失败，我国内部矛盾越来越深重、尖锐；随着甲午战争惨败、八国联军入侵，《马关条约》《辛丑条约》的签订，袁世凯对日承诺“二十一条”，巴黎和会无视中国的权利主张等，源自外部的压力越趋紧迫、沉重。

在此大背景下，在如何通过改良、改革，化解民族、国家所遭遇之内外危机这一现实问题上，中国的精英阶层进一步分化，形成各自不同的主张。就宏观而言，从倾向保守改良，至激进革命，大致可分为如下几类。

在倾向保守改良的人士中，最早登场的为以曾国藩、张之洞、李鸿章等人为代表的洋务派。曾、张、李等多为朝廷重臣，他们主张“中学为体、西学为用”。这种主张更多出于对原体制、固有文化之自信，仅仅期待在应用层面借助西学，弥补原有体制、文化之短。或许他们内心深处亦存在对更保守势力的担心，担心这类更保守势力基于维护既得利益的需要，基于习惯性理念，反对改良。但此类趋于温和、表层之改良，很快即被中日甲午战争击破。

接下来登场的是康有为、梁启超等，由此引发戊戌变法。这是源自官僚体制外精英阶层的呼声。他们的危机意识明显强于官僚体制中的上层人士，但对保守势力之了解，则不及洋务派，因此同样主张改良，其主张力度更大，已经尝试触及制度等更深层面。可惜百日之间，即遭废除。事后康有为等虽一度流亡海外，但仍主张以保留皇权为前提的改良。稍晚，迫于内外压力，清廷虽尝试采取君主立宪制以图安定局势，但已难以满足各方期待及主张，最终导致清王朝的灭亡。

接下来登场的是以孙中山等为代表的革命派。这批人多出自传统精英阶层中的中基层，较上层更了解、体会民间疾苦；同时多有在外游学经历，对外部世界以及中西社会间之差异，体会更为深刻、强烈。他们较早即已放弃通过改良这一温和方式改变社会的主张，转而主张更激进的革命方式，期待推翻旧制度，建立新的更接近西方的宪政制度。但这并非全民运动，更多呈现为以精英阶层中的中基层部分人士为主的零星革命。在此背景下，清王朝的灭亡近乎一场“蝴蝶效应”作用下的意外。事实上以孙中山为代表的革命派尚未做好执政的准备，更不具备执政的实力。因此后续虽入民国，制度亦改为所谓的宪政制度，但中国的实际情况并未明显改变。精英阶层内部的分化反而越发明显。袁世凯承诺对日“二十一条”及后续《凡尔赛和约》无视中国的合理主张，这进一步激化了国内矛盾以及危机意识。

新文化运动的倡导者主要有蔡元培、陈独秀、鲁迅、胡适等。他们多有留学经历，接受过较为系统的西式教育。其中陈独秀、鲁迅等曾留学日本，胡适曾留学美国。他们尝试从更深的文化层面推动社会变革。具体主张由表层至深层分别为：主张以白话文取代文言文的主导地位；以新文学取代旧文学的主导地位；主张科学与民主，反对儒教。

中国的近现代变革几乎是一个逐步退守，由表及里的被动变革过程。我们总期待能够与现实妥协，却不曾预见源自内外，尤其是外部的压力越来越大，越来越急迫；更不曾想到曾经与我们处境类似的日本不但快速有效地破局，更逐渐成为我们最强大的对手、威胁。

反思国内各派之主张，其中皆不乏合理的一面，同时又存在更令人费解的一面。传统保守派之主张，期待通过保皇与新势力达成妥协，通过改良达成社会进步。此法不无先例。英国革命如此，日本明治维新同样选择此模式。为何中国却行不通？一方面是顽固派对自身优势估计过高，进而对改革要价过高，最终导致政权的彻底破产。另一方面，对比东邻日本，我们的所谓变革更趋于表面、粗糙。

革命派虽对中西文化差异、差距有着更深刻的认识，危机意识亦更强烈，但在弘扬西方先进主张的同时，亦存在较大程度地漠视甚至排斥传统文化，包括其中的优质资源的问题；同时还忽视了西方先进文化在进入本土后的水土不服问题。许多变革依旧局限于表象与文字层面，能够走向深入，走向精细，走入社会基层的乏善可陈。

即便是所谓新文化运动内部，后续亦陷入山头之争。北京大学内部先是东洋派取代传统国学势力，然后是欧美派取代东洋派。其中的取代皆带有较强烈的排他性，而非包容。

再往深层剖析。就主体而言，无论是传统派，还是革命派，作为社会精英阶层，整体表现趋于麻木与懈怠。无论具体主张如何，更多出于维护、伸张本阶层利益，甚至关注自身以及“小圈子”利益远胜于全民族利益。真正的精英阶层，之所以被尊崇为精英，是因为他们具备更大的责任与担当，能够挑起全民族的重任，而非仅顾及一家或一阶层之需。显然当时我们的精英阶层，多数并未表现出这样的担当。其具体表现与其一贯之主张之间多有出入。即便是部分革新派，其口号是主张西方的民主，其行为本身更近于传统模式。不在位时，伸张民主，待上位后考虑更多的是巩固自身的权势、利益。较为例外的，或许为蔡元培，他始终持有较为包容的心态，对待不同的主张。其中折射出我们近现代精英阶层，不管其口号、主张如何，事实上与现代社会的要求之间仍有较大距离。

就主题而言，中国近现代变革，更近于中西文化之争。此中我们一直在回避一个历史悖论。假如说我们的传统文化没有优势，我们何以曾经领先西方一千年？假如说我们的文化没有问题，我们何以自 1840 年以来被西方打得满地找牙，割地赔款以媾和？上述所有派系皆存在只强调此问题的某一层面而无视其他层面的不足。

换言之，我们既需要引进西方文明，又需要在新的环境背景下重新梳理传统文化，抛弃其中的糟粕，保留其中的精华；更进一步还需面对两种不同文化的深度融合。这本身就需要我们民族精英阶层中的不同派系、群体通力合作，擅长传统国学者，在新环境下重新梳理传统文化；留学欧美者，由于欧美是近现代工业文明的诞生之地，更容易了解其文明本质、全貌；留学东瀛者，由于日本在融合东西文化方面已经逐渐走到我们的前面，在具体汲取、引进，以及与本土文化实现融合方面具有更具体、丰富的经验，在实际操作方面更具有借鉴意义。很可惜，我们的精英阶层并没有实现通力合作以承担民族重任，而是陷入内部互相攻伐之中，从上层宫斗，演义至民间暴力。骨子里我们的精英阶层更多的仍为乡土意识、家族意识、山头意识，而非国家意识、民族意识。

本质上我们所面临的近现代化进程就是以工业文明替代原有的

农业文明，成为新的主流文明。假如这一定性无误，新文明的主体结构一定是以西方文明为主体的结构。同时我们两千多年持续不断的农业文明发展过程及其优势，又注定其中诸多传统文化元素已深深地植入我们的骨髓，仿佛是我们的胎记。这是无法抹去的，无法割裂的。这又注定我们在传统文化的鉴别、淘汰、承传、改良，以及与西方文明融合方面，必须慎之又慎，将工作做细、做深入。可惜我们中的多数至今未能梳理出类似的大思路，我们依旧在非此即彼之间摇摆。每每面临西方或外部压力较大时，就有人祭出“洋爹最牛”的圣经；每当外部压力稍为舒缓，则有另一批人抬出祖宗牌位，高呼“祖传秘方，包治百病”。其基本思路尚未企及明治维新时期日本精英阶层的基本思路。

一方面，明治维新时期日本精英阶层详细考察西方各类文明模式，对比分析其中的异同、利弊。具体而言，政治制度多有参考英国的保皇立宪做法，陆军更多参考德意志，海军效仿英国。另一方面，注重西方文化与日本传统文化之间的融合。其维新并非照搬西方某一版本，而是在每一个具体领域皆能采取东西对比，纵向梳理，最终基于西方文化与日本传统文化整合出第三版本，即日本模式。我们可以在诸多领域发现这类日本模式，既有现代企业管理方面的日本模式，亦有传统文化领域的，诸如书法、柔道等的日本模式（这类模式更多体现在传统文化项目如何实现与现代社会之间的链接）。难道日本的这类做法不值得我们反省、师法吗？

二、新文化运动具体主张之反思

如前所述，新文化运动的具体主张由表层至深层分别包含如下三点：主张以白话文取代文言文的主导地位；以新文学取代旧文学的主导地位；主张科学与民主，反对儒教。其大背景则是以工业文明为主导之新模式取代以农业文明为主导之旧模式。

在此我们主要针对诗词，兼及语言，讨论其在新文化运动中所遭遇之挑战。这类挑战主要呈现在文学、语言层面，深层则触及思想、文化层面。

就语言文字层面而言。

首先，提倡白话文，这与现代工业文明的基本需要密切相关；而文言文则与传统社会密切相关。

现代工业化大生产较传统农业生产分工更细，组织结构更复杂，相互之间配合协作要求更严密、精准，所面临的沟通交流问题更为突出。传统农业生产对此要求明显不及现代工业化生产严苛，并且我们的传统农业社会在这方面，本身就存在明显缺失。对比于流传后世的浩瀚典籍资料，其中涉及农技的资料少之又少。更多的农业技术仰仗农户之间口传亲授，而非翔实的文字资料记录保留。但工业社会需要对这类资料翔实记录，精准转移。

其次，工业文明需要科学技术的强大支持。这促使西方催生了以自然科学为代表的分科治学模式。同时需要大量的具有一定文化素养，包括自然科学知识，而非纯粹中国传统人文知识的劳动力。这一需求促成现代教育体系取代原有的以私塾为主要形式，以传统人文知识为主要内容的教育模式。

再次，工业化生产需要精密、复杂、高效的配合，这就要求所使用的语言必须简单、明了、精确。由此催生了以原有白话文为基础的现代汉语，同时需要我们推广更便于广泛交流的官话（普通话），否则很难保障相关交流顺畅、准确、广泛展开。

而针对工业化生产所展开的交流，更多倾向于详细精准的说明与严密扎实的论证，而非抒情式的达意。

以上各项源自工业化生产对语言、文字的要求，决定了白话文、普通话较之此前的文言文更能满足工业化生产之需，更适合成为工业社会的主流语言文字。

更深层则涉及逻辑思维、理性思维、抽象思维与感性思维、形象思维、具象思维，这两类思维模式之间的差异。工业社会更多仰仗前一类思维模式，而传统社会更多仰仗后一类思维模式。当代诗词既需要保留、传承此前的思维模式，又有必要小心谨慎地尝试借助新的思维模式。

事实上，民国时期的现代汉语更近于急就版，诸多问题尚待解决。其与现代工业文明的需求之间尚存差距。

总之，在工业社会中，以诗词为代表的文言并不具备整体优势，仅仅具备局部优势，如情感层面沟通。以为文言文能够满足现代社会一切沟通交流之需要，这是对工业文明的无知。工业文明发展至今，在诸多领域更依赖于专业用语、专业表述，以期实现精准、高效沟通。单凭通用语言已经无法满足这类要求。

就主体与受众而言。

传统社会延续至宋、元、明、清时期，文言文以及旧体诗之创作主体与受众更多局限于士这一阶层，几乎成为文人士大夫阶层的专用表述形式。其对农工商阶层作用、影响有限。同时传统社会结构中，士农工商的社会阶层长期被固化，士这一阶层的社会地位最高，相较其他社会阶层，潜意识中，多少带有一些俯视的味道。

工业文明则更多植根于工商阶层，具有更广泛的社会基础。其社会结构更趋于扁平化，介入文学创作的主体更为广泛，文学作品所面对的受众亦更趋广泛，各阶层之间更趋平等，因此文艺作品之主体与受众之间同样更趋平等。客观上不再接受教化万民之居高临下的表述心态，而更近于平等相交、平等相待。

上述这类涉及主体、客体以及主客体之间关系的差异，不容忽视。当代诗词创作应小心尝试调整，使之更接近现代社会之要求。

就主体思想而言。

传统文人以儒、释、道三家思想为主，尤其是儒家思想。一方面，这些传统思想已经深入我们骨髓，成为我们民族性格的一部分、审美的一部分，其中有一部分是可以直接穿越不同文明形态，引入当代社会的；另有一部分则未必，至少不适合直接引入，需要进行改造；更有一部分甚至必须抛弃。另一方面，传统表述语汇与这类思想经长期磨合，早已融合为互为表里的一体。

现代社会拥有更丰富的思想、更广阔的视野。我们不能仅仅满足于传统思想意识，而无视这类新的、更丰富的思想意识、观念。当然，这类意识、观念与具体表述语汇之间尚待锤炼、融合，毕竟思想理念的优势不能取代文学技巧的优势，优秀的文学作品应兼顾理念优势与文学技巧优势。

本节重点

（一）在工业文明背景下，在以白话文为主流的背景下，倚重用典，以古为雅的诗词取向仅仅适合作为承传传统的方式之一，难以成为诗词主流。现实语境要求主流风格既要承传传统诗词古典之美，又要接近白话语境。不应在作品与更广泛受众之间设置较为突出的识读障碍。

（二）诗词主体思想既需要承传传统文化、传统思想优秀的一面，又应包容、汲取现代社会丰富、多样的思想意识。尤其需要注意新思想与新语言、新思维模式之间的融合。

（三）优秀诗词作品应兼具思想性与艺术性。

练习与思考

（一）结合此讲有关新文化运动的反思，我们再来品鉴鲁迅、张恨水、陈寅恪、聂绀弩等人的诗词，或许看法略有不同。

鲁迅的传统诗词成就在一定程度上被低估了。其对新思想的引入，新表述方式的锤炼，以及二者之间的融合，颇为到位。他的语汇依旧是传统语汇，但不存在明显识读障碍，且对自己的想法表述到位。

张恨水的思想明显带有草根立场；其语言风格更多借助白话文，而非传统文言文，更贴近现实语境，自然不存在识读障碍。主体意识与表述方式、语汇融合到位。张恨水的成就显然也被低估了。

陈寅恪虽然儒家意识明显，但其治史依托现代史学研究方式，并非单纯朴学模式，其涉猎资料亦远超前人，又多论史，或借史论今之作。因此其主体意识还是具有较明显的时代特征的。其语言风格更为传统，识读方面容易产生一定障碍。

聂绀弩在主体意识更新、新语言锤炼，以及二者融合方面成就明显。今日诗词界对其多有推崇。

（二）我们不应满足于躲在书斋中舞弄诗词，应结合大的社会环境、社会发展进程思考诗词。

习作：《题肉石“半壁河山也是肉”》（平水韵）（2014-5-8）

半壁河山也是肉，刺桐帆影暗遮羞。（十一尤韵）

●●○○●●●，●○○●●○○。

淘来小宋浮华甚，谁戒文人斗志休。（十一尤韵）

○○●●○○●，○●○○●●○。

为掩脊梁频缺钙，偏夸处世近于柔。（十一尤韵）

●●●○○●●，○○●●●○○。

苟延王八虽添寿，从此风光渐下流。（十一尤韵）

●○○●○○●，○●○○●●○。

钙：平水韵韵书未收入此字。此处参考《新华字典》读音。缺（平/入）、八（平/入）。此作只合平水韵，不合新韵。

◎**创作背景：**L 携来奇石一块，疑为硅化木。细查后，告知 L 此石非硅化木，可视之为肉石，皮层、瘦肉、肥肉齐备，形神俱佳，颇值得玩味。肉石最著名者为台北“故宫博物院”所藏，出自内蒙古地区，近来亦有出产。南方未闻有形色俱佳者，多为利用岩石肌理之分层，人工打磨、造型。L 以此相赠。此后所见类似石品皆不及此方形象生动。此诚可谓有缘也！

◎**创作思路：**收藏、欣赏奇石，宋朝时形成第一次高潮，风气极盛。赏石之道，小者，玩物丧志，消磨锐气；中者，以此为媒，亲近自然、感悟自然；大者，以道释石，以石证道，解读、弘扬文化。宋代赏石，成就多在中道、小道，乏见大道。今欲借此石劝谕赏石者以宋为鉴。

◎**创作过程：**

得句：半壁江山也是肉，私将翰墨半遮羞。

徒言两宋繁荣甚，谁戒文人斗志休。

只为脊梁太缺钙，难逃处世过于柔。

岳飞未在阵前死，未了一起丧崖州。

闻夸王八五百岁，从此儒家改下流。

雏形：半壁河山也是肉，刺桐帆影好遮羞。

淘来财富浮华盛，谁戒文人斗志休。

为掩脊梁太缺钙，自言处世偏于柔。

莫夸王八半千岁，从此风光渐下流。

◎**细节推敲：**

第一联："好遮羞"不如"暗遮羞"。南宋不思北伐，醉心于江南一隅，一方面是乏于斗志，不敢！另一方面是以泉州为外贸港，将海上贸易推向新高潮，并从中赚取大量银两，然宁可将其中一部分作为"岁银"，向北方"购买"和平，以求苟安。宋朝泉州有刺桐港。

第二联：上句改为"淘来小宋浮华甚"。淘来，此为海淘；宋常自我标榜为大宋，其实气短，更适合用小宋。下句不动。

第三联：上句改"太"为"频"，下句改为"偏夸处世近于柔"，更形象生动。

第四联：上句改为"苟延王八虽添寿"，下句不动。有不知是无耻或无知者夸耀两宋曰：两宋朝累计约五百年，为中国历代延续时间最长久者，因此堪称最辉煌、最成功的朝代。无视中华民族正是自宋开始，由一外向型文化转为内向保守型文化，从此渐趋颓势；无视两位皇帝被掳，被当作玩偶戏耍，而奢言最成功、最辉煌？无耻无理至极！

话糙理不糙！此作或伤于尖刻，但愿能使人警醒！前两联韵脚皆为 xiū 音，过于一致。

第二十四讲

特殊句式：特拗

本讲所述，皆为明显超出常态之个案，亦可称之为特例。抛弃这部分特例，或将其归入古风体，这将使对格律诗律则的解读更为融通，对创作更为有利。

但律诗中存在这类特拗句式，又是一个不争的事实。为准确解读诗词史料，亦为深入解读这类历史现象，我们还是需要对特拗有所了解。

如仅仅考虑创作，这一讲之内容可忽视。如有心作更深入了解，尤其是涉及对唐宋诗词作品之体裁分类，对律则之更详细解读，还是应对特拗有所了解。

一方面，特拗句式多存在与前面诸讲所介绍之律则相悖处，或者说与多数唐宋格律诗作品所践行之律则相悖之处；另一方面，在杜甫等名家作品集中，又有部分这类特殊作品被明确置于近体诗名目之下。这就导致一般性理论与部分作品之间的严重脱节。后人在讲解格律诗律则时，为给这类特拗形式以合适的解读，为将其融入一般性律则体系，一方面导致解说复杂、繁缛，以致难以自圆其说；另一方面使特拗成为格律诗学习、创作的重大难点之一。

唐宋以后，格律诗创作多已放弃如《暮归》《昼梦》（二者皆为杜甫作品）这类在一首作品中安设大量特拗句式的方式。一般而言，一首作品中所用特拗句式限于一两句，且多有兼顾黏对规则。这可视为格律诗文体成熟后，对文体形成初期尚未完善形式的订正。

从统计学角度而言，如某几项数值偏离绝大多数数值太远，不妨将其视为特例剔除。剔除特例后，基于绝大多数数值所作统计分析，不但同样具有明确的代表性，其所呈现的线性规律将更为明显。

正是基于以上诸项原因，一方面我们不主张在格律诗创作过程中过于依赖特拗句式，宁可将其视为特例，或归入古风体；另一方面，为便于读者更全面地了解格律诗发展的历史，我们又于本书最后设立此讲，对特拗予以较全面的介绍。

本书将拗救分为两类。其一为普通拗救。无论是本句拗救，还是对句拗救，凡是未违反长竿律者，即未改变盒底平仄者，我们视其为普通拗救。这部分内容，我们已在前面诸讲中详细说明。其二为特殊拗救，简称特拗。专指已违反长竿律者，即已改变盒底平仄，出现平节接平节或仄节接仄节的句式。本讲针对特拗展开。

一、拗救的产生与分类

中国传统哲学思想主张辩证，认为所有事物之间皆存在关联，事物是发展变化的。这是普遍规律。尝试发现事物之间的关联，认识事物发展的规律，这是研究事物的重要目的之一。诗词格律亦非例外。

本句拗救、对句拗救，更近于局部与局部之间关系的调整。此前所列正格、变格、出格更近于基于普遍规律之判断。最接近于常态者为正格；稍异于常态者为变格；已明显超出普遍规律之基本范畴者为出格。此节所讲的特拗即可理解为出格之句式。

律则若只有正格而没有变格，则容易导致形式过于刻板，有碍表述；若不作任何约束，过于宽泛，则有碍技巧的提纯与深化。因此更为合理的选项在于应有法度（律则），同时法度（律则）又应具备适当的包容性。

格律诗律则有一个逐渐成熟、完善的过程。在此过程中遗留的某些待完善之形式，即可能成为这类特拗的一部分。在个人风格成熟过程中，同样可能产生部分特拗形式，甚至某些个人风格较多依赖特拗形式予以体现。

而我们传统文化态势、特点又决定了后人对前人类似特拗的理解更近于海洋法系的个案化理解，而非大陆法系的系统性理解。我们的传统文化中存在某类神化意识，习惯于为圣人“圆其说”，习惯于将先贤圣哲的瑕疵、纰漏打造成亮点，心理上很难接受圣人也会犯错的基本事实。

另有部分后世学人，事实上已走向传统哲学思想的反面，他们以静态观念解读诗词律则的发展。这使得有关特拗的问题更趋复杂。

即便如此，我们仍有必要说明这类特殊的拗救。这主要出于如下几项原因。

其一，解读前人作品的需要、鉴别分类的需要。早期诗集多以“古诗”“近体诗”等名目分类。部分作品之所以被归入近体诗类别，而非古诗类别，即出于对这类特拗的认同。无论合理不合理，这是一个无法改变的历史事实。对此我们应持有最基本的尊重。更应尝试理解这类具体律则细节，包括其中的特拗部分。

其二，诗词界沟通交流的需要。今日有关格律诗律则细节，整体而言已较唐宋时期更为清晰。多数作者在通常情况下会避免在格律诗中混入这类非律句。但亦存在特殊情况下借助某一特拗句式强化表述的现象。了解相关特拗的规则，自然容易将这类作品归入格律诗，否则容易认为是违律之作。

二、特拗之具体说明

之前各类格律诗书籍涉及特拗部分的说明，颇为繁缛，且杂乱无章。这令读者较难理解、掌握，更勿论运用。在此我们分别依据五言、七言基本句式，以及一节、两节之出格重新予以归纳，使头绪更清晰。在具体说明各类特拗时，特别注明前人的使用频率，这便于读者参考、借鉴。本书不主张借用冷僻、少见之特拗句式。同时重要的特拗句式皆附有例句，这便于读者记忆以及参考。

五言句式部分

1. ●●○○●（A句式）

●●●●●。此处变第二节盒底为仄（此即王力所述“B种拗”）。对句作“○○○●○”相救。此救法之关键在对句第三字必为“平”，即清李少鹤《拗法谱》中所言“一平字拗五仄法”。

例句：“人事有代谢，往来成古今”（孟浩然《与诸子登岘山》；“野火烧不尽，春风吹又生”（白居易《赋得古原草送别》）。

对于这类特拗句式，也有对句不救的。涂宗涛在《诗词曲格律纲要》中以贾岛为例作出统计。贾岛五律出句为“●●●●●”句型的，共计19处，其对句依旧为“○○●●○”，第三字不作平声相救的，有8处；对句作平声相救的，有11处。对句相救者仅稍多于不救者。此中不存在必须对句相救之要求。

未作对句拗救之例句：“挂席从古路，长风起广津。”（贾岛《送韩湘》）[1]“身爱无一事，心期往四明。”（贾岛《宿姚合宅寄张司业籍》）

2. ●○○●●（C句式）

○○●○●。此处第一字必须为平（此为王力所述“特拗”）。C句式另一常见表述形式为“○○○●●”，此特拗即为将第二节之平仄互换，导致第二、四字同平。此处对句不救。例句：“何时倚虚幌，双照泪痕干。”（杜甫《月夜》）

---

① 参阅《全唐诗》（全二册），上海古籍出版社1986年版，第1462页。“古”下有注（一作中）。

3. ○○●●○（B句式）

○○○○○（第二、四字同平）（此即王力所述“大拗A类”）。事实上就是变此句式第二节仄节为平节，成为平节接平节句式。

例句：“晚家南山陲。”（王维《终南别业》）

4. ○●●○○（D句式）

●●●●○（第二、四字同仄）（此同为王力所述“大拗A类”）。即变此句式第二节平节为仄节，成为仄节接仄节句式。

例句：“胜事空自知。”（王维《终南别业》）

七言句式部分

1. ○○●●○○●（A句式）

特拗一：○○●●○●●。变第三节盒底为仄，第二、三节成为仄节接仄节结构（此为王力所述“大拗B类3”）。对句可分别作以下句式相救。

①●●○○○●○。第五字必为平。例句：“年过半百不称意，明日看云还杖藜。”（杜甫《暮归》）（过：平、去两声，在此作平声）

②○○○○○●○。第二、四字作平，第五字必为平。创作过程中不主张使用此拗救法。不但相救之对句同样违背长竿律；上下联第二字皆为平，更“失对”。例句：“故乡门巷荆棘底，中原君臣豺虎边。”（杜甫《昼梦》）

③●●●●○●○。第二、四、六字作仄，第五字必为平。例句：“邻鸡野哭如昨日，物色生态能几时。”（杜甫《晓发公安数月憩息此

县》）[1]

④●●●●●○○。第二、四字作仄，第五字必为仄。例句：“桃花气暖眼自醉，春渚日落梦相牵。”（杜甫《昼梦》）

特拗二：●●●●○○●。变第一节盒底为仄，第一、二节成为仄节接仄节结构。（此为王力所述“大拗 B 类 5”）。例句：“南渡桂水阙舟楫。”（杜甫《暮归》）

特拗三：○○●○○○●。变第二节盒底为平，第一、二、三节成为平节接平节结构，第二、四、六字皆为平声（此为王力所述“大拗 B 类 1”）。例句：“误疑茅堂过江麓。”（杜甫《郑驸马宅宴洞中》）[2]

2. ●●●○○●●（C 句式）

特拗一：●●○○●○●。第三字必为平，第二、三节成为平节接平节结构。C 句式另一常见表述形式为“●●○○○●●”，此特拗即将此常见 C 句式第三节平仄互换（此为王力所述“特拗”）。此处对句不救。例句：“为问元戎窦车骑，何时返旆勒燕然。”（皇甫冉《春思》）“传语风光共流转，暂时相赏莫相违。”（杜甫《曲江》）

特拗二：○○○○○●●。变第一节盒底为平，第一、二节成为平节接平节结构，第二、四字皆为平声（此为王力所述“大拗 B 类 4”）。例句：“扶桑西枝对断石。”（杜甫《白帝城最高楼》）

特拗三：●●○●●●●。变第二节盒底为仄，第一、二、三节成为仄节接仄节结构，第二、四、六字皆为仄声（此为王力所述“大拗 B 类 2”）。七律中此种拗句很少见。

---

① 参阅（唐）杜甫《杜工部集》（书韵楼丛刊・巾箱本），上海古籍出版社据宋刻本校刊 2003 年版，卷十八第一页。“生态”下有注（一作生生）。

② 参阅（唐）杜甫《杜工部集》（书韵楼丛刊・巾箱本），上海古籍出版社据宋刻本校刊 2003 年版，卷九第四页。“堂”下有注（一云屋）。

3. ●●○○●●○（B 句式）

特拗一：●●○●●●○。变第二节盒底为仄，第一、二、三节成为仄节接仄节结构，第二、四、六字皆为仄声（此为王力所述“大拗 C 类 2”）。七律中此类拗句很少见。例句：“卧病拥塞在峡中。”（杜甫《暮春》）

特拗二：○○○○●●○。变第一节盒底为平，第一、二节成为平节接平节结构，第二、四字皆为平声（此为王力所述“大拗 C 类 3”）。例句：“北归秦川多鼓鼙。”（杜甫《暮归》

特拗三：●●○○○○○。变第三节盒底为平，第二、三节成为平节接平节结构，第四、六字皆为平声（此为王力所述“大拗 C 类 4”）。七律中此类拗句很少见。

4. ○○○●●○○（D 句式）

特拗一：○○○○●○○。变第二节盒底为平，第一、二、三节成为平节接平节结构，第二、四、六字皆为平声（此为王力所述“大拗 C 类 1”）。七律中此类拗句少见。例句：“映空摇飏如丝飞。”（杜甫《雨不绝》）飏：平、去两声，在此作平声。

特拗二：●●●●●○○。变第一节盒底为仄，第一、二节成为仄节接仄节结构，第二、四字皆为仄声（此为王力所述“大拗 C 类 5”）。例句：“城上击柝复乌啼。”（杜甫《暮归》）

特拗三：○○●●●●○。变第三节盒底为仄，第二、三节成为仄节接仄节结构，第四、六字皆为仄声（此为王力所述“大拗 C 类 6”）。例句：“暮春三月巫峡长”（杜甫《即事》）；“巫山秋夜萤火飞”（杜甫《见萤火》）。

以上所列各类特拗句式皆为违背长竿律之句式。前人有言，杜甫七言大拗体（即古风式律诗），其声调亦无一定。可见这类“大拗”句型的平仄，是没有多少规律可依的。

我本人在创作格律诗过程中，很少用此类特拗句式。所见诸位前辈偶从某体借用一两句而已。个人浅见，若绝句中存在一句，律句中存在两句此类违律处，不妨从宽列入格律诗。如欲寻找依据，几乎都可以在上述特拗句式中找寻到。

本节重点

（一）本书中有将拗救分为两类。一类是不违背长竿律者，这部分拗救已在前面诸讲中说明。另一类为违背长竿律者，即此讲所介绍的“特拗”。

（二）就格律诗创作而言，不主张使用特拗句式，至少不应过多依赖特拗句式。就解读中国诗歌史而言，又理应对特拗这一类特殊形式有所了解。

（三）本书将各类五言、七言特拗句式归纳为两张表格，以便读者了解、掌握。

五言特拗句式一览表

句式	●●○○●（A 句式）	○○●●○（B 句式）
	●●●●●变第二节盒底为仄（B 种拗）。	○○○○○第二、四字同平（大拗 A 类）。
	①对句作○○○●○相救。此救法之关键在对句第三字必为平，即“一平拗五仄法”。	例句：晚家南山陲。（王维《终南别业》）
	例句：野火烧不尽，春风吹又生。（白居易《赋得古原草送别》）	
	②对句仍为：○○●●○，不救。	
	例句：挂席从古路，长风起广津。（贾岛《送韩湘》）	

续表

句式	●○○●●(C句式)	○●●○○(D句式)
	○○●○●第一字必须为平(特拗),第二、四字同平。对句不救。	●●●●○第二、四字同仄(大拗A类)。
	例句:何时倚虚幌,双照泪痕干。(杜甫《月夜》)	例句:胜事空自知。(王维《终南别业》)

说明:○:表示此处为平，亦可作仄。●:表示此处为仄，亦可为平。

○、●表示此处为此特拗句式重点，平仄不能变更。

七言特拗句式一览表

句式	○○●●○○●(A句式)	●●○○●●○(B句式)
特1	○○●●○●●第三节盒底为仄(B种拗,大拗B类3)。	●●○●●●○第二、四、六字皆为仄(大拗C类2),此类很少见。
	①对句●●○○○●○相救,第五字必为平。	例句:卧病拥塞在峡中。(杜甫《暮春》)
	例句:年过半百不称意,明日看云还杖藜。(杜甫《暮归》)	
	②对句○○○○○●○相救。第二、四、五字皆平。	
	例句:故乡门巷荆棘底,中原君臣豺虎边。(杜甫《昼梦》)	
	③对句●●●●○●○相救。第二、四、六字皆仄,第五字平。	
	例句:邻鸡野哭如昨日,物色生态能几时。(杜甫《晓发公安数月憩息此县》)	
	④对句●●●●●○○相救。第二、四、五字皆仄。	
	例句:桃花气暖眼自醉,春渚日落梦相牵。(杜甫《昼梦》)	
特2	●●●●○○●第二、四字均为仄(大拗B类5)。	○○○○●●○第二、四字均为平(大拗C类3)。
	例句:南渡桂水阙舟楫。(杜甫《暮归》)	例句:北归秦川多鼓鼙。(杜甫《暮归》)
特3	○○●○○○●第二、四、六字均为平(大拗B类1)。	●●○○○○○第四、六字均为平(大拗C类4),此类很少见。
	例句:误疑茅堂过江麓。(杜甫《郑驸马宅宴洞中》)	

续表

句式	●●●○○●●（C句式）	○○○●●○○（D句式）
特1	●●○○●○●第三、四、六字必平（特拗），此处对句不救。	○○○○●○○第二、四、六字皆为平（大拗C类1），此类很少见。
	例句：为问元戎窦车骑，何时返旆勒燕然。（皇甫冉《春思》）　传语风光共流转，暂时相赏莫相违。（杜甫《曲江》）	例句：映空摇飏如丝飞。（杜甫《雨不绝》）
特2	○○○○○●●第二、四字皆为平（大拗B类4）。	●●●●●○○第二、四字皆为仄（大拗C类5）。
	例句：扶桑西枝对断石。（杜甫《白帝城最高楼》）	例句：城上击柝复乌啼。（杜甫《暮归》）
特3	●●○●●●●第二、四、六字皆为仄（大拗B类2），很少见。	○○●●●●○第四、六字皆为仄（大拗C类6）。
		例句：巫山秋夜萤火飞。（杜甫《见萤火》）

说明：○：表示此处为平，亦可作仄。●：表示此处为仄，亦可为平。
○、●表示此处为此特拗句式重点，平仄不能变更。

练习与思考

（一）以下两首作品在《杜工部集》中皆被列入近体诗。注意其中各句式之平仄。就创作而言，这类作品归入古诗（古风体）更为合适。

《暮归》（杜甫）

霜黄碧梧白鹤栖，城上击柝复乌啼。

○○●○●●○，○●●●●○○。

客子入门月皎皎，谁家捣练风凄凄。

●●●○●●●，○○●●○○○。

南渡桂水阙舟楫，北归秦川多鼓鼙。

○●●●●○●，●○○○○●○。

年过半百不称意，明日看云还杖藜。

○○●●●●●，○●○○○●○。

栖、啼、凄、鼙、藜：八齐韵。白（平/入）、击（平/入）、阙（平/入）、楫（平/入）。过（平水韵中存在平、去两声，在此用平声）。

《昼梦》（杜甫）

二月饶睡昏昏然，不独夜短昼分眠。

●●○●○○○，●●●●●○○。

桃花气暖眼自醉，春渚日落梦相牵。

○○●●●●●，○●●●●○○。

故乡门巷荆棘底，中原君臣豺虎边。

●○○●○●●，○○○○○●○。

安得务农息战斗，普天无吏横索钱。

○●●○●●●，●○○●○●○。

然、眠、牵、边、钱：一先韵。独（平/入）、棘（平/入）、得（平/入）、息（平/入）。

（二）注意前面第十八讲中《题三义塔》（鲁迅）中的特拗句式，第二十一讲后傅义、星汉作品中的拗句，具体分析属于特拗中的哪一类。今日格律诗创作所涉及特拗句式更多为此类形式：黏对规则维持不变；仅一两句借用某特拗句式。

附录

选用诗词明细

说明：标题后数字为该诗词作品所在正文的讲目，如“《问刘十九》（白居易）：（1）”，即指《问刘十九》这首诗出现在第一讲。

《问刘十九》（白居易）：（1）

《芙蓉楼送辛渐》（王昌龄）：（1）

《望岳》（杜甫）：（1）

《山行》（杜牧）：（2）

《弹歌》（原始歌谣）：（3）

《小雅·采薇》（《诗经》）：（3）

《国殇》（屈原）：（3）

《渡易水歌》（荆轲）：（3）

《大风歌》（刘邦）：（3）

《短歌行》（曹操）：（3）

《饮马长城窟行》（无名氏）：（3）

《鸡鸣歌》（无名氏）：（3）

《春夜喜雨》（杜甫）：（3）、（5）、（7）

《萤火》（杜甫）：（3）

《登鹳雀楼》（王之涣）：（3）、（8）

《寄李十二白二十韵》（杜甫）：（3）

《曲江》（二首选一）（杜甫）：（3）

《赠李白》（杜甫）：（3）、（14）

《菩萨蛮》（传为李白作品）：（3）

习作明细

说明：标题后数字为该诗词作品所在正文的讲目，如“《六闲吟》:（3）”，即指《六闲吟》这首作品出现在第三讲。

《山行》（新平两合）：（9）
《咏鞋》（新平两合）：（9）
《过连山，见晨雾，忆及湘西旧居风光》（平水韵）：（9）、（14）
《丙申端午，欣逢家中达摩兰先放，口占一绝》（新平两合）：（9）
《甲午再题鸢尾花》（新平两合）：（9）
《甲午暮秋，溯游西江，感赋》（新韵，平水借词韵）：（9）
《题大化石“疏影寒梅三两枝”》（平水韵）：（9）
《榛子》（仄韵，新韵）：（9）
《黄昏游莆田凤凰山，戏作》（仄韵，新韵）：（9）
《夜宿乳源南水水库》（新韵）：（10）
《记游佛冈》（平水借词韵）：（10）
《虞美人 · 戊戌中秋抒怀》：（11）
《虞美人 · 鸽子》：（11）
《乡愁》（平水韵）：（12）
《〈格律诗三十六讲〉出版前夕，感赋》（平水韵）：（12）
《一世消磨》：（12）
《南岭森林公园九重山远眺》（新韵，平水借词韵）：（13）
《夜游蟾蜍石水库，感赋》（平水韵）：（13）
《阳山观云》（新平两合）：（13）
《壬辰岁末，诗寄我家周婆》（新韵，平水借词韵）：（14）
《闻见赌石，说及卞和之事。有感，戏题》（新平两合）：（15）
《狐狸》（新平两合）：（15）
《和酎泉老人（程老）》（平水韵）：（15）
《游紫金天子嶂》（新平两合）：（16）
《新购湘兰初放，有感》（新平两合）：（16）
《天井山远眺》（新韵）：（16）

《新丰道中》（新平两合）：（17）

《阳山江滨记游》（平水韵）：（17）

《〈田黄学概论〉出版之际，感赋》（平水韵）：（17）

《离家数日，返。见家中金银花、茉莉、鸢尾灿放，邻家玉兰盛开。感赋》（平水韵）：（17）

《乘机，自厦门至上海。见窗外山峦如画。有感》（新韵）：（18）

《游青岛八大关有感》（新韵）：（18）

《蛇年有感》（平水借词韵）：（18）

《闻赞南宋临安事，感赋》（二首选一）（新平两合）：（18）

《无题：谁惊四海风云恶》（平水韵）：（18）

《丙申春寒烟雨之际，经从化至锡场万绿湖，感赋》（平水韵）：（19）

《蜻蜓》（平水借词韵）：（19）

《〈反思中国书法〉一校完稿之际，感赋》（新韵，平水借词韵）：（20）

《〈中华茶道探微〉完稿之际，感赋》（平水借词韵）：（20）

《山溪》（新韵，平水借词韵）：（21）

《重游南岭国家森林公园》（新韵，平水借词韵）：（21）

《戏题长毛兔》（平水韵）：（22）

《公鸡》（新韵，平水借词韵）：（22）

《戏题羽毛球》（新韵）：（22）

《骆驼怨》（新韵）：（22）

《闻星汉师耳疾已愈，戏作》（新韵）：（22）

《题肉石“半壁河山也是肉”》（平水韵）：（23）

参考书籍

1.《全唐诗》（全二册），上海古籍出版社 1986 年版。

2. 唐圭璋编：《全宋词》（全五册），中华书局 1965 年版。

3. 隋树森编：《金元散曲》（全三册），中华书局 2018 年版。

4. 程俊英、蒋见元：《诗经注析》，中华书局 2017 年版。

5.（清）沈德潜：《古诗源》，中华书局 2006 年版。

6. 曹道衡选注，余冠英审定：《乐府诗选》，人民文学出版社 2000 年版。

7. 钱锺书：《宋诗选注》，生活 · 读书 · 新知三联书店 2002 年版。

8. 李梦生：《宋诗三百首全解》，复旦大学出版社 2007 年版。

9. 鲁迅：《鲁迅散文诗歌全集》，北京燕山出版社 2013 年版。

10. 胡文辉：《陈寅恪诗笺释》，广东人民出版社 2008 年版。

11. 钱锺书：《槐聚诗存》，生活 · 读书 · 新知三联书店 2002 年版。

12. 侯井天：《聂绀弩旧体诗全编注解集评》，山西人民出版社 2009 年版。

13. 北京诗词学会编：《北京百家诗词选》，北京出版社 2004 年版。

14. 童怀周编：《天安门诗抄》，中国人民解放军战士出版社翻印 1978 年版。

15. 李汝伦：《紫玉箫二集》，（澳门）学人出版社 2002 年版。

16. 傅义：《仰斋存稿》，（香港）天马图书有限公司 2003 年版。

17. 傅义：《仰斋吟稿》，2013 年 10 月自印本。

18. 星汉:《天山韵语》，作家出版社 2005 年版。

19. 星汉:《路石集 · 星汉卷》，中国书籍出版社 2015 年版。

20. 星汉:《天山东望集》，中国文联出版社 2009 年版。

21. 袁行霈主编:《中国文学史》，高等教育出版社 2014 年版。

22. 启功:《诗文声律论稿》，中华书局 2000 年版。

23. 王力:《诗词格律》，中华书局 2000 年版。

24. 王力:《诗词格律概要 诗词格律十讲》(修订第 3 版)，世界图书出版公司 2008 年版。

25. 涂宗涛:《诗词曲格律纲要》，人民出版社 2010 年版。

26. 华旭:《格律诗三十六讲》，厦门大学出版社 2013 年版。

27. 徐晋如:《大学诗词写作教程》，浙江古籍出版社 2015 年版。

28. 唐作藩:《汉语音韵学常识》，上海教育出版社 1999 年版。

29. 本社编:《诗韵新编》，上海古籍出版社 1989 年版。

30.(清)汤文璐编:《诗韵合璧》，上海书店出版社 1982 年版。

31.(清)戈载撰:《词林正韵》，上海古籍出版社 2009 年版。

32. 黄小寒:《世界视野中的系统哲学》，商务印书馆 2006 年版。

33. 华旭:《赏石第一课》，厦门大学出版社 2014 年版。

34. 华旭:《反思中国书法》，厦门大学出版社 2016 年版。

35. 华旭:《中华茶道探微》，厦门大学出版社 2018 年版。

36. 谷流、彭飞编著:《弘一大师谈艺录》，河南美术出版社 1998 年版。

37. 周积寅、史金城编纂:《近现代中国画大师谈艺录》，吉林美术出版社 1998 年版。

38. 杨成寅、林文霞编著:《潘天寿》，《中国书画名家画语图解》，中国人民大学出版社 2003 年版。

词韵备要简表

一、本简表以“搜韵—词林正韵”电子版为底本，参考涂宗涛《诗词曲格律纲要》所附“词韵备要”版式，整理而成。

二、所见平水韵资料多为影印本，包括本书所推荐之《诗韵合璧》《词林正韵》。影印虽可避免重新编辑整理过程中可能产生之错漏，但也延续了某些老问题。如只有繁体字，未作简化字转化；只收录字形，缺乏较为详尽之释义与辨音。这些问题给使用者带来诸多不便。“搜韵”电子版（开放免费系统）于此皆有改善，尤其是在释义与辨音方面。多音字究竟应读作何音？这与词性、语义密切相关。“搜韵”于此有较详细说明。

三、“搜韵”所收韵字较常见版本更为丰富。为便于查阅，兼求版面简洁，本简表删除部分冷僻字及所有释义。读者如能在手机下载“搜韵”软件配合使用，将更为准确、方便。

四、本简表版式，本人首见于涂宗涛之著作。诗中各字之平仄，以直接查询“搜韵—平水韵”为宜。韵脚各字借助查阅本简表，最终明确应为“平水韵”或“平水借词韵”，将更为方便，尤其是涉及“平水借词韵”一类作品。

五、本简表后有“手机使用搜韵说明”。读者可尝试手机下载，亦可上网电脑搜索，收藏使用。

第一部

平声 一东二冬通用

【一东】风中空红东同翁宫通公穷功雄工鸿丛蓬终融丰濛虹童虫桐弓蒙匆戎珑忠崇隆穹栊躬骢篷攻葱衷笼筒聋瞳枫铜聪充胧熊逢洪峒嵩忡烘砻嵷昽窿茏菘冲僮癃芃茸蠓曈恫艟仝筩悤冯蝀矇讧梦盅崧璁瀜騣绒朦潨螽沨雺瞢狆狨䄆藭咙鬉霳潼荭棕㚇侗渶烽巃慒蠓豵痌穜爞毧襱拢潀罿疯酆螉饛曚芎蚣駥膧沣𧦚衕艨髼緵总泷崆鬔酮葼娀种蓊逄鯼哄漴悾猣茙憁堫獞渶硿彤珫躳涳犝罞玒鼨埄洚懞篷艐汎涷搼囱𪌊烔豵箜彨稯眮毴浲茼檧襱愯絧鍐艟釭徖埪庞霿鬔懞橦蠪嗡谾倥漎狪蕫柊摓茺哃檬蘴秱懜靇鏓碽浺獴鮦叿礲𦞠鎓菄霟舡𪀔蝬䲨鉷靊倲蓪猦爖蔠詷痋鬃灴鄸蘢疘葻鶲偑豐楤囲樬桻鑨熥繱堸䳷仜餇揔汷焢漨娻焪樋熍閧錝嗈䳷赨徖愩粠漨巩熢勭浲崠蓊篢幁粡碂漗蕯爞屸𧣒熜仹杛猣鯟潨埬娂融紭硹

【二冬】峰龙容钟松重踪浓鐘从封蓉宗逢胸冬锺农慵筇锋庸舂侬茸凶供溶恭冲悰雍蜂墉蛩秾鬆缝镕醲佣烽淙镛兇邛邕忪龚琮淞蛩颙纵憧鬃喁饔笼肜榕跫痈卬汹共嗈噰蛬茏葑匈廱賨鱅熔讻壅脓咚恟丰禺惷艟鏦瑢枞摏嫞苁鄘蹱鐘蕹舼褣饔磫憹橦瑽躘佟媶彸桻瞛詾澭髗庝銎尌哝摓淞伀傛蚣滽蝩浵漨臃妐鏧倯灉犎妦踳夆褈捀徸鸗蕽搈樅炵鉵孮熧槦襛䗗浲倧赨枊炂髶禯緟䅃龏慒鎔銿刣嵱鬞嫆鍯緝痋婃㭜𡑹鷛苳誴鉖笗蚒鸗瞛衳賩隀鋊鑫縱媀檂

仄声 上声一董二肿 去声一送二宋通用

【一董】孔 董 笼 蠓 总 滃 懂 动 搴 桶 澒 蓊 琫 垌 幪 拢 塕 洞 挏 唪 嵸 硐 纵 汞 空 偬 矇 懵 捅 侗 埲 瞈 寵 愡 墥 苯 统 諌 蝀 巃 儱 蓳 瓏 哄 眮 蓊 揔 嗊 勜 倥 蓊 檧 瞈 詷 嵷 漨 懞 棇 繱 苁 熢 巄 悾 庬 鸗 蓊 玤 銾 愡 憤 嗡 箽 勭 鶲 墥 徿 槦 絧 琣

【二肿】宠 冢 涌 勇 拥 陇 耸 垄 拱 踵 汹 捧 冗 竦 肿 踊 种 悚 壅 重 栱 巩 恐 茸 蛹 俑 氄 珙 恿 甬 奉 覂 尰 拲 愯 蚃 溶 蛩 湩 嵷 軵 詾 恟 傱 軵 駷 漨 埇 怂 毴 躘 苁 贚 嵱 堶 悀 坈 銅 嵱 捒 揖 穁 傋 硧 傛 筩 鎔 袡 搈 嗹 熥 潨 縙 媑 憅 谾

【一送】梦 凤 送 洞 弄 冻 众 瓮 痛 贡 栋 仲 恸 鞚 讽 中 控 动 哢 閧 閧 粽 哄 峒 霿 衷 玒 砻 恫 空 同 偬 凇 瞢 赗 蝀 湩 涷 蕻 赣 齇 铳 胴 汞 咔 衕 懜 嗊 緵 傯 絧 迵 猣 愡 駧 洚 眮 蚛 霳 莄 詷 惣 戙 姛 揔 茽 神 齈 妕 焪 趥 繷 筗 胨 蕻 堹 栟 烔 硦 懵 焆 崠 霥 倲 愡 棇 癑 謥 飌 憒 樥 婃

【二宋】用 共 颂 诵 供 从 宋 统 讼 俸 缝 综 重 葑 种 雍 纵 封 奉 惷 雺 疭 恐 偅 壅 蹱 緟 揰 灉 搼 徿 褈 謥 縙 昮 贚 諥 錝 龔 縱 澍 碂 莆 灉

第二部

平声 三江七阳通用

【三江】江 窗 双 邦 降 缸 幢 腔 撞 淙 庞 艭 扛 庬 釭 矼 杠 泷 桩 龙 摐 咙 鏦 茳 瑽 駹 惷 逄 跫 谾 洚 玒 庬 枞 梆 噇 肛 潨 羫 椌 狵 橦 瘥 蛖 舽 悾 豇 刅 髼 娏 哝 讧 啌 囱 跭 涳 愯 胦 舡 棒 艭 憹 岂 泷 垹 牻 夅 朣 欆 鷬 塂 瓨

【七阳】香 长 光 阳 凉 乡 堂 霜 方 黄 章 肠 忘 郎 芳 茫 场 忙 觞 狂 伤 床 荒 裳 苍 王 梁 常 行 妆 藏 翔 房 墙 塘 桑 亡 央 皇 扬 囊 傍 良 量 尝 冈 羊 张 庄 强 浆 唐 湘 旁 廊 装 康 昌 商 杨 航 将 当 疆 浪 祥 芒 凰 望 鸯 昂 妨 汤 粮 棠 徨 洋 详 娘 狼 琅 徉 坊 偿 粱 纲 箱 煌 刚 珰 僵 仓 篢 骧 防 篁 樯 慷 彰 臧 殃 襄 遑 筐 飏 铓 缰 锵 秧 糠 殇 姜 鋩 穰 羌 厢 阊 滂 榔 螀 肓 疮 戕 潢 惶 璋 岗 旸 枪 猖 杭 缃 颃 庠 跄 吭 相 隍 邙 彊 攘 匡 漳 璜 鲂 艎 肪 骦 钢 倡 薑 篁 蝗 裆 丧 鹴 瀼 汪 獐 嫜 螗 禳 螂 伥 创 娼 枋 芗 泱 尪 嫱 糖 勷 湟 硠 庆 鸧 孀 眶 横 斨 怆 纕 踉 沧 盲 鎗 赃 樟 筤 蹡 佯 稂 雱 蒋 疡 逢 粻 蘉 瓤 殭 铛 障 洸 蛛 卬 镗 雱 帮 牂 罡 偟 喤 餭 宊 亢 螳 舱 苌 慌 镶 膛 砀 抢 鞅 菖 桹 鄣 膀 搪 锽 鳑 桁 痒 玱 肮 磅 炀 恇 迒 廧 礓 鳇 辌 磺 趪 瑭 框 钖 胱 堈 荡 嫦 埕 彭 鸉 样 莨 劻 蘠 玚 鞺 蔷 鲳 鷵 饕 鉠 鬤 往 仰 崀 艡 笐 徬 傏 枊 戗 忼 溏 軖 蟷 桄 螃 幛 烊 蔣 煻 盎 蚄 洭 畺 蝪 杭 爌 殤 僙 糃 漒 昜 獚 媓 尚 堇 烺 鄉 烫 呛 啷 彷 馕 橿 囔 镑 蹚 鳑 闛 蘘 篣 踼 蟥 倖 棡 俍 锒 躟 爿 蔏 椋 餦 徜 抰 樘 蠰 滳 螂 儴 葙 蔀 癀 甝 槺 欀 牄 蛘 獴 魧 螪 諻 筕 簥 禓 鹈 虹 裮 艆 芃 锖 匡 獽 佒 汸 躴 磄 胦 蔃 蔁 蓎 鳈 钫 纕 姎 鳉 鳪 萌 簹 傹 琩 珖 鹏 鎕 斻 茺 垟 犅 騜 邝 鄜 瑺 堕 邸 妔 眏 锠 硄 咉 犺 諹 斻 欥 瓺 糖 鳣 旨 眻 謊 劻 擴 崲 玒 氙 嵢 垙 曭 哴 恾 葇 玶 滄 逿 邟 霷 螊 絴 暲 樑 薹 钂 鸗 皀 桄 榶 盳 駹 蔄 峁 搒 映 嫎 閍 荖 姚 膅 謒 崵 婸 鸞 縍 柍 霙 軭 瑝 漟 螗 惕 鎕 邡 肪 欀 溓 紻 蚢 澢 趽 涓 鰑 驛 牥 横 駺 任 衫 闔 褃 笁 唱 嫝 躴 綡 胖 抂 摚

仄声 上声三讲二十二养 去声三绛二十三漾通用

【三讲】港 讲 项 蚌 缿 傋 棒 耩 棓 硥 玤 夯 滩 棓 顜 慃 勨 庬

【二十二养】赏 往 响 想 象 荡 丈 爽 网 掌 壤 莽 像 朗 桨 上 党 幌

敞长]鞅仰享广枉奖氅恍养两漭惘痒罔鸧俩怏魉仿曩颡
脏苍攘杖晃坱榜蚃盎倣强帑放向昉晌蟒瀁簜橡纺沆慷
谠仗傥镪瀼蒋襁彊穰辆袒緉驵泱辋滉厂鲞抢榥誷吭魍
髣愰奘彷惝磉迋磢蜽嚮懩厈忼档嗓犷嚷肮駚曭瓬慌灢
塽鋹谎氧倘躺爣潒搡蝄蒡瓬盪漺党傸樃扙佒扃逛诓垧
攮馕傢欓瀇愓抰襐莔岟曭膙糛僙裲灙懭櫎掚蟓𣯷咉仉
騯蚢樉崵烺靓廮躟姎𡾁欀慡誏[illegible]棢酐紻魧軮忹鱌詤犺
鷬褬邝墏蔃[illegible]爌縔誩炴攁詇鎤脼俍汻婸勨霙昞蚷詈爙
滰柍蠰鸘熿傷俇鐌[illegible]鞝瞊嵣

【三绛】巷降戆绛撞虹淙幢憧閧洚胖艟惷漴袶炐

【二十三漾】望壮相浪怅唱帐障恙状旷访涨将嶂样上舫
尚仗酿亮让妄漾丧况畅饷匠瘴贶藏量盎葬向谤王放忘
傍怆宕抗谅杖纩当创飏荡酱幛诳[illegible]旺阆桁倡行圹长亢
养砀脏两张仰扬挡妨嚮颃擋强韔絖吭偿伉悢炕胀榜防
傥账鄣怏炀饟踼广淌喨掠瀁烫闶醠旁暘艕绑𨙧埌棒晾
懹糨緉菪汤曠逛羕烺诓桄爣戗攩迋枊塝逿儴廮哴滉咣
軦犺潢弶搒焻姠𤇾岘櫎嗙掚諹凔嵣倞詇蟓摪盳扃鍚蒗
萫曂嫎蠰砊邡賶趽摾瀇柍焵暲瓺圵礑珦鍚晲揚畺蜣俇
灀攮恦姎蚢俍眻誏徬邡懭趪欀擴

第三部

平声 四支五微八齐十灰（半）通用

【四支】时知诗枝期迟之奇悲丝师思池姿移垂离宜疑
眉辞谁随为持驰词衰儿痴卮碑旗夷吹仪危祠滋私篱支
兹披欺卮斯窥棋遗饥湄帷墀嬉追漪疲规芝施资差卑基

颐羁涯亏岐脂怡炊司皮嗤熙陲慈维陂麾肌璃漓蕤伊茨
医曦螭咨姬累锥龟其缁雌髭欹葵尸脾歧彝鳌飔饴巇推
疵糜骑迤縻尼痍贻罴赀夔鹂梨羸狸箕隳攲治篪逵弥肢
萎蓠绥而鸱楣麋羲澌椎笞綦醨屍陴洟媸噫骊嘻罳崎匙
蛇瀰洏胝嫠猗裨咿坻淄禧齐罹秄醾惟貔吡萁鹚孜嵫嵋
蓍鬐菑蘼居姨蚩锤榱筛比丽狮緌絺瓷鸶耆隋牺祺怩訾
骓衹嶷书祁犁庳槌睢圯氏眵魑提缡褷埼攲匜僛衹輀孳
丕澌崖蜊裨葹摛坯琦邳痿熹埘蜞秠鎚黐跜寅埤倕酾辎
栀戏壝鳍玼撝罢麾厮蠡踦菑磁骐诒琪粢锱馗畸淇漦鲕
貍玆簃犄僖嚱厘娭铍鲥赍妫脽坨祎厓纰眙虒剞巇鬌咦
麒茈飧踟伾黟諆騅垒偲箑黳缧栭俱莛骙椸鼒庳椅戣台
褫觿蚳胹狓鸸泜絁骴妮桤魌髵秠呞粭锜資荠纚逶劚靳
虽襹唲劙稘委犠貤犛被呢琵猕椑詑鲻潍耏鉟峗蔂鄜褫
镃轜滩甄峓厜欙錤仔蚍徽酏狋趑沩荽觭榰禔郫鍉倠椔
熺娸麃暆糦腄蚭陑丌剂旎阰嵯跂唯觜缌枱饎齍鈚蛦嗞
駓鴺覞蛳齝傑衼鍦佳嗚蜲鷖頄跠羠狓蚾嬰柅須澬魔岯
陭梩樆恞瓻蕬豾掑蝠誺藄疧芓洢崥茌阺钚湤蚽仳魾沘
秛箷鹛摫吱茬诐蚑栘觯胰蠵謻蜘嫠呲枇踑呸鹎蜱孋嗺
圖騩欔胔濝鵹轙嫛姼鮧躨鸤縒腜龇髬偲鰦簛甾蠙榯蟕
茉诶睨鲏膍禗槻栺桋萓鵜鬾性撆謘箄虮姕蘪桵荄鰤爔
燍烿柌譩堪毞鯕鷀箣浬荋貾麎藄拸蒒螔柂鵗彽觗嫘芪
蟖箈沶堳蓶荎蛪軝篃蓷猸磃滚攡鈭芗琟榹嫛榽謧婎蛜
鐁桸擟瓃醚袘蝶肶茥猉娺駍恑抷頣攠衹䁻璾鸍秖鰤纗
跢嘻屎蚔莉郦鄜脪紎革篪猍呰隓樆墮誃鉹鷉稵郪暿袻
藣讉怶題眱粸錍騏餈穲巸瞝怟倭濨鑗徛犤洈眭騦艃嚟
諰巎懡秖倁怌銍旖蘢鷖糸媮欐䰞枝婑嬨浽𪻐怟剘鵗胂

陏鄗䵝鳺瓙㬈㝢鋖偭緆蒷泂朞鸍邿徥葰羛䶦踦黄猈蟣椅媐諨恖萑朷㕧㹀瓵㧰㴓覞槜綨郟駇鑴趍㤔䎻瞴垐惰篳亓諀醀㥯峏㹻猚秡抳趆欈溡楒䄔狋劦禌她炋矖奞簁桼鳽粎伎𩿨抵鑕袲湑堇抾㪧鈶㝖㹶㼾焷瑂俟孖汥

【五微】归飞衣微稀非机扉晖违機肥依辉围矶威霏闱薇饥挥菲帏希畿妃晞徽玑巍几讥欷旂祈騑鞿绯圻韦腓沂翚豨䩁睎颀唏淝诽煇蝛葳蜚祎狶埼禨痱皈俙叽婓溰譩岿悕溦䳇騛禨湋騩犩鐖乞浠褘郗蜰魮烯裶蟣楎楲蚚肵莃徽䣕僟婔渄蟦 琋鲱屃岓椲虮媁魕媙啴媈鰄陙潍鍏湋

【八齐】西低啼迷溪栖兮泥齐题鸡堤携蹄梯凄嘶蹊藜畦萋稽闺鼙跻黎妻霓圭犀倪悽提犁齑脐荑鹥鲵猊鞮睽瓈笄赍挤蜺梨奚睽奎稊羝篦嵇隮醯绨鳖鹂儿批鹈麛騠麑鎞撕刲鱱鞞氏鼊徯鷖狴齯骊袿磾诋枅鼷輗粞蠵坭缇蛴凘蠡禔樨折乩烓恓罤傒繄懠璧窐媞霋褆柢醍锑崹邽鑴巂緀缔鲑砒婗鸝偍鄬郳桋遆鮧瑅椑渧鳀鸂蝭趧鸄螇崥遾趧㴣梲膍屖蛙蕵騱胜嫛庰鹈榼螽豯朓麝逑鼙艩謫衹㣚麗榽禵梋睇槃趆珶笓蜺蒵殹蔾玭齌焍硒鮭猰齍凘郪衣浣㕧卟鷖鷈纗呰嗘銈劦儶檷鸊豯釱鍗厶錍鐕鑗瑅茥眱湀鹈桂鸏瓗碄徲畦惿蚑謑舰鏪桂螕碮睳联銈媂

【十灰（半）】回杯梅催雷灰徊堆隈嵬摧陪媒颓罍魁瑰枚醅培洄㕒槐推煤恢隤桅巍偎煨诙裴崔莓坏胚禖隗佪搥櫰漼霉缞抔魋虺鋂脢玫啡虾赔傀盔杯酶崴㕡磓焞敦嗺搵輻磑䲅悝蘈阫蓷紑頧慛鎚榅蛔恛咴羧镅蹪墔诶茴鏙熣僓畾捼弟溨萒瘖椳櫑阫磪漼瓃鑘祇隈鸓櫃鳖陮鋷䥯腇燘䳇槐朘鑿藬棓榷䑰讉碨揋檄廆䰎缋焨妳儡阢畦

髖鵖膭瘫謘

仄声 上声四纸五尾八荠十贿（半）

去声四寘五未八霁九泰（半）十一队（半）通用

【**四纸**】水子起士此死喜耳理美市矣是史尔止里己李紫指履齿纸纪绮氏蕊旨垒裹耻视蚁祀拟已髓靡恃轨滓鲤驶矢毁始比鄙峙趾仕徙迩梓委涘雉豕芷以屣址砥咫似巳晷俟诡沚彼倚几妓侈杞婢兕圮姊祉旎弛耜徵泚使弭鬼嘴觜企珥舣玺豸枳遡汜你跪箠秕苡弝否诔揆匕畤燬簋瀰揣痏唯癸俚藟迤姒只裡薿騃屺褫苣宄累阯柿蓰訾洧鲔薾秄捶藒椛跽瀡匭技舐被枲跬髀棰鳸妣骳饵痞笫麂旎庋嚭巂萎痔纚椅扆巇仔屎跱掎儗秭机酏弥抵疻諟庀胏骫檽佹籽敉偫檕庤跂酾蔿黹漇礒壝俾葸縰憙娌庪轵锜蟢佁頍渼芈嫢[illegible]菓峙狔坁鞞呰杝蹝垝骩佌旖氿秠您綮梩傂踦嶉庳坻躧傀跐咪剞齮哩洱姼伲趡鸓栮咩骪岃啚傂哆譨毁朹嚭蠇薳恀胣玼垑駛靡岜恑唏匜呲媞锌啙抵鞁阤觗憘豯輢瀢硊羠伲孋虸矖吁諰疕柀檷嶲諀蓶攱洔貏菙杍灑坭抳寪婍艤漇溰嬟蔍愢擶誃搋檅莉徥禔把悝狧沵嬬笓椯璪鈶沇扅聛桫鬌膟砋欿惿蛫鉏泈譩崥峐杝抗袳秄衺迆腂鉹铈枇祪滍畾囆敼諈嶰鵖鉃徛芓唼沘峓氐訨铌踓杫姡葞崼芛藟鈀矷灑儶洈屒烓佊觜抧蚔噿惢猚嘻鄬懝秲蘮壐渳淽攡鉙娰鈘舓椅吱

【**五尾**】尾伟苇卉篚亹虺斐炜娓韡悱韪鬼玮菲岂匪几顗豨蚁棐朏榧虮蟣扆颹诽浘偯瓢唏蜚䘙蘬魕餥扆愇椐泲膭糦媁椲葦鍏喡陫悲徫

【**八荠**】底礼体米启洗陛醴邸蠡荠悌眄眯诋祢抵棨觝

弟澧泚牴癠鲚济鳢𪊲柢瀰傒涕递茝綮髀齐醍軝泥缇坘欐呰謑梐骶鳊拂洣䕸蒆晲𤓶沛盭匚眫璾聜弤肶衣性娣蒵洓赿玼阺吇袳抳檥挸镾杏蛙觬媞啓劙

【十贿(半)】罪馁蕾磊琲汇浼魂悔儡贿隗猥璀每腿嵬䁔頠瘣磥瘣礨漼脮鲼礧廆櫑磈摧礨喂峗餒錞崀傀黮腲鍡䌇捣鑸聉鑘詴焨頪瀢侮顝湏婑回鲻潣嗳烠殨榷䫲浼欙陮痱琣儨浽蛔

【四寘】事地意醉至泪字志寺翠异寐思寄吏睡义记致利器弃坠媚骑戏二避悴瑞愧位类试议秘遂赐置次眥臂备智吹忌饵治翅骥谊四值腻侍易肆季鼻笥邃閟嗣稚瘁穗自祟魅嗜炽伪帜祕泗驷示馈匮粹萃庇燧冀喟渍里悸施踬恣芰帔隧累刺屃彗为伎遗贰鸷誌伺懿谥挚贽畀识詈裹使视轾厕惴迟缀帅似痹觊莉被譬谳瞆肂豉赍饲知檖恚莳勚几已糒觯啻食积诿怼出比寘莅劓植始芘赑洎篑骴缒糒倚毖牸质技诐泌基忮弑概陂织禭俐縊跂膸隧眙企屣嵴裡㜸璲司痢巇痣蒉德珥跸眦晒睢屁暨髲饎饐僿繸近其孳谇佽塈咡硾愦柲疐旞憓瓃萎瑟铒翨觗鬄瘁澌率掎庳眊欤岿睟笓廙樲剚甀柶襚偈勚犕殔藾埴蚑垍衈儗扻术旎鴗刵螠锤槌喂唏蜼咥哩洱樋鐀屎懭諈傳蝐魃鍦樻鞼截庇鷅謘髩衈瀢騩澅杜鷙猤嗅蓍衪螆憙謉痓鮆騂呬鋖喟䞈欵檇旣翄蜺呮皕氙偫睸痔肶稩貤諰德徛螝饖腃覩駃濄柴禨貭煝戠佴輢佊絥檍梞袘嬟鷊醀梯鐑胒柴皸聏涚秲姕潪荸杸犕詄澤蕼沶耆鵖螅諺芓哄眭聽潩冉襶郕帺嬉瓃鮚腄婎蘢熂吱跮覞婕囟賢怶鐾睟諆珕浧恎瑰硊鷑垝姞纗柶鄭虋攅蚝枇豨恞涑肞臎诒孖禩哆嬘浰殔汥

【五未】气贵味慰未畏沸费纬谓魏渭讳汇既毅胃猬尉欷蔚饩塈衣罻鬌芾卉忾溉屝狒诽暨翡熂汽蜚熨𫖯剕𫖯䤈娟𩷇霨菋䰟唏痱菲㵋焆穊㞾𩔁𧖴昲𠈢㙺懿泋𦬥䔳𧅫䒣茞旡陫摡𣅝𢸟㲲忥犩㔟㶸蚑炥禨䨽鬻緭㦣䕼

【八霁】世计际岁细霁弟势丽袂逝制桂第闭帝系继砌滞翳裔惠厉繫卫髻涕憩蔽艺蒂例税製替脆荔唳敝递蜕慧契婿诣锐誓弊蕙睨砺隶曳睇疠赘谛噬戾励币缀禊䓗杫澨蓟俪毳柢剂汭嘒祭曀离济薙係贳瘗蚋彘棣帨罽筮谜濞殪剃偈嚏呓垷缔殢枘遰睿羿说蛎媲泥傺盭泄嬖踶哜猘蓺澨钛沴粝切刿漈揭逮挤薜蜧彗禘屉啜哕愒蹶穧浰眦芮笙掣槥禲妻题轊蘙寱轪鳜嘒穄綟揥蟪砅瓻秇蔧瞖医捩埶娣悷蝃涗箅懘懠霓瓄簎鳀墆欐嫕杕瘱睥唑珶婂錔蛃棙害鱥浙橇晢篲騠嵑噎鋆吞蜺鹭盻裼醊攡紒迣跇洟湃劙嵑蝭躋璺蒯齐柃嵽稧擦嚽獭濿迣檵疐鷩欚殹偙豷跩鐴焍腣盭槩儶齌瘛僀裂潓靮珕袳捙寙梯忕淛譓瘌翽妎眱瞖摕嘒欐檵蘻鮨怟鸊达渧赑鑖虩鈌樜炔沵鏸栺澈銃浰鼈犡沛劅戾娣猘痸栭玴䗚遰涗觳袭搋袖栵忚䭉哾趆炅骶猰呭眭幒鯨璨挩栬趆嫛䬪傒犡抋瘱詍戴捝榽禲瓃笍爏説荎祱曞鞢蛈㤝栔

【九泰（半）】外会旆最桧绘脍沛贝霈狈荟浍昧兑侩蕞翙濊蜕廥酹襘祋哕禬茷駾刽娧瑱柿徻渻椇癐璯钡娶犡綝濻祱餯郥祱綐戾婄憸銃鐬幍鐭駯嬒昁瞺穄襊眛栰䊩

【十一队（半）】辈内对佩碎背废退晦珮队吠秽块妹瀣肺配溃喙耒昧碓阓诲酹刈乂愦痗焙悖淬類缋倅沬悔硊憝晬颒醴頪礌倍柹抹北綷儽鞻瀩啐镦邶葥儽眛溃圚敦孛回朏擂昧誶䙡茷脢捘瘵憞筸蝐檙縗胇喛膭怢鲅籦銇

轛焨䭳䥨鞼螝瀢橃砩殨乞眊䶒柭萲獩鋜懨嬇犻顪柿琗
櫑桒埣詯頪櫰哱䘹趀姵䜿睟礧

第四部

平声 六鱼七虞通用

【六鱼】书馀鱼居如疏庐车初虚除舒渠裾墟锄闾余蔬予渔徐舆诸胥欤储躇蕖驴梳嘘歔琚蜍玙誉攄鉏旟蘧猪畬于茹樗袪狙於纾与趄祛葅淤篨潴胪蛆苴且雎榈沮据疽妤滁鶋袽洳挐蒢磲蝫魖舁阹驉篨砠綀鴽璩槠帑屠畲糈呿蘆铻岨虑谞咀豦涂醵湑籧胠騟蛴鸒伃粗嚧藷鐻腒䩕雓艅疋衙齬瘀摴崌鶋楈蚷慮蜛匷椐蝨爈抾鴡狳䋖徐淚璩 嬩坥鱸郚娪菹婮筡挪篽唹稌偦碒架豠鵨捒涺捈筎譃麔蕏伹櫖蕍鮏蒢鴾伽揟懙瑹紶

【七虞】无图湖夫孤珠都殊隅徒途壶枯须儒呼娱苏俱芜符愚扶乌衢趋躯驱吴奴株雏虞蒲炉区糊腴驹纡徂梧肤吾跼凫臾胡姑乎涂粗吁厨迂敷塗沽模垆芦朱襦卢濡诛拘谟枢诬逋铺癯榆姝租竽渝鲈瑚狐晡酥辜臞鸪岖盂弧颅输铢需拏劬摹舻刍孚趺愉污毹呜轳巫屠谀于觚踰醐酤逾萸瑜菟揄俞雩殳俘菰痡歈桴郛蛛盱鼯繻嵎嚅殂貙禺蛄駑酺蒱呱蚨荼刳觎餔玞瘏窬矑跗苻镂栌泸嫭罛鈇洙圩纑鹕梧褕趍瓠絇莩唔騟瞿柎喁嫯荂芙橱阇篘毋稣枹瘉麸圬玗盰懦蒌菇砮摸硃洿杅邾罦牏於稃蝓恶娄葫鼯莆膜獳茱娵瓿跔鼩萿醹痀腢趎戵陬帑趣诹鸲猢軥羭鰅菰氍騟邘母喻句膴篰鸬嘑蝴姁酴欨箛浯嫫鲸鋘龠嫮軱柧颥楰壚骀獳嚧蠕嘟菩侏煦朐虖謼殍匍朐稌轱跦

齵欋睮躍籚呋氀瓠釪獹粰滹珸溇救峬鑺呕湡鄜雩瘉鴸幠駑邞畬忧愈芧雐媀盓堬咕葡隃歈鸲孵茯謣扜滹蠷慺鱬榑蜈鴮㺜庯蠦鑐攎嵢廔哌尋駼魼膢杸枎橆藸氀鸆鯆濯袾堣鶋蝺咮瑦柨絑臑穻菰瞜轷斪鍝胕鮢誧枸萮衧黸歔樗醏嚅鴼譕鸆鸡跿鶘鳺蒣嬬陠虷骷橾庲陓楜鶔藕䈹鴸憋骬裯紑貗駯螸踙膚莫謯墲眗菲瞴鲇鄃娳蒣鵐箬豧綒幁崳垺瓳挎颫蕑陎梌緰蕍瘘鵸娄潳萬垺郇跍酐璑麆糐部庀燸墿涘恗檡箄俶蜅娪袪玸婷妥桙胍峋緅紨鮋袧抪袾铈泒昳扝彋姇抗軗鈣玡鄌滤鰸咵鲄秼捈咕舒祦裯穻嫭葽莩椁麌璷狙郚徻鈷芓聏蛷豿璑

仄声 上声六语七麌 去声六御七遇通用

【六语】许侣渚暑举所汝旅绪阻序黍鼠雨语伫俎屿墅处煮去杵吕炬醑杼拒禦贮龉楮苧纻女溆叙础距楚与膂予籞筥圉圄巨苎籧糈钜抒羜褚咀鱮弆苣宁湑莒梠敉虡敔谞芧秬峿篽駏秬著跙茹癙怚岨榉铻澨沮柜讵稰岠蓹泞纾儢眝鼀浮岠苴詝衙滁作鐻龃欤齼椇蚷詓紓粔洰盨晅掀諝邵壴姖鉏紶憷鉅耟綃麩楀聶眍疋袓胠垿柠蕻铷垿胠

【七麌】古土舞主户府虎鼓浦宇取羽武补吐缕父午五谱母睹乳雨坞斧伍鲁祖堵虏甫杜苦辅组鹉橹麈腑妩侮浒弩釜腐抚否数股禹矩簿竖庑脯俯拄罟愈姥卤圃庾扈诩莽溥瞽蛊普栩树贾祜偻部肚窭聚拊怙下怒亩踽柱估赌窳诂努牯岵鹽黼膴稌羖貐怃甒掳頫簠伛瑀煦楛呴粗仵剖酤琥拇醹沪褛嵝寠龋瘉俣珇珷尋牡咻瘐鳸莛弣篅炷砮眝莆鄠邬謱栩珝昨篓滏麌埡帍裋楰粸舁硂菣鏀氇

瘉嵨娄榀萎荎妈宔籔鵊瑀撸雇噜蒟钴呒擨偊潕鞋蔰椇枸噳郙竘頨罜跓婟睹硘蜅蝺蚁萬峿殕稨抚鯆瞁翑躃貗寙陚煼楺椢敄焧慺漗瞴楀匬踽芏瑀苄麆洿誧蔨蘆鶵帾茌鰸觰偩玗蓊熩猪鞋劐滹鄜墲譕潽

【六御】絮曙御驭据誉署助箸豫虑翥去庶遽踞觑恕处预洳饫澦锯语倨如诅蒢與茹著滤除与薯淤瘀舁勮醵铝悆鑢楙楚穥嘘懅欤沮鏕女櫖讵呿鐻礜憷悇麆蹮鸒澤爈萮椐樐忬豦蒣壉濾謯橡粗胠朷嗻嫭僷坥睹鰸麩莇勴怚狙謯

【七遇】路暮住露赋雾步渡顾遇素故误怒具度护注悟慕句布富妒墓鹭固驻诉树趣兔戍屦务惧傅蠹寓附付晤污互铸疏骛屡哺数赴雨库怖炷祚裤孺忤寤喻负瓠溯冱措裕妇谕辂芋愫妪濩痼聚捕吐锢恶莫迕苦娶鲋讣鹜澍嫭仆醋婺柱募吁赂護圃羽塑亍铺呼胙霔璐飓蛀愬响祔埠嗉煦潞阼错绔簬足副戽菟頋厝咐斁驱赙输作酺酗擭埧瞀镀蒟謼捂傃茹跗餔柘裍舁酤属瞿穫寣雇疰蚹堌葄涸姁味衬胍胯絇覼驸挪锫倍腧蕗蠹鐨秅緐嵍絓奼诅鮬抪涸鉒袾鴘芏鲴蠖婟峒鸼敄投裋椢恒飳墿豧捒縸婟瑀誧孵媛柞榡尌胕陠怐鶮韄昨叏隃藘罜魱擨榑詂顅娪繗摴紨攎秙禺嬔篧荹钴鹁稒嗖竪迬艧敄瘘跓瞿姹陚鹺鰸盁鞋慔秨緅郇

第五部

平声 九佳（半）十灰（半）通用

【九佳（半）】怀佳阶斋崖谐乖排埋淮钗街鞋骸偕涯侪

䨪柴牌皆槐喈揩荄豺俳挨差齐歪捱楷褢篩秸蘒鲑稭睚
湝徘匯痎槐箄啀膎瀤楒崽柴搋齜藱搱喍徍捓条誏蜡猈
娾糶媘棑瑎揑鶛徥麜膗熌脵涚攊徯啡楑諰輫犞猅蘚啾
溾

【十灰（半）】来开台臺才哀苔哉埃莱材猜裁栽胎灾垓
腮孩财荄咍皑该骀毸陔呆纔徕抬能鳃赅儓鲐騋颏炱郃
崃侅思挼菑駭唉峐薹欸咳偲祴郲檯剀倈絯狭胲麳跆鼜
毐鯠毢豉郊涞隑籉鸫愢箈庲懛嵦揌棶颱炫薹豥輫玡啋
硙溾昊倸溨賳琜婡箂唻瓎夋嬉

仄声 上声九蟹十贿（半）
去声九泰（半）十卦（半）十一队（半）通用

【九蟹】买骇蟹解澥洒楷矮摆奶妳拐獬駴罢騃锴嶰捭
罫夥枴廌糶蘚矖荬檞獭釲豥娾簩疠擷嘪鷶躧徥簣扨糶
觟猈

【十贿（半）】在海改待彩宰载綵乃凯茝采醢亥殆垲铠
绐恺寀倍怠蓓迨闿骀颏睬欸鼐岂歹颽毐诒唻踩崽輆箈
醅軩婇怈溾絠疠烸埰嵦暟

【九泰（半）】外大带霭赖籁泰濑艾害鲙蔼盖蔡狯壒丐
奈柰太郃汰餲癞磕旝忕粝暧惕藾轪檜釱濭匃堨嗳戫嗐
怢癈跢篕渿溙昹肞瘌攋簣瑎毻艜摕餀匄棑舦婡忦茷賻
鴱

【十卦（半）】界怪拜戒迈快债隘派败卖介坏芥械惫湃
瘵寨诫薤懈届呗稗噶虿聩呰疥廨蒯瀣噫玠犗解晒哙喟
夬邂欬鞴狯价眦齘粺侏劢柴孬蚧隸衸阨駃魪霼繲祭紒
餲骱喝喷咶唏呃嶰譺隘鍪吤憎袃悈膪庎篑瓌款攦蒉棑

�

【十二文】云雲君闻文分群军纷勤嚑勋氛芬裙坟氲薰焚纹醺欣濆熏纭耘斤芹沄汾殷蚊芸筋懃荤忻棼雯缊垠蕡枌昕纁雰龈麇煴皲员緼贲狺曛豮焄慬慇勳筠饙帉蕵菎幩鼢筼獯磤棻廑麖獖玢炘郧釿瘽蝹鄞餴臐瘟羒汶衯彣轒妘葐韫熉嚑宭盼馩闅涢溵濦萉鍕蘄蕿眃岎鳶芠桾馚妢橨魵弅魵所妏蒷愪搵菫囩阌玟鮶肦砏朌妡炆豶昕蒀蕓縜菫鳻歏殷懄蚚橒耺鈖梤拚鴍秎隫鐼邠馼閺錀訜昀煇鳼

【十三元（半）】门存昏魂村尊根痕孙恩论温樽坤吞奔盆浑阍昆暾藩屯豚崙扪蹲飧荪敦墩髡鲲婚裈仑琨喷埙跟鹍惇垠麘惛贲燉臀沄抡焞芚亹璊哼缊辒狲囤溢饨报殙嶟们瘟鼲麇軘蜳虋棔軘纯焜吨蕴炖混蜫馄嗷憣搎殙緼忳滜噸汶吩涒锟锛涽蕵鶤菎吨騉驐繜蒀殟墫豱蟦惀睯撴苪榡鷷猑瓫瑥蒠倴瘒諯掭褟睧惃脝熅婫䵝䩵瘖緷梱顐鐼輴餫唵庉豤溷黗苍韫滑珲闉玧忶涀檄踚暋沐坉檄瀳婨惃园憞隃潡

仄声 上声十一轸十二吻十三阮（半）

去声十二震十三问十四愿（半）通用

【十一轸】尽笋忍紧尹泯轸窘陨哂敏隼蜃菌准悯蚓眕殒蠢牝允肾闵引靷鬒賨膑稹惷疹犹盾箘纼脤诊吮闲楯眣嶙缜簨眕黰稛朕辚黾埻胗矧頣僯舛纯�紾傛鳖暋赈榫抎滑黰缙倴濜袗僶嚍螼鶽獜抮荵綧髌駗蜃筠吲蝨弞姫槙刡蝈浻銃扅潃鈏簮嘽堏莙敃撛玧瞵鋅聄菌嫛濜嫤沇鶰潤鋋眕揗輪囟粼裖鋠愪莽篔荺橉睶頣弫駗鶐俱蓍梱屒阮

【十二吻】粉愤吻谨蕴槿忿韫殷恽吾坋隐抆近缊听抎刎瘾坟抿弅讔瑾抎攈磤堇檃膹龀蘙秎溳螱殒齳吣愪豳魵赾熉漌伆夽嗢緼賱蚡

【十三阮（半）】稳本损衮沌阃混滚悃恳垦忖畚壸蓘鲧遁梱辊噂浑狠很焜笨捆刌鳟盾瞒撙趸吨噸獱棍硱掍稇齫坉苯绲豤庉僔裍詪潡汆迍豚倱伅皀黗齳翂緷稐壿碖婫泍梱睔惃崲睴呠稣锟栫嗶菎眃栩

【十二震】润信鬓印进阵讯仞峻俊镇烬晋骏顺刃震舜认吝瞬振迅闰慎觐衅殉浚轫衬胤疢榇荩赈殡馑徇蔺摈躏赈晙趁仅慭燐汛磷馂韧牣陈璺蕣廑引亲讱隽憖遴纫墐酳殣袗敐傧瑨晙搢堇盹靷螾缙娠瑾輴瑱吣殺谆圳楯蜃诊龀驎睃轥焌攈囟鵔瞤儭侲填嚫橉鬌訰垽葰闀甐琎檼杓稕抻斳琗扨茚眒堇閔沟帪阠鏻覞暽鋠獜麐鲫葱蝩夋僘佝抵䟡橺軐嫤濜窺埈賧屻瞵躉迿栜湣岕儁奞杒綧釰歏嶲墐揗瀙潫涁砲

【十三问】问郡韵运分训晕奋酝愠靳粪紊近闻偾份璺捃腪焮瀵汶郓隐餫蕴絻坋拚煇员忿堇抆攈垽鞾憠緷秎濅抿浘妏鲼歕綦珺忶歎鶤鐼檼菀鏸賱桾脕臐斤鹌魵斳緼鲼柌檃

【十四愿（半）】恨论寸困遁嫩闷顿钝逊褪坌喷溷巽艮慁噀鐏囤奔诨揾涽嫩捘睔碖焀揵忳讃憞濿暉焌殙淪埨隂碨詪茛涃銌炃扽捹倇敦袸搼顐涃

第七部

平声 十三元（半）十四寒十五删一先通用

【十三元（半）】言园源喧原轩翻繁元垣猿烦暄冤辕藩樊幡蕃援萱骞谖轓掀璠燔諠番鼋反鸳蘩湲沅鹓鞬宛袁蹯媛膰墦籓矾爰眢怨袢洹蚖蜿嫄晅攑犍蕡暖阮芫甗羱煊笲騵蠜喛槾拚煖螈樠貆裷僠杬謜鐇咺笎榞楥蒬鞬鱕蒝襎犿鶢鎱愃摱梡媗臆攘抃袸靬獂睷瑄橎喰灤溒噃榬褑媗葱喯佡惋勬媴惌灒箮翧蝖獖邧愋鴛鱕鷭

【十四寒】寒看安难欢残宽端官阑盘冠干丹餐兰澜竿坛栏乾观翰鸾鞍滩酸团弹峦漫湍玕肝桓蟠丸叹完珊攒单銮韩槃岏刊殚栾纨般棺抟溥檀瞒郸圞跚瘢箪杆驩刓谩繁磐钻汗潘拦姗剜讙胖敦鞶柈襕摊拚预曼磻奸番巑鼾啴髋獾汍狻萑慱掸鳗倌豲襌判鑽墁谰樠莞瘅鞔芄峘犴鬗瘫滦智弁镘洹萑邗媻讕貆馒蕑驙鏄拌搬剸蹒涫驒痑湹荁剬幋迁絙䜌槫瓛撢嬗桉钎豻皖垸鄻抏嚾豌鴅纞貒烷獂獌悗睕慲捖縏跘躝鵳籣灡忨煓虋仟娨孌耑鷒㹽惋槾褩蠸欗綄褍匰韡玫梡羦鍴漙窤篅荌㩘嫨酄椯蔱靬喭岍偳莧繵濽繟芉聅媏雁鱄讆嫥臤犿糷盤虷躦塼鸛欄嬏鋑帴瀊馯臗穳唌

【十五删】山间关还颜闲閒攀斑环湾班艰寰鬟悭蛮顽湲潺删弯殷潸菅颁奸扳患鹇阛镮斓孱鳏娴瘝般纶鬘讪锾跧蕑圜豩黫澴瞯憪僝擐獌嬛闩瘝豻贙眅攽䜌狠轘蘐鳱盤掔訮肦澖彝矜盼瞯睔羦漹顅靬臤邙馯彎硍譠糫婜椮黰蛝

【一先】年天然烟前边仙船眠泉贤煙田传怜川篇钱缘

圆弦连妍悬筵全先禅颠鲜偏鞭迁莲编千巅绵肩坚旋玄娟渊蝉笺宣牵翩捐权毡延椽穿鹃便缠联煎拳廛阡骞焉镌旃专涟燕涎愆躔钿儇虔还鸢涓膻诠燃鞯筌芊跹铅蜒壖湲研痊蠲舷邅埏甄綖砖乾沿阗填溅荃员挛骈鞬棉湔埂悁鹯箯铨鳣鳊褰嫣饘翾悛軿县瀍咽搴佺平遄蔫癫畋圈滇蜷戋漩圜颧籛蛟棬儇卷胼鬈萹颛牷惓璇璿弮朘犍箄潺綖蠙孱楩挻湮蝝篽虦键揎跧塼眲櫋嬛蜎籼蹎肰禤瘨佃菸獧垠搷扁諓零眩汧鋗单媥扇谝沺梃橼譞嗎链煽澶婵鲢撊豣蠉蹁瑄楄拴蝙瓀歅滨瞑剸袄竣辁仟寘搴篇懁狿駽磌溓岍廯幵駩髩豫絟燀玹胭扦枅儃婘甂嗹骿縓驐孪嘙栴梿鏌蜓軿絭攐蟺媔烻捲莚磌峑鱄勬栓鞙啳衝颠猵蝖緶琁耑鶣輲嫥闲矊觠瑼謰獌瞍蹥蠸鄢孃脡鯾緶涢驙痃郻縺萹諯媥孯鰹荓楥巏涓蠈葲健鶣蚈彝鵳昀襚鼻玭鋋篕瀳矔珗郿篶鶓獼溤豣妶脁縳謜脨碮矈瑔弲嫾胘碊娗愃謜锩檇臤雃圖鯿焆裫纯黏璌獱葥榑槙骿汘媗怰鍽厧翾傿玧訮擟朘嬐犈檈繟搧颭稨奸忓瑏繎搷瀳削剝蘿橪騙嘾姾銒篹甂杄糄嬝玆繵櫋津帴鄭鍹鵑鄻裐琔孿鋑竪肩姩顧驪嫙瑼閍锟變灿棩暶瞷熞藪牑珚悛跰猏
萍

仄声 上声十三阮（半）十四旱十五潸十六铣
去声十四愿（半）十五翰十六谏十七霰通用

【十三阮（半）】晚暖返苑蹇挽坂绻偃阮远婉阪反幰娩饭宛巘畹烜琬踠蜿键揵鶠蝘畹堰菀鼹夗圈楗缓鰋躽咺沅蘿匽皖寋夤箢鄢俒鲩鋺肮嫛愝攇梡綩邧畹犿菀愃脕橎媗梚薳嗳褑漧鎮柃睆鰎傿

【十四旱】满短管馆懒缓旱碗款煖诞坦伞罕琯纂瓒断濍曈袒侃窾散卵箢伴嬗浣蜑蛋秆但算缵亶趱痯盌潬赶笴悍脘暵篹痑徶暵匰厂悹柤衎惮焊疸攤錧畚瘓輨梡皯坢埦潵繵狚芊酇輐浫靼晼簳糷拌刐钀穳袒皻鏋㬊攋棵繟璮驙跘啴睅粄鉡穳玬舯衦蘐焌灡秚捖綄

【十五潸】眼限简盏产板版撰赧拣莞睆巕柬浐潸僩刬睅绾铲栈弗戁蝂譽輚僝钣昄䡪撊眅拃䯩摌𣟼嗢舨閪皈硍錠㦨橌晚捾篚睅睐婂攔皖磋鯇

【十六铣】浅辨展典软剪犬免篆巘犨显藓冕茧衍践勉捲翦辩泫喘卷缅鬳转岘遣鲜铉㲋阐演扁殄沔善腼湎腆琏撚褊䀏舛蹇荈选狝謇谳跣艑俛筧䥇辫蚬輾墠匾兖搴件眼涊癬饯蕆栈眄戬娈缱瑑赟洗钱铣趼鞣揃鬈隽蜒键吮谫觋毨叆燀甗笐襽晛嵼鞬蟺沴愞宴撰狷楗单戬丏墡垷愐挽剸辗洪蹍惼沇緛幝鋧鞙罥攓膞圳蠕動趁铲踹嫣蜎鬋樭俴詃谝偭黾碝諓琄鮸揙僎瀗臇鴘囝齞橪娞巷蟮緶輲鋷遰姺腨腨灦碥塬腆蕇枧譂呟竪榐搌痶僤帴礏纆藊暵僐蹇㮸喕哯呀抮黄矎蹨瑄脟襈鍽涚皻樿硯潤蹇豣歀鶣揵圢竨媔躎梿跈熯覸膦曾覎摮悿莬遈媆牑抏烧缳瞲奵縳娊埍鱄挸箴渳裼鄻栟糄偳鍌琠晪莶詪頴孨駪謰刬鄟啴

【十四愿（半）】健愿怨願万萬劝献蔓建宪券曼楦贩饭远眅绻鄾圈堰挽腱畹媛蝘番旙嫣獌隁毽娶褑娩踺䅣楥健謜槾鬳傿脕溤褍郾閞䁘鵅傆𢡸鬟玂複蘿豢楗汳

【十五翰】断散乱汉岸叹半畔看换旦观案玩烂漫晏干唤粲翰幹贯段炭难幔汗窜爨灿绊冠赞腕熳泮焕灌判弹璨榦按闬盌惋旰涣叛锻骭鹳算伴暵奂缦懦瀚捍馆滤蒜

逭惮悍汻澜彖宴鑵犴煅祼瓘矸浣墁谰钻漫鼾涆桉毈缎豻滩衎垾杆撺駻竿爟捥懊谚碳頖盰碫胖哻侃熯藋幹抏鳱釬靽偄姅灒巏韓摊疸鄼垸椴餪镩獌腶瘃悹饡牉瓓鏆殩湠狚洝鮟愌澯矔忨怑钎屽忓嚾睅婩鱹拌雗榦湪殑錧逯䑽妧晼厈喛禒䢸咹肒灡镧穳軏坢帴鑽鴳僈峖瑍糷銲仠禶㺜薒妲欒遦梡衦暺淉瑖澣馯碤槾嫛蠸厂襸鳱炍詊

【十六谏】雁幻涧惯宦患办盼谏绽慢间瓣串鴳苋豢讪鴈丱篡晏汕亂擐扮襻閒覵嫚虥孪栈骭轘裥铲虢绾谩扳缦栅疝僈涮賛刬羼锏赸槵輚摜矔騴鋻摜缳摱鳱睔菚鏟梘洝㵗瞯粯嘕姲繝蕳妟釆梡覵綄

【十七霰】见面变遍殿燕倦战贱恋院扇练羡县彦传片箭线电荐薦甸便砚现霰眷馔啭茜掾眩膳奠绢饯宴擅颤鍊绚炼眄转堰溅卷钏炫弁禅谴咽衒嚥旋援研罥汴狷钿淀善唁缮忭暗先碾倩竄抃缘衍缠选煽漩澱穿媛遣煎卞睍瑗牵纤靛佃券楝甗麪勌饭瑱撰谚眴拚娈鬋惓骗剸渲袨輤嬿綪昡昪悁缱棬籑填縼鄄这湔桊鄯汧淃伣睊瞑栫莚涀弮竪趼晵鴈䇓餋袸偭拣辗蚬僝刋圈樿骟浰縓湅贙諓獧狿葥軓嵃婩健癜怰噮萰蚼褑絭衒蔙埢怋琠弄閞縳玣琔鵑勬鰊橏潍鱄瑓牪瓹䜌槙烇檈驠汌抗硟夐精琁襈䚯堜瀳篟欒滑梘嫸婘梋戀禐哯閧咞繏睼蒝汳迿涏擶糋褊䝭糆覞惍駨烻諞猭媡餋橂婝豣楥姰䢸揵矎𠏿姩諯榗𠩞牑㺕牮睛帴匽肙繟

第八部

平声 二萧三肴四豪通用

【二萧】遥朝桥消潮霄招寥条腰萧飘宵箫销骄摇饶樵苗凋瓢谣桡迢娇聊绡峣焦飙韶椒标蕉邀貂瑶乔烧翘调尧超潇寮雕嚣嶢浇姚轺描僚镳妖杓辽彫昭要娆苕飖枭跳憀髫蜩鹩鸮挑撩谯漂歊荛猫夭徭枵刁儵窑祧骁侨陶么漻料哓幺佻徼彯晁缲魈侥趫臕瀌痟幖硝膋憔恌弨繇熛岧荞猺鳐燋跷峤嘤熇嘹橇穮剽瞧鲦鷂祆礁锹劭蛸藨燎缭猋飂怊蘼嶕萋獠膘龆镖珧鐎獢憣鹞佬锚橑憍鷮趬鱎镣嗂轿逍痨訞箾嵺敹翲蟏撨挲褕僄愮摽嫖蟟蛲磵嶛钊髟儦媱蟭轎叼嬰篙虈襓缪柖号瞭鄡朓膮翏怮嘺佋票哨铫炤吆笤撬鼌榣鴞麃憭飉虭嫽藨潚骠莜嘌颵蛁膫嫶螐欀蕉儌枖翾瘭憢踃鹋懆嘺烑螵瘵暚髎岹鋈鴟廫刟妱鸼駋㕩蔮鍣劁槁娴藢赚敫禮菽奝蠨皦燿鷩顠燆緰篠昭鮹穚顤璙眺眇磦卲瞍鎐謤鲷狕杓磸寮鐈蹽膲繑獥焇㹨槱撽匋顟萷祒玿葤鐈嬈隃笣獩欂梟穘盄銚緢橾窱鰾莜皵蓧鉊篻欿鄵簝

【三肴】交巢梢郊茅嘲敲坳抛胶包蛟苞庖爻匏抄肴呶淆殽胞钞铙茆捎硗筲教哮譊凹旓嘐茭崤蛸稍泡抓骹髾鞘鲛炰磬弰跑咬炮髇虓烋啁磝庨恔轇爮窼咆嶅筊鸡脬媌艄樔剿詨轈鄛姣窌挠謷捊寥鸼靤嘮罦澲艽麃罺摎刨唠枹跤婋嵺訬吵飑硇猇狍鮹鞄誵謪墽梎痚勅鹲鴹髐涍膠硣摷鲃掊灱摮穘嵪輎焇磝佼顟偩飍蟉泑尥湽萷靤骲俘娋頝嗃嚗郩玃鄗梎歊笣孝緢纉挍粆腳顟洨

【四豪】高劳豪涛毛袍曹刀骚皋毫桃蒿醪逃遭号鳌牢

陶舠旄膏韬滔髦遨操褒搔鳌篙槽萄猱饕艘嗷嘈绦糟槔熬壕翱忉璈麈敖濠糕臊叨橐羔嗥洮缫淘嗥薅嚣尻獒酶飉咷挠绹螬艚謷鼗漕慆嚎謷捞啕慅嶅嶆毨廒裯翿鲂芼謟骜掏簩溞挑轑氂螃蜪咎绸牦梼幍騊酕裪槮睾掐叨鳌耗爊懵裪涝痨唠謸蹧憹梼夲鹜臑傮崂軞浶鷎齾猛釖翢覒橾皘詨媌眺簝嫯朷菽夰鐕膫嵺潡鄗栣 幪蝚獋褿蘈鱢嵪獓郻纛擎鳋瑫餡鄛榣鋾匋隞蓸

仄声 上声十七篠十八巧十九皓 去声十八啸十九效二十号通用

【十七篠】鸟晓了小表杳渺杪扰袅沼兆窕皎缈矫赵少筱眇裹窈绕窅绍淼旐悄蓼嫋曒醥肇殍朓皛藐瞭缥缭嬲秒夭麨剿溔愀挢挑湫莩摽掉寮燎鹭标昭缴褾剽僚眺佋蹻娇佻鳔蟜舀娆吵鐰麃钌眑剿鱎瞟訬憭鲦嫽驄枖偠嫖䠷窕闄屌敫婊譑橚祒茐鷩�枃垗绕鈔眑柖媌嘐爒狣鄝皫祒箖鐈鄵顠仯菽蹽鮡隢巐璙藨朻蕱杺昭篎菒鸙璬庨梢蒚岆仸蔈榚尞詸誂膘

【十八巧】饱爪卯鲍搅啮挠狡昴泖姣咬绞炒佼燺巧找茆铰媌拗瑶笅吵孢骲鞄虦狕笷瀀緢欛鸼缻烄聚頝措尜櫹挍怉

【十九皓】老草早扫抱岛宝好藻保恼道槁讨考浩稿稻昊潦倒枣祷皓蚤脑捣杲缟葆藁燥媪皂堡造镐褓嫂皞祆颢瑙澡埽涝慅灏栳鸨夭璪娼橑薧櫜拷栲懊烤缫璅磂衰恅缲轑慅驮嗥狫鄗蓩皃套燠嬶蝹夰滈捯藁筶堢菒鰝跃擣茬芺裯賲祰謟穹淏槔絩鸨恏忑傐糔狣咾洘聇鹔郩悎怉槄憹皫檬鄗簝剿鮡棵峼祰菿

【十八啸】笑照啸妙调诏庙钓眺料召耀峭峤叫窍要诮

曜徼肖烧掉疗吊少窱釂藋俏獠茑劭跳铫邵鞘窔醮哨粜鹞轿骠燎噭漂谯剽嘸炤突蓧摇爝绕票悄尿约溺趭嘹朓裱镣僄鹪僬蔈瘭朓訆俵覞偢卲燿誂窎尥帩潐獟藠摽膫瘸傈骯艞佻顟撨灴絩鑃僄嬰嫽窱鷅鷩筄晀熮敫嬓熎顤顤敿璙踃譑娆顠莜杋鎳尞嶠篎覞爊劁翏鐈獥蘪訋竨槝嫖

【十九效】貌孝豹闹教效校棹罩淖觉稍窖较炮乐趠砲钞泡珓疱踔敲桡礉胶爆坳酵鞹巧恔斆儤獿哮袎窌笊窌娋犦麭刨拗艄挍饺婥潲睄撽岰仯詏潡緢嗃奅烄軪骲礉洨恔髱

【二十号】到报帽灶操傲噪盗奥号诰导蹈耗告悼隩劳毷躁道好瑁暴冒骜漕造奡翿毷膏嫪靠犒焘倒芼抱眊扫瀑帱墺纛糙凿祷慠部秏曝旄燠搞瘙缟懊埽涝澳謷慥鶩謟套痨娼鏊艕嶅纛鲑憦髝傍毷軇璹瓙槽矺喑扷翢槔趮嚗皓冃祰褿蔚萺艒覒祮芙揳鄵鼛橯葤跃蔽烄耢鐭皓

第九部

平声 五歌（独用）

【五歌】多何歌波过河罗和萝磨峨阿跎柯戈坡科娑蓑荷摩娥梭珂哦魔讹皤螺窝陀窠鹅沱禾蛾驼酡莎他呵鼍婆挲诃么轲那疴颇涡痾苛哥莪它佗磋拖峒驮骡靴俄陁锅傞薖搓蛇瘥蹉迤啰锣蝌劘傩舸鹾箩矬皤叟紽婀瑳挼囮鮀醝蠡羸挪屙吪睋倭艖趖牺靋硊沲猧鄱唆嵯瘸伽儸番迦緺喝賒詑难痤嗦鈋髿逻茄玻饠堶砢岮菏哪牁啵埚蘑稞騀羸捼嵳椤縏桫莎她陁鈘献柁戨枷踒猡菠驒莴攞

髁蓬滒逶鮀皒啊莪满鮻咃鮀紴駉憜覼摞脞袉硪唆柂簻
踒涶虆钶踻嗳鍋樶椯侳擘庌狏锕钷攎咃肒呙翗氇唰梛
蓙躦魤攠妖鉫覣杯挐䊀蚵嗋過蒫鲄椯鄿誐痑崜刖滗抲
珴涐

仄声 上声二十哿 去声二十一箇通用

【二十哿】我火可果堕锁隓朵祸颗裹舸琐娜妥坐左坷么觯裸柁荷砢跛颇夥舵笴躲惰垛簸嬴瑳髻栫轲沱叵蓏堁那輠峨脞椭播騀沲佐哿埵硪哆傩陊痑婐蜾拖娑揣駊惈猓隨閜阿卵伙瘰爸婿婀憜蚁爹跺嫷棵笸鄹髁婑岢哛揲倮鵽涹隓眊頤莪扡炨抲鍋捰叜鲄誐碢崜移樶绎敤彵砦擶砈縒緑锗锞亸涐她椤囉攞椯挜痑脞陏褍縒刖粿稞瑳炣誃钶溧攍毦惢

【二十一箇】坐过卧破座和个贺课饿唾箇些涴磨大货惰做挫簸個逻佐作奈那懦播剉糯左驮锉莝坷堁蹉轲惈磋他剁瘅婿譒骒迯盉蔢哆哪啊髁蚵摞毦袔醣髍蔆踒誃娑攠鍋腂砦侕娑袪痑沘馪侉吤攈纙敤椤椯涶侳捰

第十部

平声 九佳（半）六麻通用

【九佳（半）】佳涯厓蛙娃哇娲蜗鞍鲑騧緺徍猚哯芰

【六麻】花家华斜霞涯沙赊鸦茶嗟车纱槎麻誇芽加遮嘉瓜牙哗笳砂葩蛇邪衙遐差蛙琶瑕夸奢耶叉葭挝虾拿巴袈些洼娃蟆騧他查丫呀蜗爬哑枒谺哇楂窪芭爷罝娲铘畲笆鬘艖迦椏伽窊岈琊珈笯髟杷豭跏杈檛姱茄枷痂

緺 靴 雅 豭 骅 垞 喳 鲨 渣 挐 爹 阇 柤 豝 羓 椰 吧 揶 枷 瘕 污 猳 苴 莎 搽 疤 爹 騢 秅 涂 妈 划 畬 鍜 溠 煆 荼 蒩 吒 茬 嘛 荂 碬 佘 靫 塗 咱 耙 齇 铊 駕 摩 嗏 蚆 嵺 玡 齟 椵 啦 叭 呿 粑 铧 踷 齄 颬 硨 袈 釾 鉇 舥 鶒 吾 碴 桦 痧 痲 蚜 旯 钯 嗻 砑 啤 搭 謯 瘑 呱 挐 閜 猳 鍦 胍 蜱 泇 犌 笆 铔 葷 柴 藷 担 澘 踊 拕 揶 涂 砻 哪 潳 梌 搲 簻 謌 祖 粆 誽 苩 婼 呙 焆 哔 找 藸 妑 奁 抲 哆 犽 乩 秺 歊 跒 浾 偓 駉 槎 侉 笌 鎈 鋘 摦 嫬 煱 蒫 痄 皅 暇 媄 蘆 膼 咤 腵 腡 揿 螌 愘 桑 鉫 謶 誽 吪 觰 鈣 晇 椵 祖

仄声 上声二十一马 去声十卦（半）二十二祃通用

【二十一马】者 马 野 社 写 洒 也 雅 瓦 下 寡 冶 舍 把 赭 捨 假 泻 惹 灺 罜 檟 夏 且 打 哑 鲊 瑕 踝 苴 若 厦 贾 耍 姐 扯 銙 奼 剐 庌 輠 瘕 閜 哆 髁 傻 码 玛 叚 喏 疋 壄 嘏 蚂 乜 痄 邸 驰 䨾 蔦 苲 厏 蕐 搲 怹 摡 檛 锞 稞 吔 担 溤 餌 椵 跒 鰢 顆 粿 腂 蕥 踷 偖 鞋 聄 駂 雩 謯 騇 滗 谻 鲝 她 觟

【十卦（半）】话 挂 画 卦 銙 絓 褂 繣 杀 衩 尬 瘥 罣 榨 睚 诖 嗄 杷 鞋 澅 謌

【二十二祃】夜 化 驾 暇 谢 价 罢 借 榭 亚 下 架 鏬 稼 嫁 骂 讶 华 怕 诧 舍 麝 跨 卸 射 诈 赦 蔗 迓 乍 柘 藉 夏 泻 霸 咤 炙 坝 胯 秺 帕 吒 砑 汊 娅 奼 靶 假 罜 嚇 灞 把 吓 榨 鹧 贳 差 岔 祃 厦 籍 蜡 弝 嗄 吗 髂 奼 暇 贾 桦 衩 杷 耙 唬 咔 槬 犸 蒦 踷 謯 酹 蘳 渣 哆 摡 偌 杩 觟 爸 跁 侘 厍 褯 砟 侘 笪 謑 搲 觰 傌 痄 偓 嗻 謌 坬 衙 閜 狛 浛 娄 搭 犽 椵 炨 愘 鳠 闁 任 嫭 懗 窄 騇 芐 疟 枇 詨 渃 誽 砥 叭

第十一部

平声 八庚九青十蒸通用

【八庚】生声情明清城名成行鸣平轻晴惊兵倾荣程横京英营耕迎更卿精缨争盟盈旌兄莺征嵘楹诚瀛羹荆衡并笙评茎烹鲸萦觥筝萌酲氓琼婴檠呈庚贞撑晶明坑擎枰亨羸泓罂茔赪狞甍撄睛赓粳正宏铛嘤蘅籝钲甥轰怦饧樱铿嬴茕琤菁铮坪盛牲盲纮莹橙丁霙彭祯伧桢闳枪瑛珩棚瞠黥苹鲭訇鍧虻绷鼪勍䔲猩令峥硁䴖䴒璎骍柽黉枨鹏祊瞪砰璥抨潆儜呟脝鎗蛏麖翃伻抢怔竑鬡睁蜻絣弸榜桁裎甍趟侦搒澎泙掁罃鬇哼喤茕輣浤珵睘嬛箐輷栟宬藑浜净请膨锽洺姘濙顷軯渹嫇狰閛拼锳禜鐄盯蟛咣溁硡訇鮏蠳鉎鈜嶒蝾鯖䴘撜桱脭夐醟鴊揁浾狌軿峸筬庼諻砛嚝猄拧硼圊挣磞洴耾恲娙鋐虰柠鄳牚謍蘡騯晟郕筕嫈汯腈浈眐揘誙駍賏竑晗停媖憉炡閍彋棦佂鮃朾檾濴啨瀴鸧娍稝霐荿攍劥悤絾玶蒀媜篣艵鼆僗摼伥泩羟瑝茵痭鑅撤饑埩㢣捏殅帡茔胻鸞琔鑏橗雃帲瓗妔鑋渶弦嫈呯殸揨礯蝧嘭邟蓱娫爃寊嗙碤阷紅凔榜葝嬣俓柍竀硏婛鶁洐罌箳精罤螢晴楟珹汮臤詈諻鍟靗浧埥殌鋞莖赹撐蚲橙鍈褮趽鏰胓烆聇浭樈砊珄埂麠垶煐朠

【九青】青星亭经灵听冥庭形醒屏停扃馨萍宁零腥龄汀铭溟瓶泠刑萤廷坰霆翎棂铃苓荧丁婷舲型厅硎軿惺泾瓴俜蓂伶鸰陉蜓玲醽聆渟仃咛钉娦螟邢蛉暝令铏莛囹瞑鲭駉町鞓軨鯹箵筳篁荥鼮玎娉蓱猩鄍叮羚頩拎嵉径钘蘦綎軿骈濙呤桯爧订詅竛昤箳聍鉼娗笭葶娙楟狑

玲霊姈蟳跉睲聠鈴笭瑆俐圁疔狌娗帲駖榠荓霻蛢鋞甹
砱絅肣蛵郢柃奵鸋町聤靪浾猽銒朾紷鵿濴頲耵閝庁蓥
呬䨩桱袋澪邛鉎艼閮嫈葖芓煋諪鶄秢帲榳鏻頴邢獜鄁
衔伶齡

【十蒸】灯僧冰陵登层能凭升腾藤兴朋曾增蒸凴澄棱
乘凝胜绳憎称鹰蝇膺仍承嶒应徵鹏丞肱崩矜罾塍渑兢
昇镫绫缯菱鬅鹰惩恒凌弘縢矰烝簦淩緪崚滕征楞棚礽
誊疼冯曹虋滕艿磳輘堋症鄫薨淜鯪橧絙登譝僜掤噌殑
僜憕扔芿蔺姮脅掕漰睖陾騬碐薐塴穪竲揯鬅噔砯蹬膯
倗憴遳焻竑涨軿睖儚抍踜瞪篜嬁鞥耾裬倗璔塍溹譄庱
漆璒陷齡熷伃鱦婈痭顊堋裬驓俊錂儆覴氻驣嵭氶弦

仄声 上声二十三梗二十四迥 去声二十四敬二十五径通用

【二十三梗】影冷静景境岭井永省幸顷领警梗整骋耿颖
饼猛杏屏靖绠颈阱颍炳瘿逞秉郢倖荇矿请艋鲠哽黾眚
丙炯并囧冏怲皿冥靓蜢犷璟箵憬箐悻邴打衿楟洞懭痙
埂竫蛃惺渻裎睘奟苪睁檠穬猙睲庰勐苘浧甑璧濎艋倖
寎栐晸胻鋞鼆眪眳箳浜掟郠眻伶莄炅鉼峺陃慜廎麠鉼
暻鲜炴擗柃璥誁永幜睲帲帲晴擤郻鱦徎朾侱挭擏揼柠
昊

【二十四迥】顶迥鼎艇茗等酊炯肯挺涬町拯梃醒溟謦铤
褧頲颎艼并剄泂絅嵿惺莛酩脡珽侹胫濙颋冼奵矃佲诇
订敻泞烴婞笭炅㴴涏玎榠娗汫眳巊耵苘鑏鋞鑋奀嫇庱
誔莹庼誙頴朾踜靪烶姳侱閮徎瀴綡

【二十四敬】命病镜性咏净盛圣政映令劲竞正姓柄庆敬
竞孟迸聘郑泳横硬证更诤儆獍迎清行评并侦靓敻另榜

帧証轻證阱晟倩檾盟请艵摒挣怲娉锃碰婧檠擿濎诇郱跰啈詺絎倞曒瞍龃鑿朾璥鸻请絎觧詇娙壏姘鉼眐竮窺賆掅鉼狌葝澋炩眐儬瀴胻浧竨鞕

【二十五径】定兴径胜赠听暝应磬磴称乘莹甑剩罄侫胫蹬凝凭饤亘孕瞑订邓滕泞醒镫秤宁凳碇滢经亙艶證嶝症綮庭锭瞪凌廷钉隥鹰檷懵蹭懜墱鹦鑿倰踜藤靪俓痭氶罾埂傰罾桱磸掅堋褮誔掕僜鋞烝冥掟滕隥驓菳揯莻淠橙碃膡觥瀜忊蠅睲揨靐靚

第十二部

平声 十一尤（独用）

【十一尤】秋流游头愁楼遊舟州留休忧浮洲幽收求侯丘悠谋牛裘钩酬鸥羞由周俦修投筹柔稠眸优不讴沟畴猷瓯尤邱囚虬旒缪搜雠仇刘飕沤遒脩邮鸠油犹骝楸辀侔陬啾矛球抽雔瘳喉偷湫驺毬篌猴蝣飗榴锼貅篝篘斿疣櫌牟髅酋鍪邹否樛璆呦咻缑裯莸抔韝诹庥鹠欧蜉彪娄鞲勾蒐帱繇兜鳅蝵儵攸媮嘤糇紬瘤逑裒售飕檦訹蝨遛罘輶鹙镠鞦艘齁鲉赒廋啁馐浏蛑桴搂阄泅涪褠刍鬏揉螻擎窭愀绸叟溲鞧崷斛赇蹂漱鲰揄偻搊骰琉掊彄潋区揪蝼螯麀俷菆吺罦掫鳙勠魗丢抠惆滮句鍮馊嵝烰鍭卣调蒌蝤絿摎俅膢醅呕馗瞀篓诌踌懮盩祷鸺酘艛龟滮廔妯琈睺救枹球萩瞅赳軌妞泵硫厹犨慺鼺醧鈲鯄椒塸茜鞻镏鄹祋瓷鳢庮莱騪嵧銶鏉漫艀羺淍迺锫喽雺耧飍篼瓿蚰芣蚯蝚鯈泃蓲芤鲦牏逌怮眍鹠鸼髟梂瘊鞣艽怄埾鏂厶䌷獀鎏頄哞恈蛷輖蟲滮怞骺楢蟱葔啒鍒鉜鮋緰

鷘蓟枸鰡蒥婤聱鄹瞜鮂揪遱鷜犰撨沋畫廮莍裗菗吥湭
溇薵媃鶔鰇偤哂劉鄾嬦箢圳櫙扏叜熡孜磂騆寠絒膒匬
醔燽駀玌渘帿鄏腬蛔肒䆋鏐朹蓅牞熮樇騥垺烐銂麀聚
箸鰸椆鏅瞧噍涑煪鑐緅挎捄婺腯訄盉鍬脙翏齺霌慘䝂
鋀尯穋媹汼湭犻薷恘浗紌鰌岣哹剅紑睭鵃侸烋粰朻妋
扰瞜郖篍嬼觓徟抗傮趜殏軥蓨鱃熰鯫蓃袧郰雔栦褛纋
鴀珛瞍釚投慒趥鵂眗钆櫹崱葥櫾篼蟭嚋揂糔泑

仄声 上声二十五有 去声二十六宥通用

【二十五有】酒后後手久有柳口友寿厚朽叟牖九负偶亩右丑否首走醜狗斗绶垢守薮肘阜帚剖咎藕臼吼缶韭玖酉受苟取母纽妇舅塿纠诱耦莠某蚪黝陡耇瓿牡擞不笱浏揉蔀嵝呕杻钮扣罶嗾赳纣授狃卣忸掊蹂叩糺糗绺槱蟉抖滫桕莽瞍棷部殴糅篓釦黈甊扭拇掫篰科醙趣灸眑羑垕紏欧蚴琇茇麔溲喁溇娄佑籔懰茩㨶钭茆鋀岰妵浽枸鯫铆蚼萯睭殕艏岣歸塸栯腢蜏皀庮剖偤糔皐玽蝜餢踇楺欆励郈缹砪炄妞媀䕎齱斢泑吼飳璹㮴疛緧雺煣莥朻紒筶沑懮鲖莥紑鴀熮媨龓聚杼芺犰湡犃煪聊珋吋培奺鰌嬼齨楢吘丑牳喽藰偺浽婄垺

【二十六宥】旧秀瘦候袖就昼漏奏岫绣透豆茂溜陋斗宙授构皱窦寇兽骤后胄谬售臭又逅究後鬬鬭堠逗祐甃幼寿狩救酎嗅彀漱扣搆狖觏咒凑厩鹫耨宥疚籀覆遘囿右诟辏霤绉富脰走厚镂宿僽首侑购蔻留彀懋媾瞀雊守糅饾受咮复贸柩胄戊副够簉仆復锈膢缪姆叩鼬馏吼绶僦廐佑袤嗽琇读收冓柚灸雊姤繇蹂瘤秞廖沤糗嗾槱噣廇狃伏揉鲎愗懤句鄮謏楸譳油畜痘飂佝擩釦鍭揍鍑塯貁

楱睺毭窬韝複犹輶雺輮酘偻鹨瘘浢镏媄螋铀箾狗娋蔟
殧鶹袧鲉嗕遚慦嗖斞粙煣熰骺糔涑楠弆鏅畓掔櫾慺恂
蜏駎熵逌鮕峟磂鵃豧嬦郮憱梮鏉犆怞梎鞣璓疛溴浜猚
鞣嗀嬼寇珛福嬬鮈邷輻

第十三部

平声 十二侵（独用）

【十二侵】心深林阴音吟寻金琴今襟侵沉岑临沈禽簪
斟森禁霖砧任浔衾淫钦箴骎针参衿琳愔瘖嵚涔擒歆忱
埁琛鬵淋谌喑壬唅蟫霪黔镡南祲纴湛芩荫槮蔘灊焊檎
鲟郴妊鵀霃椹吽蟳煁廞綅肣芯棽噙梣紟罧澿撍痳闇渗
噷襂豢黔鄩鍖碄鉦礈箖崊笒綝惏菍嬶杍愖蚙荃埐穇訦
杺橬鈊玪魫磬 庈惍鱵鈃禣莕鈂璕聆怜橝諟葴黮宩鑫諃
瘎枔埁鈙櫼瞫泠螒拎幓瓪鴝鲟殑嫈捡瀶鈐鸐

仄声 上声二十六寝 去声二十七沁通用

【二十六寝】甚锦品寝稔凛廪审枕饮衽禀噤谂沈饪恁懔
荏葚蕈淰锓椹朕踸怎磣檩墋脸澿婶瘮菻魫梫伈跉鉦唅
惗覞顩嬐朦橝訦瞫曋棯扰趛吟抌闇桩栚秷箖谂

【二十七沁】禁荫谶浸任祲沁鸩赁闯谮饮甚渗吟枕深罧
窨临寝纴喑揕噤沈紟衽僸酖鵀癊侺锓妗妊吣郱鶔愖趁
瘎捦笒菍扏扲搇髟鈊鈂伈曋

第十四部

平声 十三覃十四盐十五咸通用

【十三覃】南 谈 酣 潭 堪 甘 三 庵 岚 参 蓝 惭 骖 谙 探 蚕 毚 贪 含 毵 涵 男 簪 昙 耽 柑 函 楠 覃 鬖 憨 谭 篮 聃 担 戡 眈 惔 甔 篸 醰 驔 婪 諵 儋 镡 湛 蟫 蚶 鐥 嵁 泔 盦 坛 醃 锬 痰 壜 弇 褴 郯 谽 邯 坩 颔 渰 媅 唅 鹌 鋻 坍 媕 傪 戡 藫 餤 䎃 澹 欿 啽 痯 腤 淦 倓 啉 燂 蕁 鐔 苷 浛 灆 蜬 酖 歛 惏 憛 唵 儠 荨 噆 痷 儖 嵅 倛 喒 礛 埮 肣 闇 瓸 姏 瞫 傝 醈 鋡 箬 喃 郍 菩 炶 橝 頕 憯 晗 腩 萳 霅 泠 嘾 玵 弎 葻 媣 鐕 惿 婄 谵 璼 撍 谽 筨 畘 聸 擜 檻 媣 謦 媣 頦 畬 颌 繿 䲭 灆 裺 梒

【十四盐】帘 檐 簾 添 簷 尖 纤 嫌 盐 严 兼 髯 廉 甜 炎 潜 蟾 沾 拈 瞻 淹 奁 占 签 恬 厌 霑 黏 缣 籤 阎 钳 谦 铦 砭 镰 歼 觇 粘 忺 襜 餍 恹 黔 钤 渐 鹣 詹 幨 暹 佥 鲇 憸 崦 苫 蒹 痁 噞 籢 阉 挦 燂 燖 檭 腌 阽 蚺 谵 濂 蕲 枯 蘞 爓 灊 鬑 鬑 瀸 湉 磏 沾 奄 緂 裣 针 楠 孅 呥 餂 酟 栔 佔 掂 锨 櫼 杴 蠊 棎 穛 鑯 碱 䭾 譣 礆 锓 詀 臁 憛 嵰 蛅 笘 韯 燂 䄯 讝 蘑 拎 壛 劆 荼 搛 敁 鹸 蒹 黏 岒 熑 嬚 嬐 詽 檶 蘝 槏 袩 闫 玲 凓 嫌 濂 譧 秥 肷 伶 蟾 螹 蠊 慊 怜 貼 鋑 讇 妗 硽 蛉 閰 痁 幓 黚 钐 撍 噡 銂 鸧 熸 聆 殗 僣 頬 鎌

【十五咸】岩 衫 帆 衔 凡 缄 杉 咸 喃 函 芟 谗 馋 嵌 镵 鹹 监 巉 劖 搀 严 掺 嵒 諴 椷 衔 縿 碞 欃 瑊 杴 鹐 搣 黬 髟 崭 攙 毚 嚵 獑 儳 渢 黯 穇 幓 艬 站 詀 锨 櫼 嘇 崡 尴 鹹 杉 礛 穛 扊 杋 欃 覽 鄬 祜 玲 譀 礹 涵 濂 钐 蠊 甐 肷 鹹 鑱 鎌 葴 揞 舰

仄声 上声二十七感二十八俭二十九豏

去声二十八勘二十九艳三十陷通用

【二十七感】感 览 胆 惨 敢 萏 坎 颔 揽 糁 撼 壈 毯 荚 榄 窞 黮 紞

髧匳憯黲歜啖嵌餤黕淡澹槧禫菡椮砍闇歛黤醓傪掩噞醃耽惂晻喊醰賧轗罯鎮寋鱤輡埳橄憺贛唵黵忐鏨澉揞昝巉霮醂黬歁腩啿朁鏒顑饏黴湳莟肣薝玪嘾腤喃揇蜭輡臽漤顲馾炕醈錎襑倓幓罯撍燣参颔衴爦噆撍抌澰篢浨莐惏澸鰔

【二十八俭】险点染敛簟冉忝俭检脸醃闪苒歉玷琰贬崦剡飐渐崄陕芡潋谄慊俨掩睒罨捡嗛魇黡猃广隒檿磹奄湆埯厣椠弇覢頩舔扊睒店謟睑黵噞菼棪譣蔹肷驔裺鏩黬螹曮晻穲鬑獫玬澰葴媣錟礆咁呥婖孅忝醃橝龑痁礆嬐溓硽嬚錟

【二十九豏】减槛范黯範犯舰斩掺湛淰轞蹗巉黤帆嶄鋄瀺阚瓶歉碱闇鬑溓喊黴跉壏撖钒醦嵁懢偡瘎黬鰔滥槏

【二十八勘】暗憾缆暂瞰勘担探歛绀淡甔滥赕澹磡三憨墈唅篸啖阚闇憺贛鏨憛淦壏爁霮僋荅泠傦嚂琀脥婻顑餡忱錎撍揞巉甜漤淦倓蜭黚参懢馾傝瘖姏瞫閻顲

【二十九艳】剑念艳店焰验滟堑欠占釅赡垫厌坫僭窆砭餍殓觇掞韂敛歉苫爓潜襜佔傔椠磹潋焖惦敁醶瞻兼幨沾淹忝碱痁噞俺猃驔裧畲厭舩貶爁检盐譣趝頕胁裺鳒菾貶嶦穲殗埝澰獫

【三十陷】鉴泛监梵陷汎忏赚蘸站镵帆馅欠儳剑溯撕钐訊阚湴譀谗淹瓶顑埳揞钒艬覽湛韽潸錎肷臽溓

第十五部

入声 一屋二沃通用

【一屋】竹屋谷目木熟菊腹哭服肉独福速逐鹿禄麓肃

轴宿牧陆卜六筑族榖沐馥斛縠祝犊读築掬牍叔复缩粥簇蹙育秃覆復伏曲碌穆淑渎蓄戮矗縠幅扑镞燠竺菽漉瀑蓿撲蔌簌椟鞠鹏恧睦鹜蹴簏蝠谡煜澳觫霂塾黩郁仆夙辘餗畜槭麴洑複濮衄浊匐辐朴樕角匊毓輻孰舳倏醭鬻樸僇讟暴曝蝮箙稑槲昱啄盝鞫朒彧韣蓼熇蹜匐琭髑輹柚告囿蔟忸睩滀毣踖俶踧柷澓摝鵦碡瀫袱慉鏕搐鹔茯菔楅瘯苜剭殰蔌蓄副薁籙踀螰嗀觳罯榖遬橚虙趚梀骕鱐鏥勠蹗閦噈鵴缪鮇皾鵚阿錸緎稢蘈嗀瀫摵焀鸕朷穋腛璹掿蹼汋唷湇峪僓趗蜎拲蔛娽翏蹈涑熝鶝篴豖樚匑坶襡纀栿蕧艒汩鴋鯥蟰蚞綮嬻韇劉踿蓫蔍茿騊鯥梀棴諔惐嘟趗獛椈驨茁疛諫鍪潚竜馵宓殜膔淢道盤稪鞹婌斆茜鵃榼踓鬻畐堇椂璸渎槆稶嚛礣琡襆埱犕騄鈦篕鑟蔌鰒斟拀棣栯椈椱垘鞫趣瞩㖼偪媊蝨簩哊殧聊洤鮑剢粷苗嫮罜烌墌焂卛鄜蕭鳪砡轐紌萺磠蓺鱳雈瘼鉐鄐樸鐭樎鐍媉鞏琺軮埱嗖鏉謳觻

【二沃】绿玉俗烛足续粟束促辱局躅鹄录欲触蜀浴毒旭狱矚曲属酷箓渌酥沃笃赎褥勖溽斸督嘱梏缛鹆纛峪蓐蠋菉騄瘃趣牿仆顼告鄏挶幞裻歜嚳瑦襮鋈锔逯輂斶虙媷熇臅起匤藚慄襆臛旮蚰欘趢拲爆娽灟啶駶軉傉鸀鋊鏷鬌砡蠾螐蔔腜箶造轂捁頊粊搙溧絭悎琡鬻僫钃輆螸襡斣涿嫊噣銵嘱諫屭梮琟疁鈺嗕抶蔌鵠

第十六部

入声 三觉十药通用

【三觉】学岳朔幄渥角濯邈握璞觉剥琢确卓壳雹槊斲

鷟擢荦捉浊驳数啄喔桷榷乐朴駮诼灂樸齪埆搉较啅镯珏鸴鸑药踔涿倬跑戳岀嗃悫爆桌椓娖鷽浞硞穱搦擉箾眊偓嚳飑棹瞀斮碻瓝鋜縠噣欶懪皃嚗搠斠捔趵嗍瑴墣穛傕韄觳齷掿礐晫烞鵫蒴沨蠗籗窇瓁鞄礭骲珿媉鳰楃悎犖汋顴晶豿欘仢詘鎙稓隺墧钋篧鰒觷尗芈瞨籍硺菿娕齺斀燩旳髉琸龏腛敩捳殐犦籗㷼壆

【十药】落薄鹤阁壑寞郭托酌漠略泊脚雀廓却託昨乐作恶跃弱洛鹊缚萼约索诺削爵钥错著橐络博着箔铄谑藿幕箨虐柝灼药铎嚼霍凿礴若怍瘼鹗愕烁屩籥锷酢搏崿勺酪攫粕度噱杓讬鳄斫涸各掠蠖礿臒莫貉绰镬谔瀹鄂恪疟穫拓珞魄垩笮膊膜椁骆爚擇摸噩箬扩矱雒爝玃襮镈臛缴烙堮醵礡泺搁妁亳遻获腭蠚格鞟艧泽焯斮彍龠蒻礿獲咢钁陌蹻矍饦镆霩躩郝臄硌皭熇跅皵臒芍篗矐逴踱柞戄鑮煿汋岝曤鑿轹漷攉嗃欂蒦躇昔燋悫觳靃謞犦瞙蓴祏飵嬳堊檴蝁鄚婥暯汑蠼鄀猎厝咯喏胳貜迮颚碏鮥隺袼楉嚯䕶鐯猼瀖喥礴馎烵婼剒峈沰縸䃤澤嚩矆馲鶮貈鄗胉杔嗼溺矌笿厇崞䨼蠌慔牔瓩苲櫎蘁靳櫮謶藃塻鬞婩莡娋剫仢鎍稓莋偔癨棤櫡岞溹逽蛒铂繑彏劐狛踖曤渃蘥犳焲籗䂮穫鑩嫋嚛跅秨鰝鶸妰嗷斮覨郤詻趞鶮擆铬仛圴纅葃敫魠縒籱鱳墌龥踷㴉禚唶撗鈼侂砟佫檡挄矺擽茖扚癋

十七部

入声 四质十一陌十二锡十三职十四缉通用

【四质】日笔室一失密实术疾術逸律出毕匹膝帙漆溢

瑟栗述吉七诘必橘秩蜜恤跸质乙虱栉秫蟀悉唧慄荜黜
弼叱潏谧繂嫉汨戌率昵轶朮篥节窒镒鹭侄锧怵卒壹绌
佚苾鹬疋崒驲姪茁蛭抶桎綷罼沭獝繘韠遹衵堲祕泆铚
霱筚肸鳦咥蟋溧泌帅佾蒺飋飶駃厔聿紩尼訹袟𤝞溧挃
姞蔤泏耴比佶熚觱珌韠妷饆瀄礩踤桼傈鷅璱窋駜晊摔
捽矞沕拮鉥潷楖佖铋馝銊茂膟柣袟庢祇眣瓆鳴驈鷸圪
咭疙蛣宓郅枇鵯忲銡趌齣窸痆鱊怭滗滵騭螲篳呹秷榓
彃欪螏鷝狤胵珬峚炑胇鮅郶擳櫍芛塛秖呴蝨邲揤秪抳
袕銉鏎柫泆怣肷恄柒䢪檻祗滵笜暨絉欥炪祇跮斄蛓僁
膣鴶䴈焌縪箤吹蝍搮眰琗茟燏鷸洷嫕犵詄妼趉鮚銍瑮
鴪孒釰魓槉膣鞊蹫欯恎

【十一陌】客白石迹碧夕尺宅席隔策惜役屐陌益璧伯
赤癖柏窄驿百剧脉隙辟翮戟迫掷液僻麦昔责积释舄泽
额易厄册获坼帛逆籍獲赫革脊择帻拍谪魄掖碛拆格瘠
斥奕腋适绎擘怿画射只索藉磔译珀舶汐鲫硕膈蹠檗弈
炙蹐绤鶺轭啧划扼貊斁赜帼馘摘螫箦阨穸骼蜴唶帟疫
塲迮嚇鬄栅核摭踯襫峄哑刺虢奭祏蝈擿咋腊摵覈薜霢
渃躄亦槅借婳擗醳虩砉穫搹踖嗌碣峉蓦剨耤筴掴鬲霹
齰莫陒喀塉騞嚄鼫媳鶷撠呃齸愬艗潟圛翟嗝蚱貘齚粣
襗漍霸晹柞鷊嘓佰礉舴洦覤睗積謮厏泎縌詻樴敀郤睪
齰啪哧硅嘀虴蒚郄蛨曎鸅塥椆檡礋绎漍瞔墌簂銆霡捇
鮊蚅闃諽蹃躤嵴帞鶍擭嗼鉐鐴膕茖瘍箣垎膉炈㺨鉀燡
窢瞙檘趞杔栀蒿鏼葃苲嬕厝賾砨䳭玐拃格莢蚸捒慖焱
讗簎嚍嘖苩岶鵖焲蛒鱯犱砶唶貎憡焃嫧腖胉徼貖矺韄
墿鈠振諜熠鰿聑烢礐棤諎覞蠌稓糪澅馲溹樍路袹頙棭
觚啋躆䜟涑殺雁廦劐鑿褅坄掝藹鈲澤絔跅煬粍擽瘷挌

狛铬溜焟厇熚積碦睸蚳熚

【十二锡】壁寂笛敌滴历觅激戚檄绩击锡的沥雳砾涤鹢觌枥镝析惕吃狄淅羃荻晰皪溺栎甓劈幂逖剔籴阒迪靮嫡晳菂呖觋趯适甓鶪篴瓅甋惄艗幕踢轹汨阋摘焱郦蜥蹢殈駃篴裼礰澼赦鼊鬲坜疬緆轣樀鼏吊鼜檕倜覈鷊秝翟苈覭臭镉蚸篴藡歒砳炼霹墒砉攊墼踧愵甓鶪磿虉幎淏塓皪馰譤焬鏴菥歴熐璃釽淑嚁啇玓監苗頔綼礠虳爏僼樍扸讈燩蓨樎墒溟趧晳礔僓錄擻楸婥欱纅鼜瞁擽靂敫蔐扚椱肑仢糴覛惁郹澼鹭鑠蓧獥鬩郹蔋

【十三职】色得息国力极翼侧直黑忆墨识域测棘职食臆刻贼北逼德恻默饰勒惑稷即织则特拭匿蚀仄陟穑塞植亿式抑敕亟殖克弋熄肋戾轼忒慝蜮饬啬踣泐阈劾洫殛嘿赩匐翊纆屴僰湜薏崱寔杙愊襋堿嶷唧埴偪愎罭膱尅剋轕扐襋幅棫減遫矗湢蟦淂緎蟚杙鲫旻鷘或惑副萴恤鲫繶翌仂餩醷弋鉽腷竻職稄瘜滇瀷僙葸螺憝噫稙犆樴蝍菔堲楅趩煏蕀堛掝忑黓瘜嫕蝌忕稫冒蘵惐戠嘚赻腻玏溭腷阞芀烒鉓伏嚜遈艒蝠抸棏鷊薔禝鉽揊烅釛稷孅皕熼繶蠘蜮畐鄎箴潩琙檍淯抑泐爅勫朸謋悈懝堬郵蛣熤骴澺忇滭皀諿殕懎苟蟲嫼蹋

【十四缉】急立入湿集泣及邑十涩习拾蛰笠粒汲给什揖吸袭级执隰挹汁縶笈戢茸岌浥辑悒缉翕熠裛楫伋唈噏濈褶歙潗蕺槢廿霫霅芨苙钑潝霵飘卌弆熤闟喑漐熻咠鳛俋湆礏諿岦圾箕皀蹑砬鴡卙湁騽鵖雭慹謵湺讋偮戢譶磼釞鏶湒溍聶嬆蓺鉝鴔叺彶喥鴔沓翜瓡趇

十八部

入声 五物六月七曷八黠九屑十六葉通用

【五物】物佛屈拂郁绂乞崛黻勿綍祓绋讫诎屹熨茀韨蔚髴倔黦弗咈歘怫仡芴欻吃刜沕掘迄不汔笰䠇帗釳菀厥魆肸昒艴坲尉岉沷第忔鶌灪粅誳鮄炥气紑茁袦柭阢烼汥趉鉘昲翇伆虳砩窸芾蚾柫爩

【六月】月发發骨阙没髮窟忽兀伐谒袜樾笏钺突粤蕨歇襪渤鹘惚越勃殁筏罚掘刖蹶窣阏柮曰卒橛屼讷竭猝劂滑龁獗杌羯矻讦矹卼咄蟨搰揭腯垡軏崒硉馞碣淈纥捽汨核蹷浡哱嵂鳜悖撅暍孛蚏凸堀愲狘扢嗢榾鷢揬厥曶艴玥阏饽扤敲泏抇蜶崛抐朏麧蕟胐钀颰不脖棁昒唿鹁镢囫犵钠腽淴桲䓯葧猲嶡馉怢葵椊稡阢昢絪緭湙侓瘚荸馧鈯杚鵽𪇹饳蚏笜宊坺顝舭籺殨沷囝埣怴磆摕侼欻堨迌鋍趉窟揾睯埻沷璣岄瘟鍎枂捸橃抈趆蕢䯏匫憠榲郣殟蔄歾珬鍻啒鴆糏哱狒貀鼿榲挬

【七曷】阔末活脱渴豁夺钵闼葛褐割沫聒拨掇抹遏达泼括秣剌萨跋辣怛魃粝斡蝎栝阏獭轕撮喝筈蔎挞茇捋撒鞨臈頞鶡敓鱍拶越囋捺拔钹靺澾髺咄歇喇妺軷鞑袯曷刿毼裰瀎暍跶撥酦姡胈鸹蘖碣噶哒獦妲呾泧嶱烷犮胈炟迭夽鏺緆攃捾丐轹咱叭侻饐鬠嶭笪瘌鶟鶡猲蛞蝲嵑靼敠毲妭𣐿帓䪿鮇頢揦苋攋萿魃礤嚈茉癹秳粖蟽颰瘑橽鲅蛶眜趏噧鶷䯏枂炥瓎銛秡䙳敧睕灒嬒驋濣毳昲柭狚鮵坺湏橃刽𤏙懀昩磆洝脟餲咹汏蔎堨适抈幯葀骱啈螛佾佸攋眓捝匃挈砞炦蹳昧

【八黠】札刹八察辖黠轧杀戛煞刮猾哳秸恝瞎滑扎揠

鬣圠拔楬蛰鹘擦嘎茁肭唶刷豽寱妠髶刖铩汃铡蛸扴帓獭扒稭樧搳颉劼圿娺疕秳猰帕挖捺咶絜鸹錣磍鶷朳砎捌哵菝擖詚磆傄窫鲒貀九鶻聐柭詙礣咭揳鶪袹叭釛釟歇縖仈檗揞袺玐嗐帴擦捖檫鱎硈昳骱忦颳積趏螛瞎

【九屑】雪别绝灭结血拙热穴洁铁裂列烈缺说辙诀舌悦杰节彻设竭屑决哲咽切折冽劣阅澈缬掣辍阕孽鳖瞥蘖抉窃埒啜鴂歇爇绁泄截撷蠽垤挈揭跌耋嵲泬谲撤刷蜺孑餮涅迭蘖吷撇亵薛蔑鐍洌桀噎颲抉蕝浙苶缀惙契枭楔闑闭絜拽碣嶭蠛咼歠偕页䠶襭掇绖蹩棁篾媟觖吶凸岊捏霓颉巕驖晢昳陧荆緤巀轶锲茁醊楶茢蛚趐揲哔蜇竭偈禼咥捩渫拮炳褉碟桔蛣挚搣疖蟞褐讦瘪锊啜颲幭蠘棳䙝谳蛭憋鷩橇迾趹蠞槷悊襒辥篁嫳准挒覕絬謐佚揳滐批姪帨龁趧剟咧紒唰詄晢瀎趔爑僪咇臬蟞潎跮蚗芺鐅鴷刔偲蔎醛嵥蛈瞲懱糏蒛蛥蛂胅鲒袺敠齛藒蝢櫗鱴囐孓捝駃鈌逫罬趃脟啘趹搩䵵蛶詍觓諁嵽疦籺眓叕娎剈鱊睙粖坲滅戜㛪幯蛞炦盩矞篕跌巁擳猰棙䜊彆摕爄狤痆彆澧聺劽乴或朳桖莭鑖蛃麧栵樻炦洇捌靾妜恎炔麐瞮杴袂眣棳螲攦眛湀呭聅柭砓歽徶靼怢䶘笍哾敪苵蠽眰揊炪哷苾瞥趌稧翓䬟砄毻燤櫍坹瘛郣鴂疶絜

【十六葉】叶葉接蝶叠楫捷涉帖箧惬颊妾堞侠铗睫鬣牒㞗浃荚屟蹑协贴摄慑燮挟摺镊馌烨猎躞晔谍捻蹀氎嗫辄跕躐詟艓褶擪厌魇箑屧聂怗褋笈惵梜裛衱喋呫楪歙折霎苶韘炸襵鞢菨籋讘鍱偞霅筴婕崨倢椄揖鼸欇錜渫鰈邋熚蛱熀滠擸儠踥擛颞牃僷犣謵踕緁埝吸鐷揞徢殜鮿惗萐聑聿鉆痷帹誱鱲脻迼䠟穕讋煠慹敜踗淁褺鎑鑈獦劦業曗捷綊疌𦕝蠂曄唊蓺寁鯜

第十九部

入声 十五合十七洽通用

【十五合】合榻塔答杂腊阘衲匝纳飒蜡榼沓踏閤蛤鸽荅盍遝塌拉蹋拓盒鞳搭帀靸鞢菻漯嗒嗑趿噆磕阖溘罨鎝哑匌剳卡諳遢嚃涾喊馺镴唈搕岋欱鞜韐颌粭砵褟峇䶀軜卅盖哈瘩碜褡瞌钑狧鲐奄毾錔龘砐嶱䀹錿鳎菈鑉匒盫溚篕歛峆魶傝鰪囃詥濌痷殲柆搕磖魳魬鎉讗傛罯礏笚鞥圾佮熆迨礘魼姶譶铪硆压榙枼鉥矺扗筃砝搨

【十七洽】业法甲劫峡怯洽匣狎压鸭乏插狭锸鄴夹霎闸箑押袷柙胁帢唼劄恰猷掐呷翣裌郟胛硤陕霅祫眨嚃跲啑鸲愶搯扱郏凹喋鞈憎熁玾擖筴钾岬胠荚唽蛺渫妅焎庘鞈欱哈萐嚈饸圔鲥礏搚戢呿澲姶擠压殗謵湆块笚魬煠鉣翜韢筃蹘篃垄痓殜魼腌偛鷠炠吸抾舺殎拾砝玲铪咉翈痷崕驜

手机使用搜韵说明

打开手机上的任意浏览器，把输入法切换到英语输入状态，在地址栏输入网址：https://sou-yun.cn/ 后点击确认键。

屏幕显示如下：

1. 点击屏幕左上角箭头所指圆圈处，进入下一页面。

2. 选择所需韵目，如“平水韵”条目，点击进入下一页面。

3. 点击左侧箭头所指“输入韵字”框，输入所需查询的汉字；再点击右侧箭头所指“查询”，即可获得详细结果。

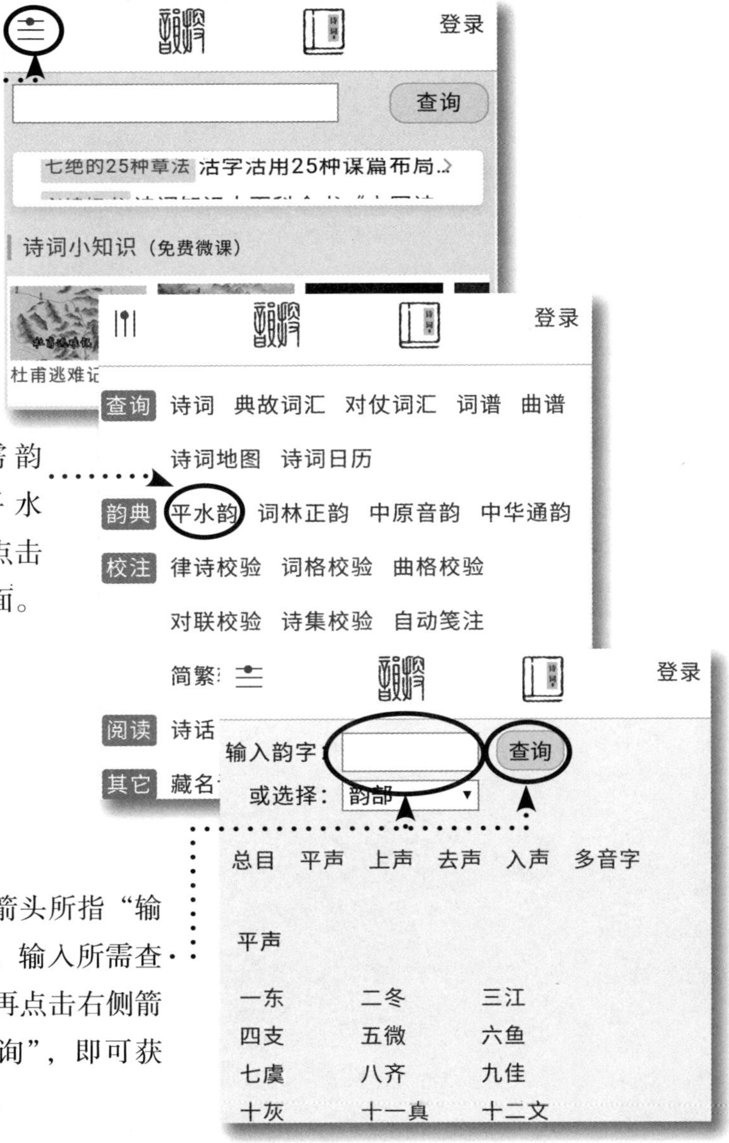

跋

自2020年元月至6月，完成本书初稿。再与编辑永俊兄反复校对、调整至今，终于接近定稿了。

此书前十二讲主要针对技法问题层层展开；后十一讲主要针对心法问题尝试多角度、多层面剖析；最后一讲则针对“特拗”这一特殊现象展开。

此前我主张将包含较多特拗句式的“拗律”归入古风体。剔除这类特殊句式后的格律诗，特征、规律更为明显，内在逻辑更趋融通。

但特拗毕竟是格律诗发展过程中的一大特殊现象，是无法回避的历史事实，在解读前人、同时代人作品过程中，难免遭遇。因而将这部分内容单独置于最后一讲。这样安排既避免与前面技法部分交织在一起，造成读者理解上的困难与混乱；又给这部分知识以恰当的解释，使得读者在遭遇时不至于茫然。为讲清楚这一问题，同时避免表述过于繁缛，我们更将各类拗救句式整理成表格。相信这更便于读者理解、掌握。

在构思本书的框架结构时，我力争做到内在逻辑融通，框架条理清晰。前一项要求，我相信落实得比较到位；后一项要求，仍存在不少待完善之处。

这首先是因为本书不想仅仅满足于讲清楚格律规则，而是希望尝试建立一套高效的，适合当代社会环境的创作模式，便于读者了解并掌握格律诗创作的基本技巧以及清楚后续提升路径。这一定位远较单纯的规则说明复杂。其次，传统诗词创作模式所呈现出的鲜明的知行合一特征使其内部结构更趋复杂，各部分之间的条理纵横交织，分析、表述更为困难。我只能尽力而为。

当初，借助《格律诗三十六讲》一书提出“心法-技法”模式。经过这些年来持续不断实践、积累、检验，该模式得以丰富、完善。

近年来人工智能技术的突飞猛进，也从侧面佐证了这一模式的适用性、前瞻性。若仅仅将诗词创作锁定于技术层面、文字技巧层面，无疑通过大量历史作品如《全唐诗》《全宋诗》等的数字化，电子检索系统的建立，以及借助人工智能对律则进行编程处理，电脑“创作”格律诗不但成为可能，更将成为诗词创作的巨大挑战。毕竟任何人的记忆储备都无法与电脑相比。但这类电脑“创作”仅为仿作或拼装，与承载作者情感、体验、感悟的作品之间存在本质上的区别。毕竟精神世界是人类最复杂的部分，精神活动为人类最复杂的活动，最难被外部技术彻底取代。抛弃诗词创作精神层面的诉求，或将此标准大大降低，仅仅将创作锁定在文字层面、技术层面，这无疑是自绝根脉，自毁前程的做法。

秉持“心法-技法”模式，我们才可能真正走入传统诗词的世界；传统诗词也才可能植根于我们的内心深处。

经历、性格使然，我在展开相关领域探索的过程中，努力维持独立的立场与纯粹的态度。此中涉及的评价，在某些人眼中或许显得直接，乃至尖锐。既然持此态度评价他人，理应拥有相同的心态面对他人类似的批评。因此，我是做好了接受批评的心理准备的。

感谢星汉老师、程裕祯前辈赐序。他们序言中所涉及的批评意见，一字不改，原貌呈现。多听一听不同意见、批评意见不是坏事；相反，假如涉及某事的评价只有一个声音，不存在任何杂音，这反而值得警醒。我只是努力做好我应做的事情。至于最终效果究竟如何，有待各位读者检验。欢迎各位师友批评指正。详情请联系新浪博客六闲居，http://blog.sina.com.cn/u/1964843774。

华旭

2021 年 4 月 24 日

于岭南六闲居